Volver la vista atrás

Juan Gabriel Vásquez

Volver la vista atrás

ALFAGUARA

Papel certificado por el Forest Stewardship Council®

 Penguin
Random House
Grupo Editorial

Primera edición: febrero de 2021
Tercera reimpresión: abril de 2021

© 2020, Juan Gabriel Vásquez
c/o Casanovas & Lynch Agencia Literaria, S. L.
© 2021, Penguin Random House Grupo Editorial, S. A. U.
Travessera de Gràcia, 47-49. 08021 Barcelona

© Diseño: Penguin Random House Grupo Editorial, inspirado en un diseño original de Enric Satué

Printed in Spain – Impreso en España

ISBN: 978-84-204-5560-0
Depósito legal: B-20564-2020

Impreso en Unigraf, Móstoles (Madrid)

AL5560A

A Sergio Cabrera y Silvia Jardim Soares
A Marianella Cabrera

Pues, según nuestra visión de las cosas, una novela debería ser la biografía de un hombre o un caso, y toda biografía de un hombre o un caso debería ser una novela.

FORD MADOX FORD

Primera parte:
Encuentro en Barcelona

I

Según me lo contó él mismo, Sergio Cabrera llevaba tres días en Lisboa cuando recibió por teléfono la noticia del accidente de su padre. La llamada lo sorprendió frente al Jardín de la Plaza del Imperio, un parque de senderos amplios y empedrados donde su hija Amalia, que por entonces tenía cinco años, trataba de dominar la bicicleta rebelde que acababa de recibir como regalo. Sergio estaba sentado junto a Silvia en una banca de piedra, pero en ese instante tuvo que alejarse hacia la salida del jardín, como si la cercanía de otra persona le impidiera concentrarse en los detalles de lo sucedido. Al parecer, Fausto Cabrera estaba en su apartamento de Bogotá, leyendo el periódico en el sofá de la sala, cuando se le ocurrió que la puerta de la casa no tenía puesto el seguro, y al levantarse bruscamente sufrió un desvanecimiento. Nayibe, su segunda esposa, que lo había seguido para pedirle que volviera a su silla y no se preocupara, pues el seguro ya estaba puesto, alcanzó a recibirlo en sus brazos antes de que Fausto se fuera de bruces contra el suelo. Enseguida llamó a su hija Lina, que pasaba unos días en Madrid, y era Lina quien ahora le daba la noticia a Sergio.

«Parece que ya va a llegar la ambulancia», le dijo. «¿Qué hacemos?»

«Esperar», le dijo Sergio. «Todo va a estar bien.»

Pero no lo creía de verdad. Aunque Fausto había tenido siempre una salud envidiable y la fortaleza física de alguien veinte años más joven, también era cierto que acababa de cumplir noventa y dos años muy cargados, y a esa edad todo es más grave: las enfermedades son más amenazantes, los accidentes son más perniciosos. Seguía levantándose a las cinco de la mañana para sus sesiones de *tai chi chuan,* pero cada vez con menos energía, haciendo concesiones cada vez más notorias al desgaste de su propio cuerpo. Como no había perdido ni una pizca de lucidez, eso lo irritaba enormemente. La convivencia con él, por lo poco que sabía Sergio, se había vuelto tensa y difícil, y por eso nadie se había opuesto cuando anunció que se iba de viaje a Beijing y Shanghái. Era un viaje de tres meses a lugares donde siempre había sido feliz, y en el cual sus antiguos discípulos del Instituto de Lenguas Extranjeras le harían una serie de homenajes: ¿qué problema podía haber? Sí, hacer un viaje tan largo a una edad tan avanzada podía no parecer lo más prudente, pero nadie nunca había convencido a Fausto Cabrera de no hacer algo que ya se le había metido en la cabeza. De manera que fue a China, recibió los homenajes y volvió a Colombia listo para celebrar su cumpleaños. Y ahora, pocas semanas después de regresar del otro lado del mundo, había sufrido un accidente en la distancia que va del sofá a la puerta de la casa, y estaba aferrándose a la vida.

No era una vida cualquiera, hay que decirlo. Fausto Cabrera era una figura de renombre de la cual la gente de teatro (pero también la de la televisión y el cine) hablaba con el respeto que producen los pioneros, a pesar de que siempre lo rodearon las controversias y tenía tantos amigos como enemigos. Había sido el primero en usar el método Stanislavski para interpretar poemas, no sólo para hacer personajes dramáticos; había fundado escuelas de teatro experimental en Medellín y en Bogotá, y una vez se atrevió a convertir la plaza de toros de Santamaría en escenario para una obra de Molière. A finales de los años cuarenta hizo programas en la radio que cambiaron la manera en que la gente entendía la poesía, y luego, cuando llegó la televisión a Colombia, fue uno de los primeros directores de teleteatro y uno de sus actores más reconocidos. Después, en tiempos más convulsos, usó la reputación que había conseguido en las artes escénicas como fachada para militar en el comunismo colombiano, y eso le granjeó el odio de muchos hasta que esos años fueron cayendo en el olvido. Las generaciones más jóvenes lo recordaban en especial por un papel cinematográfico: fue para *La estrategia del caracol*, la más conocida de las películas de Sergio y acaso la que más satisfacciones le había dado, donde Fausto hizo de Jacinto, un anarquista español que lidera una pequeña revolución popular en el corazón de Bogotá. Lo encarnó con tanta naturalidad, y se veía tan acomodado en la piel de su personaje, que a Sergio, cuando hablaba de la película, le gustaba resumirlo así:

«Es que estaba haciendo de sí mismo».

Ahora, saliendo del jardín con Silvia a su lado, caminando entre el Monasterio de los Jerónimos y las aguas del río Tajo, vigilando a Amalia que, más adelante, luchaba contra el manubrio de su bicicleta, Sergio se preguntaba si no habría podido hacer un esfuerzo en los últimos días para visitarlo con más frecuencia. No habría sido fácil, de todos modos, pues en su propia vida estaban sucediendo dos cosas que consumían su tiempo y su atención, y apenas si le dejaban espacio para otras preocupaciones. Por un lado, una serie de televisión; por el otro, el intento por rescatar su matrimonio. La serie contaba la vida del periodista Jaime Garzón, su amigo y su cómplice, cuyos programas brillantes de sátira política se acabaron en 1999, la madrugada en que murió abaleado por sicarios de extrema derecha mientras esperaba en su camioneta a que un semáforo se pusiera en verde. El matrimonio, por su parte, se estaba descarrilando, y las razones no eran claras ni para Sergio ni para su esposa. Silvia era portuguesa y veintiséis años menor que él; se habían conocido en 2007, en Madrid, y habían alcanzado a vivir varios años a gusto en Bogotá, hasta cuando algo dejó de funcionar debidamente. ¿Pero qué era? Aunque no lograran saberlo con certeza, la separación les pareció entonces la mejor de las opciones, o la menos dañina, y Silvia viajó a Lisboa no como si regresara a su país y a su lengua, sino como si viniera de visita para escapar de una tormenta.

Sergio sobrellevó como pudo la vida sin ellas, pero siempre estuvo consciente de que la separación le hacía más daño del que se confesaba. Entonces le llegó la oportunidad que había estado esperando sin saberlo: la Filmoteca de Catalunya estaba organizando una muestra retrospectiva de sus películas, y los responsables le pedían a Sergio que viajara a Barcelona para estar con ellos un fin de semana largo, del jueves 13 de octubre al domingo siguiente. Se trataría, primero, de una inauguración, una de esas ceremonias con copa de cava y música en vivo, llenas de apretones de manos y elogios generosos, que siempre habían violentado su timidez natural pero que no había rechazado nunca, porque en el fondo le parecía que ni siquiera una timidez como la suya justificaba un acto de ingratitud. Y luego, durante tres días, Sergio asistiría a las proyecciones de sus películas y hablaría sobre ellas con un público interesado y culto. La ocasión era perfecta. Sergio decidió de inmediato que aprovecharía la invitación a Barcelona para dar el salto a Lisboa, pasar unos cuantos días en compañía de su esposa y su hija y enmendar la familia que se le había roto, o por lo menos comprender hasta el fondo las razones de la ruptura. La filmoteca sacó los pasajes respetando esas peticiones.

De manera que el 6 de octubre, cuando Sergio llegó al aeropuerto de Bogotá, tenía ya reservada su conexión a Lisboa para el día siguiente. Desde la sala de espera llamó a su padre: nunca, en toda su vida, había salido del país sin despedirse de él por teléfono. «¿Cuándo vuelves?», preguntó Fausto. «En quince días, papá», dijo Sergio. «Vale, vale», dijo Fausto. «Pues nos vemos a la vuelta.» «Sí, a la vuelta nos vemos», dijo Sergio, pensando que los dos estaban repitiendo las mismas frases que se habían dicho mil

veces en mil llamadas idénticas, y que esas palabras senci-
llas ya no eran las que habían sido alguna vez: habían
perdido valor, como las monedas que ya no circulan. En
el aeropuerto de El Prat lo esperaba uno de los encargados
de la retrospectiva, pues Sergio se había ofrecido a traerles
en su propia maleta de mano todo el material que necesitaban: los discos duros donde venían las películas, por
supuesto, pero también fotos de los rodajes y hasta algún
guion original que la filmoteca exhibiría en sus vitrinas.
El encargado era un joven flaco y barbudo, de gruesas
gafas de pasta negra y camiseta de presidiario de caricatura, que recibió la maleta con una expresión de seriedad
invencible y luego le preguntó a Sergio si alguien más
vendría con él. «Para reservar una habitación doble», aclaró el joven. «Si es el caso.»

«Viene mi hijo», dijo Sergio. «Raúl es su nombre. Pero
en la filmoteca ya lo saben.»

Sergio lo había decidido días atrás. Silvia no habría
podido acompañarlo ni siquiera si la relación hubiera estado bien, y no sólo por su propio trabajo, que no le
permitía ausentarse, sino porque Amalia estaba a punto
de entrar en una escuela nueva. Lo más natural del mundo era invitar a Raúl, el único hijo de su matrimonio anterior, que acababa de empezar su último curso de secun-
daria y en cada correo electrónico preguntaba cuándo
volverían a verse. Eso no había sucedido en los últimos
dos años, pues Raúl vivía con su madre en Marbella, fuera de las rutas por donde solían pasar los viajes de Sergio.
Así que tomaría un avión en la tarde del jueves, después
de terminar las clases, y aterrizaría en Barcelona justo a
tiempo para asistir a la ceremonia de inauguración y pasar
casi tres días enteros con su padre, viendo películas que no
había visto y volviendo a ver las que ya conocía, pero esta
vez con el sonido y la imagen de una sala de cine. Como
si esas razones fueran pocas, Raúl nunca había estado en
Barcelona, y la idea de enseñarle la ciudad al mismo tiem-

po que le enseñaba sus películas le pareció a su padre extrañamente seductora. En eso estaba pensando Sergio cuando aterrizó en Lisboa, poco antes de las nueve de la noche, y encontrarse al salir con la cara de Silvia y su sonrisa luminosa le provocó la ilusión de haber regresado a su casa en vez de venir de visita. Entonces se dio cuenta de que también Amalia había venido a recibirlo; y aunque era demasiado tarde para ella, la niña tuvo la energía suficiente para abrir los brazos y colgarse de su cuello, y Sergio entendió por qué había valido la pena todo este desvío.

Fue tan bello el reencuentro que ni siquiera les importó que la aerolínea hubiera extraviado las maletas. De las tres que había facturado Sergio en Bogotá, una sola había llegado sana y salva a su destino, y la mujer del mostrador amarillo no les dio más solución que obligarlos a volver al aeropuerto el lunes en la mañana. Pero no había desencuentro ni incidencia que le quitara a Sergio la dicha de ver a su familia. El sábado, mucho más temprano de lo que aconsejaba su horario desajustado, dejó que Amalia lo tomara de la mano y lo llevara a conocer el barrio Benfica, que para ella se reducía a la calle Manuel Ferreira de Andrade y a su local más importante: la pastelería Califa. Le compró sus croquetas favoritas, la llevó al cumpleaños de una amiga, oyó sus canciones portuguesas y trató de cantar con ella, y el domingo, junto a Silvia, repitió la rutina. En la noche le dijo a Silvia: «Estoy contento de haber venido». Y era estrictamente cierto.

La llamada de su media hermana Lina fue como estrellarse de cara contra la realidad impertinente. Esa mañana, Silvia y él habían estado recogiendo las maletas extraviadas en el aeropuerto, y de regreso le compraron a Amalia una bicicleta de marco demasiado rosado, con luz de pilas en el manubrio y cuna trasera para la muñeca, y un casco que hacía juego con el marco; y ésa era la razón por la que habían ido al Jardín de la Plaza del Imperio, frente al Monasterio de los Jerónimos, donde estaban cuando recibieron la noticia. Era un día de cielos limpios y el agua del Tajo soltaba destellos blancos; la piedra de las aceras brillaba tanto que a Sergio le dolían los ojos, y tuvo que ponerse las gafas oscuras para seguir caminando hasta el lugar donde habían aparcado el carro de Silvia. Pero su paso ya no era el paso ligero de antes, y la felicidad frívola de la bicicleta nueva, y la satisfacción que le producía la boca concentrada de la niña en el intento por conservar la línea recta, se habían ido repentinamente a la mierda.

Eran las siete de la tarde cuando llegaron a la calle Manuel Ferreira de Andrade. Frente al número 19, Sergio bajó las maletas pesadas y las arrastró hasta la galería, mientras Silvia daba una vuelta a la cuadra para encontrar un espacio libre. Y fue entonces cuando volvió a temblar su teléfono en su bolsillo y a aparecer en la pantalla el mismo número que había llamado antes. En el momento de contestar, Sergio ya sabía lo que le diría la voz de Lina, ya sabía todas las palabras, porque no hay demasiadas para decir lo que Lina iba a decirle. Cuando llegaron su esposa y su hija estaba todavía allí, en la galería de suelo de mármol, entre columnas de baldosines de color verde, paralizado aunque las corrientes de aire le dieran en la cara, con su teléfono todavía en la mano y sus maletas tristes a su lado como dos perros falderos, sintiendo a pesar de todo que una conjunción de azares le había sido favorable, pues no habría preferido recibir esa noticia en ningún otro lugar del mundo, ni en ninguna otra compañía. Tomó de la mano a Silvia, mientras dejaba que Amalia se alejara en la bicicleta, y le dijo:

«Se acaba de morir».

Lo primero que hizo al subir al apartamento fue encerrarse en la habitación de Silvia para llamar a su hermana Marianella. Durante largos segundos telefónicos lloraron juntos, sin ninguna necesidad de decirse nada, tan sólo compartiendo la sensación aterradora de que toda una vida —no sólo la de Fausto Cabrera— acababa de cerrarse. Marianella era dos años menor que Sergio, pero, por razones que nunca habían tratado de explicarse, esa distancia había tenido algo de irreal o de arbitrario, tal vez porque la compensaban los rasgos de sus personalidades: la hermana menor siempre había sido más atrevida, más rebelde, más contestataria, y el hermano mayor, en cambio, parecía haber nacido con el vicio de la cavilación y la incertidumbre. Pero habían vivido tantas cosas juntos, y tan distintas de las que habrían debido vivir, que desde muy jóvenes se tuvieron esa lealtad especial: la de quienes saben que su vida es incomprensible para los demás, y que la única manera de ser felices es aceptarlo sin sublevarse. Sergio trató de paliar desde la distancia la tristeza de su hermana, y no se le ocurrió mejor manera que contarle todo lo que sabía sobre la muerte de su padre. Le habló del sofá en que estaba leyendo el periódico, de la terquedad con que se levantó para ponerle seguro a una puerta que ya lo tenía, del desvanecimiento en brazos de su esposa. Le contó que Fausto ni siquiera había llegado a subir a la ambulancia, pues ya no tenía signos vitales cuando llegaron los paramédicos. El acta de defunción se había hecho allí mismo, en su propia sala, y ahora mismo estaban esperando a la gente de la funeraria. Eso era lo que le había contado Lina, y había terminado con una frase rara, entre críptica y ampulosa:

«Murió de pie, Sergio. Tal como vivió».

Era el lunes 10 de octubre de 2016. La ceremonia de inauguración en la filmoteca estaba prevista para el día 13, jueves, a las siete y media de la noche. Después de colgar con Marianella, Sergio se encontró de repente haciendo matemáticas mentales, contando tiempos de vuelo y de escala, comparando frente al computador los itinerarios disponibles entre España y Colombia. Aunque la diferencia horaria no jugaba a su favor, se dio cuenta de que no era imposible, si se daba prisa, viajar a Bogotá para ver por última vez la cara de su padre, saludar a Nayibe y darle un abrazo a Marianella, y estar de regreso en Barcelona, con apenas un día de retraso, para participar en el resto de la retrospectiva, ver sus películas y responder a las preguntas de su público. Pero en la noche, después de cenar con Silvia y con Amalia, Sergio se acostó en el sofá gris, frente al televisor apagado, y no supo en qué momento comenzó a sentir una emoción que no había conocido nunca. Allí, en ese apartamento ajeno de suelos de madera, estaba su familia, la familia que se le había escapado ya una vez; como si eso fuera poco, en Barcelona lo esperaba Raúl, y de repente todo este viaje había asumido el cariz de un reencuentro. Tal vez Sergio estaba pensando en eso cuando tomó una decisión que no le pareció entonces tan extraña como le parecería más tarde.

«No voy a ir», le dijo a Silvia.

No viajaría a Bogotá: no iría a las exequias de su padre. El compromiso adquirido con la filmoteca, explicaría a quien necesitara explicaciones, no le daba tiempo suficiente para ir y volver, y no podía despreciar el trabajo y el dinero que los organizadores habían invertido en el homenaje. Sí, ésa era la solución. *Lo siento mucho,* eso le diría a la esposa de su padre, y no estaría mintiendo al decirlo. Tenía una relación cordial con ella, pero nunca, en tantos años de convivencia, había conseguido nada parecido a la intimidad. A ella no le haría falta la presencia de Sergio; él, por razones que no encontraban palabras claras, no se sentía del todo bienvenido en Bogotá.

«¿Estás seguro?», le dijo Silvia.

«Seguro», dijo Sergio. «Ya lo he pensado mucho. Y mi lugar está con los vivos, no con los muertos.»

Todos los medios de Colombia dieron la noticia de la muerte de Fausto Cabrera. Para cuando Sergio llegó a

Barcelona, el miércoles al final de una mañana cenicienta, la prensa colombiana estaba ya inundada con recuentos de la vida de su padre. Leyendo las noticias de esos días, parecía que no había en todo el país un solo actor que no hubiera compartido con él las clases de interpretación del maestro Seki Sano, ni un solo aficionado que no hubiera estado presente en la plaza de toros para ver *El enfermo imaginario,* ni un colega que no hubiera llamado a felicitarlo cuando ganó el premio Vida y Obra del Ministerio de Cultura. Las emisoras de radio descubrieron viejas grabaciones en las que Fausto recitaba poemas de José Asunción Silva o de León de Greiff, y en alguna esquina de internet reapareció un artículo que Sergio había publicado varios años antes en el *ABC* de Madrid. «Un buen nacional», escribió allí, «no es aquel que pasa su vida intentando probar que el suyo es un país mejor; es el que trata de hacer grande al país que lo recibe, porque ésta es la mejor forma de honrar al que lo vio nacer». Las redes sociales también hicieron lo suyo: de sus cloacas salieron siluetas anónimas o seudónimos altisonantes —Patriota, Abanderado, Gran Colombiano— que recordaron el pasado militante de Fausto Cabrera y su relación con la guerrilla maoísta, y declararon que el único comunista bueno era un comunista muerto. El teléfono de Sergio no dejó de recibir llamadas de números ocultos o desconocidos, y su WhatsApp se llenó con peticiones o ruegos que él desatendió con toda la cortesía de la que fue capaz. Sabía que no podía esconderse para siempre, pero durante unas horas, cuantas más mejor, quería guardarse para sí mismo el recuerdo de su padre, las memorias —buenas y de las otras— que ya comenzaban a asaltarlo.

La Filmoteca de Catalunya lo alojó en un hotel lujoso de la Rambla del Raval, uno de esos lugares donde todas las paredes son ventanas y todas las luces son de colores, pero no le dio tiempo de disfrutar la habitación: la organización se lo llevó de inmediato a un almuerzo de bienvenida en un restaurante del barrio. Aunque no se lo hubieran dicho, Sergio se había dado cuenta de que ya todo el mundo estaba enterado de lo sucedido: tenían las expresiones esforzadas de quien tantea el terreno para ver cuánta simpatía le está permitida, dónde está la frontera legal de las sonrisas. Antes de que llegaran los postres, el director de programación, un hombre amable de ojos grandes y gafas sin marco, cuyas cejas espesas se alzaban casi con cariño cuando hablaba de cine, interrumpió la conversación para agradecerle a Sergio su presencia, y le dijo con toda claridad que estaban muy contentos de tenerlo en Barcelona, pero que le daban la libertad de viajar a Colombia si lo prefería: la retrospectiva ya estaba organizada, ya las películas estaban en la filmoteca, ya la exposición había sido montada, y si Sergio decidiera cancelar su participación para estar con su familia y enterrar a su padre, ellos lo entenderían perfectamente. Sergio ya había tenido tiempo de tomarle la medida: Octavi Martí había dirigido varias obras para el cine y para la televisión, y hablaba de los grandes directores con esa intimidad que sólo tienen quienes de verdad los han entendido. A veces parecía que hubiera visto todas las películas del mundo, y a veces, que en su trabajo de crítico hubiera escrito sobre todas ellas. A Sergio le cayó bien de inmediato, pero ésa no fue la única razón que tuvo para responder como lo hizo.

«No, yo me quedo», dijo.

«Podrías ir y volver para el cierre, si quieres. Hacemos una copita al final, hablas con la gente y ya está.»

«Gracias», dijo Sergio. «Pero los compromisos son los compromisos.»

Al final del almuerzo, en la silla de su derecha, que había quedado misteriosamente vacante en el momento del café, apareció una chica joven con una carpeta cuyo contenido —varias páginas de información bien ordenada— fue explicando con la voz demasiado paciente de una profesora. Una por una señaló las entrevistas que el homenajeado habría de dar en los días siguientes, una lista larga de prensa y radio y televisión que allí, sobre el blanco de la página, era un río caudaloso que Sergio debería cruzar a nado, como si estuviera de vuelta en los entrenamientos militares de otros tiempos. De la carpeta salió también el programa de la retrospectiva.

Día 13. *Todos se van* (2015). Foro y preguntas del público.

Día 14. *Golpe de estadio* (1998). Foro y preguntas del público.

Día 15. *La estrategia del caracol* (1993). Foro y preguntas del público.

Día 16 al 19. *Perder es cuestión de método* (2004), *Ilona llega con la lluvia* (1996), *Técnicas de duelo* (1989) y *Águilas no cazan moscas* (1994). Proyecciones sin la participación de Sergio Cabrera.

Sergio pensó que habría podido añadir otras palabras: *Proyecciones en un mundo donde ya no está mi padre*. La idea lo estremeció, porque el fantasma de Fausto Cabrera estaba presente en cada una de las películas, y en muchas de ellas no era un fantasma, sino una presencia de carne y hueso: el anarquista español, el portero de un hotel de marineros, el cura que oficia un entierro. Nunca, desde el primero de sus cortometrajes —un episodio del viaje de Alexander von Humboldt por Colombia—, había terminado una película sin preguntarse qué le parecería a su padre; nunca, tampoco, se había preguntado cómo sería ver sus películas en este nuevo mundo huérfano, o si las películas pueden cambiar cuando el mundo de afuera, el mundo no filmado, se ha transformado de manera tan violenta: si los fotogramas o las líneas de diálogo se transforman cuando ha desaparecido la persona que en más de un sentido los hizo posibles. Ahora, mientras hablaba del programa con la chica joven, se le acercó Octavi Martí para comentarle algo. Se había dado cuenta de que las tres primeras películas, las que se proyectarían con la presencia de Sergio, formaban una suerte de cronología inversa: de la más reciente a la más antigua. ¿Había sido a propósito?

«No, pero está bien así», dijo Sergio con una sonrisa. «Mirando hacia atrás, ¿no? Después de todo, esto va a ser una retrospectiva de verdad.»

Tras salir del restaurante se fue directo a su cuarto. Esa tarde barcelonesa era la mañana colombiana: la mañana del día de las exequias. Quería hablar con Marianella, que estaba pasando por momentos tristes. En los últimos tiempos, después de una serie de altercados irresolubles, los contactos con su padre se habían enturbiado hasta interrumpirse por completo. Por eso había furia en su llanto cuando contestó la llamada: porque ahora, después de ese alejamiento doloroso, le habría gustado ser parte de la muerte de su padre. Pero nadie le había avisado a tiempo, aunque sólo fuera para que tuviera derecho a la preocupación, ni la habían invitado a la casa de su padre, para que lo acompañara en los ritos de la muerte. «No me avisaron», se quejaba Marianella. «Están diciendo que yo abandoné a papá en sus últimos años, que lo dejé solo en la vejez… No entienden, Sergio, no saben nada y no entienden nada.» Las rencillas ocultas o nunca expresadas que hay en todas las familias, los malentendidos y las palabras que no se dicen o se dicen a destiempo, la falsa idea que nos hacemos de lo que sucede en la cabeza o en el alma del otro: esa compleja red de silencios conspiraba ahora contra la serenidad, y Marianella, en medio de su tristeza, le estaba diciendo a Sergio que tampoco ella iba a asistir al entierro.

«No, eso no puede ser», dijo Sergio. «Tú estás allá, tú tienes que ir.»

«¿Y tú?», dijo ella. «¿Tú por qué no estás aquí?»

Sergio no supo decirlo. Insistió con razones vagas, y al final logró que su hermana aceptara: con su madre muerta nueve años atrás y con Sergio fuera del país, ella era la familia, ella tenía que representar a la familia.

Esa tarde tuvo la primera entrevista en el vestíbulo del hotel. La periodista le explicó que se trataba de una página especial —la contra de *La Vanguardia*— y que el formato le exigía comenzar con un breve inventario de datos biográficos, de manera que Sergio se encontró contestando a una ficha policial: tenía sesenta y seis años, tres matrimonios y cuatro hijos; había nacido en Medellín, vivido en China y trabajado en España; era ateo. No lo sorprendió que la primera pregunta, después de ese interrogatorio, no fuera una pregunta, sino unas condolencias: «Siento lo de su padre». Su propia respuesta, en cambio, lo tomó desprevenido, no sólo porque ni siquiera él mismo la había esperado, sino porque al darla tuvo de repente la sensación molesta de haber dicho más de la cuenta, como si delatara a alguien.

«Sí, gracias», dijo. «Ha muerto hoy y no podré ir a su entierro.»

Era una mentira, por supuesto, un desfase voluntario de cuarenta y ocho horas, y no tenía importancia allí, en el sillón estridente del vestíbulo: no era probable que la periodista se percatara de ello, y si lo hacía, lo achacaría sin problemas a las confusiones del dolor, a esa desorientación que siente quien acaba de perder a un ser querido. ¿Pero por qué? ¿Por qué había mentido? Se preguntó si era posible que lo avergonzara tardíamente su decisión de no ir a las exequias, como si la vergüenza pudiera ser una compañera de viaje que nos da alcance después de salir con retraso. La periodista quiso saber más de su padre, el hijo de familia de militares que no habían apoyado el golpe de Franco, el exiliado republicano en Colombia, y Sergio siguió contestando juiciosamente a las preguntas, pero esa traición de sus propias emociones no dejó de incomodarlo.

«Ah, ¿de manera que vivió aquí?», dijo la periodista. «¿Aquí, en Barcelona?»

«Poco tiempo, pero sí», dijo Sergio.

«¿Y dónde vivió?»

«Eso no lo sé», repuso Sergio. «Nunca me lo dijo. No creo que se acordara.»

Dio dos entrevistas más y después se disculpó con la filmoteca: estaba cansado, cenaría por su cuenta y después se iría a dormir. «Mejor, mejor», le dijeron, «que mañana comienza el trabajo serio». Subió a su habitación, cuyos gruesos vidrios anulaban el bullicio de los corrillos que bebían bajo las palmeras, y quiso recostarse, cerrar los ojos y descansar un poco. Pero no lo consiguió. Estaba pensando en las preguntas que le habían hecho y en las respuestas que buenamente había dado, siempre convencido de que hablar de cine era una de las cosas más difíciles del mundo, pues las palabras lo enredaban todo y no hacían más que provocar malentendidos; y sin embargo ahora agradecía esa obligación, que lo distraía del dolor y mantenía a raya la tristeza. Había elogiado la novela de Wendy Guerra, cuya historia servía de base a su película, y había comentado *Golpe de estadio,* una comedia en la cual los guerrilleros y los policías declaran una tregua para poder ver un partido de fútbol, y habló también de *Perder es cuestión de método* y de su amistad con el novelista Santiago Gamboa; y mil veces, al contestar preguntas sobre *La estrategia del caracol,* tuvo que referirse brevemente a su padre, que vivió la Guerra Civil allí mismo, en Barcelona, antes de comenzar los años de exilio o de errancia que acabarían por llevarlo a Colombia. ¿Pero en dónde, en qué parte de la ciudad había vivido? Su padre nunca se lo había dicho, o bien Sergio lo había olvidado.

No consiguió dormir: el cansancio, si es que había existido de verdad, se había evaporado de sus ojos. Tal vez eran los restos del desfase horario, pues no habían pasado cinco días desde su llegada de Colombia, o tal vez una electricidad que le recorría el cuerpo insomne, pero Sergio no pudo seguir en la cama. Se puso una chaqueta, porque la temperatura había bajado bruscamente, miró los folletos de la habitación y encontró unas fotos publicitarias que le gustaron, y en minutos estaba subiendo a la azotea del hotel, buscando una silla libre y sentándose a ver la noche nueva, la noche de la ciudad vieja que se extendía desde allí hasta el mar. El cielo se había despejado y una brisa desordenaba las servilletas. La suya era una silla alta que allí, puesta frente a una mesa de vidrio, parecía a punto de caer a la calle. No supo qué llegó primero, si la camarera con la copa de vino tinto o la pregunta incómoda, pero ahí estaba nuevamente: si tuviera que explicar por qué había decidido no viajar a Bogotá para ver la cara de su padre por última vez, ¿qué diría? Para estar con Silvia y con Amalia, por supuesto; para encontrarse aquí, en Barcelona, con su hijo Raúl. Muy bien: ¿pero eso era todo? ¿No había algo más?

Abajo brillaban las luces del barrio, que ya comenzaban a encenderse, y a su izquierda, la línea de luz de las Ramblas llamaba la mirada y la llevaba hacia el puerto, hacia la estatua invisible de Colón. En el cielo se alcanzaban a ver las luces de los aviones que se acercaban a El Prat. Sacó el teléfono —la luz blanca rompió la cómoda penumbra del bar y llamó la atención de los vecinos— y revisó sus mensajes de WhatsApp. Alcanzó a contar veintisiete mensajes de condolencias antes de llegar a una línea de Silvia: *¿Cómo estás?* Él respondió: *Bien. No te lo voy a ocultar, ando pensando en ti. Quiero que esto funcione.* Y ella: *Ahora lo importante es pensar en tu papá. ¿Estás pensando en él?* Y él: *Me acuerdo de cosas, sí.* Pero eran memorias mal formadas que no se veían con claridad o se resistían a dejarse ver, memorias desagradables que estaban irrumpiendo a medias en la noche tranquila, en esta soledad que ya mañana, cuando llegara Raúl, sería irrecuperable. *Tantos conflictos,* escribió Sergio. *A pesar de que hicimos tantas cosas juntos, en China, en la guerrilla, en el cine, en la televisión, el conjunto de recuerdos, por más que trato de edulcorarlos, no es* *positivo*. Levantó la cara: pasaba otro avión, pero esta vez debía de estar más cerca, porque su ruido se alcanzaba a distinguir a lo lejos. *Y sin embargo yo sé, y lo digo cada vez que puedo, que soy un discípulo de mi padre. Nunca habría podido hacer las cosas que hice si no hubiera crecido en su mundo.* Bajó el teléfono y miró el cielo, porque el avión seguía cursando el cielo profundo, volando hacia el sur, hacia el aeropuerto o el lugar donde Sergio imaginaba que estaría el aeropuerto. En ese momento vibró el teléfono (habría contestado Silvia), pero Sergio no buscó la pantalla, porque su mirada, que se había fijado en el avión o en sus luces diminutas, que iba abarcando la ciudad de construcciones bajas, ahora se topaba con algo más: la silueta de una montaña, echada en el horizonte como un animal dormido, y sobre la silueta, el resplandor de brasas del castillo. Sintió que algo se le desordenaba en el pecho, porque tenía la certeza de no haber estado nunca en esa terraza ni en ninguna similar de Barcelona, pero alguna razón había que encontrar para la emoción impredecible que le estaba cayendo encima ahora, al confirmar que desde allí, desde la terraza del hotel, se alcanzaba a ver Montjuic.

II

Desde la terraza se alcanzaba a ver Montjuic. A Fausto, que por entonces tenía trece años, le gustaba subir con su hermano Mauro para ver el cielo y el mar lejano, y en el cielo, los aviones de Franco que sobrevolaban la ciudad resistente. La Guerra Civil era muchas cosas: era un cura que, desde el campanario de una iglesia del barrio, disparaba contra la multitud desarmada, y era también el silbido de gata en celo que produce una bomba antes de caer, y era también el remezón del estallido, que se sentía en el estómago como un desorden de los intestinos. La guerra, para los hermanos, era esconderse debajo de la mesa del comedor mientras cruzaba el cielo azul la silueta de un Junkers enemigo. Después aprendieron a buscar refugio cuando sonaban las sirenas, pero muy pronto, cuando las sirenas se volvieron rutinarias, perdieron la costumbre: a partir de cierto momento, sólo Pilón, el perro lobo de la familia, siguió escondiéndose en el refugio. Fausto escuchaba las bombas que caían en otra parte —cerca o lejos, pero en otra parte— y luego, preguntando a los adultos, se enteraba de que esos aviones llegaban de las islas Baleares, que ya eran de Franco, pero recibía la noticia tranquilizadora de que Barcelona, en cambio, nunca iba a caer en manos de los fascistas. ¿Por qué no? Porque se lo decía su padre.

Se llamaba Domingo Cabrera. Para cuando empezó la guerra, tenía todavía un cuerpo privilegiado de atleta, pero además era un poeta aficionado y un guitarrista de buena voz con cara de actor de cine. Era un aventurero: a los dieciséis años había empacado sus pocas pertenencias, cansado de la vida provinciana de las islas Canarias, y se había

31

subido al primer barco que fuera a las Américas. Apenas había logrado reunir el dinero suficiente para que le permitieran subir a bordo, de manera que tuvo que pagarse el resto del viaje con el sudor de su frente: y esto fue más cierto en su caso que en ningún otro, pues lo que hizo, para escándalo y fascinación de los pasajeros, fue ponerse de acuerdo con un compañero y montar exhibiciones de lucha libre en la cubierta. En ese viaje aventurero pasó por Cuba, trabajó el campo en Argentina y administró una hacienda en Guatemala, a pocos kilómetros de Antigua. Allí conoció a un coronel español, Antonio Díaz Benzo, que había sido destinado por el rey en persona con el objetivo de abrir una escuela militar. Y eso le cambió la vida.

Era un héroe de la guerra de Cuba en cuyo uniforme de gala no cabían las medallas. Nadie habría podido prever lo que ocurrió: Domingo, el muchachito aventurero, se enamoró de Julia, la hija del militar; y lo que era peor, la hija del militar se enamoró del muchachito aventurero. Julia Díaz Sandino era una aristócrata de Madrid, monárquica hasta la médula; aquélla era la relación más improbable del mundo hasta que uno se daba cuenta de que la monárquica era también buena lectora de poesía española, y recitaba a Lope siempre que el poema no fuera obsceno, y les hablaba a los guatemaltecos de Rubén Darío como si fuera madrileño. El nuevo matrimonio volvió a Las Palmas. Allí, en una casa de la calle Triana con vista al mar, en un cuarto cuyas ventanas perdían la pintura por la fuerza del salitre, nacieron sus hijos —Olga, Mauro y Fausto—, y allí se habrían quedado toda la vida si la vida no se hubiera torcido sin avisar.

Una noche, después de acostar al niño Fausto, Julia se quejó por primera vez de un dolor de garganta. Lo atribuyeron a la llegada del otoño —algo habría pescado, se dijeron—, pero el dolor se hizo más fuerte con el paso de los días, y luego casi intolerable. En cuestión de semanas, un médico le había diagnosticado un cáncer muy agresivo y le daba una recomendación honesta: era mejor viajar a la capital, porque allí habían descubierto un tratamiento nuevo.

«¿Y de qué se trata?», preguntó Domingo.

El médico contestó a su manera.

«Es el toque del trigémino», dijo. «Hasta el nombre es bonito.»

Eran tiempos difíciles cuando llegaron a Madrid. La monarquía de Alfonso XIII llevaba ya varios meses sufriendo el asedio de los fantasmas de la república, y, aunque había conseguido mantenerlos a raya, para todo el mundo era evidente que en España iba a cambiar algo. Doña Julia sufría como su rey, pues en su familia pesaba la figura de un coronel heroico, defensor en la guerra de Cuba de los territorios de la Corona, y sufría doblemente por lo que estaba ocurriendo con su hermano. Felipe Díaz Sandino era uno de los grandes pilotos de la aviación española. El comandante de Aviación Díaz Sandino, del ejército del Aire de Cataluña, era uno de esos personajes que parecen vivir con el escudo de la familia tatuado en el pecho, y en el de esta familia se leían once palabras ominosas: *Vive la vida de suerte que viva quede en la muerte.* Julia se habría sentido orgullosa de él, y habría transmitido ese orgullo a su familia si el tío Felipe, que visitaba la casa de los Cabrera día de por medio, no tuviera tres defectos: uno, era un republicano convencido; dos, estaba conspirando para derrocar al rey, y tres, había convencido a Domingo de unirse a los conspiradores.

Una noche de 1930, Domingo, que se había acostumbrado a llegar temprano para ocuparse de su esposa enferma de cáncer, no apareció en su casa. Nadie tenía noticias suyas, nadie lo había visto en el curso del día, nadie había sabido que nada extraño hubiera pasado. En Madrid ya se respiraba un aire de subversión, y en una ciudad así podían pasar cosas graves sin que nadie se enterara. Así se fueron a la cama —y Fausto recordaría después la conciencia perfecta de que sus padres le estaban mintiendo cuando le decían que no, que no estaba pasando nada, que eran cosas de adultos—, y habían alcanzado a dormir un par de horas cuando los despertaron los golpes de las culatas en la puerta. Eran tres agentes de seguridad que no se quitaron el sombrero ni guardaron sus pistolas para entrar a la fuerza, como se entra en la casa de un delincuente, preguntando por Felipe Díaz Sandino, abriendo puertas a patadas y mirando debajo de las camas. Cuando se convencieron de que no estaba allí el tío Felipe, preguntaron por el dueño de casa. Julia los miró uno por uno.

«Tampoco está», dijo doña Julia. «Y no sé dónde pueda estar. Y si lo supiera, tampoco os lo diría.»

«Pues dígale tan pronto lo vea, señora», dijo uno de los agentes, «que lo esperamos en la Dirección».

«¿Y si no lo veo?»

«Por supuesto que lo verá», dijo el hombre. «Por supuesto que lo verá.»

Lo vio a la madrugada. Domingo llegó tan calladamente que el niño Fausto sólo se percató de su presencia cuando oyó el llanto de su madre. Las noticias no eran buenas: los policías los habían perseguido, a Domingo y al tío Felipe, y después de que ellos se escondieran durante horas, cambiando de casa y metiéndose en cafés para desorientar a sus perseguidores, les dieron alcance. Domingo había conseguido escabullirse, pero el tío Felipe fue arrestado, y ahora lo acusaban de conspirar contra el rey Alfonso XIII y lo tenían recluido en una prisión militar.

«Bueno, pues vamos a verlo», dijo doña Julia.

«Pero qué dices», le reprochó Domingo. «Tú estás enferma.»

«Para esto, no», dijo ella. «Nos vamos ahora mismo. Y además vamos todos.»

Fausto tenía seis años cuando visitó una cárcel por primera vez. Para Olga y Mauro sólo se trató de un lugar oscuro y feo; para Fausto, en cambio, la cárcel era sórdida, peligrosa, y en ella el tío Felipe sufría por ser justo o por luchar contra las injusticias. En realidad, no era así: ni era un lugar sórdido, ni existían pasillos de claustrofobia, ni el tío Felipe había sufrido torturas ni maltratos. Las prisiones para los militares, y más si eran militares de abolengo con medallas en el pecho, eran lugares más bien cómodos. Pero nada de eso le importó a Fausto: esos días en prisión convirtieron al tío Felipe en su héroe. La familia lo visitó todas las semanas de su cautiverio, y Fausto abrazaba al tío Felipe como si acabara de llegar de la guerra. Julia le suplicaba a su hermano: «Dile que todo va a estar bien, por favor, que el niño no está pegando ojo. Dile que no te torturan, que te tratan bien y que saldrás pronto». El tío Felipe fue más allá: «Saldré pronto, Fausto», le dijo, «y cuando salga, España será una república».

Fausto recordó esa conversación después, cuando vio a la gente salir a las calles para celebrar. El tío Felipe lo llevó en los hombros por Madrid, agarrándole una pierna con la mano mientras agitaba con la otra una bandera tricolor, y cantando a gritos el himno de Riego mientras doña Julia lloraba en su cuarto y decía que el mundo se iba a acabar. Durante meses las conversaciones en la mesa del comedor se hicieron insoportables, pues Julia tenía la convicción invulnerable de que la familia estaba condenada al infierno, y así se lo confirmaba el cura que traía de invitado cada vez que podía. Al mismo tiempo, Domingo y el tío Felipe habían formado una alianza que más parecía una mafia. Gracias al tío Felipe, Domingo había encontrado un trabajo de medio tiempo en la Gobernación, pero por las noches era otra persona: agente secreto de la Dirección de Seguridad. Fausto y sus hermanos habían recibido instrucciones precisas de no hablar de ese oficio, porque —les explicaban— las paredes tenían oídos.

La tarde en que su padre vino a darle la noticia, Fausto se había pasado la mañana solo en casa, vagando por las habitaciones, y en algún momento se encontró frente al armario donde Domingo guardaba sus cosas. Era un milagro que estuviera sin llave. Fausto no iba a dejar pasar esa oportunidad: encontró la chapa de detective, encontró el arma sin su cargador y la sacó de su funda, y estaba acariciándola, imaginando escenas de peligro y de violencia, cuando su padre abrió la puerta de repente. Traía el rostro enmarañado de emociones y, con una voz que Fausto no había oído nunca, le dio una orden que era más bien una súplica: «Ven a despedirte». Lo llevó a otra habitación. Fausto se encontró con un cuerpo en una cama y una cara cubierta por una venda blanca que sólo dejaba a la vista los ojos cerrados. Besó la venda, y luego pensaría que no haber tocado con los labios el rostro frío de su madre, lejos de ser un consuelo, era una oportunidad perdida de la cual se arrepentiría siempre.

La muerte de su madre fue presagio de otros desastres. Años después, cuando estalló la guerra, Fausto no supo si era mejor que su madre no la hubiera visto, pero sí tuvo siempre la certeza incómoda de que la guerra habría sido distinta para él, menos aterradora y menos solitaria, si hubiera contado con ella. Para esa época ya había comenzado a buscar consuelo en los libros que ella había dejado, algunos de los cuales se descuadernaban de tan leídos, y otros, en cambio, permanecían intonsos. Así descubrió a Bécquer (descuadernado) y a Pedro Salinas (intonso), a García Lorca (intonso) y a Manuel Reina (descuadernado). Domingo no puso reparos, y más bien comenzó a regalarle algún volumen nuevo de vez en cuando, pues cualquier remedio era bueno si se trataba de evitarle a su hijo el dolor que él estaba sintiendo. Así conoció Fausto los poemas de *Las islas invitadas,* el libro en que Manuel Altolaguirre le dedica un poema a su madre muerta. En esos versos, que habrían podido ser alarmantes, había algo parecido al sosiego.

Hubiera preferido
Ser huérfano en la muerte,
Que me faltaras tú
Allá, en lo misterioso,
No aquí, en lo conocido.

Mientras tanto, la familia Cabrera se había convertido en gente *non grata*. El tío Felipe, que había conocido a Franco, que había peleado junto a él en África y recibido condecoraciones, que en África se había hecho célebre por salir de las trincheras, según se decía, a desafiar las balas enemigas, ahora se había mantenido fiel a la República por la que luchó en su momento. En aquellos días, cuando el grueso del ejército se había puesto del lado de los golpistas, esa fidelidad era suicida. «Tu tío es un valiente», le decía su padre a Fausto. «Eso sí necesita coraje, porque es el coraje de no hacer lo que todos le hubieran perdonado al cabo del tiempo.» Pero la vida de la familia en Madrid se fue haciendo cada vez más difícil. Tras la muerte de Julia, cuya mera presencia solía servir para desactivar las hostilidades de los monárquicos, la casa de los Cabrera no era más que un nido de sediciosos, y los militares leales al rey, que apoyaban la rebelión de Franco, comenzaron a hostigarlos sin vergüenza. La situación se hizo rápidamente insostenible. Una noche, mientras Domingo y sus hijos cenaban en casa, el tío Felipe apareció por sorpresa y dijo:

«Nos vamos. Por la seguridad de todos».

«¿Adónde?», dijo Domingo.

«A Barcelona, donde tengo amigos», dijo Felipe. «Después, ya veremos.»

Una semana después, Fausto estaba subiendo a un avión por primera vez en su vida. Era un Junkers G24 de la aviación republicana, capitaneado por el coronel Felipe Díaz Sandino —su tío querido, su tío audaz, salvador de la familia— y en cuyos nueve puestos cupo la familia sin problema. El tío Felipe sabía que estaba condenado, porque los militares que le daban la espalda a Franco pasaban a engrosar una lista negra y eran perseguidos con más saña que si se tratara de comunistas, así que pensó en poner a salvo a los suyos para seguir peleando su guerra. Domingo se convirtió en su jefe de escolta: la seguridad del tío Felipe, que se había convertido en una figura molesta para los sublevados, no podía quedar en mejores manos. A Olga, que una vez preguntó en qué trabajaba su padre, el tío Felipe le explicó: «Es el que no deja que me maten».

«¿Y si lo matan a él?», preguntó Olga.

El tío no supo qué contestar.

Los Cabrera se instalaron en un apartamento con vista al mar y ventanales que iban desde el suelo hasta el techo, y desde cuya terraza se veía Montjuic. La familia seguía su vida en una Barcelona bombardeada: Fausto iba al colegio y descubría que le gustaba, y descubría también que era frustrante no poder jactarse de ser sobrino de Felipe Díaz Sandino, el héroe republicano que ordenó los bombardeos de los cuarteles franquistas de Zaragoza. Mucho después Fausto se enteraría de lo que estaba sucediendo por esos días: el tío Felipe se había enfrentado a sus superiores políticos por desacuerdos de guerra (y más una guerra tan rota como aquélla, donde a veces el peor enemigo de los republicanos eran otros republicanos); los enfrentamientos se caldearon tanto que la única manera de enfriarlos fue una movida política, y el tío Felipe aceptó un cargo diplomático en París, pensando que así podría recabar el apoyo de otros países europeos para la causa republicana. Con ocasión de ese nombramiento, los sindicatos de obreros de Barcelona le hicieron un regalo que nadie esperaba: un Hispano-Suiza T56, fabricado en La Sagrera, con capacidad para cinco pasajeros y 46 caballos de fuerza. Cuando llegó a enseñarlo a casa de los Cabrera, les dijo que era un desperdicio tener tantos caballos: para llegar a París, él sólo necesitaba tres.

Así se enteró Fausto de que el tío Felipe se los llevaría de viaje a él y a su hermano Mauro, mientras los demás se quedaban en Barcelona. Nunca supo quién lo había decidido, ni si el viaje se había planeado con la complicidad de su padre o simplemente con su anuencia, pero luego, al cruzar los Pirineos en el Hispano-Suiza, Fausto vio la expresión de respeto con que el gendarme recibía los papeles de aquel diplomático de la República, y durante el resto del trayecto se dio cuenta de que nunca había conocido esa sensación de seguridad. El tío Felipe parecía tener las llaves del mundo. Durante los primeros días en París los llevó a los mejores restaurantes, para que Fausto y su hermano comieran todo lo que la guerra no les había permitido comer, y más tarde consiguió que fueran aceptados en el Liceo Pothier, un internado de gente acomodada en Orleans. Para Fausto, ya adolescente, fueron días enteros de partirse la cara con los franceses que lo miraban de mala manera sin ninguna razón perceptible; días de descubrir el sexo, o más bien las fantasías del sexo, con muchachas de quince años que lo visitaban por la noche para aprender español. Fausto se dejaba recitar versos de Paul Géraldy y daba a cambio poemas enteros de Bécquer que había memorizado sin querer en la biblioteca de su madre, esos versos de música contagiosa en que todas las pupilas eran improbablemente azules y todos los amantes se preguntaban qué darían por un beso. Mientras tanto, en entrevistas con diarios franceses, Felipe Díaz Sandino aceptaba que sí, que su bando también había cometido excesos, pero que era un grueso error moral equipararlos con los excesos de los sublevados: con los aviones nazis que arrasaban pueblos indefensos, por ejemplo, mientras los llamados países demócratas miraban para el otro lado, inconscientes de que la derrota de la República sería, a la larga, su propia derrota.

La misión diplomática no duró mucho. Las noticias que llegaban de España eran desalentadoras, y el gobierno

39

francés, hundido en la gestión de una grave crisis económica, sorteando a los nacionalistas de La Cagoule, que asesinaban sindicalistas o planeaban golpes de Estado, no parecía tener ni tiempo ni paciencia para escuchar sus reclamos. Era mejor seguir peleando la guerra en España. Pero cuando regresaron a Barcelona, el tío Felipe descubrió que los periódicos franquistas habían dado la noticia de su fuga y su captura. Tuvo esa experiencia que muy pocos tienen: ver en la prensa de su país la foto de su cadáver y la noticia de su fusilamiento. Viéndose allí, fusilado en la plaza Cataluña y repudiado como traidor y como rojo, el tío Felipe tuvo la certidumbre inédita de que la guerra se estaba perdiendo.

Fausto y Mauro también se encontraron con una vida cambiada: Domingo había conocido a una mujer. Una noche reunió a sus tres hijos y anunció que se iba a casar. Josefina Bosch era una catalana mucho más joven que él, que se acercaba demasiado para hablarles a los hijos de su marido, como si creyera que no eran capaces de entender su acento de boca cerrada y eles testarudas, y parecía sentirse más a gusto con los perros. Era tan difícil de temperamento que Fausto se preguntó si no habría podido quedarse a vivir en Francia, y por primera vez sintió algo parecido al rencor contra su tío Felipe, pues no estaba bien hacerle eso a un muchacho que está despertando a la vida: no estaba bien traerlo de regreso a un país en guerra, a una ciudad que volvía a sufrir bombardeos de aviones que ni siquiera eran españoles, a una familia remendada como una porcelana que se ha roto.

Tras el matrimonio de Domingo y Josefina, los Cabrera se mudaron a una casa grande no lejos de plaza Cataluña. Las sirenas sonaban sin parar durante el día, pero en la nueva casa no había manera de subir a una terraza para ver los aviones. La ciudad vivía con miedo: Fausto lo veía en la cara de Josefina y lo hablaba con sus hermanos, y lo sentía en el aire cada vez que su padre los llevaba a la casa de la tía Teresa. No había pasado una semana desde la mudanza cuando sonaron las sirenas como habían sonado siempre, pero en esta oportunidad la familia, que estaba sentada a la mesa del almuerzo, no tuvo tiempo de esconderse. Un estallido sacudió el edificio y rompió una de las ventanas, y fue tan fuerte que la sopa saltó de los platos y Fausto se cayó de su silla. «¡Bajo la mesa!», gritó Domingo. Habría sido una precaución inútil, pero todos obedecieron. Olga se aferró al brazo de su padre, y Josefina, que masticaba todavía un pedazo de pan, abrazó a Fausto y a Mauro, que lloraban a gritos. «Fíjate si están heridos», le dijo Domingo a Josefina, y ella les levantó las ropas y les palpó el vientre y el pecho y la espalda, y lo mismo hizo Domingo con Olga. «No pasa nada, no pasa nada», dijo entonces Domingo. «Quedaos aquí, yo vuelvo enseguida.» Y unos minutos después les trajo noticias: habían pasado los aviones italianos, que se habían encarnizado con Barcelona, y una de las bombas había caído por casualidad sobre un camión cargado de dinamita que estaba aparcado a la vuelta de la esquina. Josefina escuchó con paciencia y luego salió de debajo de la mesa, limpiándose el vestido.

«Vale, ya lo sabemos», dijo. «Terminemos de comer, entonces, que todavía queda sopa.»

Pocos días después, la familia se reunió para tomar decisiones. La guerra se estaba perdiendo, y Barcelona era el blanco predilecto de los fascistas. Los italianos, a bordo de bombarderos Savoia, no iban a dejar de asolar la ciudad. El tío Felipe tomó la decisión por todos: «Es tiempo de que os vayáis de España. Aquí no os puedo proteger». De manera que empacaron sus cosas en el Hispano-Suiza y una mañana salieron rumbo a la frontera francesa. Fausto, apretujado contra sus hermanos en un carro diseñado para menos gente, hizo el viaje pensando en varias cosas: en su madre muerta, en poemas de Bécquer y de Géraldy, en francesas de quince años; y también en su padre, que se había quedado atrás para proteger al tío Felipe. Pero sobre todo iba pensando en el tío: el coronel Felipe Díaz Sandino, republicano, conspirador y héroe de guerra. A partir de ese momento, Fausto vería al tío Felipe y pensaría: así voy a ser yo. Pensaría: así quiero ser yo cuando sea grande. Pensaría: *Vive la vida de suerte que viva quede en la muerte.*

La escena parecía el *atrezzo* de una mala obra de teatro: una carretera, algunos árboles, un sol que blanqueaba las cosas. Allí, en ese decorado mediocre, estaban Josefina y los Cabrera, apretujados en un Hispano-Suiza a cinco kilómetros de la frontera francesa, en medio de ninguna parte. Pero no estaban solos: como ellos, otros muchos ocupantes de muchos vehículos, y otros hombres y mujeres que habían llegado a pie con sus baúles al hombro, esperaban lo mismo. Huían de la guerra: dejaban atrás sus casas; dejaban atrás, sobre todo, a sus muertos, con esa osadía o ese desespero que le permite a cualquiera, aun al más cobarde, lanzarse a las incertidumbres del exilio. La frontera estaba cerrada y no quedaba más remedio que esperar, pero mientras esperaban, mientras pasaban las horas morosas del primer día y luego del segundo, la comida se iba acabando y las mujeres se iban poniendo más nerviosas, acaso conscientes de algo que los hijos ignoraban. Ciertas esperas son horribles porque no tienen conclusión visible, porque no están a la vista los poderes capaces de ponerles fin o de hacer que ocurra lo que volvería a poner el mundo en movimiento: por ejemplo, que las autoridades —¿pero quiénes son, dónde están?— den la orden de que se abra una frontera. Y en eso estaban Fausto y su hermano Mauro, preguntándose quién podía dar la orden y por qué se había negado hasta ahora a darla, cuando se oyó un murmullo en el aire, y luego el murmullo se convirtió en rugido, y antes de que la familia se diera cuenta, un avión de caza estaba pasándoles por encima, disparándoles con sus ametralladoras.

«¡A esconderse!», gritó alguien.

Pero no había dónde hacerlo. Fausto se refugió detrás del Hispano-Suiza, pero enseguida, cuando el avión pasó de largo, tuvo la sospecha de que el ataque no había terminado, y se dio cuenta de que la parte de atrás, cuando viene un avión de un lado, era la parte de adelante cuando el avión viene del otro. Y así fue: el avión hizo un giro en el aire y volvió desde la dirección contraria. Fausto se metió entonces debajo del Hispano-Suiza, y allí, con la cara contra el suelo de tierra y sintiendo las piedras en la piel, oyó de nuevo el rugido y las metralletas y reconoció el grito de Josefina, que era un grito de miedo y de rabia: «¡Hijos de puta!». Y entonces se hizo de nuevo el silencio. El ataque había pasado sin dejar muertos: caras de miedo por todas partes, mujeres llorando, niños recostados en las ruedas de los carros, orificios de bala —oscuros ojos que nos miran— en algunas carrocerías. Pero no muertos. Ni heridos tampoco. Era inverosímil.

«¡Pero si no hemos hecho nada!», decía Fausto. «¿Por qué nos disparan?»

Josefina contestó: «Porque son fascistas».

Durmieron con miedo de otro ataque. Fausto, en todo caso, tuvo miedo, y era un miedo distinto por ocurrir a la intemperie. Al día siguiente decidieron que la peor decisión era no tomar decisión alguna, así que se movieron: fueron bordeando la frontera, puesto de control tras puesto de control, hasta que encontraron movimientos en la muchedumbre, esos movimientos reconocibles porque son lo contrario de la desesperanza o la derrota: porque se ve en ellos algo que identificamos con las ganas de seguir viviendo. Alguno de la familia preguntó qué estaba pasando, y la respuesta fue la que esperaban:

«Acaban de abrir la frontera».

«Que la han abierto», dijo Fausto.

«La han abierto, sí», dijo Josefina.

Entonces vieron el problema que se les venía encima. Los gendarmes habían abierto el paso, pero estaban separando a los hombres de las mujeres y los niños.

«¿Qué pasa?», preguntó Fausto. «¿Adónde los llevan?»

«A los campos de concentración», dijo Josefina. «Gabachos de mierda.»

Entonces le pidió a Fausto que se acercara. Habló con la mirada en el aire y las cejas levantadas, y Fausto comprendió que no debía fijarse en sus ojos, sino en sus manos: las manos que ahora le entregaban una billetera como se revela un secreto.

«Intenta hablar con ellos», le dijo.

«¿Con quiénes?»

«Con los gendarmes. Hablas francés, ¿no? Pues eso.»

Fausto y Mauro se abrieron paso entre la gente y encontraron la puerta de unas oficinas. Quisieron entrar, pensando, con razón, que del otro lado de la puerta se daban las autorizaciones que ellos necesitaban, pero los gendarmes los echaron con malos modos. «Nos tratan como apestados», dijo Mauro. «Hijos de puta.» Entonces Fausto se fijó en un hombre de traje elegante que caminaba con el sombrero en la mano, y había algo en su manera de sostener el sombrero que le daba autoridad. Fausto agarró a su hermano del brazo y empezaron a caminar detrás del hombre del sombrero, muy cerca de sus zapatos, tanto que hubieran podido hacerle zancadilla. Un par de gendarmes intentaron detenerlos. «¿Adónde van?», les espetó uno. Fausto contestó en francés impecable:

«¿Cómo que adónde? Adonde vaya mi tío.»

El gendarme, confundido, miró a su compañero.

«Pues si vienen con *Monsieur*...», dijo el otro.

Fausto apresuró el paso en la dirección del hombre del sombrero, y no le importó perderlo de vista: habían salvado el obstáculo. «¿Y ahora?», dijo Mauro. «Ahora buscamos una oficina», dijo Fausto. No fue difícil: un barullo de gentes, un movimiento de cuerpos se agolpaba en el fondo de la construcción. Uno de los cuerpos tenía uniforme: era un hombre corpulento, de pelo blanco y bigote menos blanco que el pelo, y a él se dirigió Fausto. «Nos dijeron», aseguró con todo el aplomo que fue capaz de encontrar en su voz de adolescente, «que habláramos con usted». Y le contó su caso.

Le habló de su tío, héroe de la resistencia al franquismo. Le habló de su familia republicana desesperada por salir de ese país donde los fascistas bombardeaban a las mujeres y los niños. Le dijo que había estudiado en París y que los valores de la República eran sus valores. «No podemos hacer excepciones», dijo el oficial. Y después de esas palabras, cuyo único resultado fue la entrada a una oficina y una suerte de audiencia brevísima con un oficinista, Fausto sacó de su bolsillo la billetera de Josefina, y de la billetera, el fajo de billetes. Lo dejó allí, sobre su mano extendida, flotando en el aire. El oficial miró al oficinista.

«Hagamos una excepción», dijo.

Fausto entregó el dinero y a cambio recibió un permiso para pasar a la estación del ferrocarril. En minutos estaban todos reunidos frente a la taquilla, preguntando con una sonrisa cuál era el próximo tren. Josefina pagó los billetes.

«¿Adónde vamos?», le preguntó Fausto a Josefina. «¿Adónde va este tren?»

«Como si va a Siberia», dijo ella.

Pero no era Siberia: era Perpiñán. Fausto no guardaría recuerdo alguno de esa ciudad, pues los días se les fueron a los Cabrera escondidos en un hotel de mala muerte, angustiados por no saber nada de Domingo ni del tío Felipe. Pero no podían hacer nada más que avisar de su paradero y dar noticias. Habían acordado que usarían una dirección de Orleans, la casa de una familia que habían conocido cuando Fausto estudiaba en el Liceo Pothier, como lugar de correspondencia. Varios días después recibieron noticias: los hombres habían sido recluidos en el campo de concentración de Argelès-sur-Mer, pero el tío Felipe, usando los contactos de sus tiempos de agregado militar en París, había logrado que los liberaran. En la carta, el tío Felipe daba instrucciones a la familia para que se reunieran en Burdeos. Allí, juntas las dos familias, decidirían qué hacer.

Y lo que hicieron fue lo mismo que hacían todos los que podían permitírselo: huir de Europa. Por una vez no fue decisión del tío Felipe, que tenía la convicción profunda de que Hitler perdería la guerra y la esperanza de que Franco caería más pronto que tarde. Los demás no estaban de acuerdo: acaso eran más pesimistas, acaso eran más realistas o simplemente tenían más miedo. Por la razón que fuera, esa vez acabaron imponiéndose. Y así fue como Fausto volvió a estar con su padre después de meses que parecieron siglos, y la familia de rojos apestados empezó a recorrer las calles de Burdeos en busca de quien los aceptara. Visitaron todos los consulados de América Latina y soportaron rechazo tras rechazo hasta que un país del que poco sabían les abrió las puertas, y en cuestión de días estaban llegando al puerto sobre el estuario y posando junto a una pequeña multitud de pasajeros desconocidos para un fotógrafo de a bordo, un hombre pequeño y bigotudo que les vendería la foto antes de terminar la travesía. En la parte de adelante, más cerca de la cámara, están las mujeres y los niños, pero también un cura sonriente y un hombre uniformado. Detrás, en las últimas filas, con chaqueta de paño abotonada y la mano apoyada en el barco, aparece Fausto Cabrera, satisfecho de estar entre los hombres, muchos de ellos españoles como él, que se despiden de España con la confianza de volver pronto, que comentan las noticias de una Europa incendiada, que brindan por la fortuna de haber escapado de la muerte y se preguntan de día y de noche, en los camarotes y en la cubierta, cómo será la vida, la nueva vida, en la República Dominicana.

III

Todo era extraño en Ciudad Trujillo, el nuevo nombre de la vieja Santo Domingo. Fausto era un blanquito español vestido con bombachas de paño, y los trabajadores del puerto, al verlo bajar del barco, empezaron a gritarle: «¡Judío! ¡Judío!». Era extraño que unos rojos como ellos, perseguidos por Franco, escapados de los campos de concentración de la Francia colaboracionista, hubieran sido acogidos por una dictadura militar. No lo sabían en ese momento, pero el presidente Franklin Delano Roosevelt le había pedido un favor al general Rafael Leónidas Trujillo: recibir a los refugiados que la guerra europea estaba produciendo por montones. Así lo hizo Trujillo: en su régimen, por lo menos en esos momentos, los deseos de Estados Unidos eran órdenes. Domingo estaba contento, pues sospechaba que era mejor llegar a un país donde las cosas estuvieran por hacerse. Tenía razón. El tío Felipe, después de estudiar con cuidado la ciudad, encontró a un pescador gallego, le propuso que se asociaran, y en cuestión de semanas estaba montando un negocio.

Se llamaba Pescaderías Caribe. Un barco de vela, unas redes que eran de un blanco luminoso al principio y se fueron curtiendo con los días, una camioneta en cuyo platón abierto destellaban los pescados y un local en la ciudad vieja: con esas herramientas pensaba el tío Felipe sacar adelante a la familia. Fausto se levantaba todos los días antes de las primeras luces, y un joven descamisado lo llevaba en la camioneta a una aldea de pescadores: allí, en los muelles, lo esperaba el barco de la familia, y Fausto usaba una carretilla maciza para cargar la camioneta y luego hacía el trayecto de regreso, parando en cada pueblo para vocear la pesca del día. Llegaba a Ciudad Trujillo con los brazos cansados y escamas de plata pegadas a la piel, pero cuando se daba un baño en el mar, cuando miraba desde las olas el malecón e imaginaba, más allá, el parque Ramfis y la casa grande de la familia, lo hacía con la satisfacción de estar poniendo su parte para sacar adelante a todos. Y durante un tiempo pareció que lo iban a lograr: que los exiliados habían encontrado un lugar en el mundo.

Una mañana llegó a la pescadería un hombre de traje claro y corbata y pañuelo de seda en el bolsillo del pecho, y preguntó si podía hablar con Felipe Díaz Sandino. Traía una propuesta del general Arismendy Trujillo, hermano del dictador, que estaba interesado en ser socio de los españoles: con su apoyo y el de su apellido, dijo, el éxito de Pescaderías Caribe estaba asegurado. El tío Felipe lo despidió con buenos modos, pero diciéndole que el negocio no necesitaba nuevos socios. Al hacerlo, sin embargo, ya sabía que el asunto no iba a terminar allí, y así se lo dijo a los demás. Y al cabo de unos pocos días volvía el hombre elegante, cargado de razones renovadas y de ofertas seductoras, llenándose la boca con los beneficios que la sociedad les traería a la pescadería y al país, y enumerando las ventajas que un extranjero podía tener si se asociaba a la primera familia de la República Dominicana. El tío Felipe volvió a negarse. Lo siguiente fue una cita a las oficinas del general Trujillo.

«Tengo entendido que usted fue coronel», dijo Trujillo.

«Así es», dijo el tío Felipe. «De carrera.»

El general Trujillo sonrió: «De la carrera, mi coronel, no queda sino el cansancio».

Luego le dijo que le quería ayudar: que los militares le caían bien, que le gustaba tratar con ellos, que la pesca era parte esencial del futuro de la república y que Pescaderías Caribe era el más promisorio de los negocios de su ramo. A partir de ese momento, anunció el general Trujillo, serían socios. Lo anunció con una sonrisa y una ligera inclinación del cuerpo detrás del escritorio macizo, y el tío Felipe comprendió que no sólo era inútil que volviera a negarse, sino que sería incluso peligroso. En la reunión no se discutieron los términos de la sociedad, pero eso no era necesario. Resultaron ser muy simples: la pescadería le daría al general Trujillo una suma mensual y generosa; el general Trujillo, por su parte, no daría nada. En cuestión de meses la familia del dictador se había quedado con Pescaderías Caribe. El tío Felipe resumió la situación con tres palabras que Fausto recordaría toda la vida: «Sálvese quien pueda».

Pocos días después, el tío Felipe anunció que se iba a Venezuela. Olga, que no había encontrado trabajo en Ciudad Trujillo, decidió viajar con él, pero Fausto prefirió quedarse con Mauro y su padre: el tío Felipe se le había convertido en un hombre derrotado. Sí, había sido un héroe, pero ahora parecía que la vida le hubiera pasado por encima. Salía de la isla sin llevarse nada: ni dinero suficiente, ni proyectos, ni esperanzas. Felipe Díaz Sandino era un hombre roto por el destierro, o por la suerte del desterrado. Para todos los efectos prácticos, Fausto, que tanto lo había admirado de niño, sintió que lo perdía para siempre. Pero no tuvo ni siquiera tiempo de que el tío Felipe le hiciera falta, porque ya los Cabrera se habían embarcado en otro intento, uno más, por sobrevivir en el exilio. Ya el tío se había ido cuando Domingo anunció el proyecto.

«Vamos a sembrar maní», dijo.

Era un terreno vecino de la frontera haitiana: una selva espesa y húmeda donde no parecía que el calor bajara nunca y donde flotaba, sobre cada charco, una densa nube de mosquitos. Veinte familias de refugiados españoles cultivaban los terrenos en que el gobierno dominicano quería producir su propio aceite, y cada una de las familias recibía una dotación generosa del Ministerio de Agricultura: arado, yunta de bueyes, una mula y una casa de dos habitaciones, si es que podía llamarse habitaciones a esos cajones separados por planchas de madera que amenazaban con caerse al primer ventarrón. Los Cabrera tuvieron que hacer sus propias letrinas. Fausto hablaría después de la satisfacción que puede darle a uno ver bien canalizada su propia mierda.

La compañía de otros españoles era un consuelo. Uno de ellos era Pablo, un asturiano que había salido de España con esa misma boina que Fausto le veía todos los días, y que no se quitaría, alegaba, hasta que cayera el cabrón de Franco. Con él se reunían en las mañanas de domingo para hacer el llamado a maitines, y a menudo para cantar a voz en cuello *El Ejército del Ebro*. Era el único momento en que Pablo se quitaba la boina. La lanzaba al aire y gritaba:

«¡Que muera Franco!».

Y todos, pero sobre todo Fausto, contestaban:

«¡Que muera!».

Fue junto a él, o por petición suya, como Fausto comenzó a declamar poesía. Le había gustado desde niño, la había leído en los libros de su madre y la había escuchado de boca de su padre, pero un golpe de azar había convertido el pasatiempo en vocación. En el barco que los había traído de España, en los camarotes de primera clase, venía Alberto Paz y Mateos, uno de los actores más reconocidos de su tiempo, que había introducido en las academias españolas las teorías de Stanislavski y estaba poniendo patas arriba todas las ideas que se tenían en su país acerca de la interpretación dramática. Fausto apenas se había separado de él durante el viaje. Lo buscaba para hablar de Lorca, cuyos versos conocía de memoria, y de Chéjov, cuyo nombre escuchaba por primera vez; y luego, en Ciudad Trujillo, se habían seguido viendo ocasionalmente. Gracias a los consejos de Paz y Mateos, Fausto había comenzado a experimentar con la voz y los gestos para poner el método Stanislavski al servicio de la poesía. Una colonia de exiliados metida en la selva, donde la gente enfermaba de paludismo cada dos por tres, no parecía ser el mejor lugar para poner en práctica sus aprendizajes, pero Fausto no se arredró. En las tardes, cuando los negros de las aldeas vecinas se reunían para cantar sus canciones, le gustaba aprovechar los silencios esporádicos, y allí, junto a la fogata cuyo humo espantaba a los mosquitos, ante el aburrimiento mortal de los locales, soltaba un poema entero de Machado o de Miguel Hernández. La «Canción del esposo soldado», por ejemplo:

> *Para el hijo será la paz que estoy forjando.*
> *Y al fin en un océano de irremediables huesos*
> *tu corazón y el mío naufragarán, quedando*
> *una mujer y un hombre gastados por los besos.*

A Pablo, el asturiano, le gustaba «Madre España»:

> *Decir madre es decir tierra que me ha parido;*
> *es decir a los muertos: hermanos, levantarse.*

Eran los versos que Fausto iba practicando la mañana del accidente. Se había acostumbrado a recitar mientras cosechaba maní, para tener la sensación artificiosa de que aprovechaba el tiempo, y esa tarde, mientras se movía por el sembrado bajo un sol que le pesaba en la nuca, iba diciendo para sus adentros *Tierra: tierra en la boca, y en el alma, y en todo*. Más tarde, contando el cuento a los adultos, se encontró con que su desgracia sólo les causaba risa, porque las palabras no habrían podido ser más apropiadas. Sólo a un dios cruel y burlón se le hubiera ocurrido que Fausto, en el momento de decir esas palabras —y las que siguen: *Tierra que voy comiendo, que al fin ha de tragarme*—, se metiera sin darse cuenta en un hormiguero vivo. Eran, según supo después, hormigas caribes, y todo el mundo estaba de acuerdo en que Fausto había tenido suerte: la saña de las mordeduras y la intensidad del veneno le hicieron perder el conocimiento, pero se recordaban casos de gente que no había sobrevivido. Tarde en la noche, cuando despertó de un sueño afiebrado y se encontró con su padre y su hermano Mauro, lo primero que hizo fue decir que se quería largar de allí.

«Hay que esperar», le dijo su padre.

«¿Hasta cuándo?», dijo Fausto. «¿Esperar hasta cuándo? Se me va a ir la vida en esta selva. ¿Tú crees que me quiero quedar toda la vida aquí?»

«Y qué quieres, entonces.»

Con un hilo de voz, todavía temblando de fiebre, Fausto dijo: «Ser actor. Y aquí no veo mucho futuro».

Era la primera vez que lo decía. En lugar de burlarse o darle contentillo, su padre le entregó una toalla empapada en agua fría y le dijo:

«Dos cosechas, nada más. Y luego nos vamos».

No fueron ni siquiera dos. El invierno —eso que los dominicanos llamaban invierno— llegó sin avisar, con sus aguaceros y sus temperaturas trastocadas, y una noche Mauro despertó con la cama empapada en sudor y la cara ardiendo. La quinina que habían comenzado a tomar semanas antes no fue remedio suficiente, y la fiebre era tan alta que Mauro dejó de reconocer a su familia. Cuando eso pasó, cuando Domingo llegó un día para encontrarse con que su hijo menor lo había confundido con el mago Mandrake, supieron que tenían que volver a Ciudad Trujillo. Malvendieron la última cosecha y se apretaron todos en el primer camión que los pudo sacar de la selva, una bestia destartalada con barandas de madera en el compartimento de carga. Allí viajaba Fausto, recostado en sus enseres, viendo mientras avanzaban cómo se hacían visibles, sobre el fondo de nubes blancas, las nubes de mosquitos portadores del paludismo.

*

Durante los meses que siguieron en Ciudad Trujillo, Fausto fue pasando de trabajo en trabajo —obrero de imprenta y luego ascensorista y finalmente ayudante de farmacia— para sobrevivir de mala manera. Mientras tanto, en ratos robados, visitaba el Centro Republicano Español. Lugares parecidos se habían fundado en toda América Latina, de Ciudad de México a Buenos Aires, lo cual haría pensar a muchos que los verdaderos ganadores de la guerra civil española eran los latinoamericanos: cientos de exiliados de la guerra —artistas o periodistas, actores o editores o novelistas— trajeron su trabajo y su talento, y el continente nunca fue el mismo. En el Centro Republicano de Ciudad Trujillo estaba Paz y Mateos, y allí, en medio de conferencias y recitales, entre una discusión sobre el posible regreso de la República y una lectura de los *Poemas humanos* de un tal César Vallejo, Fausto empezó su formación actoral, o continuó la que había empezado por su cuenta y casi sin saberlo. Bajo la tutela de los exiliados descubrió poetas que no conocía y aprendió a decir sus versos de tal manera que a su público, extrañamente, le parecía estar descubriéndolos también. Nadie declamaba a Lorca mejor que Fausto, aunque declamar fuera un verbo débil para lo que realmente ocurría en esas sesiones: Paz y Mateos se dio cuenta de que Fausto, con su voz de barítono y su cuerpo fibroso, con un par de trucos aprendidos en los talleres de los sábados, era capaz de convertir el más pacífico de los versos en un llamado a la subversión. El nombre de Fausto Cabrera comenzó a aparecer con frecuencia en los carteles del Centro, y después de uno de aquellos recitales, el padre de Fausto se acercaba a saludar a Paz y Mateos cuando lo oyó decir:

«Este chico la va a liar un día».

La fantasía de ser actor ocupaba cada vez más espacio en su cabeza. El trabajo en la farmacia, de largas horas, se convertía en un estorbo. Fausto la limpiaba por dentro, cosa que no le importaba, pero también se encargaba de la vitrina, y eso ya no le agradaba tanto: encontrarse allí, en ropa de trabajo, con un balde de agua jabonosa en una mano y un trapo en la otra, cuando pasaban las chicas del colegio vecino, era como ser sometido a escarnio público. Se había dado cuenta, además, de que no le caía en gracia al administrador, un dominicano amargado, prematuramente calvo y de panza prominente, para el cual un joven español era la más temible de las amenazas. Pero Fausto se dio cuenta de eso muy tarde, cuando ya le había dado al administrador el pretexto que necesitaba para echarlo.

El error ocurrió poco a poco. En el fondo de la farmacia había un recipiente de vidrio lleno hasta el tope de cápsulas translúcidas: era aceite de hígado de bacalao, y Fausto empezó a tomar una cápsula cada vez que pasaba por allí. El efecto era inmediato: se sentía más despierto, más concentrado. En esas cápsulas, pensó, estaba el remedio para su familia. Pues era cierto que los Cabrera, sometidos a meses de privaciones y a los trabajos forzados de la cosecha de maní, habían llegado a Ciudad Trujillo con varios kilos de menos y con la convicción de vivir desnutridos. Tras varios días seguidos de tomar impunemente una cápsula, su mano agarró un puñado generoso y se lo metió al bolsillo del pantalón. «Me las regalan en la farmacia», le dijo a su padre.

«Pues qué bien», respondió él, sosteniendo la cápsula ambarina entre dos dedos. «Nos viene de maravilla. Trae más cuando puedas.»

«Claro que sí», dijo Fausto. «Cuando pueda.»

Pero no pudo. Se estaba metiendo unas cuantas cápsulas al bolsillo, sin preocuparse siquiera por la que se había caído bajo el mesón, cuando se dio cuenta de que el administrador había visto la operación entera: desde el otro lado del mostrador, donde una clienta esperaba una caja de hojas Gillette, el hombre le hizo a Fausto la señal de cortarse la garganta con un dedo, pero esperó a que la clienta se marchara para notificarle que estaba despedido. Fausto, por vergüenza, ni siquiera se atrevió a darle la cara al dueño. Esa tarde, durante la cena en casa, anunció: «Ya no trabajo más en la farmacia».

«¿Ah, no?», dijo su padre. «¿Y entonces qué harás?»

«No lo sé», dijo Fausto. «Es que no aguanto más, papá. Yo lo que quiero es otra cosa.» Algo se iluminó en su cara. «Yo lo que quiero es irme a Venezuela», dijo Fausto. «Como hizo Mateos. Parece que le va como a los dioses.»

Paz y Mateos había viajado a Caracas por esos tiempos. Había dejado el Centro Republicano en manos de otro actor, y sin él ya la cosa no era igual.

«¿Y qué harías?», preguntó Domingo.

«Pues dedicarme a lo que me gusta», dijo Fausto. «Dedicarme a la actuación, dedicarme de verdad. No seguir perdiendo el tiempo. Si otros españoles se han ido, ¿por qué no puedo irme yo también?»

«Porque no tienes la pasta», le dijo su padre. «Pero, anda. No sé cómo lo harás sin trabajo, pero eso ya es problema tuyo.»

Fausto consiguió un trabajo, recepcionista en el consultorio de un médico dominicano, pero habría aceptado cualquier otra cosa. Ya se le había ocurrido lo de la actuación y no había quién le sacara esa idea de la cabeza. Una vez a la semana caminaba hasta la emisora de Ciudad Trujillo y grababa un programa sobre poesía; lo hacía a cambio de nada, pues oír su propia voz al aire, tan transformada que parecía una voz ajena, y recibir los cumplidos de las pocas personas que lo identificaban con el lector de la radio era una satisfacción que no trataba de explicar a nadie, porque nadie lo habría entendido. Su hermano Mauro, chico de los recados en el almacén de un español, le ayudaba con botellas de leche y puñados de lentejas que sacaba del trabajo, y Fausto, apoyándose en su celebridad escasa, se puso a buscar citas con españoles ricos para pedir ayudas. A veces lo reconocían, pero era más frecuente que nunca hubieran oído ni su nombre ni su voz. De todas formas, al cabo de unos meses consiguió la suma que necesitaba. Pero al tratar de comprar el pasaje se dio cuenta de que los vuelos habían cambiado: el directo de Ciudad Trujillo a Caracas ya no existía, y era necesario hacer escala en Curazao. Eso, por supuesto, aumentaba el precio. Ya no tenía dinero suficiente.

Esa noche, hablando con su padre, lloró como no lloraba desde que era niño. «Nunca voy a salir de aquí», decía. «Aquí nos pudriremos todos.» Fue entonces cuando su padre se desabrochó el cinturón. Entre sus manos apareció una faja; detrás de la faja, unos billetes oscuros y humedecidos.

«Los ahorros del maní», le dijo su padre. «¿Cuánto te hace falta para ese pasaje?»

«Este dinero es para emergencias», dijo Fausto.

«Este dinero es para lo que yo diga», dijo su padre. «Y ahora mismo lo necesitas tú.»

Resultó que a él le había pasado algo parecido. Cuando quiso irse de Canarias, con dieciséis años, un buen amigo le prestó las pesetas que le faltaban.

«Y ahora», le dijo su padre a Fausto, «yo quiero ser ese amigo para ti».

Mucho después, con la perspectiva que da el tiempo, Fausto comprendería que Venezuela nunca había sido un destino, sino apenas una escala. Durante los meses siguientes, mientras dividía su tiempo entre un trabajo absurdo —enrollar telas en el almacén El Gallo de Oro— y la búsqueda, siempre frustrante, de la vida cultural de Caracas, su padre y su hermano llegaban a Colombia, donde ya se había instalado el tío Felipe. Cuando Olga decidió unirse a los demás, Fausto se quedó solo en Caracas, haciendo contactos con grupos de teosofía y leyendo a Khalil Gibran, y recibiendo noticias que le producían una mezcla de nostalgia y envidia. «Todos estamos trabajando», le contaba su padre en sus cartas. «Olga es secretaria en la oficina de un refugiado español. Mauro es agente vendedor —un título elegante— de una fábrica de perfumes. Y te puedo dar una noticia que te gustará: tu tío Felipe está aquí también. No está en Bogotá con nosotros, sino en Medellín. Es la segunda ciudad del país. Allí un ecuatoriano fundó unos laboratorios farmacéuticos y Felipe es el gerente. Yo, por mi parte, administro un hotel del centro de Bogotá. El país nos trata bien. Sólo faltas tú.»

Sólo falto yo, pensó Fausto. Pero pensó también en esas vidas que la carta resumía. Eran las vidas de quienes han perdido su país, para las cuales la felicidad era precaria: un sueldo de lástima haciendo trabajos que en su país no habrían hecho. Fausto se dijo que no le pasaría lo mismo: haría lo que quería hacer o moriría en el intento. En los meses siguientes recitó poesía, mucha poesía, y se construyó una reputación con la voz y el talento, pero también con otras armas. En el Salón de Arte Pegaso armó sin ayuda de nadie un recital de García Lorca, y estaba muy consciente de que su éxito se debía en parte a la pequeña mitología que había construido: a todos les había contado que era discípulo del poeta. La verdad era que Fausto, siendo muy pequeño, estaba en la casa de la familia en Madrid cuando su primo Ángel trajo a Lorca de visita. «Federico, éste es mi primo Fausto», dijo Ángel. «Le gusta mucho declamar.» Y Federico lo felicitó, le puso una mano firme en la cabeza y le dio un beso. Eso fue todo, pero ahora, años después de que Lorca hubiera muerto asesinado, no le parecía ilícito abrirse paso con ayuda de esa anécdota exagerada. No, no era discípulo de Lorca, sino algo mejor o más profundo. Y lo iba a aprovechar como pudiera.

*

Fausto tenía veinte años cuando llegó a Bogotá, tras entrar por la frontera venezolana y hacer quince horas de viaje por carretera, pero sentía que varias vidas le habían pasado por el alma. Era el mes de junio de 1945: Hitler se había suicidado en su búnker pocas semanas atrás, dos días después de que Mussolini fuera colgado por los italianos, pero Franco estaba vivo, muy vivo, y nada parecía indicar que España pudiera volver a ser una república. La familia vivía en una casa de la calle 17, a pocos pasos del parque Santander. No era una casa pequeña, pero los demás habían ocupado ya todas las habitaciones disponibles, y para acomodar a Fausto fue necesario abrir espacios que no existían en la despensa —quitar cajas de alimentos, mover taburetes de madera— y en ellos acomodar un catre de cuartel en el que alguien más alto que Fausto, o más corpulento, no habría podido pasar ni una noche. La despensa era un lugar de clima esquizofrénico: durante el día, cuando la cocina estaba en funcionamiento, hacía más calor que en el resto de la casa, pero en las noches los fogones se apagaban y las corrientes de aire entraban por el patio y el frío se pegaba a las paredes de baldosines, y Fausto se metía a la cama con la convicción de que algún pesado le había rociado las sábanas con agua fría. Después de Caracas y Ciudad Trujillo le pareció inverosímil que uno de sus compatriotas hubiera decidido fundar una ciudad bajo estos cielos grises, en este invierno permanente donde llovía todos los días, sin excepción, donde los hombres de las calles andaban con guantes y paraguas y ceños fruncidos, y donde las mujeres rara vez salían de sus casas, casi siempre para comprar comida y buscar un rayo de sol como gatos perdidos.

Empezó a caminar por la ciudad con su álbum en la mano, enseñándoselo a quien pudiera. Eran los recortes de periódico que contaban su historia de actor incipiente, las notas marginales, a veces con fotos de mala calidad, que habían aparecido en publicaciones de Venezuela o de

República Dominicana, en las cuales Fausto aparecía en poses histriónicas frente a un micrófono o vestido de manera extravagante sobre un fondo negro. Los pies de foto eran con frecuencia ridículos, y los textos, paternalistas; pero lo importante era que la noticia se había dado, y ahora Fausto, en Bogotá, no era un hijo de exiliados que ha cultivado maní en la selva de la frontera, ni siquiera un empleado de almacén que enrolla telas para la venta y recita poesía en sus ratos libres, sino un joven actor español, superviviente de la debacle europea, que viene a agraciar con su talento la vida cultural de la ciudad. Tal vez, pensó, aquí tendría por fin la oportunidad de ser otro, de dejar atrás al que había sido antes: aquí llegaba ligero de equipaje, sin la carga molesta de su pasado reciente. Había escapado de la vida de otro y estaba aquí, inventándose de nuevo, y cuando tuvo un golpe de suerte, pensó que no era tan raro: la suerte favorece a los osados.

Un día, caminando por el centro sin intención fija, se topó con una placa de piedra donde se leía: *Ministerio de Educación*. Él fue el primer sorprendido cuando un tal Darío Achury Valenzuela, director de algo llamado Departamento de Extensión Cultural, lo recibió sin hacerlo esperar. Fausto tuvo la sospecha de que lo había confundido con otro, y enseguida la sospecha se disipó: Achury era un hombre de una curiosidad voraz, y sí, era cierto que ese día estaba especialmente desocupado, pero hablar de poesía era una de las cosas que más le gustaba hacer en la vida. Tenía unos cuarenta años y la dicción y los modales de un viejo; estaba vestido con traje de tres piezas, y su sombrero y su paraguas colgaban de un solterón, detrás de su escritorio. Fausto nunca había conocido a alguien así: era como hablar con Ortega y Gasset una mañana de otoño. Achury citaba a Schiller en alemán y podía decir de memoria páginas enteras de *Don Quijote,* y estuvo un cuarto de hora monologando contra los críticos que habían llamado a Cervantes ingenio lego. No le tembló el espíritu para despacharse contra Unamuno y Azorín, ni para decretar que Ganivet era un incompetente, y Varela, un indocumentado.

«Más legos serán ellos», dijo.

La conversación duró más de dos horas. Hablaron de poetas españoles y latinoamericanos; Achury mencionó a Hernando de Bengoechea, un poeta colombiano que había muerto combatiendo por Francia en la guerra del 14, y de ahí pasaron a la Guerra Civil, y hablaron de la muerte de Machado. Cuando llegaron —como era evidente que llegarían— a García Lorca, Fausto no perdió la oportunidad.

«Ah, sí, Federico», dijo. «Lo conocí, ¿sabe usted? Todavía recuerdo el beso que me dio en la cabeza.»

Salió del ministerio con la promesa de un recital en el Teatro Colón. Era un desconocido de veinte años, pero le habían dado un espacio en el teatro más importante del país. No habría podido empezar mejor. El teatro no estaba lleno el día del recital, pero el público de la platea se agolpó en las primeras filas, de manera que las ausencias se quedaban en la sombra. Fausto nunca había actuado en un lugar cuyas sillas estuvieran fijas en el suelo, y estas sillas eran de terciopelo rojo, y bajo el cristal de la lámpara tenían el color de la sangre en la arena. Comenzó el recital con algo fácil: una música seductora y una meditación inofensiva para que la gente entrara en calor.

> *Nunca perseguí la gloria*
> *ni dejar en la memoria*
> *de los hombres mi canción.*

Eran los *Proverbios y cantares* de Antonio Machado, y allí, en el escenario, Fausto se convertía en Machado y era al mismo tiempo el hombre que amaba los mundos sutiles, ingrávidos y gentiles, y el perseguido que ya ha muerto en la frontera francesa, no lejos de donde él, Fausto, habría podido morir bajo los bombardeos de los fascistas.

Al andar se hace camino,
y al volver la vista atrás
se ve la senda que nunca
se ha de volver a pisar.

El público aprobó en la platea, y en los palcos las caras escasas, todas en el nivel más bajo, se asomaron un poco más sobre la baranda, círculos de piel emergiendo de la penumbra. No parecía que nadie ocupara el palco presidencial, y eso, absurdamente, decepcionó a Fausto. Era demasiado pedir que viniera un dignatario, por supuesto, pero al menos le habría podido prestar su palco a la familia o a los amigos. Las caras atentas no se habían distraído; tras los aplausos, dispersos como una amenaza de lluvia, Fausto continuó con otro poeta muerto:

La cebolla es escarcha
cerrada y pobre:
escarcha de tus días
y de mis noches.
Hambre y cebolla:
hielo negro y escarcha
grande y redonda.

Pero no era un poema sobre la cebolla, entendió el público de las sillas de terciopelo rojo, sino sobre un niño: un niño con hambre, hijo de una mujer morena, amamantándose con sangre de cebolla.

Vuela niño en la doble
luna del pecho.
Él, triste de cebolla.
Tú, satisfecho.
No te derrumbes.
No sepas lo que pasa
ni lo que ocurre.

Y ahora Fausto era el poeta Miguel, escribiendo desde la cárcel los versos para su niño: el poeta Miguel, hombre de campo como él había sido, encarcelado por los fascistas como lo había estado el tío Felipe. Fausto era el tío Felipe y también el niño de seis años que lo había visitado en la cárcel, con miedo y tristeza, y era el jovencito con hambre que había robado cápsulas de aceite en una farmacia de Ciudad Trujillo. Un ruido callado le llegó desde la primera fila, y al terminar el poema (con las manos pegadas al cuerpo y un vibrato potente en la voz) Fausto se dio cuenta de que alguien estaba llorando. No era una sola mujer, sino varias: dos, cuatro, diez: las sillas de terciopelo sollozaban. Luego comenzaron los aplausos.

IV

El triunfo del Colón fue al mismo tiempo modesto y extraordinario, y puso a Fausto en el mapa del teatro bogotano. La gente comenzó a hablar del actor español que acababa de llegar —el discípulo de García Lorca, sí, el familiar de héroes republicanos— y las compañías nacientes se interesaron en él. Al volver de una gira breve llena de patios de Sevilla y niños y cebollas, se encontró con una invitación a que recitara sus poemas en el Teatro Municipal. No era un teatro como los otros. Por esa época, el líder liberal Jorge Eliécer Gaitán, un político de origen humilde que se había convertido en un temible líder de masas y era visto por las élites como una amenaza palpable, daba allí sus discursos del final de la semana —los Viernes Culturales, los llamaba—, unas piezas magistrales de oratoria que convocaban a más gente de la que Fausto había visto nunca en el mismo sitio, y que se transmitían por radio para un país seducido por las ideas izquierdistas y la retórica mussoliniana de aquel hombre de rasgos indígenas y gomina firme. Fausto comenzó a ensayar allí su repertorio de siempre —Machado, Lorca, Hernández—, y un viernes, al darse cuenta de que Gaitán se había quedado después de su emisión para escuchar sus poemas, se le acercó y comenzaron a conversar. Gaitán hablaba con propiedad de poesía colombiana, citaba a Silva y a Julio Flórez y le sugería a Fausto que incluyera a Neruda. Cuando se despidieron, Fausto oyó que alguien más decía:

«Cómo no se van a entender, si los dos son comunistas. Con gente así, este país se va a ir al carajo».

No era verdad: Gaitán no era comunista, y Fausto, mucho menos. Hasta ese momento, ni siquiera había tenido tiempo de hacerse esas preguntas, pues todavía estaba lidiando con cosas más grandes: Dios, por ejemplo. En su breve paso por Caracas se había relacionado con grupos ocultistas para tratar de sacar algo en claro, y se había acercado a la teosofía de Madame Blavatsky, y luego fue rosacrucista y luego masón. Llegó a graduarse *dentro del templo,* un primer paso de importancia en la masonería, pero poco a poco se fue desencantando de todo: de los masones, de los rosacruces y de los teósofos. Pero no de la búsqueda: la búsqueda seguía viva, porque nadie le había sabido dar las respuestas que necesitaba. Y algo en el tono de Gaitán le sugería que tal vez este líder popular supiera cosas que él todavía ignoraba. Gaitán le preguntaba a Fausto si no había pensado nunca en ponerse una faja en la cintura, como hacía él, para que la presión sobre el diafragma le fabricara una voz más fuerte. Fausto sabía que este hombre, que no era imponente, era capaz de hablar sin micrófono en la plaza de Bolívar, y no desdeñó ninguno de sus consejos. Lo impresionó, sobre todo, lo que Gaitán elogiaba de su declamación. No era la calidad de los versos, por supuesto, ni las emociones, sino la convicción.

«Usted odia a los tiranos», le decía a Fausto. «Ahí es donde nos encontramos usted y yo. A los campesinos los están matando a una hora de aquí, a dos horas, y nosotros recitando poemas. Y yo le digo, joven: si esos poemas no sirven para combatir, lo más probable es que no sirvan para nada.»

Gaitán le estaba hablando de una realidad muy lejana. Del campo y las montañas llegaban a Bogotá noticias de escenas horribles donde los hombres morían a machetazos y las mujeres eran violadas ante la mirada de sus hijos; Fausto Cabrera, declamador de poetas muertos del otro lado del Atlántico, había vivido hasta ahora con otras preocupaciones, pero las conversaciones con Gaitán le sugirieron una realidad más amplia. Tal vez no fue una coincidencia que por esos días empezara a frecuentar el Ateneo Republicano Español, un lugar de encuentro de artistas y escritores donde se le deseaba la muerte a Franco y se echaba una mano a los exiliados más hambrientos, pero también se hablaba en voz baja del Partido Comunista y de las guerrillas de los Llanos Orientales. En el Ateneo no había lugar para teosofías ni ocultismos: allí, descubrió Fausto, la realidad real era más real que nunca. Las discusiones giraban alrededor de la Unión Soviética y de hacer la revolución, aunque los mismos que daban puños en la mesa pasaran, sin solución de continuidad, a recitar versos. Uno de los asiduos, un colombiano de acento cantarín llamado Pedro León Arboleda, le hablaba a Fausto de nombres que nadie le había mencionado nunca, de Porfirio Barba Jacob a León de Greiff, y luego le explicaba que eran todos grandes poetas y, sobre todo, poetas antioqueños.

«Aquí está perdiendo el tiempo, Cabrera», le decía Arboleda. «Los poetas, en Colombia, están en Medellín.»

Es posible que poco después, cuando Fausto decidió pasar unos días en esa ciudad, haya pesado tanto el deseo de ver a su familia como las palabras de Arboleda. Fausto llegó con la idea de quedarse unos cuantos días, dar algún recital y pasar algún tiempo con el tío Felipe, gerente de los Laboratorios Farmacéuticos Ecuatorianos. Medellín quedaba metida entre montañas hermosas y su clima acariciaba la piel: era fácil entender que el tío Felipe se hubiera quedado aquí. Cuando llegó a verlo, Fausto se encontró con un hombre que era tercamente el mismo. El tío no había perdido ni una letra de su acento peninsular, todavía se hacía ilusiones con el orgullo español y era capaz de rechazar las subvenciones que demasiado tarde le ofrecía, desde México, el gobierno republicano en el exilio. La memoria de España, o de su pasado en España, le dolía como si acabaran de expulsarlo. Todo se refería a su patria perdida. Una de esas noches, después de la cena, le mostró a Fausto un número reciente de la revista *Semana,* abierto en una página de tres columnas con el encabezado *La nación.* «Lee», le dijo. Y Fausto leyó.

¿Hay, como parece desprenderse de los diarios, una ola de violencia? ¿Alguien ha comprobado qué relación guardan los hechos de sangre y actos criminales de esta época con los de tiempos normales? No. Pero sin duda, un extranjero que quisiera informarse sobre la situación actual de Colombia, al pasar una revista sobre la prensa del país, la creería al borde de una catástrofe o en el filo de una revolución. Los colombianos, en cambio, no nos alarmamos. ¿Por qué? ¿Nos es indiferente que cada 24 horas se registre un nuevo hecho de sangre, atribuido a luchas políticas? No. No podemos haber llegado a ese grado de insensibilidad. Algo debe ocurrir, sin embargo, para que, cristianos viejos, no demos la importancia que se merece a una situación semejante. Y es que no aceptamos esas versiones como se presentan. Ni los conservadores asesinados por los liberales, ni los liberales asesinados por los conservadores provocan nuestra alarma o nuestra indignación, porque todos esos informes son recibidos con un considerable descuento inicial. Esperemos, dicen las gentes, a ver cómo pasaron las cosas. Y eso —cómo pasaron las cosas— no se sabe jamás.

«Tú no tienes edad para acordarte», le dijo el tío Felipe. «Pero así era. Así era exactamente.»
«¿Qué cosa?»
«Pues España», dijo el tío. «La España de esos años.»
«La de antes de la guerra», dijo Fausto.
«Todo se parece demasiado, entiéndeme. Hay como un aire. Aquí va a pasar algo grueso.»
Fausto dio cinco recitales en Medellín, pero al más importante no llegó como actor, sino como asistente. Fue

en el Instituto Filológico: un poeta leía su propia obra, una serie de sonetos que parecía no acabarse nunca; y después, cuando llegó por fin el final inverosímil, una mujer rubia y de ojos grandes, cuyo cuello de cisne salía con elegancia de un vestido de flores, se acercó a Fausto, siempre flanqueada por su madre y su hermana, y le alargó un cuaderno fino que llevaba entre ambas manos: «Yo estuve oyéndolo hace unos días, señor Cabrera. ¿Me da un autógrafo?». Fausto tuvo la presencia de espíritu para saber que nunca volvería a verla si accedía de inmediato; respondió que necesitaba pensárselo bien, que no iba a escribirle cualquier cosa, que la llamaría pronto para visitarla en un momento menos ajetreado. Y eso hizo: la visitó una y dos y tres veces en una casa de la avenida La Playa, siempre en presencia de alguna de sus hermanas y a veces junto a otros poetas, pero nunca le llevó el libro autografiado; y algo debió de hacer mejor que los otros visitantes, porque a los pocos meses ya estaba recibiendo de la muchacha invitaciones exclusivas.

Se llamaba Luz Elena. Era una de las cuatro hijas de don Emilio Cárdenas, un paisa de familia acomodada que había hecho su propia fortuna inventándose sin ayuda de nadie un laboratorio farmacéutico que le hacía competencia al del tío Felipe: ECAR. A pesar de sus escasos diecisiete años, Luz Elena era mucho menos predecible de lo que sugerían sus vestidos de flores, sus chaperonas ubicuas y su familia burguesa. Fausto nunca logró entender a qué horas había leído tanto, pero esa jovencita le hablaba con una propiedad insolente de sor Juana Inés de la Cruz y de Rubén Darío, y en la familia se decía que le habían ofrecido el diploma de bachillerato antes de tiempo para que no siguiera dejando en ridículo a sus profesores. Inés Amelia, la menor de sus hermanas, contaba que una vez, cuando la profesora de Español enfermó a última hora, Luz Elena dio toda una clase sobre el Romancero viejo sin mirar un apunte. Don Emilio estaba tan orgulloso de ella que no le importaba ganarse sus reprimendas por ponerla en evidencia. Fausto fue testigo de ello por primera vez un domingo, después de una larga sobremesa en la que le tocó una silla que muy bien hubiera podido estar marcada: *Pretendiente*. En un momento de silencio, a propósito de nada, don Emilio dijo:

«Usted que sabe de este asunto, joven Cabrera, ¿no ha oído recitar a mi hija? A ver, niña, muéstrele pues a su invitado el poema del soldadito».

«Ahora no, papá.»

«Ése es el que más me gusta», le dijo don Emilio a Fausto. Y luego: «No se haga de rogar, Luz Elena, que eso es de mala educación».

Ella jugó el juego, no por darle gusto a su padre, sino por sentir la mirada de este español que entendía la poesía y la recitaba tan bien. Se puso de pie, se alisó el vestido y dijo con buena dicción:

> —*Soldadito, soldadito, — ¿de dónde ha venido usted?*
> —*De la guerra, señorita, — ¿qué se le ha ofrecido a usted?*
> —*¿Ha visto usté a mi marido — en la guerra alguna vez?*
> —*No señora, no lo he visto, — ni sé las señas de él.*
> —*Mi marido es alto, rubio, — alto, rubio, aragonés*
> *Y en la punta de la espada — lleva un pañuelo bordé*
> *Se lo bordé siendo niña, — siendo niña lo bordé,*
> *Otro que le estoy bordando — y otro que le bordaré.*
> —*Por las señas que usté ha dado, — su marido muerto es,*
> *Lo llevan a Zaragoza — a casa de un coronel.*
> —*Siete años he esperado, — otros siete esperaré,*
> *Si a los catorce no viene, — monjita me meteré.*
> —*Calla, calla, Isabelita, — calla, calla, Isabel,*
> *Yo soy tu querido esposo, — tú mi querida mujer.*

La mesa aplaudió y Luz Elena, bajo la mirada atenta de Fausto, se volvió a sentar.

«A mí me encanta», dijo don Emilio. «El esposo finge que no es él para probar el amor de la esposa. Qué tan bonito, ¿cierto?»

«Bonito el poema», dijo Luz Elena en voz baja. «Pero a mí me parece que eso no se le hace a una esposa.»

En cuestión de pocos meses ya estaban comprometidos, y en pocos meses más habían programado el matrimonio como si tuvieran alguna urgencia *non sancta*. Estuvieron de acuerdo en que el día de la boda no querían ceremonias llenas de gente desconocida y de fotógrafos de las páginas sociales, así que Luz Elena escogió la iglesia del Sagrado Corazón, que tenía una ventaja sobre las demás: en Medellín había dos iglesias con ese nombre. Una quedaba en un barrio residencial de calles limpias y familias prestantes, y los curiosos dieron por sentado que allí se iba a llevar a cabo la ceremonia; mientras tanto, los novios casi clandestinos se casaban en la otra, más oscura y más modesta, construida en uno de los barrios bajos de la ciudad. Cuando Fausto firmó el registro matrimonial, Luz Elena lo miró con sorna:

«Por fin», dijo. «Nunca me había costado tanto conseguir un autógrafo.»

Era el mes de diciembre de 1947. Durante los dos años siguientes, mientras Colombia se hundía en la sangre de la violencia partidista, los recién casados viajaron por América Latina en una gira de recitales que era como la luna de miel que nunca se hubieran podido permitir. Las noticias del país les llegaban tarde y mal, pero a Fausto nunca se le olvidó dónde estaba cuando se enteró del asesinato de Gaitán. Era el 9 de abril de 1948, y él acababa de recitar en Quito un poema de Lorca. Según las noticias, Juan Roa Sierra, un joven rosacrucista, desempleado y paranoico, había esperado a Jorge Eliécer Gaitán a la salida de su oficina, en la carrera Séptima con avenida Jiménez, y le había descerrajado tres tiros que no sólo acabaron con la vida del próximo presidente de Colombia, sino que fueron también el pistoletazo de partida de una guerra que en poco tiempo devoró al país. Fausto le dijo a Luz Elena:

«Tal como lo advirtió el tío».

Fausto no vio la ciudad de Bogotá incendiada por las protestas populares, ni los francotiradores apostados en los techos de la carrera Séptima, ni los curas que también disparaban desde la terraza del colegio San Bartolomé, ni los saqueadores que reventaban vitrinas para llevarse lámparas o neveras o cajas registradoras, ni los tranvías volcados y en llamas frente a la catedral, ni los miles de muertos que en el curso de los tres días siguientes se acumularon en las galerías sin que ningún familiar pudiera ni siquiera salir a la calle para identificarlos. El centro de Bogotá quedó en ruinas y sólo un aguacero pudo apagar las llamas cuando ya habían consumido edificios enteros, y era como si esas llamas prendieran la mecha de la violencia en el resto del país sublevado. Mientras Fausto y Luz Elena viajaban por Perú y por Bolivia, los policías conservadores entraron al caserío de Ceilán, en el Valle del Cauca, y dejaron ciento cincuenta muertos, muchos de ellos incinerados. Mientras viajaban de Chile a Argentina, en la Casa Liberal de Cali veintidós asistentes a una conferencia política fueron asesinados por conservadores sin uniforme, y los primeros comités de resistencia, que no eran más que campesinos armados para defenderse como mejor podían, comenzaron a crearse en lugares apartados. La represión era feroz: también en Antioquia, por lo que decían las cartas que los perseguían durante la gira. Por eso a Fausto le pareció tan raro que un día, en Buenos Aires, Luz Elena le dijera que ya era hora de volver a Colombia. Pero la razón era incontrovertible: estaba embarazada.

*

Sergio Fausto nació el 20 de abril de 1950, el meridiano del siglo, en el hospital San Vicente de Paúl; dos años después nació Marianella. Fausto gozaba por primera vez en la vida de algo parecido a la seguridad económica: tenía un trabajo en *La Voz de Antioquia,* un programa de radio que todo el mundo oía —«Armonía y ensueño», se llamaba—, y el tiempo le alcanzaba incluso para fundar compañías de teatro experimental en una ciudad donde pocos habían oído hablar de semejante cosa. No tenía amigos, sino verdaderos compinches. Eran un médico, Héctor Abad Gómez; un periodista, Alberto Aguirre; un pintor, Fernando Botero, y un poeta, Gonzalo Arango. Todos eran veinteañeros; todos tenían ganas de hacer cosas importantes. Se reunían para tomar aguardiente, hablar de política y recitar versos mientras se ganaban la vida de cualquier forma. Con la ayuda y el talento de su esposa, Emilio Cárdenas, su suegro, había montado una pequeña producción de pastas en la cocina de la casa, una especie de negocio lateral que era casi un pasatiempo, y Fausto se ganaba unos pesos manejando una furgoneta desvencijada por todo Medellín, entregando tallarines y cobrando facturas. Así acabó juntando lo suficiente para comprar una de las primeras grabadoras portátiles que llegaron a Colombia. Gonzalo la bautizó con tres gotas de aguardiente: «Te llamás "La voz de los dioses", grabadora», le dijo con solemnidad. Los amigos estaban fascinados con el aparato. «Es que es mi voz, es mi voz», decía Alberto después de grabarse. «Esta vaina va a cambiar el mundo.» La estrenaron grabando poemas de Miguel Hernández, pues Franco había impuesto en su contra una censura implacable: sus versos no se declamaban en ninguna parte del mundo, y eso bastó para que se convirtiera en una especie de tótem del grupo.

Cuando no estaba manejando la furgoneta de las pastas, Fausto se dedicó a recitar poemas frente a pequeños auditorios fascinados donde siempre estaba Luz Elena, sentada en primera fila, moviendo los labios mientras Fausto decía que al andar se hace camino y que al volver la vista atrás se ve la senda que nunca se ha de volver a pisar. Se dedicó también a fundar grupos de teatro con obras clásicas de las que pocos habían oído hablar, pero que estaban empezando a conseguir públicos fieles y curiosos. Mientras tanto, las masacres se habían vuelto demasiado numerosas para que salieran en los periódicos. Fausto recordaba el artículo de la revista que le había mostrado el tío Felipe, y se preguntaba si no era él ese extranjero que miraba la realidad colombiana, y luego se preguntaba también por qué a nadie le importaba lo que estaba pasando. O tal vez sólo le importaba a la gente que estaba en el campo: a los de la ciudad todos esos muertos les quedaban lejos. La situación fue tan grave durante tanto tiempo que pasó lo que muchos esperaban. En junio de 1953, un militar, el teniente coronel Gustavo Rojas Pinilla, dio un golpe de Estado con la intención ostensible de que el país dejara de desangrarse.

«Tenía que pasar algo así», dijo el tío Felipe. «Me voy a morir de dictadura en dictadura.»

Unas semanas más tarde anunció que se iba a Chile. Nadie lo entendió: el tío Felipe se había casado con una mujer de Medellín, su trabajo seguía siendo el mismo y le gustaba la ciudad: ¿para qué irse? También los padres de Luz Elena, que le habían cogido cariño, se lo preguntaban: ¿qué se le había perdido en Chile? Sólo Fausto lo entendía, aunque no supiera explicarlo muy bien, pues el tío Felipe llevaba consigo el virus del exilio, la compulsión de moverse por todas partes, ya que la vida le había prohibido quedarse en su propia tierra. Igual que de Ciudad Trujillo se había mudado a Bogotá y de Bogotá se había mudado a Medellín, ahora, bien instalado con una mujer que lo quería y lo cuidaba, se iba para Chile. «Si me va bien me quedo», dijo, «y si me va mal, me regreso. Es como dice mi mujer: la peor vuelta es la que no se hace». Para el año siguiente, cuando comenzaron a salir las propagandas del gobierno, ya se había marchado.

Las propagandas hablaban de celebraciones grandes que la dictadura estaba organizando para conmemorar su primer aniversario. Nadie sabía en qué consistirían, pero a Fausto no le inspiraban la más mínima confianza. «Todas las dictaduras del mundo son iguales», decía. «Cuando comienzan a hacerse fiestas de cumpleaños, es que la cosa va para largo.» Pero no habría podido imaginar la naturaleza de estas celebraciones: Rojas Pinilla anunciaba la llegada de la televisión a Colombia. En largas alocuciones por radio, explicó que la había descubierto en Berlín, a finales de los años treinta, y nunca se le había ido de la cabeza que ese invento tenía que venir al país. Explicó que no había sido fácil, porque en este país montañoso la señal se encontraba con demasiados obstáculos, pero había dado la orden de sacar el proyecto adelante sin fijarse en gastos. Una comitiva de lujo viajó a Estados Unidos para hacer los estudios, comprar los equipos e importar las tecnologías. Rojas mandó poner una antena de treinta metros en el Hospital Militar, uno de los lugares más altos de Bogotá, otra en el Nevado del Ruiz y una tercera en el páramo de la Rusia, en Boyacá. Así quedaba cubierto todo el país, por el bien de la patria. Lo que no dijo, pero se supo con el paso de los días, fue que entonces, después de que las antenas estuvieron bien erguidas en sus puestos y los aparatos listos en sus estaciones, se dieron cuenta de que no había nadie en Colombia que supiera ponerlos en funcionamiento. Ni siquiera se sabía qué imágenes se iban a transmitir, ni quién iba a recibirlas: los colombianos no tenían televisores en sus casas, pues cada uno de ellos costaba tres veces el salario mínimo. En cuestión de semanas el gobierno trajo de Cuba a veinticinco técnicos de un canal que acababa de quebrar, y se inventó créditos generosos para que los colombianos compraran mil quinientos aparatos Siemens, y llenó las vitrinas de los almacenes con

75

televisores para que nadie, ni siquiera los que no podían comprar el suyo, se quedara sin disfrutar del invento.

El 13 de junio de 1954, cuando se cumplía un año de la toma del poder, el dictador se asomó a aquella caja luminosa que miraba a la gente y dijo que les hablaba desde el Palacio de San Carlos, en pleno centro de Bogotá, y dio un discurso emocionado en que declaraba inaugurada la televisión en Colombia. Cuando sonó el himno nacional, los colombianos supieron que esta vez no era como las otras, porque ahora podían ver a la Orquesta Sinfónica de Colombia en el instante mismo en que tocaban la música: verla sin estar donde estaba la orquesta. La primera emisión duró tres horas y cuarenta y cinco minutos, y Fausto, que la siguió con fascinación en Medellín, supo que el mundo, esta vez sí, había cambiado para siempre, y pensó que tal vez había un lugar para él en ese mundo. Luego, cuando oyó decir que un hombre llamado Fernando Gómez Agudelo, el mismo que había traído los equipos de Estados Unidos y los técnicos de Cuba, ahora estaba reclutando a la gente de teatro más talentosa del país para que escogieran las historias que los televidentes iban a recibir en sus cajas, no lo dudó. Se dijo que el tío Felipe se había ido para Chile y que Fernando Botero, el amigo pintor, se había ido a Bogotá. En la capital estaba también Domingo, el padre de Fausto, que seguía encargándose de un hotel del centro —el Roca, se llamaba— y hacía su propia vida como si fuera colombiano de nacimiento.

«¿Por qué no nos vamos también?», le preguntó Fausto a su esposa.

«Pues sí», dijo ella. «Que no seamos los únicos que se quedan en Medellín.»

La familia Cabrera Cárdenas se instaló en un apartamento de dos niveles en la calle 45, un lugar de espacios estrechos pero cómodos donde una pantalla luminosa ocupaba el centro del salón, y en ella se movían hombres en blanco y negro que se perdían en un hoyo de luz y estática cuando se oprimía un botón. Por esos días, un hombre bajito que arrastraba una pierna venía con frecuencia a la casa de los Cabrera. Fausto les explicó a sus hijos que se llamaba Seki Sano, que era japonés y que acababa de llegar de México, contratado por el gobierno colombiano para que les enseñara a los actores y directores cómo se hacían las cosas en la televisión. Tenía una frente amplia y usaba unas gafas de marco grueso que no dejaban ver sus ojos, y siempre llevaba en la mano una pipa que se ponía en los labios aunque estuviera apagada. Había perdido el uso de la pierna por una artritis tuberculosa que sufrió siendo niño, pero alguien había contado al respecto una historia de guerra, y él no se había molestado nunca en aclarar las cosas. Tras salir perseguido de Japón, se había refugiado en la Unión Soviética, y de allí lo habían echado los estalinistas, igual que echaron a Trotski. Ahora venía a Colombia para aplicar el método Stanislavski en el teleteatro; entre los directores teatrales de Bogotá, Fausto era quien mejor sabía de qué estaba hablando el japonés cuando hablaba de Stanislavski, y había entre los dos una sintonía de gustos que se confundía fácilmente con sus simpatías políticas, de manera que era apenas natural que Fausto se convirtiera en su discípulo predilecto.

Fueron meses de descubrimientos. Mientras los camarógrafos aprendían nuevas maneras de usar sus aparatos (nuevos encuadres, nuevos ángulos), y mientras el gobierno iba descubriendo las posibilidades del nuevo medio para difundir el mensaje de la dictadura y las Fuerzas Armadas, Seki Sano había comenzado a adiestrar a una generación entera de hombres de teatro. Era intransigente con los mediocres y riguroso hasta la crueldad, y no admitía de sus alumnos una dedicación o un entusiasmo inferiores a los suyos. Se enfurecía con facilidad cuando sus alumnos no le daban lo que pedía; más de una vez les lanzó la pipa y aun el encendedor a la cabeza, y llegó a agarrar por el cuello de la camisa a un actor sin talento para sacarlo a la fuerza de la escena mientras le gritaba frases humillantes. Su relación con Fausto se fue haciendo más estrecha. Almorzaba todos los fines de semana en casa de los Cabrera, y soportaba que Sergio y Marianella se encaramaran a su pierna falsa para jugar al caballo. En sus ratos libres, invitaba a Fausto a ver las obras de los otros, pero las más de las veces comenzaba a resoplar poco después de las primeras escenas, y a la mitad de la presentación ya se le había agotado la paciencia.

«Vámonos, joven Cabrera», le decía a Fausto sin preocuparse de que lo oyeran hasta los actores. «No me aguanto más esta porquería.»

Bajo la mirada atenta de Sano, Fausto se abría paso en la selva de los espacios televisivos como un explorador de machete al cinto: adaptaba viejas novelas y clásicos del teatro para presentar en vivo y en directo, soportando las quejas de los actores, que no conseguían imaginar a su público invisible. La televisora requería una obra semanal, pero para un director ya era milagroso montar algo decente en quince días; de manera que acabaron diseñando un sistema en que Fausto se repartía las tareas con otros directores, hombres con varios años de experiencia más que Fausto, figuras tan importantes en la vida cultural de la ciudad que nadie los habría juzgado susceptibles de sentirse intimidados. Pero la presencia de Seki Sano los incomodó: tal vez fue la reputación del japonés, o tal vez fueron los juicios críticos y a veces sarcásticos que el maestro podía soltar sobre las obras de las vacas sagradas colombianas, pero Sano se convirtió en un problema, una verdadera amenaza para la posición de autoridad o preeminencia que tenían los otros.

Y así fue como el régimen recibió —de un día para el otro— la noticia de que el director japonés estaba llevando a cabo actividades proselitistas. Seki Sano había sido refugiado en la Unión Soviética y luego en México, ese foco de izquierda, y nada de eso podía sentar muy bien en medio de un país que ya había mandado un batallón a la guerra de Corea para unirse a la lucha internacional contra el comunismo. Sus convicciones eran marxistas y en sus métodos, para gran escándalo de muchos, asomaba la cabeza una cierta visión materialista del mundo, pero la verdad era que Sano nunca había participado en política. El pequeño Sergio nunca entendió muy bien por qué un día Sano dejó de venir a almorzar, pero recordaría los esfuerzos que hizo su padre por explicarle: Seki Sano no se fue porque quiso, sino porque lo echó de Colombia el dictador Rojas Pinilla; y lo echó por denuncias de un grupo de artistas, o por lo menos ésta fue siempre la teoría de Fausto. «Por una conspiración de envidiosos», dijo. Una nota oficial le dio a Sano cuarenta y seis horas para irse del país, y lo que más tristeza le causó fue tener que abandonar un montaje de *Otelo* en traducción del poeta español León Felipe.

Algo estaba pasando: el ambiente ya no era el mismo en Colombia. Los veteranos de la guerra de Corea habían traído historias horribles sobre los comunistas y sus prácticas, sobre compañeros torturados salvajemente en cuevas profundas o abandonados a su suerte en medio de la nieve para que murieran de hipotermia o, si estaban de suerte, sufrieran la amputación de los dedos de los pies. De Estados Unidos llegaban noticias sobre un hombre llamado McCarthy, que estaba enfrentándose él solo a la amenaza roja. La expulsión de Seki Sano era parte de eso, sin duda, pero Fausto no alcanzaba a ver el cuadro entero, sin duda por estar metido en el medio: sí, esas cosas estaban pasando, pero a él no le iba mal. Era como si su destino fuera en contravía del de Colombia, porque ahora la violencia se calmaba y los dos partidos, que llevaban una década asesinándose, parecían capaces de sentarse a dialogar, como si sus líderes en Bogotá se hubieran cansado de jugar el juego de la guerra con soldados ajenos. Mientras tanto, la temperatura en el mundo del teatro estaba subiendo, y agravios largamente masticados comenzaban a salir a la superficie. Fausto tomó la vocería. La gente de teatro, empezó a decir, no tiene derechos en Colombia; el teatro es para la ley un lugar de vagancia y bohemia. Por consejo de Luz Elena incluyó una queja explícita de parte de las actrices, pues una mujer que quisiera actuar tenía que pedir el permiso de su padre o su marido. En pocas semanas había nacido, bajo la mirada suspicaz de las autoridades, el Círculo Colombiano de Artistas, y en pocas semanas más ya estaba organizando la primera huelga.

Los actores se tomaron las instalaciones de la televisión y las emisiones se suspendieron durante una semana. La gente encendía la caja y no encontraba nada, y los colombianos descubrieron una nueva emoción: el miedo al vacío televisivo. Pero entonces el gobierno reaccionó, y Rojas Pinilla mandó a la policía a las instalaciones de la televisora con una orden: sacar el camión de la unidad móvil y llevarlo a cualquier parte para hacer cualquier programa, cosa de romper con la huelga mediante el recurso simple de llenar las pantallas. Fausto organizó a los actores huelguistas, y una tarde se dieron cita frente al garaje de la televisora, y formaron una cadena humana para impedir que saliera la unidad móvil. Luz Elena, que se había unido desde el primer momento a los esfuerzos de la huelga, estuvo en primera fila, y fue ella quien oyó con más claridad las palabras que un capitán del ejército, convocado para controlar la situación, gritó a voz en cuello. Le estaba ordenando al chofer echar marcha atrás sin fijarse en los actores.

«Si no se levantan», gritó, «les pasamos por encima».

Las primeras en la fila de contención eran las mujeres. Luz Elena contaría cómo llegó a sentir en un brazo el quemón brutal del tubo de escape en el mismo momento en que Fausto y los demás se levantaban para rendirse. Pero no se rindieron: cuando el pelotón trató de arrestarlos, los actores se defendieron a puñetazo limpio, y Fausto aprovechó un momento de caos para escapar de allí y esconderse junto a Luz Elena en un zaguán vecino. Siempre recordaría cómo, en la penumbra del escondite, la cara de su mujer, emocionada por el incidente, parecía provista de luz propia.

Fausto ganó una nueva autoridad en la televisora. Nadie entendía que se saliera con la suya en tantos proyectos tan arriesgados. Uno de ellos era *La imagen y el poema,* donde Fausto declamaba al aire, en vivo y en directo, un poema de su repertorio infinito, y al mismo tiempo el pintor Fernando Botero hacía un dibujo diestro sobre un pliego de papel. En otro se transmitían partidas de ajedrez entre aficionados serios y maestros de verdad: había sido una propuesta del dictador Rojas Pinilla, que era un jugador capaz, y nadie pudo decirle que no, pero lo que no esperaban era que el programa tuviera éxito. Tal vez fue por esos días cuando el tío Felipe regresó de Chile. Traía malas noticias: estaba enfermo. El cáncer ya lo había obligado a pasar por el quirófano y todo parecía indicar que su recuperación iba adelante, pero la enfermedad le había golpeado el espíritu. Se instaló en un hotel del centro bogotano junto con su mujer y una perrita pekinesa, y así se pasaba los días, recordando sus mejores años para cualquiera que lo aguantara, quejándose del frío bogotano y diciendo que a la menor oportunidad se volvería a Medellín. Pero los tratamientos médicos no se lo habrían permitido ni siquiera si hubiera tenido los medios para hacerlo. Cada vez que Fausto iba a verlo, cumpliendo una rutina semanal que se había impuesto sin que nadie se lo pidiera, lo encontraba más encorvado y menos elocuente, pero siempre con un resto de orgullo en la mirada, como si estuviera seguro de que los demás, al verlo, seguían viendo al héroe de guerra.

«¿Y qué, chaval?», preguntaba el tío. «¿Cómo va lo del teatro?»

«Todo va bien, tío», decía Fausto invariablemente. «Todo va muy bien.»

Uno de esos días, Fausto encontró al tío Felipe cansado y triste, sentado en una mecedora de mimbre junto a sus recortes abiertos. La conversación no dio mucho de sí, aunque el tío Felipe le pidió a Fausto información sobre lo que estaba pasando en Colombia ahora que por fin parecía haber llegado la paz; pero lo que vio el joven fue un hombre lleno de dolor, y no sólo dolor del cuerpo, sino una especie de melancolía casi física que le bañaba la expresión. Fausto se enteró después de que el tío Felipe había pedido que le sirvieran la cena en su cuarto, porque no tenía ganas de ver a nadie, y se comió las tajadas y el arroz y la carne en polvo. Luego pidió que le recogieran la bandeja, sacó los recortes de las carpetas y los dispuso sobre el cubrelecho. Ahí estaba la noticia de su captura y su encarcelamiento por conspirar contra el rey; ahí estaba la noticia falsa de su muerte, diseminada por los fascistas durante la guerra, con su foto y su nombre bien reconocibles. Un recorte era más amarillento que los demás: en él aparecía su padre, Antonio Díaz Benzo, con su uniforme de gala, en una imagen de la época en que era enviado a Guatemala. Luego le empezaron los dolores. Lo llevaron de urgencia al hospital, y lo más seguro es que lo habrían operado de nuevo —por tercera vez o cuarta, siempre creyendo que esta nueva operación funcionaría— si no hubiera sido evidente para los médicos que el hombre estaba más allá de los logros de la cirugía.

Felipe Díaz Sandino murió en la mitad de la noche, con la conciencia apagada por las drogas y con su mano adormecida entre las manos de su mujer colombiana. Fausto acompañó el ataúd en el coche mortuorio junto con su hermano Mauro, y lo siguió acompañando en el Cementerio Central hasta que los escasos asistentes se hubieron marchado. Enseguida volvió a su casa. Sergio lo oyó llegar y supo que se había encerrado en el garaje. Bajó a buscarlo después de un rato prudente, o por lo menos eso recuerda, y siempre diría que allí, más que llorar, lo vio derrumbarse por primera vez.

V

El mundo parecía transformarse de la noche a la mañana. Sergio guardaría en su memoria las tardes en que su padre llegaba temprano a casa para oír las noticias de la radio, cosa extraña porque el aparato de los Cabrera —uno de esos mamotretos que incluían radio y tocadiscos y que eran un mueble más, y uno muy notorio— sólo se usaba de costumbre para poner música. Fausto estaba entusiasmado y trataba de contagiarles el entusiasmo a sus hijos. «Lo único triste es que ya no esté el tío Felipe para ser testigo», decía. Luz Elena estaba de acuerdo. Caminaba por la casa con paso ligero, hablando de los barbudos como si los conociera y augurando que algo parecido iba a pasar en el resto del continente. Desde el primero de enero en que Fidel Castro entró a Santiago de Cuba y el Segundo Frente Nacional entró a La Habana, era como si la historia hubiera vuelto a empezar.

Fausto no terminaba de creer lo que estaba sucediendo. Ochenta y dos revolucionarios cubanos, expulsados de su tierra por una dictadura, habían regresado a su isla en el yate Granma, alimentados por un antiimperialismo feroz; a pesar de haber perdido a dos terceras partes de sus hombres, habían seguido adelante en la Sierra Maestra; se habían enfrentado a un ejército de ochenta mil hombres a las órdenes sanguinarias del dictador Batista; y ahora estaban en el poder legítimo y reconocido por todo el mundo, incluido el *New York Times,* y habían conseguido convencer a toda una generación de latinoamericanos de que el hombre nuevo había llegado para quedarse. La Revolución cubana contaba con simpatizantes firmes en

Colombia, donde los movimientos campesinos de mediados de siglo, incluso los que se habían convertido en guerrillas violentas, habían recibido un lavado de imagen, y donde toda una generación de jóvenes universitarios había comenzado a reunirse en grupos clandestinos que leían a Marx y a Lenin y hablaban de cómo traer aquí lo que había sucedido allá. Todo lo que estaba ocurriendo en América Latina era lo que Fausto soñaba para su España republicana, su España de derrotados, la España que parecía incapaz de hacer con Franco lo que Castro y Guevara habían hecho con Batista. Fausto sintió, por primera vez desde que lo llamaran judío en el puerto de Ciudad Trujillo, que su vida de exiliado no era una vida perdida: que la historia, después de todo, podía tener una misión o un propósito. *Vientos del pueblo me llevan,* recitó para sus adentros, *vientos del pueblo me arrastran.* Y qué ganas, qué ganas tenía Fausto de dejarse arrastrar.

Una tarde cualquiera, Luz Elena les pidió a los niños que vinieran a su habitación, y sin rodeos les contó que la tía Inés Amelia tenía cáncer de estómago. Sergio, que había asistido desde lejos a la muerte del tío Felipe, no necesitó mayores informaciones al respecto, pero Marianella quiso saber qué era el cáncer y por qué le había dado a la tía y qué iba a pasar ahora. Inés Amelia tenía apenas veintidós años. Era una joven soltera y feliz de inteligencia viva, y parecía tener cariño de sobra. En los últimos años se había convertido en una figura querida para Sergio y su hermana, que iban a verla a Medellín como si fuera una madre alternativa, y a nadie se le hubiera ocurrido que pudiera enfermarse de la misma enfermedad para viejos que había matado al tío Felipe. En la cara de Luz Elena, que fue testigo y acompañante del deterioro, se leía una angustia viva, o más bien la leía Sergio, que habría querido poder hacer algo para aliviar el sufrimiento de su madre.

Pero con la tía Inés Amelia, como con el tío Felipe, no hubo nada que los médicos pudieran hacer.

Luz Elena viajó a Medellín para acompañarla en sus últimos días, y cuando volvió a Bogotá, destrozada por la tristeza, traía en las manos un regalo para cada uno de sus hijos. «Es como una herencia», decía. Lo que Sergio recibió no fue un regalo, sino una verdadera puerta de entrada a otro mundo: la Kodak Brownie Fiesta que la tía había llevado a todas partes en los últimos meses. Las cámaras eran para los adultos, pues los aparatos eran caros, los rollos eran caros, el revelado era caro, y todo era tan novedoso que Kodak había publicado instrucciones para sus compradores, no fuera cuestión de que se gastaran el dinero en un montón de fotos fallidas. Cada rollo tenía doce: ir al laboratorio era una aventura, pues nadie podía saber qué iba a salir en el papel, ni adivinar cuántas fotos habrían sido estropeadas por la impericia. Así que los folletos trataron de ser claros, y la misma frase se repitió en ellos y en las propagandas de radio y de revistas y de periódicos: *Dos o tres pasos hacia atrás de su ser querido, el sol a sus espaldas y click.*

Pero Sergio no estaba de acuerdo: nadie —ni un folleto de instrucciones ni un anuncio en la revista *Cromos*— le iba a decir cómo tomar sus fotos. Empezó a hacerlo con el sol a un lado, con el sol al otro, a contraluz y hasta de noche, ante la mirada curiosa de Luz Elena, que no sólo no lo reconvenía por hacer fotos que salían con veladuras, sobreexpuestas o casi sin luz, sino que le sugería nuevas formas de violar las instrucciones sagradas. Tal vez fuera por cariño, o tal vez porque la cámara era una herencia de su hermana muerta, pero Luz Elena soportó aquellos experimentos con la luz echando mano de una paciencia pedagógica, y a veces parecía que la espera —la semana eterna que pasaba entre la entrega del rollo al laboratorio y la recuperación de las fotos impresas— la atormentaba más a ella que a su hijo. «¡Una semana!», decía. «No, si eso es más de lo que puede esperar un niño.» Durante esos días de espera, Sergio rezaba: rezaba para que las fotos salieran como las había imaginado, y anotaba las decepciones en el mismo cuaderno donde hasta ahora había llevado la cuenta meticulosa de sus lecturas, sus sopesadas opiniones sobre Dumas y Julio Verne y Emilio Salgari. *La de Marianella en la ventana no salió bien. La de Álvaro y Gloria sí salió bien. La de la puerta del conjunto no salió bien. La del gato negro salió negra.*

Una noche en que se aburría encendió el televisor, a pesar de que no tenía permiso para hacerlo solo, y se encontró con su padre y su madre, que actuaban juntos en una pieza de teleteatro. Tomó la foto con la sensación de

estar robando un momento ajeno y esperó que su madre no se diera cuenta cuando las mandara a revelar. No tuvo suerte: Luz Elena llegó del laboratorio, lo llamó y lo invitó a ver las fotos, y debía de ser la primera vez que las veía, porque al llegar a la foto de la pantalla se puso a llorar.

«¿Qué pasa, mamá?», preguntó Sergio.

«Nada, nada», dijo ella. «No pasa nada.»

«¿Qué pasa?»

«Que está muy bien esta foto.» Y luego: «No pasa nada, tranquilo».

Así tuvo la primera intuición de que algo se estaba desordenando en el mundo de los adultos. Pero luego acompañaba a sus padres a los estudios de la televisora y todo parecía volver a la normalidad. Estaban haciendo por esos días *Aucassin y Nicolette,* una especie de comedia de amor cortés que Fausto había adaptado libremente, y Sergio, cuando los veía a los dos en los ensayos, disfrazados de amantes de la Francia medieval y mirándose como sólo los amantes se miraban, pensó que no, que se había equivocado: todo estaba bien.

Entretanto, el país se había instalado con pies firmes en la Guerra Fría. En el ambiente flotaba el miedo a la amenaza roja; en el mundo político, el color azul del Partido Conservador parecía, más que una tendencia, una especie de antídoto contra los peores males. Por esos días ocurrió algo elocuente. Sergio había comenzado a actuar con seriedad; la actuación se había convertido en un espacio de felicidad palpable, pues moverse bajo las órdenes de su padre era cobrar una entidad, una materialidad, que no existía fuera de la escena, y era también tener su atención indivisa. Frente a las cámaras, en los sótanos de la Biblioteca Nacional donde se habían acondicionado los primeros estudios, y luego en las nuevas instalaciones de la televisora, Sergio comenzó a recibir un adiestramiento incipiente en las virtudes del método Stanislavski y a aplicarlas en producciones importantes. Luz Elena habría preferido que no fueran tantas las obras, ni tan exigentes, porque el niño ya era un estudiante desinteresado antes de tener el pretexto de la televisión, y ahora los ensayos no hacían más que agravar el asunto. Eran de un rigor que Sergio nunca había conocido, pues el teleteatro se emitía en vivo y en directo y un error frente a las cámaras podía ser catastrófico. Los primeros ensayos se hacían en un estudio vacío cuyo suelo negro se llenaba de marcas y señales para orientar a los actores, y el día antes de la emisión —ya frente a las cámaras, ya con la escena bien armada y los muebles en su sitio— tenía lugar el último ensayo, donde el aire se llenaba de electricidad y en los parlamentos cada actor se jugaba la vida. Impredeciblemente, Sergio respondía bien a los retos. Fue así como recibió su primer encargo serio: el papel del niño en *El espía,* de Bertolt Brecht.

El director era Santiago García, un arquitecto convertido en hombre de teatro. Había pasado por la academia de Seki Sano, como Fausto, y era (como Fausto) uno de los pocos que el maestro había mirado con respeto. Era un hombre generoso que parecía vivir para el teatro, como si nada más existiera en el mundo, y tenía el raro don de una modestia genuina: podía contar, por ejemplo, que acababa de llegar de París, de ver el estreno de *Esperando a Godot* con la presencia del mismísimo Beckett, y ni siquiera así despertaba envidias o sonaba presuntuoso. Le gustaba el aguardiente y le gustaba la cocina y le gustaba preguntarles a los demás por sus vidas, no sólo las que quisieran contarle, sino también las secretas. Fausto se entendió de inmediato con él, y en cuestión de semanas estaban armando sus primeras colaboraciones para la televisión. Después de meses de trabajar juntos, de descubrir que admiraban a los mismos dramaturgos y que tenían la misma idea de lo que debía ser el teleteatro, montar a Brecht era un paso de rigor. Luz Elena sólo estuvo de acuerdo cuando los Cabrera tuvieron una conversación de toda una cena sobre Hitler, el nazismo y la esvástica que Sergio tendría que ponerse en el brazo. En la obra, los padres de Sergio, una pareja con problemas, entraban en pánico al descubrir que su hijo había desaparecido: tal vez había ido a delatarlos. El hijo llegaba después con una bolsa de golosinas, pero la tranquilidad de los padres ficticios no fue

la de Sergio, que quiso saber por qué un hijo haría semejante cosa: por qué entregaría a sus padres a las autoridades de un país. Luz Elena le dijo:

«Hay lugares así».

Lo que no habrían podido prever fue la reacción de la prensa. «La televisión colombiana ha caído en manos de los subversivos», escribió con seudónimo un columnista de *El Tiempo*. «Brecht es un comunista aquí y en cualquier parte, y lo es aunque disfrace su marxismo de alegato contra otra cosa. ¿Estamos los colombianos dispuestos a que se envenene la mente del pueblo ignorante con las tesis revolucionarias que están destruyendo los valores cristianos en otras partes del mundo? ¿Dónde están los responsables de estas propagandas nocivas, y por qué les permiten las autoridades seguir haciendo lo que hacen con bienes que son de todos?» Era como si el país, este país que lo había acogido generosamente dieciséis años atrás, se hubiera transformado en un lugar hostil. Fausto había recibido ya su carta de nacionalidad —un papel lleno de marcas de agua, firmado por el presidente de su puño y letra, que lo había conmovido hasta las lágrimas—, pero Colombia parecía cerrar con una mano las puertas que le abría con la otra. En la Televisora Nacional, donde Fausto había encabezado aquella primera huelga victoriosa en que Luz Elena estuvo dispuesta a ser arrollada por un camión, ahora se había convocado una segunda huelga para defender lo que Fausto llamaba la «programación cultural». En los últimos tiempos, las agencias de publicidad habían comenzado a cabildear ante el ministerio para poder anunciar más productos y en más espacios, pero no iban a seguir invirtiendo su dinero si los programas no interesaban a nadie. ¿Quién quiere ver a un actor recitar un poema que nadie entiende mientras un pintor pinta líneas que no se parecen a nada? ¿Quién quiere ver a dos desconocidos, y extranjeros para más señas, jugando ajedrez durante una hora? No, no: la televisión colombiana necesita modernizarse, comercializarse, salir de su nicho de intelectuales que hablan para intelectuales. La televisión colombiana necesita vivir en el mundo de la gente de verdad, de la gente de la calle.

Sus presiones comenzaron muy pronto a tener éxito, y poco a poco fueron saliendo del aire, cayendo como víctimas de francotiradores, los espacios que Fausto había inventado y defendido como heredero de Seki Sano. Un buen día Fausto se despertó para darse cuenta de que no le quedaba nada: el trabajo de toda una vida parecía haberse esfumado sin dejar rastros. La televisora le ofreció hacerse cargo de nuevos programas, más comerciales o dirigidos a un público más amplio, y en especial melodramas. «¿Por qué no hace algo de Corín Tellado?», le dijo alguien. «Todo el mundo está haciendo esas cosas. ¿Sabe por qué? Pues muy fácil: porque esas cosas le gustan a todo el mundo.» Nunca se había sentido fuera de lugar en Colombia, pero ahora descubría que también para eso había una primera vez. Fausto diría después que en el momento de tomar la decisión había pensado en una sola persona: el tío Felipe. ¿Habría el tío Felipe dado su brazo a torcer? Una guerra civil no es lo mismo que una batalla cultural, es cierto, pero los principios son los principios. Fausto rechazó las propuestas con una frase que sobrevivió en la familia:

«Pues aguantaremos lo que se pueda», dijo. «Pero yo babosadas no voy a hacer.»

A mediados de 1961, Sergio tenía once años y se encontraba desorientado en una adolescencia precoz, ignorante del mundo político, vagamente enterado de que un astronauta norteamericano había sido puesto en órbita por primera vez. Los Cabrera se habían mudado a una casa de la calle 85 con carrera 12. Era un conjunto cerrado para familias acomodadas, y sus vecinos eran burgueses cultos que sabían de vinos italianos y de historia medieval y cuyos hijos caminaban junto a los Cabrera las pocas cuadras que los separaban del mismo colegio: el Liceo Francés. No era la más evidente de las opciones para sus padres, pero Sergio entendería después cuánto habían pesado en esa decisión las memorias que Fausto conservaba del Liceo Pothier, allá por los años treinta, cuando el tío Felipe era diplomático en París. También en eso se hacía presente aquel fantasma, que en algún sentido estaba más vivo que nunca.

Sergio no estaba a gusto en su mundo. Había comenzado a encaramarse a los muros del colegio para escapar de clase a horas indebidas, y más de una vez también se apartó del grupo antes de llegar al colegio para perderse por el barrio en misiones gamberras. Descubrió la emoción de hacer daño, un animal que se hacía presente en la boca del estómago antes y después de que Sergio rompiera a pedrada limpia las ventanas de las casas vecinas y de los apartamentos más bajos de los edificios nuevos. Los amigos del liceo le enseñaron a fumar. Sergio empezó a comprar sus propias cajetillas, diciéndole al tendero que eran para sus padres, y volvía al patio del colegio para repartir sus cigarrillos generosamente. La popularidad nunca había sido tan barata. Los muchachos salían juntos a fumar en una esquina, y en esos momentos no importaba que los demás le llevaran a Sergio una cabeza, ni que ya se les hubiera engrosado la voz mientras que Sergio seguía hablando en sus tonos de niño. Con un paquete de Lucky Strike en la mano, Sergio era uno más: era uno de ellos. Y así estaba una tarde, fumando en una esquina, perdido en el grupo con un paquete en la mano, cuando lo sorprendieron sus padres. Su madre lanzó la amenaza más portentosa que se le pasó por la cabeza.

«Si esto sigue así», dijo, «no hay más televisión».

Esa frase, que tantos niños oirían en los años siguientes, en su caso quería decir algo distinto: no aparecería más frente a las cámaras. Sergio no habría podido concebir una sanción peor. Era un último recurso de parte de los padres

94

desesperados, pero tenía buenos motivos: fuera de los ambientes controlados de la televisión, a Sergio se le estaba desordenando la vida. Había comenzado a cargar en el bolsillo un destornillador que le había robado a su padre, y armado así recorría aquellas calles residenciales quitándoles sus insignias a los carros lujosos. Un día cualquiera estaba recolectando su quinta insignia de Mercedes (una marca difícil de encontrar en la Bogotá de esos años, y por lo tanto muy apreciable para el coleccionista incipiente) cuando fue sorprendido por el dueño. «Súbase», le dijo el hombre, «y nos vamos a ver qué opina su papá». Y lo llevó a su casa. Fausto opinó que aquello estaba sin duda muy mal y regañó a Sergio de manera que el dueño del Mercedes se fuera a su casa con la sensación de que se había hecho justicia; pero en realidad Sergio sabía que a su padre nada, ni siquiera esos vandalismos, le importaba gran cosa: tenía problemas peores en que pensar. Tras la partida del dueño iracundo, Fausto le exigió a Sergio que le mostrara todo lo que había robado. No imaginó que se iba a encontrar con una verdadera caleta llena de insignias. Eran más de treinta: Volkswagen, Renault, BMW, algún Chevrolet sin valor, los preciados Mercedes. La decepción se le veía a Fausto en la cara, pero Sergio no anticipó la violenta bofetada. En medio de la bruma de las lágrimas, todavía sintiendo el calor del golpe en la mejilla, Sergio oyó que su padre le decía:

«Esto lo pagarás con tu dinero».

No tuvo que preguntarle a qué se refería. Su padre se lo llevó por el barrio como si lo arrastrara de la oreja: visitaron, una por una, a todas las víctimas del pequeño vándalo, y a todas les pidió perdón Sergio, y a todas les prometió que aquello no se iba a repetir, y a todas, en los días que siguieron, les pagó los daños con el dinero que había ganado por su papel como el niño informante de Brecht. Eran cantidades considerables que Sergio iba recibiendo en una cuenta de la Caja de Ahorros, y que solía usar para pagarse el revelado de sus fotos experimentales. Después de pagar por la reparación de las insignias robadas, la cuenta quedó prácticamente en ceros. Cuando Luz Elena se enteró de lo ocurrido se preocupó tanto que una tarde esperó a Sergio después del colegio con una noticia: se iban a hablar con una psicóloga.

No era algo que se hiciera en esos tiempos, pero Luz Elena entendió que su hijo necesitaba ayuda y que ni ella ni su marido conseguían dársela. De manera que allí, tres veces por semana, sentado en un sillón cómodo frente a una mujer de gafas de pasta y falda escocesa y zapatos de tacón, Sergio habló de las ventanas rotas a pedradas, de los cigarrillos, de las chapas robadas, y después recibió una caja de crayolas y una hoja de papel. «Píntame un pájaro», le dijo la mujer. Sergio supo de alguna manera mágica que ella estaba esperando ver cuervos o buitres, y lo que hizo fue dibujar gorriones y palomas e inofensivas golondrinas y salirse de la sesión antes de que hubiera terminado. Uno de esos días tuvo una iluminación: «Es como hablar con un cura», le dijo a su madre. Y era verdad: nadie se le parecía más a la psicóloga que el padre Federico, que había estado a cargo de la catequización de todo su curso un par de años atrás, en la época en que Sergio habría debido hacer la primera comunión. A los alumnos de tercero les habían informado que pasarían por algo llamado «Preparación», una serie de protocolos previos al rito, y que la primera de sus obligaciones sería hacer una lista, tan detallada como fuera posible, de todos los pecados que habían cometido hasta el día de la confesión. «¿Desde cuándo?», preguntó Sergio. «Desde que comenzó a tener uso de razón, mijito», le dijo el cura. Y le advirtió que la lista tenía que ser muy rigurosa e incluirlo todo, desde lo más grave hasta lo más venial, porque a Dios no le gustaban las mentiras.

«¿Sabe qué pasa si le oculta sus pecados al Señor?», le dijo el padre Federico. «Que la hostia se le convierte en sangre cuando vaya a tomarla. Delante de todo el mundo. ¿Quiere que eso le pase?»

Sergio, que ya para ese tiempo se sentía un pecador sin remisión, dueño de una lista de faltas interminable y vergonzosa, se sintió atrapado. Se imaginaba vestido con su traje nuevo de misa de domingo y haciendo una fila disciplinada para recibir la comunión, y se imaginaba sintiendo cómo la hostia que el padre Federico le ponía en la boca se volvía líquida, y el sabor del metal le llenaba la boca al mismo tiempo que la primera gota de sangre le bajaba desde la comisura de los labios. Imaginaba la cara de horror de sus compañeros y la cara de satisfacción del cura Federico: ya ven lo que pasa cuando le dicen mentiras al Señor. De manera que llegó a su casa y dijo:

«No la quiero hacer».

«¿El qué?», dijo Fausto.

«No quiero hacer la primera comunión. No la voy a hacer». Y añadió: «A menos que me obliguen».

Pero nadie lo obligó: no hubo constreñimientos ni castigos de ninguna naturaleza, sino explicaciones ambiguas que parecían estar hablando de otro tema. Su padre le explicó que la palabra *ateo*, en su origen griego, no se refiere a los que no creen en Dios, sino a los que han sido abandonados por los dioses. ¿Podía acaso ser eso lo que le había ocurrido a él? Poco a poco Sergio fue aceptando que no había otra explicación: su Dios, el Dios al que le había rezado para que salieran bien las fotos que no salían bien casi nunca, lo había abandonado. Sergio se había convertido en un estorbo para él, pensó, o él había encontrado otras cosas más valiosas o más urgentes de que ocuparse.

La familia pasaba por días críticos. Acaso la raíz de todo estaba en los problemas laborales de Fausto, las puertas que se le habían cerrado en los últimos años, pero era cierto y evidente que algo se había roto en su relación con

Luz Elena. Por lo menos así lo sentía Sergio, aunque en un principio nadie se lo hubiera confirmado, pues con demasiada frecuencia los oía meterse en peleas amargas que duraban hasta altas horas de la noche: era como estar de nuevo en *El espía*. Su hermana Marianella era demasiado pequeña para enterarse de nada, pero Sergio sabía que algo andaba mal. Había comenzado a sospecharlo una tarde, después de una larga jornada de ensayos en la televisora, cuando acompañó a su padre a llevar a una actriz a su casa. A Sergio le pareció que la despedida era demasiado cariñosa, y se fijó en el cigarrillo que la actriz apagaba en el cenicero del carro. En ese cigarrillo —en esa colilla manchada con el carmín de un pintalabios que no era el de su madre— Sergio vio una amenaza. Y durante las semanas siguientes se acostumbró a bajar al garaje por las mañanas, antes de que se despertaran los demás, para vaciar el cenicero del Plymouth de colillas malolientes. Esas infidelidades, o más bien las labores difíciles de su ocultamiento, se convirtieron para Sergio en parte de sus tareas domésticas, y tardó mucho tiempo en darse cuenta de que todos sus esfuerzos eran en vano, porque lo único más testarudo que la promiscuidad de su padre era el talento de su madre para descubrirlo. Una de esas mañanas Sergio bajó demasiado tarde, o Luz Elena decidió madrugar más de lo acostumbrado, y para cuando él se acercaba al garaje ya había estallado la guerra. Pero lo que Sergio nunca se imaginó, ni en sus peores pesadillas, fue que llegaría un día a la casa para encontrarse con la noticia de que su madre ya no estaba.

«Se fue a Medellín», le explicó Fausto. «Va a vivir un tiempo con tus abuelos. Pero tú vas a ir a visitarla, no te preocupes. Cada cierto tiempo.»

«¿Cada cuánto?», preguntó.

«Pongamos cada seis meses», le dijo su padre. «Viajar a Medellín es caro.»

«¿Y mi hermana?»

«Marianella se fue también», dijo Fausto. «Así era mejor para todos.»

Sergio no entendió que ese cambio brutal en la familia implicara para él un cambio de vida, pero así fue: después de una serie de decisiones secretas de sus padres, en las cuales él nunca participó ni siquiera como audiencia, Sergio dejó de un día para el otro de vivir en su casa y de estudiar en el Liceo Francés para ser alumno del Internado Germán Peña. El lugar quedaba a cinco calles de su casa, pero eso no era un alivio, sino una fuente de ansiedades: ¿por qué su padre no había querido que se quedaran juntos, viviendo en la misma casa? ¿Por qué, si había una crisis entre sus padres, habían preferido que estallara en pedazos la familia entera, en lugar de permitirle al hijo el consuelo de seguir viviendo con alguno de los dos? ¿Era posible que Sergio les estorbara? Después del abandono de Dios, ¿seguía el de su familia? Bastaba un inventario para entristecerse. El tío Mauro, que se había convertido en visitador de la farmacéutica Schering, se pasaba el tiempo viajando; el abuelo Domingo había decidido cerrar el Hotel Roca y mudarse a Cali; la tía Olga, recién casada con el dueño de una trilladora de café, venía rara vez a Bogotá. El clan se estaba desintegrando.

Los alumnos internos del Germán Peña eran siempre mayores que Sergio, muchachos de la costa Caribe —de Montería, de Sahagún, de Valledupar— que venían a la capital a terminar sus estudios de bachillerato. Sergio, para ellos, era una curiosidad, y no sólo por el hecho de ser hijo de un actor célebre. Por las noches, antes de dormirse, sus compañeros de cuarto le hacían la pregunta que él mismo llevaba haciéndose desde el primer día: ¿por qué, si su casa quedaba a cinco cuadras, sus padres lo habían puesto en el internado? ¿No sería más bien que había hecho algo terrible y tenía prohibido volver? Sergio tuvo que invitarlos a su casa y presentarles a su padre para que le creyeran de una vez por todas. Esas salidas se volvieron una costumbre: varias veces por semana, a la hora de la merienda, Sergio salía del internado con su pandilla, se fumaba un par de Lucky Strikes en la esquina, antes de llegar a casa, y luego entraba por la puerta de la cocina y saqueaba la nevera. En esos momentos, mientras sus amigos del internado se comían todo lo que encontraban, Sergio subía a su cuarto —a su cuarto vacío, donde ya no estaba su hermana— y se acostaba en su cama durante unos minutos, y hojeaba sus libros y metía la cabeza en la almohada que olía a lo mismo de siempre, sólo para recordar las breves alegrías de la normalidad.

Así fue durante meses. Luego, con el mismo atropellamiento con el que se habían marchado a Medellín, su madre y su hermana regresaron a Bogotá. Allí estaban un fin de semana, cuando Sergio llegó a casa del internado para una de sus salidas programadas, sentadas en el salón como si nunca se hubieran ido. Sergio confirmó el secretismo o la vocación clandestina con que sus padres habían manejado su crisis. Sí, su madre estaba de regreso: pero no había manera de saber qué monstruos ocultos se movían debajo de la superficie, ni había certeza ninguna de que todo no fuera a estallar en cualquier momento, ni era seguro que al volver del internado Sergio no se encontrara con una casa cerrada de la cual todo el mundo se había ido. En esos momentos le habría gustado contar con Dios, pues Sergio no sabía qué estaba pasando, pero tenía una certeza: todo se estaba viniendo abajo y él no podía hacer nada al respecto.

Fue entonces cuando, de un día para el otro, un nuevo tema de conversación se hizo presente en la mesa del comedor: China. Inopinadamente, la sobremesa de la familia empezó a girar alrededor del budismo, de la Gran Muralla, de Mao Tse-Tung y del *tai chi chuan*. Sergio y Marianella aprendieron que China quiere decir «nación central», y Pekín, «capital del norte». Aprendieron que en un país de sesenta lenguas, todos pueden entenderse gracias a la escritura, pues los ideogramas funcionan como para nosotros funcionan los números. ¿No es verdad, niños, que uno puede entender los números que salen en *Le Monde* a pesar de que no hable una palabra de francés? Sí, papá. ¿No era muy interesante? Sí, papá. Sergio no lo podía saber en ese momento, pero había una causa precisa para todo aquello. Había llegado una carta desde Pekín y su vida acababa de dar un vuelco.

El remitente se llamaba Mario Arancibia. Fausto y Luz Elena lo habían conocido años atrás, en Santiago de Chile, durante su luna de miel convertida en gira de recitales de poesía (o viceversa). Arancibia era un barítono chileno de muchos talentos y convicciones de izquierda; hacia 1956 había venido a Colombia junto con su esposa, la actriz Maruja Orrequia, para dar tres conciertos que nunca terminaron de funcionar, y había acabado por hacer un par de libretos para Fausto Cabrera. La televisión no era su medio natural, pero su talento de escritor le abrió un espacio y, después, otros horizontes. Se hizo muy amigo de los técnicos cubanos que Rojas Pinilla había traído para poner en marcha la televisión colombiana, y tras unos meses en Colombia, Arancibia y Maruja Orrequia estaban viajando a La Habana. Él se incorporó a los equipos de Radio Habana; ella encontró trabajo como actriz y locutora. Y allí estaban, en La Habana, el día de la entrada victoriosa de los barbudos en las ciudades. Decidieron quedarse en Cuba y ser testigos de primera mano de la Revolución, que era lo más maravilloso que habían visto, pero no alcanzaron a ver demasiado, porque en cuestión de semanas los había buscado y encontrado el agregado cultural de la Embajada de la República Popular China. El hombre tenía una misión por lo menos exótica: conseguir profesores de Español para el Instituto de Lenguas Extranjeras de Pekín. La búsqueda era parte del gran esfuerzo chino por entender al resto del mundo, o por llevar al resto del mundo su propaganda o su mensaje, pero hasta ahora sus profesores habían sido españoles exiliados de la Guerra Civil que, tras pasar un tiempo en la Unión Soviética, habían sido enviados a China por los rusos como parte del esfuerzo por construir un nuevo socialismo. Ahora había problemas en ese frente: de unos años para acá, las relaciones entre China y la Unión Soviética se habían agriado; y una de las muchas consecuencias de esas tensiones había sido el lento retiro de los profesores de Español. Las autoridades preocupadas comenzaron entonces a mirar hacia América Latina, pero no hacia cualquier país. Sin pudor alguno, el agregado cultural explicaba que, a pesar de encontrarse en Cuba, no quería cubanos, pues todo el mundo le decía que el acento de la isla no era bueno para aprender la lengua. La única razón por la que llevaba esta misión a cabo en La Habana era sencilla: entre los países de habla hispana, sólo Cuba tenía relaciones diplomáticas con la China comunista. Había llegado a los estudios de Radio Habana buscando al barítono chileno para convertirlo en profesor de lengua, y las condiciones eran tan buenas que a Mario no le costó ningún esfuerzo aceptar. Después de un año largo, cuando las autoridades chinas le pidieron que recomendara a alguien más (ojalá un colombiano, porque se decía que su español era el mejor), un solo nombre le vino a la mente: Fausto Cabrera. Era español de nacimiento, pero no estaba contaminado por prejuicios soviéticos; lo que era más importante, hablaba la lengua como los dioses, había estudiado la gran literatura de su siglo y sabía transmitir sus entusiasmos. Era el candidato perfecto.

Todo esto lo explicaba la carta de Mario Arancibia. Fausto recordó una carta anterior en que Arancibia mencionaba el mismo asunto, pero sólo de pasada y sólo en un par de líneas; y esa carta había llegado a Bogotá antes de la segunda huelga en la televisora, cuando parecía que las cosas todavía podían enderezarse, de manera que Fausto no le prestó en ese momento la atención suficiente. Ahora todo había cambiado. Fausto respondió de inmediato: le interesaba, por supuesto que sí, le interesaba mucho. Tendría que hablar con su familia, como podían imaginarse, pero estaba seguro de que a ellos les interesaría también. Las instrucciones para Arancibia eran claras: poner en marcha el asunto. A las pocas semanas llegaba a la casa de la calle 85 un sobre con estampillas varias e ideogramas de colores.

La invitación oficial, más que un salvavidas, era como una declaración de amor para el hombre en horas bajas que era Fausto Cabrera. El gobierno chino le ofrecía un salario generoso en divisas, los viajes de toda la familia y alojamiento privilegiado; además de todo, les prometía a Fausto y a Luz Elena, pero no a los niños, un viaje de regreso a Colombia cada dos años. Las condiciones parecían inmejorables. Para Fausto, la idea de sacar a la familia de la crisis en que estaba sumida, la promesa del cambio de aires que podría tal vez renovar su relación con Luz Elena no eran menos seductoras que la posibilidad doble de estudiar teatro en China mientras veía de cerca la revolución de Mao Tse-Tung. El tío Felipe ya le había hablado de Mao, allá por los años remotos de la guerra civil española, y lo había hecho con admiración; y en cuanto al teatro, no había sido el tío Felipe, sino un artículo de Bertolt Brecht, lo que le había metido en la cabeza la idea de que el drama tradicional chino guardaba lecciones infinitas, y entenderlas era entender una parte del teatro —de sus posibilidades políticas— que todavía no había sido explotada en América Latina.

De manera que una noche de junio Fausto convocó a una reunión familiar en el salón de la casa, y solemnemente explicó lo que había pasado. Había llegado una carta, dijo; los invitaban a China, al otro lado del mundo, a ese lugar exótico y apasionante del que habían hablado durante semanas. Presentó la situación como si él no tuviera en ella ningún interés, entusiasmando a sus hijos con frases que no eran frases sino invitaciones a la aventura, diciéndoles que aquello sería igual a darle una vuelta al mundo, igual a ser la tripulación del capitán Nemo. Pero la familia no estaba obligada a aceptar, desde luego: podían rechazar esa posibilidad maravillosa que nadie más tenía en Colombia, y ellos, Sergio y Marianella, tenían todo el derecho de negarse a hacer lo que ninguno de sus compañeros podía soñar ni en sus sueños más atrevidos. Todo el mundo era libre de perder oportunidades únicas, claro que sí, y él, Fausto, no iba a obligar a nadie a nada. Para el final de la cena, Sergio y Marianella estaban rogándole a su padre que aceptara, que no dejaran pasar esa oportunidad, que se fueran todos al otro lado del mundo. Y Fausto, como si sus hijos acabaran de convencerlo, o como si lo estuviera haciendo solamente para darles gusto, tomó a Luz Elena de la mano y anunció con la ceremonia de quien indulta a un ladrón:

«Está bien. Nos vamos a China».

Poco antes de la partida, los Cabrera viajaron a Medellín para despedirse de los abuelos. Todo el mundo estuvo de acuerdo allí en que estaban locos: ¿qué se les había perdido en China? Fausto, por su parte, les dio instrucciones, pues era importante que a nadie, por ningún motivo, le dijeran que los Cabrera se habían ido a un país comunista. ¿Y si alguien preguntaba?, quiso saber la abuela. «Pues les dicen que estamos en Europa», dijo Fausto. «Eso es: que me contrataron para dar clases en Francia.» Enseguida sacó de su maletín un pasaporte reluciente y les pidió a los abuelos que lo miraran. Impreso a media página, un sello perentorio lo indicaba con claridad: este documento era válido para cualquier país del mundo, excepto los países socialistas. «En este pasaporte falta algo», dijo Fausto. «¿Saben ustedes qué es? La visa. No está la visa china. ¿Y saben ustedes por qué? Porque Colombia no tiene relaciones diplomáticas con China. Eso es lo que quiero que entiendan. Que no nos vamos al otro lado del mundo: nos vamos a un mundo prohibido. Que China, para todos los efectos prácticos, es un país enemigo.»

VI

La familia Cabrera voló de Bogotá a Santo Domingo, de Santo Domingo a Lisboa, de Lisboa a París. Para Sergio y su hermana, todo era un descubrimiento y cada nuevo embarque era una aventura sin precedentes: nunca habían salido de Colombia, y ahora, en cuestión de días, tenían que imaginar con dibujos el cruce de un océano y las tres escalas en tres países distintos. Las instrucciones que llevaba Fausto eran claras: en París habría de presentarse en las oficinas de Xinhua, la agencia de prensa china, donde le dirían qué hacer para llegar a Pekín. Durante dos días vagaron por París como turistas, pero sabiendo que no lo eran. Para Sergio, esto era como cumplir citas hechas en los libros del Liceo Francés, pero una cierta clandestinidad le daba al turismo un valor añadido. Era como si la familia viviera una vida nueva. Luz Elena era otra mujer aquí, lejos de Bogotá y de todo lo que en Bogotá amenazaba su matrimonio. Fausto hablaba francés con suficiencia y contaba anécdotas de la vida en los años treinta, y Sergio descubría que también él era capaz de comunicarse con la gente, libre del que era antes. Aquí ya no tenía que ser ese muchacho desorientado, ese pésimo estudiante que desilusionaba a sus padres con su comportamiento problemático. Aquí podía ser alguien diferente.

La agencia Xinhua era una oficina estrecha, no muy lejos de los Campos Elíseos. El corresponsal que los recibió, un hombre de modales exquisitos que hablaba en francés perfecto, los invitó a sentarse alrededor de una mesa baja para servirles té verde. No ahorró ceremonias: lavó el té en la tetera, calentó las tazas con agua que luego desechó y sirvió el té con las dos manos, todo en el más riguroso silencio. Mientras tanto, Sergio tomaba fotos con su Kodak Brownie Fiesta. Su padre había olvidado su cámara en Bogotá; Sergio, con su cámara de plástico, se vio convertido en el encargado de documentar el viaje. Eso había hecho ya con la Torre Eiffel y con el Arco del Triunfo, donde, por indicación de su madre, le tomó una foto al nombre de Francisco de Miranda, el venezolano que luchó por la independencia de Estados Unidos y luego por la de Venezuela y que tuvo tiempo, entre las dos guerras, de poner su vida al servicio de la Revolución francesa. Sergio documentó el nombre ilustre; ahora hacía lo mismo con la ceremonia del té. El corresponsal era un tipo de persona que aprendería a reconocer más tarde: el burgués chino que, educado en París, se vuelve comunista, pero no logra nunca perder los modales de la burguesía, cierta sensibilidad, una conversación exquisita.

«Esto es como *En busca del tiempo perdido*», dijo Luz Elena. «Pero en chino.»

Ese hombre fue quien les explicó que viajarían a Ginebra, porque allí quedaba la embajada china más cercana, y en Ginebra recibirían las visas (en papeles separados, para no contaminar el pasaporte) que les permitirían llegar a Pekín. El viaje, informó el hombre, se haría a través de Moscú. Ahora bien, Aeroflot sólo volaba dos veces por semana, de manera que iba a ser necesario hacer una escala de tres días. Ojalá eso no fuera problema. Ojalá, dijo el hombre, eso no los incomodara.

Para llegar a Moscú fue necesario volar a Praga y luego tomar el avión de Aeroflot que los llevaría al otro mundo, al mundo marciano. Marianella pasó el vuelo con la nariz pegada a la ventanilla, escrutando las nubes, porque había oído a sus padres decir que iban a atravesar una Cortina de Hierro y no estaba dispuesta a perderse semejante acontecimiento. («Pero si no existe», dijo Luz Elena. «Es una forma de hablar.» «Mentira», dijo Sergio, «claro que existe.

El Muro de Berlín existe, la Muralla China existe. Yo eso lo he visto en fotos. No veo por qué no puede haber una cortina de hierro. Es pura lógica». «Sergio, no le digas mentiras a tu hermana.» «Mamá», dijo Marianella, «no son mentiras. Yo creo que mi hermano tiene razón».) En cierto momento el capitán saludó por el altavoz y dijo algo en ruso, y Sergio vio a los pasajeros quitarse los cinturones de seguridad y ponerse de pie. Algunos ponían el puño en alto, otros se llevaban la mano derecha al corazón, y todos, al oír una música rota por la estática, comenzaron a cantar. Fausto miró a sus hijos.

«Es *La Internacional*», dijo. «Todo el mundo de pie.»

«Ay, Fausto, no digas bobadas», dijo Luz Elena. «Niños, no hagan caso. El papá a veces se pone como loco.»

Fausto estaba emocionado, aunque no se hubiera unido al coro de los pasajeros. Los soviéticos habían sido sus héroes en la Guerra Civil, y siempre creyó que todo lo que se había contado —las intervenciones estalinistas, las intrigas contra los rivales marxistas del POUM, el asesinato de Andreu Nin en las checas— no era más que una calumnia bien orquestada desde las campañas de propaganda del enemigo; y aunque no había querido entrar al Partido Comunista colombiano, se acercó varias veces a sus miembros, y envidió su camaradería y su sentido de misión. Ahora vería la Plaza Roja, vería el Kremlin; pues, según le había dicho el corresponsal de Xinhua, las autoridades les darían a todos un permiso de tránsito para conocer la ciudad, y Fausto pensaba aprovecharlo.

La realidad fue muy distinta. Las relaciones entre China y la Unión Soviética pasaban por un mal momento, y el movimiento comunista internacional, en esos días en que Fausto y su familia llegaban a Moscú, estaba ya bastante escindido. Mao y los suyos defendían la pureza del marxismo-leninismo, mientras que los soviéticos habían preferido bajar la guardia y buscar lo que llamaron coexistencia pacífica, que para Fausto no era más que un sutil acercamiento al mundo capitalista. En poco tiempo el adjetivo *revisionista* se había convertido en el peor de los insultos. Y aunque Fausto, al llegar a Moscú, ya estaba consciente de las tensiones y aun había comenzado a declararse seguidor de Mao, no habría podido imaginar la intensidad de la beligerancia que existía ya entre los dos países. Le quedó muy clara al salir del aeropuerto de Moscú, cuando las autoridades condujeron a la familia a un hotel vecino que menos parecía un hotel que un campo de prisioneros, y les informaron que allí, en una habitación de porquería, encerrados bajo llave —un candado de establo les impedía abrir la puerta—, pasarían los tres días de su escala. No tenían visa soviética, y sin visa soviética no podían salir del hotel. Era así de simple.

«¿Pero por qué?», preguntó Sergio.

«Porque vamos a China», dijo Fausto. «Y eso no les gusta.»

«*¿Pero por qué?*», insistió Sergio. «¿No son comunistas también?»

«Sí», dijo Fausto. «Pero de los otros.»

Fueron tres días interminables de confinamiento forzoso. Las únicas distracciones eran esperar el carrito de la comida, que venía empujado por camaradas de uniforme militar, y salir al balcón a ver los edificios soviéticos. Hacia el final del segundo día, la provisión de cigarrillos Pielroja que habían traído de Colombia estaba agotada, y Fausto tuvo que rogar a sus carceleros que le trajeran tabaco. La última noche, después de que todo el mundo se había dormido, Sergio robó uno de esos cigarrillos y salió a fumárselo a escondidas en la terraza del hotel, bajo el ruido de los aviones que despegaban, viendo la noche moscovita con los ojos irritados por el humo. Era el tabaco más asqueroso que había probado en su corta vida de fumador.

«Revisionistas», dijo para sí mismo.

Apagó el cigarrillo y lo tiró a la calle. Y luego se fue a dormir.

*

Llegaron a Pekín a comienzos de la tarde, en medio de un calor húmedo que pegaba las ropas a la piel. Sergio estaba destrozado. El vuelo desde Moscú había hecho escala en Omsk y en Irkutsk, y allí, por una falla técnica que nadie explicó, habían tenido que pasar una noche larga y fría. Los hombres de Aeroflot les ordenaron que bajaran del avión; cada uno de los pasajeros recibía en la puerta un abrigo y un sombrero de cosaco, y luego podía bajar las escaleras y seguir la fila para llegar a un galpón donde el viento frío se movía libre sobre un centenar de camas de campaña. Los cien pasajeros de aquel vuelo infernal tenían dos baños para compartir; Sergio se encerró en cuanto pudo en uno de ellos, no para fumar tabaco ruso, sino para preguntarse, después del tabaco y del hotel de porquería y de este galpón helado donde le tocaría pasar la noche, cuáles eran en verdad las virtudes del socialismo a la soviética.

Durmió todo el vuelo que los llevó a Pekín. No sabía que ese sueño a deshoras que le pesaba en los ojos tenía un nombre, *jet lag,* pero se sentía como si lo hubieran drogado. Despertó a tiempo para ver por la ventanilla un campo de trigo que se perdía más allá del horizonte. Aparte del suyo, no había más que un avión en la plataforma. En la terminal del aeropuerto, un edificio que no era más grande que el Internado Germán Peña, no había nadie que no los mirara como si fueran de otra especie. Junto a la escalerilla del avión los esperaba un grupo lleno de venias y sonrisas. Una mujer dio un paso adelante y se presentó en español: la podían llamar Chu Lan, dijo; era la intérprete que los acompañaría en los días siguientes. Los demás eran funcionarios del Instituto de Lenguas Extranjeras, explicó Chu Lan, y habían venido para darle a la familia del especialista una cálida bienvenida. (*Especialista,* sí: ése era el cargo oficial de Fausto, ésa era la palabra mágica que

111

aparecía en su contrato y abría todas las puertas.) Entonces se dieron cuenta de que también los Arancibia habían ido a recibirlos. Eso lo cambió todo.

Maruja fue la primera en acercarse, le dio a Luz Elena un ramo de flores olorosas envueltas en un papel translúcido y le pidió a Chu Lan que les tomara una foto con la cámara de Sergio. Luego, sin esperar a que todos terminaran de saludarse con todos, dijo:

«Bueno, ahora vamos al hotel. Se van a morir con el hotel, y yo quiero que lo vean de día.»

Tenía razón. Después de media hora de viajar por una carretera recta y sin intersecciones, flanqueada a ambos lados por un paisaje monótono de campos de trigo, la ciudad se hizo presente sin avisar, y al cabo, cuando aparecieron los techos de porcelana verde del Hotel de la Amistad, Sergio entendió que había llegado a un lugar de fábula. El hotel tenía dos entradas, ambas protegidas por guardias armados cuya presencia nunca tuvo demasiado sentido. Lo conformaban un gran edificio principal y quince más pequeños que no se veían desde la calle, pero en el conjunto, que parecía tener el tamaño de una peque-

ña ciudadela, sólo vivían setecientos extranjeros. Habían sido muchos más en tiempos mejores, eso sí, pues el hotel había sido construido en los años cincuenta para alojar a los contratistas rusos —ingenieros, arquitectos— que vinieron a transformar el país de la revolución maoísta. Tras el enfriamiento de las relaciones entre Mao y Kruschev, los dos mil quinientos enviados rusos habían vuelto a su país con la misma premura con que llegaron, dejando su trabajo a medias y las fábricas abandonadas, y el Hotel de la Amistad había cambiado de huéspedes de la noche a la mañana.

La explicación era muy sencilla. El gobierno no permitía a los extranjeros tener casa propia, de manera que los que llegaban a Pekín como empleados oficiales iban a parar inmediatamente allí. Los únicos extranjeros que vivían fuera del Hotel de la Amistad eran los diplomáticos y los que, tras llegar al país en los tiempos de la Revolución, se habían casado con ciudadanos chinos y habían hecho su vida allí, en ese mundo más pobre y más arduo que comenzaba en la puerta del Hotel de la Amistad: ese mundo sin piscina olímpica ni canchas de tenis ni amables botones con el don de la ubicuidad ni taxis en la puerta listos para llevar a los huéspedes adonde quisieran. Todo eso le daba al hotel un ambiente de irrealidad que Luz Elena, como tantas otras veces, percibió con más claridad que los demás.

«Esto es como un gueto al revés», dijo. «Nadie quiere salir y todo el mundo quiere entrar.»

Y era verdad que allá fuera, en la Pekín de la vida real, el mundo era hostil. El Gran Salto Adelante, la abrumadora campaña económica con la que Mao Tse-Tung había emprendido la transformación del antiguo sistema agrario en una sociedad de comunas, hizo exigencias tan desmedidas a los campesinos, y los obligó a esfuerzos tan insensatos y a resultados tan irreales, que millones acabaron muriendo de hambre mientras los oficiales del partido culpaban de la escasez al mal tiempo. Mao había ordenado la colectivización de los cultivos, prohibido los intentos privados y perseguido a quienes insistieran en ellos con la peor de las acusaciones: contrarrevolucionarios. Los resultados fueron desastrosos. Miles de terratenientes que se rebelaron contra esas insensateces fueron ejecutados sin miramientos; cientos de miles de chinos murieron en campos de trabajo forzado. Cuando los Cabrera aterrizaron en Pekín, la China entera estaba todavía sintiendo los coletazos de una de las hambrunas más letales de su historia, y Marianella sufrió las consecuencias de inmediato: durante el desayuno de su segundo día en Pekín se atrevió a decir que no le gustaban los huevos, y su padre le rugió en la cara:

«Pues son los que el país nos ofrece, y te los comes aunque no te gusten», le dijo. «Y te vas a comer todo lo que te pongan en el plato, que bastante hacen con acogerte.»

Marianella no logró entender que aquel mundo de comida asquerosa y gente incomprensible fuera para su padre el paraíso. Sergio, por su parte, aprendía muy rápido las reglas nuevas. Aprendía, por ejemplo, que hacían falta cupones para comprar todo: cereales, algodón, aceite, combustibles. Uno podía tener dinero, pero sin cupones no le servía de gran cosa: una camisa, por ejemplo, costaba cinco yuanes más cuatro cupones de algodón. Cinco yuanes era lo mismo que costaban tres días de alimentación en el hotel, lo cual ponía en perspectiva lo que sus padres ganaban: seiscientos ochenta yuanes al mes era una cifra más que generosa. «Ustedes ganan tanto como Mao», le dijo un día a Fausto un dirigente del partido que conocieron en un banquete de bienvenida, y Fausto, que no tenía ninguna razón para dudar de su palabra, prefirió no confesarle en ese momento que en su casa no había un salario, sino dos: pues al camarada del Instituto de Lenguas Extranjeras le había bastado conocer a Luz Elena para entrevistarla, y le bastó esa entrevista para ofrecerle trescientos cincuenta yuanes y contratarla también. A partir de entonces, mientras Fausto daba clases en el área universitaria, Luz Elena las daba a los estudiantes del bachillerato de Lenguas Extranjeras, hijos todos de los altos cuadros del partido. Llegaban los dos juntos al instituto, un bloque de edificios horribles de salones desangelados, se despedían sin tocarse en la mitad de un patio y se volvían a ver en el mismo lugar después de terminar las clases, todo bajo la mirada curiosa de cientos de caras.

Era una vida de lujos que nunca habían tenido en Colombia. El instituto los alojó en dos suites: en una de ellas dormían los padres y Marianella; en la otra dormía Sergio, junto al salón donde la familia se encontraba en las tardes para contarse sus experiencias. Había una cocina pequeña en la suite de los padres, pero se usaba muy rara vez, pues el hotel tenía tres restaurantes —uno oriental, uno occidental y uno musulmán, que por razones misteriosas no entraba dentro de las otras dos clasificaciones— y nunca había una buena razón para cocinar. De manera que así pasó Sergio los primeros días, antes de que comenzaran los estudios: jugando ping-pong con Marianella en el club del hotel, aprendiendo por su cuenta los rudimentos del billar pool, reuniéndose con los amigos que iba conociendo —hijos de profesores argentinos o bolivianos, de poetas uruguayos que andaban siempre con su libro bajo el brazo, de intelectuales peruanos que habían llegado por un azar y ahora no se cambiaban por nadie— para jugar ajedrez o *wei-chi* o para patear un balón en el campo de fútbol. Muy pronto dejó de ser posible nadar, porque el verano había terminado oficialmente y el hotel había cerrado la piscina. A Sergio no le importó. A veces le parecía, al final de los días agotadores, que no le alcanzaba el tiempo para todo lo que quería hacer en ese lugar de fantasía.

No mucho después de la llegada salieron los cuatro para hacer su primera visita al centro. Un viejo carro polaco los llevó a la calle Wangfujing, la más concurrida; el hombre que los esperaba allí, un colega de Fausto en el Instituto de Lenguas Extranjeras, se disculpó antes que nada por las incomodidades que iban a pasar. «¿A qué se refiere usted?», preguntó Fausto. «Hay mucha gente», dijo el otro. Su español era de palabras precisas, pero costaba entenderlo. «Por favor, no se detengan. No hay nada que mirar en las vitrinas. Si nos detenemos en las vitrinas, se forman aglomeraciones. Caminar, caminar, no detenerse.» Pero no habían avanzado más de dos cuadras cuando Sergio, que no entendió las instrucciones o prefirió no obedecerlas, se dejó distraer por un espectáculo callejero. Era una especie de circo ambulante, pobre y rudimentario, donde un hombre musculoso hacía malabares templando con la boca arcos de acero mientras una mujer cantaba una canción estridente. Al acercarse un poco, Sergio se dio cuenta de que el hombre tenía los dientes forrados en metal. Se lo comentó a sus padres, que se habían acercado también a pesar de lo que había dicho el intérprete, y sus padres observaron la escena durante unos instantes. Entonces Fausto dijo:

«Vale, ya está. Sigamos».

Pero no pudieron seguir. Una multitud los había rodeado en cuestión de segundos. Eran dos centenares de personas que no habían estado viendo a los acróbatas, sino que acababan de acercarse al verlos llegar a ellos. Los miraban de cerca, pero Sergio no conseguía interpretar sus expresiones; algunos alargaban una mano tímida para tocarlos, y uno de ellos le habría puesto a Sergio un dedo en la cara si él no se lo hubiera apartado con rudeza. «¿Qué está pasando, mamá?», preguntó con miedo Marianella. El intérprete les hablaba a los curiosos, haciendo gestos que podían o no ser invitaciones a la calma; y algo acertado debió de hacer, porque poco a poco se fue abriendo entre la multitud un corredor por el que los Cabrera consiguieron avanzar. Un grupo de niños señaló a Sergio y empezó a gritar palabras incomprensibles. En brazos de su madre, una niña pequeña estaba llorando. Eso fue lo último que Sergio vio antes de que lograran, por fin, dejar la muchedumbre atrás.

«¿Qué me decían?», le preguntó Sergio al intérprete.

«¿Quiénes?»

«Los niños», dijo Sergio. «Quiero saber qué me estaban gritando.»

El hombre tardó unos segundos en contestar.

«Demonio extranjero», dijo. «Lo siento mucho. Es lo que les enseñan.»

Más tarde, ya de regreso al carro que los llevaría de vuelta al hotel, pasaron caminando junto a una larga fila que doblaba la esquina. Con el tiempo Sergio se acostumbraría a esa vida en la que todos hacían fila para todo, pero ese día no dejó de sorprenderlo la razón por la que esperaba la gente. Llevaban en la mano una pequeña barra de bambú; Sergio pidió explicaciones, y el intérprete dijo: «Son cepillos de dientes. Los están arreglando. Hay muchas cosas que ya no llegan por el bloqueo. Los cepillos de dientes, por ejemplo». Con el uso, se les habían caído las cerdas; ésta era una fila para que les pusieran cerdas nuevas. Sergio caminaba tan cerca de la gente que alcanzaba a oler sus ropas húmedas. De repente se dio cuenta de que todos lo estaban mirando a él. Era una mirada de curiosidad, pero había en ella algo inconforme. Alguien dijo algo en mandarín y alguien contestó. Sergio bajó sus grandes ojos verdes, como si supiera que molestaban, y se alejó en silencio, tratando de hacerse perdonar una impertinencia imaginaria. Y cuando llegaron al Hotel de la Amistad y presentaron su carnet en la puerta y entró en el mundo protegido, Marianella le dijo:

«Ahora entiendo que la gente no quiera salir. China es horrible».

«Esto también es China», dijo Sergio.

«Pues entonces la China de afuera», dijo Marianella. «No sé por qué no puede ser como la nuestra.»

Después de eso Marianella se reunió con el hijo de los Arancibia y le dijo: «Enséñame todas las malas palabras». Pocos días más tarde ya podía lanzarle a su padre varios insultos sin que él se enterara. El conflicto con Fausto era constante, pues el mundo del especialista era el opuesto: la China de afuera era un modelo —«un paraíso», decía y repetía— y la del hotel era un sucedáneo, un simulacro o, peor aún, una hipocresía. No le faltaba razón. En el hotel vivían gentes de todas las nacionalidades, razas, creencias y edades, pero, sobre todo, de todas las ideologías. Algunos eran enviados por sus gobiernos y no tenían mayor interés en el país o su cultura, pero otros, muchos, eran comunistas de diversas líneas ideológicas. En el hotel convivían los maoístas con los prosoviéticos, los procubanos con los proalbaneses, los yugoeslavos con los comunistas europeos, y todos con los extranjeros antichinos, que era como llamaban a todo el que criticara el gobierno de la República Popular. También, por supuesto, había anticomunistas; y luego estaban los peores, la tenebrosa mezcla de anticomunistas y antichinos. La cosa no terminaba ahí, claro, porque también había anarquistas españoles, trotskistas italianos, uno que otro loco de manicomio y no pocos oportunistas que sólo estaban allí por dinero. Todos habían llegado contratados por el gobierno chino para ayudar en la enseñanza de idiomas, pero algunos habían acabado dedicados a la traducción de libros y revistas, a doblajes cinematográficos, a transmisiones de radio en idiomas extranjeros. Todos trabajaban en su respectivo idioma. Ninguno, o casi ninguno, hablaba chino. Ninguno, o casi ninguno, quería aprenderlo. Y Fausto decía:

«Esto no es China».

*

A mediados de septiembre comenzaron las clases particulares. El aula se montó en uno de los salones del Hotel de la Amistad: alguien puso allí una pizarra para que dos profesores privados, un hombre y una mujer que tomaban turnos, vinieran a darles clases intensivas de lengua y cultura chinas a los dos niños colombianos. Era un lugar desapacible, de luz demasiado blanca y espacios demasiado grandes; Sergio y Marianella se sintieron reducidos y solos, más solos de lo que se habían sentido hasta ahora, hasta que otros alumnos nuevos fueron llegando con los días y una clase pequeña, de menos de una docena de jóvenes, acabó por conformarse. Así se les iba ahora el día entero: las clases se daban de 9 a 12 y de 2 a 5, seis horas rigurosas que ocurrían en una lengua de la que ni Sergio ni su hermana entendían una palabra. Seis horas de escuchar ruidos incomprensibles, intentar que los ruidos correspondieran a los dibujos que el hombre trazaba en el tablero y fracasar en el intento: eso eran sus días, que terminaban no sin frecuencia con dolores de cabeza y protestas y conatos de rebelión.

«No sé para qué vinimos a China», dijo Marianella una vez. «No se les entiende nada. Ellos no nos entienden a nosotros.»

«Poco a poco», dijo Luz Elena.

«Yo me quiero devolver a Colombia», dijo Marianella.

«Yo también», dijo Sergio.

Su padre lo miró a él, no a su hermana, y una furia repentina le llenó la cara.

«Nadie se va a ninguna parte», le dijo. «Aquí nos quedaremos años, para que lo vayas sabiendo. Así que es muy sencillo: o aprendes o te jodes.»

Para Fausto, el viaje había sido un acierto. Su relación con Luz Elena parecía haber comenzado de nuevo, o por lo menos dejado atrás los lastres y los enfrentamientos que los habían amenazado en Colombia. Después de sus experiencias en el Instituto de Lenguas Extranjeras, se contaban lo que habían visto en la calle como si se entregaran un informe: un pueblo valiente que soportaba las adversidades con dignidad y nunca había permitido que la pobreza se convirtiera en indigencia, y donde la Revolución había satisfecho las necesidades más urgentes del pueblo. Aquí todo el mundo tenía comida, todo el mundo tenía vivienda, todo el mundo tenía con que vestirse todos los días. ¿No justificaba eso cada esfuerzo revolucionario, no era eso la prueba de que cualquier sacrificio valía en la búsqueda del socialismo? Sólo hacía falta ver las distancias enormes que había recorrido el país desde los primeros años, cuando la gente se moría de hambre sin que nadie pudiera evitarlo. Sí, el Gran Salto Adelante había cometido errores, se había topado con accidentes imprevisibles y con la oposición de las derechas saboteadoras que existen en todos los procesos revolucionarios del mundo, pero tenía los ojos puestos en objetivos más altos. En esto estaban de acuerdo Fausto y Luz Elena: de todo esto había mucho que aprender. Para ellos, por supuesto, pero también para sus hijos.

Las conversaciones —en la mesa de los restaurantes, a mediodía y por la noche, mientras la orquesta del hotel tocaba absurdamente unos boleros que fascinaban a Luz Elena— se llenaron de pedagogías. Fausto les hablaba a los niños de su visita reciente a un curso de expresión corporal en el Instituto de Drama Moderno; les contaba cómo había tratado de identificar al director de la obra, pero sin éxito, porque en el montaje todo el mundo trabajaba igual, y le costó un buen rato descubrir que el director era aquel hombrecito que, vestido con el mismo mono azul de los técnicos, arreglaba un reflector. Cada encuentro de la familia se llenaba con estas parábolas. Fausto le había comprado una moto checoeslovaca a un especialista que se iba de China; un día, al volver de las afueras de Pekín, la moto había dejado de funcionar. En cuestión de segundos lo rodearon decenas de chinos dispuestos a cualquier cosa para reparar la moto, y al no lograrlo, detuvieron un camión, subieron la moto con su dueño y los llevaron al hotel. Al día siguiente, Fausto hizo reparar la moto en un taller cercano. Nunca logró que le cobraran las reparaciones, porque a un extranjero, y en particular si ese extranjero había venido a construir el socialismo, no se le cobraba nada.

«Así es una sociedad solidaria», decía Fausto. «¿A que está bien?»

Todos los trabajos que estaba haciendo le enseñaban una manera nueva de entender su arte. En el Instituto de Drama sintió que leía a Brecht por primera vez, como si hasta entonces nunca lo hubiera entendido, y poco a poco dejaba de parecerle posible que alguien pudiera hacer teatro de cámara; cuando volviera a Colombia, pensaba, su teatro sería hecho por el pueblo y para el pueblo. Ahora entendía lo que había sentido Brecht al descubrir al actor Mei Lanfang. Lo había conocido en Moscú, a mediados de la década de los treinta, y de inmediato quedó seducido por las posibilidades de aquella manera de entender la escena: la revelación de los mecanismos artificiales del teatro, los personajes que se presentan a sí mismos e incluso se disfrazan a la vista del público, el esfuerzo del actor por hacer que el espectador, más que identificarse con el personaje, se mantenga alejado de él... Cada gesto era parte del distanciamiento brechtiano, y ahora Fausto descubría de dónde había salido todo. Se sentía como un eslabón en la cadena de la tradición teatral: Chaplin le habló de Mei Lanfang a Sergei Eisenstein, y Eisenstein le habló de Mei Lanfang a Brecht, y ahora Brecht le hablaba de Mei Lanfang a Fausto Cabrera.

A sus días les faltaban horas. Además de su trabajo como profesor de Español, además de sus visitas al mundo del teatro chino donde aprendía más de lo que enseñaba,

Fausto había aceptado ser director de doblajes en el Instituto de Cine de Pekín. Pasaba horas en una cabina de grabación mientras del otro lado del vidrio, frente al micrófono, los actores llenaban de palabras españolas las bocas de los chinos que actuaban en la pantalla. Fausto nunca había trabajado en doblajes, pero nada era nuevo para él: sabía dirigir a un actor y enseñarle dicción y elocución y transmitirle secretos para no quedarse sin aire antes de llegar al final de la frase, y más de una vez recibió a un actor mediocre y lo convirtió, en el curso de un rodaje, en una voz nueva capaz de dar un discurso en tiempos de guerra.

Una de las películas que se doblaron fue *Campanita*, una producción china cuyo protagonista era un niño. Fausto no lo dudó: Sergio era el indicado para el papel. Durante doce días trabajaron juntos en los estudios, llegando juntos y volviendo juntos a casa, y Sergio volvió a sentir la mirada de orgullo de su padre y a vivir en ella como lo había hecho en los estudios de televisión en Bogotá. Eran días largos con muchos tiempos muertos y muchas repeticiones agotadoras, pero Sergio entendió de inmediato cómo funcionaba aquel sortilegio: entendió que se trataba de una actuación completa, aunque su figura nunca se vería en la pantalla, y había algo en el proceso que le gustaba a su timidez: actuar sin que nadie lo viera parecía por momentos una situación ideal.

Un día notó que la gente del estudio revoloteaba más de la cuenta. Sergio estaba tratando de averiguar qué ocurría cuando su padre lo llamó con la mano desde la puerta del estudio, lo tomó por los hombros tan pronto lo tuvo cerca y dijo en francés: «Éste es mi hijo». El hombre que lo acompañaba se presentó como Franco Zeffirelli. Era italiano, pero hablaba francés con soltura; estaba en medio de una gira por China, cortesía del Partido Comunista; había conocido a Fausto en esos días, y los dos se habían caído en gracia, pues eran de la misma edad, venían de países con una historia fascista y, lo más importante, eran hombres de teatro. A Zeffirelli le interesó este español que vivía en Latinoamérica pero estaba doblando películas en la China de Mao; insistió en que fueran a cenar, y en la cena contó anécdotas de traductor de soldados ingleses durante la guerra, y a Sergio le gustó contarle que había hecho el papel del niño en *El espía* de Brecht, y le gustó que el italiano le preguntara si iba a ser actor de cine. Tal vez, dijo Sergio, pero también le gustaría ser director, como su padre. Zeffirelli soltó una carcajada, pero Sergio se dio cuenta de que acababa de poner en palabras algo que ya había sentido. En el mundo del cine todo le resultaba familiar: era como una casa en la que hubiera nacido, de la que no hubiera salido nunca. Ser director: eso complacería a su padre, sin duda. ¿Qué mejor razón para decidirlo?

Sergio no supo en qué momento comenzó a entender lo que decían los chinos, pero la experiencia fue como salir del fondo de una piscina. Era milagroso: él hablaba y los demás también entendían. Dejó de señalar las fotos de la carta en los restaurantes; cuando se proyectaba una película en el teatro del Hotel de la Amistad, podía leer el anuncio en su versión china; el día en que los periódicos dieron la noticia del asesinato de Kennedy, sólo Sergio pudo contarles a sus padres ansiosos lo que había ocurrido en Dallas, y en los días que siguieron los mantuvo al tanto de lo que se iba sabiendo sobre el asesino y su relación con la Unión Soviética. Las informaciones llegaban tarde, pero llegaban, y estaba en manos de Sergio (o en su voz) sacarlas del *Diario del Pueblo*. Así fue como les contó que el nuevo presidente, Lyndon Johnson, había manifestado la decisión de defender Vietnam del Sur. Para la prensa china, cada una de sus palabras era una agresión o una amenaza.

Marianella pasaba por los mismos descubrimientos. Se acopló tan bien a la nueva lengua, o su boca supo acoplarse tan bien a las exigencias de las consonantes imposibles y las vocales cantadas, que antes de darse cuenta ya estaba más a gusto en chino que en su español precario. En la mesa, mientras cenaban juntos, sacaba su carnet del hotel y leía en voz alta los caracteres, sólo por el placer de tener los sonidos en la lengua. (En cuanto a los caracteres cirílicos, rezagos de otras épocas políticas, no había nada que hacer.) Pronto dejó de responder a su nombre de pila,

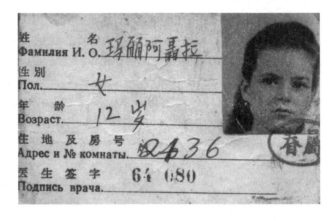

porque los chinos, que encontraban imposible o engorrosa su pronunciación, la bautizaron a su manera: Lilí. A ella le gustó su nuevo nombre, y así empezó a firmar las cartas que mandaba a los abuelos colombianos, y así se presentaba cuando conocía a una amiga nueva o a los padres del Hotel de la Amistad: «Lilí Cabrera», decía. «Mucho gusto.» Sergio, mientras tanto, se había acercado a los hijos del otro señor Cabrera, el poeta uruguayo, que se habían convertido en sus cómplices y sus compañeros de juegos. Su padre respetaba al poeta, lo cual ya era un logro, pero era imposible saber si el respeto se debía a las afinidades ideológicas o al apellido compartido. Los muchachos se llamaban Dayman y Yanduy; los dos le llevaban media cabeza a Sergio, pero no hablaban chino tan bien como él ni lo hablarían nunca. Los cuatro Cabrera celebraron la Navidad con los demás alumnos, y con ellos recibieron el

Año Nuevo, siempre conscientes de que todo aquello tenía sentido solamente allí, dentro del mundo aparte —dentro de esa realidad paralela— que era el Hotel de la Amistad.

Para comienzos de 1964, eso había empezado a incomodar a Fausto. Los profesores habían dado su visto bueno para que Sergio y Marianella entraran en la escuela, pero Fausto tenía la impresión insoslayable de que la vida en el hotel, irreal y artificiosa, estaba aburguesando a sus hijos. Las influencias de esa vida demasiado cómoda, pensó, podían contaminar su pureza ideológica, y eso no se podía permitir de ningún modo. De manera que empezó a hablarles de esos peligros; hizo un retrato aterrador de lo mucho que se parecía el Hotel de la Amistad al mundo capitalista; y una tarde les preguntó a Sergio y a Marianella si no preferirían, vistos los peligros que se corrían en el hotel, irse a estudiar internos en la escuela Chong Wen. Allí recibirían una educación de verdad, como la de los demás chinos, no la distorsión de la realidad en que estaban metidos los que iban a los colegios para occidentales. Sergio, que ya sabía lo que era la vida de los internos, que ya había pasado por la sensación de ser un estorbo en su propia casa, pensó en resistirse, pero no lo hizo: porque Fausto ya había convencido a Luz Elena, y cuando los dos estaban de acuerdo, no había nada que hacer. Marianella trató de rebelarse, de todas formas, y el altercado fue tan grueso que pocos días después, cuando cayó la primera nevada y la familia salía a ver nieve por primera vez, Fausto le dijo a ella:

«Tú no. Tú te quedas recogiendo tu cuarto. Aquí no hemos venido a vivir como cerdos».

En esos momentos Marianella deseaba que su padre le pegara, como hacía de vez en cuando con su hermano, en lugar de castigarla: una bofetada, una bofetada limpia, y a ver la nieve. Lo habría preferido mil veces.

*

Una tarde, poco antes de que comenzara la escuela, fue a buscarlo Yanduy, el amigo uruguayo, para invitarlo a cazar gorriones. Llevaba una carabina neumática en cada mano. Afuera hacía tres grados bajo cero, pero Sergio ya sabía que los gorriones eran una plaga: se comían las semillas de trigo y arroz que eran del pueblo. Se decía que unos años antes, hacia 1959, la plaga había sido tan intensa que la gente de las aldeas se organizó para salir todos los días, a las doce en punto, con la misión única de hacer ruido. Reventaban cohetes y hacían sonar las matracas y los gongs y las campanas, y consiguieron armar tanto alboroto durante tanto tiempo que los gorriones empezaron a morir de infarto, agotados por no poder descansar. Aquel año las cosechas se salvaron de los gorriones; pero los gusanos (de los que los gorriones se alimentaban) las invadieron y las destrozaron, y los aldeanos tuvieron que regresar al viejo sistema de los espantapájaros. Ahora, en el parque de los bambúes, apostados junto a las plantaciones de las comunas populares, Sergio eliminaba los gorriones a tiros certeros. Se había quitado los guantes para disparar mejor y el frío le hacía doler las manos, pero sentía que estaba cumpliendo una misión revolucionaria. Allí, junto a los pastos helados, se entrenaba para un futuro más arduo, y al volver caminando al hotel, cuando un inglés anónimo comenzó a tirarle piedras mientras lo llamaba asesino y le gritaba que dejara en paz a los pájaros, volvió a sentirlo, y el pecho se le llenó de algo parecido al orgullo.

VII

«A ver», decía Sergio mientras hojeaba un libro, «a ver si encuentro la página».

Estaban en el restaurante de la filmoteca, tan lleno de gente —hombres y mujeres que probablemente asistirían en algunos minutos a la inauguración de la retrospectiva— que apenas se podía hablar. El lugar tenía tanto de ajetreado como de amable, y estaba presidido por el fantasma de Marilyn Monroe, cuya imagen estilizada lo miraba a uno desde el menú. Por los techos bajos pasaban cinco tubos pintados con anillos de colores que les daban el aire —pensaba Sergio con conocimiento de causa— de una serpiente coral. Sergio y su hijo Raúl estaban sentados en sillas de aluminio frente a un tablón largo de madera que menos parecía una mesa que una barra: pero en vez de tener un bar en frente, estaban de cara al amplio ventanal que daba al Raval nocturno, donde el aguacero apenas comenzaba a amainar y la gente escasa caminaba con temor a resbalarse. Raúl estaba metido en su propio libro, que Sergio le había regalado en la tienda de la filmoteca. «Escoge el que quieras», le había dicho, y Raúl había pasado por encima de los libros de arte, a pesar de que le interesaban, y de los de historia del cine, a pesar de que había crecido oyendo hablar de películas, y había escogido una novela gráfica: *El club de la lucha,* de Chuck Palahniuk, en cuya portada, inquietantemente, unos ojos abiertos miraban encima de unos cerrados. Sergio, por su parte, se había encontrado en los estantes con un ejemplar de *Mitologías,* de Roland Barthes, un libro que había leído con entusiasmo en su juventud, y de inmediato, como entre cortinas de humo, le había llegado a la memoria un pasaje. La idea de Barthes, le parecía recordar, era que el mundo comunista, más que un lugar enemigo, era *otro mundo:* distinto y sobre todo incomprensible. Y eso era lo que quería compartir con Raúl.

«Por aquí debe estar», dijo, pasando las hojas.

Miró a su hijo para tratar de saber, leyendo su rostro de adolescente hermético, qué le estaba pareciendo el libro. Pero Raúl, a sus dieciocho años, no era ya un adolescente; y lo que Sergio sintió al verlo, después de media hora sentado a su lado en las sillas duras de La Monroe, fue una felicidad tan intensa que lo tomó por sorpresa: felicidad por estar con él allí, en Barcelona, después de casi dos años de distancia, y felicidad por verlo convertido en este hombre guapo que le llevaba una cabeza, de voz firme y mirada certera, lleno de opiniones sobre todo lo habido y por haber. Era verdad que esas opiniones estaban un poco más a la derecha de lo que le habría gustado a Sergio, pero desear que su hijo pensara exactamente como él le parecía una de las posibles definiciones del conservatismo.

Raúl había llegado en el vuelo de las 16:40, en medio de un aguacero que oscurecía los cielos de Barcelona y entorpecía el tráfico de entrada por la Gran Vía. La gente de la filmoteca lo fue a recibir al aeropuerto y le enseñó el hotel mientras Sergio terminaba de dar una entrevista en un estudio de televisión, de manera que Raúl estaba solo en el vestíbulo, tomándose una Coca-Cola, cuando llegó su padre, los hombros de la chaqueta ennegrecidos por la lluvia y el pelo blanco mojado como si acabara de ducharse. Apenas tenía tiempo de darse una ducha de verdad y ponerse ropa seca para ir a la inauguración de la retrospectiva, así que le propuso a Raúl que lo esperara allí sentado mientras él volvía a bajar. Pero antes de decir que sí, que no había ningún problema, que se quedaría jugando un videojuego en su teléfono, Raúl le dijo:

«Lo siento mucho, papá. Siento mucho lo de Tato».

Fausto nunca tuvo una relación intensa con Raúl, pues no se habían visto con la frecuencia suficiente, pero lo quería con devoción, y siempre le alegró saber que su nieto podía tener en España la vida que para él fue imposible. Cuando se veían, Fausto solía recordar frente a quien estuviera presente —familia o amigos o perfectos desconocidos— lo que les había ocurrido a Sergio y a Raúl en el Valle de los Caídos. «Déjame que te cuente lo que les pasó a estos dos», decía; Raúl ponía los ojos en blanco y Sergio se aprestaba a completar con una información o un detalle el relato de su padre, que hablaba como si hubiera estado presente. Los protagonistas de la historia eran Sergio, Lilí —la mayor de sus tres hijas, la primera que había tenido— y Raúl, que estaría a punto de cumplir los ocho años. Sergio ya se había separado de la madre de Raúl, pero todavía vivía en España, de manera que recibía la visita de su hijo algunos fines de semana: nada más fácil que llegar en tren de Málaga a Madrid. Ese fin de semana habían decidido salir de la ciudad para pasar el día en barco, en una de esas represas que los madrileños llaman pantanos. Desde la autopista, Raúl vio la cruz enorme del Valle de los Caídos y preguntó qué era aquel lugar y si podían ir a visitarlo.

«No», dijo Sergio. «Ahí está enterrado Franco.»

«¿Y qué problema hay?», dijo Raúl.

«¿Que qué problema?», dijo Sergio. «Pues todo lo que ha sufrido la familia, ése es el problema. Franco tiene la culpa de que nos hayamos tenido que ir de España. Todo lo que Tato sufrió, todo lo que sufrió el tío Felipe, fue por culpa de Franco. Nuestra familia se deshizo por culpa de Franco. No, Raúl: allá no vamos nosotros.»

El día en el pantano transcurrió sin que se hablara más del tema: algo habría detectado Raúl en la voz de su padre. Pero durante el trayecto de regreso, al volver a ver desde lejos la cruz en la montaña, Raúl insistió en que quería visitar el lugar. Antes de que Sergio reaccionara con otro sermón sobre la familia rota y la Guerra Civil, Lilí le dijo:

«Vamos, papá, qué importa. Vemos el sitio dos segundos, Raúl se queda tranquilo y nos vamos a Madrid. No tiene nada de malo. Hasta le puedes explicar cosas».

Minutos después, allí estaban: por primera vez en la historia, la familia Cabrera visitaba la tumba de Franco. Era un lugar imponente, eso sí, y Sergio tuvo que recordar la historia de su gente —del comandante Felipe Díaz Sandino, del abuelo Domingo, de su propio padre— para mantener sus emociones a la distancia debida; por otra parte, entró con la convicción de que estaba traicionando la memoria de su estirpe, y no logró sacudirse ese sentimiento por más que lo intentó. La tumba del dictador era un rectángulo blanco en el suelo de piedra gris, y en el centro del rectángulo reposaban tres ramos de flores y una cinta con la bandera rojigualda. Sergio pasó por el lado y se adelantó hacia las escalinatas del altar, subió dos o tres y se quedó mirando el Cristo del fondo, tratando de recordar la última vez que había entrado a una iglesia. Entonces oyó un ruido a sus espaldas, algo como un zapateo escandaloso, y cuando se dio la vuelta, preparado para reprobar con la mirada al culpable, se encontró con la figura de su hijo, que pisoteaba con fuerza el rectángulo blanco mientras largaba escupitajos obscenos.

Sergio lo tomó de un brazo y lo hizo a un lado. «¿Pero a ti qué te pasa?»

«¡Que es un cabrón!», gritó Raúl. «¡Todo es su culpa! ¡Por su culpa nos tuvimos que ir de España! ¡Por su culpa se deshizo mi familia!»

Y todo esto lo contaba Fausto con detalles precisos, y, dependiendo de la compañía, en su relato Raúl escupía sobre la tumba o soltaba improperios que, desde luego, no eran los de un niño de casi ocho años, sino los de un exiliado de noventa: los improperios que Fausto le habría dedicado a Franco si lo hubiera visto en su niñez remota.

Lo único que Sergio podía añadir era el relato, insulso, por lo demás, de lo que pasó después. Cómo agarró a Raúl en volandas y lo sacó de la iglesia antes de que alguien se diera cuenta, cómo no se habló más del asunto en el trayecto de regreso a Madrid, cómo se enteraron después de que Raúl había estado contando la anécdota a sus familiares españoles, pues le había hecho gracia la reacción de su padre. Sergio recibió la llamada de alguna tía preocupada por las malas costumbres que le estaba enseñando a su hijo, por el irrespeto de lo sagrado, por la intolerancia con las ideas ajenas. Sergio pensó que el franquismo, en su experiencia, tenía poco de sagrado. Pero no dijo nada.

Saliendo del hotel hacia la filmoteca, soportando el aguacero que estallaba en la Rambla del Raval, quiso preguntarle a Raúl si había vuelto a acordarse de esa anécdota que tanto le gustaba a Tato, o, por lo menos, si había vuelto al Valle de los Caídos, pero intuyó de alguna forma que la anécdota graciosa había dejado de ser graciosa para Raúl hacía mucho tiempo. Luego se distrajeron con los libros de la tienda, y de ahí pasaron a buscar un sitio libre en la atiborrada Monroe, y todo lo anterior dejó de ser urgente. Tenían la idea de tomarse algo mientras esperaban: los organizadores les habían ofrecido pasar a las oficinas, pero Raúl prefirió quedarse abajo, con la gente, y Sergio prefirió quedarse con él. Y ahora, en La Monroe, Sergio buscaba un pasaje de *Mitologías,* y ya comenzaba a sospechar que no existía.

«Ah», dijo entonces. «Por fin. Oye esto.»

MARCIANOS

El misterio de los platillos voladores ha sido, ante todo, totalmente terrestre: se suponía que el plato venía de lo desconocido soviético, de ese mundo con intenciones tan poco claras como otro planeta. Y ya esta forma del mito contenía en germen su desarrollo planetario; si el plato dejó tan fácil-

mente de ser artefacto soviético para convertirse en artefacto marciano, es porque, en realidad, la mitología occidental atribuye al mundo comunista la alteridad de un planeta: la URSS es un mundo intermedio entre la Tierra y Marte.

«Eso era China entonces», dijo Sergio. «Para nosotros, quiero decir. *La mitología occidental atribuye al mundo comunista la alteridad de un planeta...* Está bien, ¿no? Yo tendría unos veinte años cuando descubrí este libro. Y pensé que sí, que así era. Así era estar en China en esa época.»

«Todos marcianos», dijo Raúl.

«Un poco, sí.»

«Pues yo tenía otra impresión», dijo Raúl. «Me habías hablado de otra cosa.»

«¿Otra cosa?»

«No sé. Me has hablado de China como si fuera tu propia tierra.»

«Al comienzo, no», dijo Sergio. «En fin, no importa.»

«Pero es que Marte...», dijo Raúl. «Sí, claro que importa. Marte, papá. Es muy fuerte.»

Como era su costumbre, Sergio estaba sentado en la última fila del teatro. Así lo había hecho siempre, no sólo para poder salir sin que nadie se diera cuenta, sino para medir las reacciones del público y aun para tomar nota de los que abandonaban la sala. *Todos se van,* la película que inauguraba la retrospectiva, avanzaba en la pantalla con esa rara autonomía que tiene el cine, ajena a sus observadores o testigos. Ahora, mientras espiaba las reacciones de Raúl —su risa o su interés o su aburrimiento—, a Sergio le pasó de nuevo lo que siempre le pasaba: lo que sucedía allí, en la pantalla de la Filmoteca de Catalunya, dejó de ser una película de su autoría, cuyos movimientos él había dirigido y cuyos diálogos había escrito o aprobado, y se le convertía en un misterio insondable. En la pantalla aparecían esas imágenes y se oían esos diálogos que eran los mismos para todo el mundo, pero Sergio tenía la certeza de que después, acabada la película, no habría dos personas en este teatro que hubieran visto lo mismo. Ni siquiera Sergio había visto siempre la misma película: a veces era la metáfora de un país, a veces era una tragedia doméstica, a veces era la forma meticulosa en que hombres y mujeres quedaban aplastados sin misericordia bajo la aplanadora de la historia: de la historia cubana, en este caso, salvo que la historia cubana no era nunca la historia cubana solamente: era también la historia de Estados Unidos, la historia de la Unión Soviética, la historia de una guerra que llamamos Fría a pesar de que dejó incendios desperdigados por todo el continente: en Cuba y en Nicaragua, en Guatemala y en Chile y también en Colombia. Y en cierto sentido los seguía dejando, por supuesto. No, la historia no era una aplanadora en América Latina: era un lanzallamas, y seguía incendiando el continente como si el operario hubiera enloquecido y nadie hubiera tenido el coraje de detenerlo.

Todos se van era una adaptación, parcial y caprichosa, de una novela triste y bella de Wendy Guerra. La acción ocurría en los años ochenta, en momentos en que la Revolución cubana pasaba por una nueva crisis. La niña Nieve era una hija de padres separados: un revolucionario convencido, que habría podido ser un buen autor de teatro pero se había convertido en un mero panfletario, y una madre escéptica que ahora vivía con un sueco y añoraba los tiempos en que la Revolución tenía más de libertad y menos de autoritarismo. Sobre el fondo de una Cuba que no sabe bien qué quiere ser, los padres de Nieve emprendían una batalla por su custodia, pero pronto era evidente que el enfrentamiento tenía menos de familiar que de ideológico, y lo único que quedaba cuando todo había terminado era un puñado de vidas destrozadas y una imagen desgarradora: la de la cara del padre, perdida entre los cientos de cubanos que salieron hacia Estados Unidos desde el puerto de Mariel.

La película había estado rodeada de controversia desde el principio. Sergio recordaba bien su estreno en La Habana, en diciembre de 2014. ¿Habría dado lo mismo estrenarla en cualquier ciudad? En el momento de tomar esa decisión, Sergio hubiera confesado que lo movía también la curiosidad de ver cómo reaccionaría un público todavía revolucionario, o en el cual habría de seguro revolucionarios convencidos, frente a esta historia problemática. Había tratado de rodar la película en Cuba, pero las autoridades, tal vez por tratarse de la novela de una escritora que nunca les había hecho demasiada gracia, tal vez por informes desfavorables sobre el retrato que hace la novela de la vida revolucionaria, guardaron un terco silencio cuando Sergio pidió los permisos necesarios; de manera que su equipo tuvo que poner a funcionar todas las magias del cine para convencer a los espectadores de que sucedían en La Habana o en las montañas cubanas escenas que en realidad habían sido filmadas en un barrio de Santa Marta, en la costa caribeña de Colombia, o en algún lugar perdido de los Andes.

Aquel retrato de vidas dañadas no le gustó a todo el mundo en el teatro de La Habana. Desde su fila de butacas, siempre en la parte de atrás de la platea, Sergio alcanzaba a oír las reacciones del público, porque en La Habana, por alguna razón, el público de una sala de cine se comportaba como el de una obra de teatro en otro siglo: animaba a los personajes, los insultaba, le avisaba al héroe que el villano lo esperaba al doblar la esquina. Así que a Sergio le llegaban las risas y los elogios, pero también las protestas aisladas y algún abucheo desvergonzado que entrecortaba los diálogos; y una vez, desde la penumbra bañada por la luz blanca de la pantalla, vio una silueta que se levantaba indignada, con grandes aspavientos de sombreros o periódicos doblados en el puño, y se marchaba por el corredor entre murmuraciones y taconeos, la luz pegándole en la espalda, recortándola sobre el fondo claro. Antes de salir, una de esas siluetas exclamó para que la oyera la sala entera:

«¡Coño! ¡Esto es propaganda del imperio!».

Cuando acabó la película y se encendieron las luces del teatro, Silvia miró a Sergio con sus grandes ojos muy abiertos y una sonrisa tímida: «Qué público tan difícil, ¿verdad?». Sergio dedicó un rato a hablar con la gente que se le acercaba. Firmó cada película que le traían sus seguidores (la caja de plástico o el disco que soltaba un destello bajo las luces); sonreía tímidamente a los elogios, estrechaba cada mano que salía de la masa de la gente para saludarlo, siempre con esa cortesía que pareciera pedir disculpas por el hecho de que sus películas no existieran solas. Fue entonces cuando recordó que aquel estreno, que ya le parecía raro por la relación extraña entre la historia de la película y la ciudad donde estaban, era único por otras razones también: a la proyección de *Todos se van* habían asistido, sentados en lugares apartados del teatro, los hombres y mujeres que durante los últimos dos años habían estado buscando allí, en La Habana, bajo los auspicios del gobierno cubano y la mirada atenta del mundo entero, una salida negociada a medio siglo de guerra colombiana. Allí estaban los jefes guerrilleros, o por lo menos un grupo de ellos, y también algunos de los negociadores del gobierno; habían asistido bajo el mismo techo a una historia que hablaba, con las maneras y el lenguaje de la ficción, de una realidad humana que se tocaba de modos indirectos con las realidades de sus conversaciones y sus enfrentamientos y sus desacuerdos irreconciliables. Y ahora los guerrilleros estaban acercándose a Sergio para saludarlo, y era casi cómico verlos buscar palabras para elogiar la película, cuando era evidente que no les había gustado nada: que les había parecido injusta, o mentirosa, o contrarrevolucionaria.

El día anterior se habían visto por primera vez. Los comandantes de la guerrilla se enteraron de que Sergio Cabrera estaba en la ciudad y quisieron reunirse con él para conocerlo. Comenzó una conversación casual en la cual le confesaron a Sergio que les encantaban sus películas, que las veían en los campamentos, pero que todas las copias que tenían eran copias piratas. Hablaron de *Golpe de estadio*, una comedia que imagina una tregua entre el ejército y la guerrilla con un solo objetivo —ver un partido de la Selección Colombia—, y un comandante protestó en broma por el retrato que allí se hacía de la guerrilla. «Es una guerrilla de juguete», dijo. Y la reunión habría podido transcurrir así, en ese ambiente de ligereza, si no le hubieran preguntado a Sergio qué opinaba de lo que estaba pasando con los diálogos de paz. A Sergio le pareció que habría sido una irresponsabilidad tener a los comandantes en frente y no decirles la verdad completa, así que lo hizo. Les dijo que se habían equivocado; que su imagen, para ese pueblo por el cual decían luchar, no podía ser peor, y que era su obligación hacer todo lo necesario para que los colombianos de a pie no siguieran pagando con su sufrimiento por esta guerra.

«Ustedes han causado mucho dolor», le dijo a uno de los comandantes. «La gente lo único que quiere es verlos en la cárcel.»

«Pues vamos a la cárcel», repuso el hombre. «Pero entonces vamos todos. Porque una guerra no se hace desde un solo lado.»

Sergio lo sabía, por supuesto, y sabía lo difícil que es explicárselo a quien sólo ha sufrido las violencias de uno de los lados. En todo caso, era extraño estar presentando su película sobre un socialismo fracasado allí, en La Habana de las negociaciones de paz. También allí se habían hecho presentes los fantasmas de la Guerra Fría; también en ese teatro donde se estrenaba *Todos se van* estaban los rencores, los resentimientos, los dolores y la memoria de los miedos de todo un país, porque estos guerrilleros que iban a ver películas a pocas sillas de esos negociadores no estarían aquí, en La Habana, si la historia hubiera decidido tomar un camino distinto (si Fidel Castro no hubiera triunfado el 1 de enero de 1959), y en ese caso tampoco estaría él, Sergio Cabrera, cuya vida había quedado marcada por esta Revolución caribeña. Los fantasmas, siempre los fantasmas. Para los colombianos que habían vivido dentro del medio siglo de esta guerra, que habían crecido entre sus terrores, poniendo sus muertos o abrazando a quien los pone y a veces deseando la muerte de otro, de quien ha matado o de quien se ha burlado de los muertos, para los colombianos que no habían atravesado impunemente las llamas que lanzaba la historia, los fantasmas estaban en todas partes: no había forma de esconderse de ellos. Hasta allí habían llegado: hasta una sala de cine en la mitad del Caribe y en el año 2014. Qué voluntariosa era la historia, pensó Sergio: aparece cuando menos se la espera, como si jugara con nosotros.

El estreno oficial de *Todos se van* tuvo lugar al año siguiente, en Bogotá y en una noche lluviosa. Las cuatro salas de un centro comercial en la avenida Chile proyectaron la película al mismo tiempo, y de todas salieron los espectadores comentando lo visto, y Sergio los esperó en el zaguán de los cines, entre perros calientes y dispensadores de gaseosas, para recibir apretones de mano y besos en la mejilla y contestar algunas preguntas frente a la luz enceguecedora de una cámara de televisión. Ninguna de las personas que lo saludaban, ni los periodistas que lo entrevistaban, podía imaginar el esfuerzo inmenso que le costaba pasar por ese trámite, pues su cabeza estaba en otra parte. Apenas habían pasado seis meses desde La Habana, pero aquel viaje parecía un episodio de otra vida: una vida en la que Sergio se encontraba a gusto. ¿En qué momento había dejado de ser así?

Con el paso de las semanas, a medida que *Todos se van* se iba retirando de las carteleras del país como la resaca,

Sergio se fue retirando también de su propia vida. Silvia creyó que se trataba de la misma melancolía que lo tocaba después de terminar un proyecto importante, agravada esta vez por la manera en que el público colombiano había recibido la película. Pero no era así. Y cuando le preguntaba cuál era el problema, si podía ayudarlo en algo, Sergio le decía con dolor que ella no podía ayudarlo, porque ni siquiera él conseguía saber dónde estaba el problema, qué fantasmas o demonios estaban consumiéndolo por dentro.

Uno de esos días fue a visitar a su padre. Tal vez por no haberlo hecho desde la celebración de sus noventa años, que sorprendió a Sergio completando los preparativos para presentar su película en La Habana, o tal vez por no haber puesto la atención suficiente, Sergio lo encontró demacrado y hostil. La reunión fue un memorial de agravios. Fausto se quejó de que Marianella ya no iba a visitarlo: había dejado de hacerlo años atrás. «Empezó a alejarse desde que murió tu madre», dijo Fausto. «Como si a mí no me hubiera dolido igual. Joder, es como si me echara la culpa. Yo no sé qué le he hecho.» A Sergio siempre lo había maravillado el talento de su padre para no ver lo que no quería ver, y lo había dejado pasar en silencio cuando eso era posible, pero esta vez no consiguió quedarse callado.

«Pues piensa», le dijo. «Seguro que se te ocurre algo.»

Hacia el final de la tarde, después de que Fausto se quejara de que sus propios hijos lo juzgaran como a un enemigo, Sergio, en un intento desesperado por cambiar de tema y terminar la visita con cordialidad, le habló de lo que estaba sucediendo con *Todos se van*. El tiempo en cartelera había sido decepcionante, era verdad, pero la película había gustado mucho desde su preestreno en La Habana. «Qué bueno», dijo Fausto. «Debe ser porque yo no actúo.» Lo dijo en broma, pero Sergio detectó un fondo de resentimiento en su voz, un reclamo disfrazado. A Fausto nunca lo había abandonado la idea de que su hijo no le daba en sus películas el crédito que merecía. «Nunca hablas de mí en las entrevistas», le decía a veces, y Sergio se desgañitaba tratando de explicarle que sí lo hacía, pero que los periodistas escogían otras cosas: «Yo no edito las entrevistas, papá». Ahora, con su voz envejecida que ya no recitaba poemas (porque ya la memoria no se acordaba de los versos), Fausto miró a Sergio con una serenidad que era peor que el antagonismo y le dijo:

«Pues te felicito, pero tú sabes la verdad».

«¿Cuál verdad, papá?»

«Que esta película tuya traiciona todo lo que creímos», dijo Fausto. «Es una cachetada, Sergio Fausto. A todo lo que tú y yo hicimos en la vida.»

Cuando Sergio le habló a Silvia de aquel episodio, lo único que acertó a decirle fue: «Mi padre está viejo». Y era lícito pensar que la tristeza se la producía esa constatación, el lento deterioro del hombre que tanto había admirado durante tanto tiempo, y gracias al cual había vivido cosas de las que muy pocos podían jactarse. Pero Fausto había puesto en palabras algo que otros habían opinado desde que el guion de la película empezó a pasar por las manos de siempre: las de los amigos, las de los cómplices, las de los productores, las de quienes eran las tres cosas al mismo tiempo. Uno de esos amigos era Juan, un médico que lo había acompañado en mil otras batallas y que un día, después de una consulta, le explicó por qué no lo iba a acompañar en ésta. «A mí me parece», dijo, «que esta película no se debe hacer». Dijo que la película les haría el juego a los anticubanos y a los imperialistas, que ensuciaría la imagen de Cuba sin lograr nada a cambio, que para criticar los problemas del socialismo ya se bastaban los enemigos que habían tenido toda la vida. «No vas a lograr nada con esta película», dijo. «Tus amigos no van a entender que la hagas, porque les va a parecer demasiado crítica, y tus enemigos no van a entender tampoco, porque les va a parecer demasiado complaciente. Mejor dicho, estás jodido.» Soltó una conclusión contundente: «Los trapos sucios se lavan en casa». Sergio ya había oído esa fórmula muchas veces, y alguna vez la había pronunciado él mismo. Pero ahora se le revolvió algo en el pecho y tuvo que preguntar: «¿Y qué pasa cuando en la casa no hay lavadero?».

Hubo más de una conversación parecida. En ellas, Sergio buscaba sin éxito la manera de explicar que *Todos se van* no era una denuncia, y que ni siquiera había querido ser un cuestionamiento de nada, sino que la historia de la niña Nieve, cuya vida se descarrila por las intromisiones de un Estado metiche en la vida privada de sus gentes, se le parecía demasiado a lo que él mismo había vivido como para dejarlo pasar. Nieve en Cuba era lo que él había sido en China: un niño a merced... ¿Pero de qué? Nada de eso lo pudo explicar, en parte porque la única manera de hacerles justicia a sus memorias chinas había sido dirigir la película, en parte porque la única manera de entender la película era conocer a fondo su vida: conocerla como no la conocía nadie: ni sus amigos, ni sus hijos, ni su esposa.

Pero la opinión del médico Juan dejó un escozor. Sergio se dio cuenta de que esos desacuerdos con el mundo no tendrían tanta importancia, o serían acaso más llevaderos, si tuviera un proyecto entre manos. Pero incluso su trabajo, que siempre había sido un lugar donde era posible sentir que uno estaba al mando de las cosas, ahora parecía conspirar en su contra. Después de terminar el rodaje de *Todos se van,* a principios de 2014, había hecho lo que hacía siempre entre dos películas: una serie para televisión. Era la historia del infame doctor Mata, un abogado que en los años cuarenta cometió veintiocho asesinatos impunes y uno más por el que fue condenado. Un asesino en serie: el éxito estaba garantizado. Pero la telenovela costó más de lo previsto, y el canal culpó al director de los excesos y el director culpó al canal, y de la disputa, que en ocasiones llegó a ser subida de tono, sólo quedó un enfriamiento de sus relaciones. De manera que Sergio dejó de recibir ofertas de trabajo, y su orgullo le impidió pedirlas o reclamarlas. Fue como estar muerto en vida.

Los días perdieron estructura. En vez de levantarse a las siete de la mañana para ocuparse de Amalia, como era su costumbre, Sergio se quedaba durmiendo hasta tarde, recuperándose de una noche de ver películas en el pequeño salón de los sofás, en la parte del apartamento que quedaba lejos de las habitaciones. Se decía a sí mismo que volver a ver todo Bertolucci, por ejemplo, era una manera de mantener abiertos los conductos creativos, pero sabía en el fondo que tenía las manos vacías. Silvia, por su parte, se encargaba de dejar en el jardín a una Amalia sonriente antes de llegar a su trabajo en la embajada portuguesa, y alguna vez, al volver a la casa a comienzos de la tarde, después de recoger a Amalia (que seguía sonriendo, inexplicablemente satisfecha), se encontraba con que Sergio no había abierto ni siquiera las cortinas de la habitación. Empezaron a vivir en horarios cruzados, pues él estaba despierto cuando ella dormía y viceversa; en esas noches insomnes, él veía películas o leía los libros que habían sido de su madre o visitaba a Amalia y se quedaba sentado en la silla de colores vivos, junto a la camita con baranda, viéndola dormir con la convicción de que así podría pasar el resto de sus días. Una tarde, después de varios meses de vivir en la extraña soledad de esos horarios trastocados, en esa especie de *jet lag* dentro de la misma casa, Silvia le dijo:

«Yo creo que deberíamos hablar con alguien».

Silvia, socióloga de formación, había comenzado a hacer estudios de Psicología desde su llegada a Colombia. No era un interés diletante: había descubierto la escuela de la Gestalt mucho antes de conocer a Sergio, pero sólo en su vida bogotana consiguió las horas que esos estudios exigían. Su mentor o su guía, el terapeuta Jorge Llano, se había convertido en poco tiempo en amigo de ambos, y eso era lo que le permitía a Silvia poner esta propuesta sobre la mesa: que Sergio hablara con él. Sergio no logró entender de qué le serviría, y Silvia no se anduvo con rodeos: no tenía que ser Llano, le dijo, podía ser cualquiera, pues tampoco se necesitaba dominar a Wertheimer para saber que Sergio estaba atravesando una depresión de libro de texto.

«Busquemos a alguien», dijo Silvia. «A quien tú quieras. Pero hay que hacer algo, amor. Tú no estás bien.»

«Yo sé que no estoy bien», dijo Sergio. «No necesito pagarle a nadie para que me lo diga.»

«Y yo sé que tú sabes. Pero no sabes por qué. ¿O sí? Dime: ¿sabes por qué no estás bien?»

«No», dijo Sergio.

«Pues eso. Y yo creo que alguien nos puede ayudar a saber.»

Pero los días pasaron sin que Sergio hiciera la llamada, ni concertara la cita, ni diera ningún paso en la dirección que habían acordado. Siguieron los horarios trastocados, y era cierto que al mediodía, cuando lograban encontrar el espacio en común para almorzar juntos, a Silvia le gustaba oírlo hablar de las películas chinas que había visto durante la noche —«estas cosas no se hacían cuando yo vivía allá», decía—, pero aquellas zonas de encuentro en la mitad del día eran raras y breves, y después, al regresar a la rutina exigente de su trabajo, sus estudios y su hija de tres años, Silvia hubiera podido creer que estaba viviendo en su país y no en Colombia, madre soltera y no mujer casada. Los días se hicieron largos y, lo cual era peor, iguales. Silvia fue cayendo poco a poco en su propia tristeza hasta que ya no supo dónde comenzaba la suya y dónde terminaba la de Sergio. Así se lo explicó a él una noche, después de una cena con amigos en el apartamento. Ya se habían ido todos y Sergio lavaba los platos, distraídamente, como si lo absorbieran los juegos de luz de la espuma sobre sus manos. Silvia, que había entrado a la cocina con una bandeja de botellas vacías y restos de comida, lo vio y tuvo la sensación extraña de que Sergio se había ausentado. Minutos después, acostados en una cama que ese día no se había tendido, Silvia dijo que llevaba pensándolo varios días, y tal vez era mejor que se fuera a Lisboa.

«Es lo mejor para la niña, amor», dijo. «Pero también es lo mejor para nosotros.»

A Sergio le pareció tan preciso su argumento, tan elocuente su callada tristeza, que ni siquiera trató de oponerse.

«¿Cuánto tiempo?», preguntó.

Ella lo miró con infinito cariño, pero con la mirada —y con el gesto de su boca, que habría sido sólo burlón si no fuera doloroso— le dijo: *no entiendes nada.*

«No es cuestión de tiempo», dijo. «Yo vuelvo a Lisboa y luego veremos cómo hacemos para que veas a la niña. Te quiero, Sergio, y yo sé que tú me quieres, pero no puedo seguir con esto. No puedo seguir así.» Y concluyó: «No sería bueno para nadie».

Fue un acuerdo cordial, más parecido a un tratado diplomático que a una ruptura de pareja. Atravesaron las siguientes semanas como si se fueran juntos, recibiendo despedidas en casas de amigos y haciendo preparativos para la pequeña Amalia, y tal vez Sergio llegó a pensar que en esa espera ocurriría un milagro. No fue así: el día de la partida acabó por llegar. Sergio ayudó a Silvia a empacar sus maletas, hizo el inventario de las cosas de Amalia y lo sorprendió de nuevo que unos pantalones pudieran ser tan pequeños, que un cuerpo entero pudiera caber en esa camiseta interior con su moño rosado en el borde del pecho. Las llevó al aeropuerto y no las perdió de vista mientras ellas facturaban sus demasiadas maletas, y durante una hora que pasaron los tres en las bancas incómodas del café Juan Valdez, mientras Amalia se ensuciaba la cara con un muffin demasiado grande, nunca les quitó la mano de encima, como si sólo así, en contacto con los dos cuerpos que ya se iban lejos, pudiera creer que tal vez no se iban para siempre.

143

*

La mañana del viernes amaneció radiante en Barcelona. Los vientos se habían llevado las nubes y limpiado el
aire, pero eran tan fuertes que al salir del hotel, deslum-
brados por la luminosidad del día, Sergio y Raúl tuvieron
que detenerse en la Rambla del Raval, bajo la sombra de
una palmera, para ponerse las chaquetas. Sergio comprendió la medida de la distracción que lo había agobiado
durante estos días, pues en ese instante se percató por primera vez de la escultura de Fernando Botero que adorna-
ba el medio de la rambla como un tótem: era un enorme
gato de bronce que se las arreglaba para tener al mismo
tiempo los ojos vacíos y una mirada pícara. Sergio lo señaló con la mano.

«Fue amigo de tu abuelo», dijo.

«¿El gato?», preguntó Raúl.

Sergio sonrió. «Cuando eran jóvenes», dijo. «Hicieron
cosas juntos.»

Le habló de *La imagen y el poema,* el programa de televisión en el que Fausto Cabrera recitaba versos mientras
el joven Botero los convertía en un dibujo al carboncillo.
Las obras quedaron en poder de Fausto, o más bien Botero las fue olvidando en los estudios de televisión y nunca
se preocupó por recuperarlas. Un día del nuevo siglo,
cuando Sergio le preguntó a su padre dónde estaban esos
trabajos de juventud del hombre que ahora era el artista
vivo más costoso del mundo, Fausto respondió que los
había vendido muchos años atrás, por los días en que el
Partido Comunista estuvo necesitado de fondos. Y mientras evocaban esos momentos, o mientras los evocaba
Sergio, empezaron a caminar hacia la estación del metro.
En la mañana, durante el desayuno, Sergio le había preguntado a su hijo qué quería hacer en Barcelona. Estaba
muy consciente de que su pregunta era un testimonio de
su desorientación: Raúl ya no era el mismo que había sido

dos años antes, la última vez que se vieron, y había que prever y respetar su independencia, no ir a cometer una torpeza de padre que echara a perder el fin de semana.

«¿A qué te refieres?», dijo Raúl.

«Es tu primera vez aquí», dijo Sergio. «Tienes dos días enteros. Puedes ir a conocer la ciudad. Seguro que alguien te puede sugerir cosas.»

«Yo he venido para estar contigo», dijo Raúl. «Eso es lo que quiero hacer. Mejor muéstrame tu Barcelona.»

«¿La mía?», dijo Sergio. «Yo no sé si eso exista.»

Había venido a la ciudad muchas veces, pero siempre por razones de trabajo; y eso, en su caso, significaba ir de un hotel a una sala de cine y de una sala de cine a un restaurante. Nunca había sido turista en la ciudad: nunca, es decir, desde el verano de 1975. Fue el año en que volvía a Colombia: después de las épocas difíciles en las que no quería pensar, después de salir huyendo de su propio país como un delincuente. Venía de Londres; el barco tocó puerto en Barcelona antes de cruzar el Atlántico, y Sergio tuvo un conflicto: quería conocer la ciudad, pero había prometido, por respeto a la memoria de la familia, no pisar tierra española hasta que muriera Franco. Al final decidió bajar del barco y conocer, por lo menos, la célebre Sagrada Familia, de la que su padre le había hablado. Y nunca, en todos estos años de visitas de trabajo a Barcelona, había vuelto a ese recuerdo de juventud.

«Pues perfecto», dijo Raúl. «Comencemos por allá.»

Segunda parte:
La revolución en los hoteles

VIII

Era una vida doble la que llevaban en Pekín: el infierno en la escuela y el cielo en el hotel. En la escuela sólo podían darse una ducha los miércoles, y el resto de los días se limpiaban como podían con toallitas que humedecían en una palangana. Luz Elena había conseguido el favor de que les sirvieran un vaso de leche, y Sergio y Marianella tenían que soportar las burlas de los compañeros que los miraban sin disimular el asco y les decían: «¿Pero tú sabes de dónde viene eso que te estás tomando?». Sergio vivió esos comienzos con verdadero espanto, como si la experiencia de la calle Wangfujing se hubiera convertido en el estado natural de las cosas, pues los compañeros de la escuela no sólo lo miraban con extrañeza y algo de repulsa (la propaganda del partido les había enseñado que los occidentales eran el enemigo), sino que disfrutaban convirtiéndolo en objeto de burlas. «¡Ojos de sapo!», le gritaban. Sergio se acomodaba en las bancas traseras, escondiéndose en su propia soledad, y se ponía a leer novelas. Estaba entusiasmado con las de Georges Simenon, y un día había estado tan absorto en *Maigret y el hombre del banco* que la abrió durante una clase, y, tratando de esconder el libro con su cuaderno de notas, se puso a leer. Al cabo de un rato se hizo un silencio extraño a su alrededor. Sergio levantó la cabeza y se encontró con que toda la clase lo miraba con desaprobación: el profesor se había ido dejando la puerta abierta. Su vecino de pupitre le informó: «Dice que si quieres atender a clase, y que haya clase para nosotros, puedes ir a buscarlo». El profesor le pidió que presentara sus excusas por escrito y que incluyera en ellas la ofensa que les había causado a sus compañeros, cuya educación había puesto en peligro con el egoísmo de su gesto.

La Chong Wen era, a su modo, una escuela de élite montada para los hijos de padres ausentes: altos cuadros del Partido Comunista, por ejemplo, o extranjeros asimilados que tenían trabajos importantes. Una veintena de alumnos provenía, como Sergio y Marianella, del Hotel de la Amistad, pero ellos dos eran los únicos internos: los demás volvían al hotel todas las tardes, a disfrutar de sus tres restaurantes y sus habitaciones lujosas y la compañía de sus padres. Marianella los envidiaba sin disimulo. «¿Pero qué hicimos mal?», le decía a Sergio. «¿Por qué no podemos estar con mis papás? ¿Por qué nos están castigando?» Sergio, mientras tanto, desarrolló con los internos una sólida camaradería, hecha de resentimiento y también de lenguaje político: ellos eran los verdaderos proletarios; los que se iban, despreciables pequeñoburgueses. La magia estaba en que Sergio se convirtió en el vínculo entre los dos mundos, y muy pronto se dio cuenta de las ventajas que eso tenía. Si algún compañero chino quería unos zapatos finos, Sergio podía conseguirlos en las tiendas del Hotel de la Amistad; un alumno de los últimos años se le acercó un día, en medio de una pausa entre dos clases, y le preguntó en voz baja si era cierto que él podía conseguir Maotai. Era el licor chino más apetecido; se producía en pocas cantidades, o en cantidades demasiado pequeñas para un país tan grande, y nunca llegaba al mercado (se decía que los líderes del partido se lo tomaban todo), pero el de los ojos de sapo tenía forma de comprarlo. Era como estar de vuelta en el Germán Peña y ser quien reparte los cigarrillos Lucky Strike.

Los fines de semana, cuando Sergio y Marianella tenían permiso de salir, Luz Elena los llevaba a caminar por la ciudad. Les gustaba pasear juntos por los anticuarios de la calle Liulichang, donde las viejas familias burguesas que la Revolución se había llevado por delante dejaban sus tesoros, los signos de su opulencia ya caduca. Cada tienda era un inventario de otros tiempos, un memorando de riquezas desmedidas y un testimonio melancólico de la igualdad que la Revolución había impuesto. Luz Elena miraba las vitrinas con tristeza, porque la imaginación le alcanzaba para pensar en aquellas familias rotas, pero no quería contradecir el mensaje que Fausto machacaba cada vez que podía: ¿no era maravilloso este mundo donde todos eran iguales? ¿No era maravilloso un mundo donde, caminando por la calle, no pudiera distinguirse al rico del pobre, porque todos vestían igual?

«Igual pero feo», dijo Marianella cuando supo que su padre no la escuchaba. «Así qué gracia».

Pero era cierto: allí, en la calle de los anticuarios, todos —hombres y mujeres y niños y ancianos— llevaban las mismas ropas teñidas del mismo azul añil. Era imposible saber si habían sido ricos en otros tiempos, o tan pobres como lo eran ahora, y de esos aristócratas sólo quedaban señales perdidas: cierta elegancia inocultable al caminar, una inflexión de la voz al pedir las cosas, el comentario que dejaba entrever un cosmopolitismo culpable. Un día tuvieron un encuentro cercano con ese mundo desaparecido, y Sergio no lo olvidaría nunca. Todos los domingos, el Buró de Especialistas, la organización encargada de acoger a los huéspedes del Hotel de la Amistad, les proponía un recorrido por la ciudad. Para Sergio y Marianella, que habían pasado la semana en las estrecheces de Chong Wen, esas pocas horas en que volvían a ser turistas occidentales eran balsámicas. Sergio sabía que eran días de contaminación burguesa, por supuesto, un riesgo para la mentalidad de un joven revolucionario, pero se ponía un suéter de lana en los hombros y se subía a un bus de treinta pasajeros y se iba a visitar la Gran Muralla, o la Ciudad Prohibida, o el Palacio de Verano, y, allí, abrazado a su madre, posando para una foto junto a su padre, viéndolos unidos de nuevo y alejados del fantasma de la separación, no lograba evitar un repugnante sentimiento de felicidad.

Uno de esos domingos burgueses y culpables, fueron al Jardín Botánico. En la mañana, Luz Elena reunió a los niños y les dijo: «Hoy van a conocer a alguien especial». Les habló de Pu Yi, el último emperador de China. A Sergio le entusiasmó la idea de conocer a un hombre que había sido más poderoso que un rey, y llegó al jardín con los ojos bien abiertos. En la sala principal los recibió un funcionario igual a todos, con el mismo traje azul de todos, con la misma hospitalidad en sus maneras, pero que se movía por sus dominios con la espalda recta y la cabeza en alto, como si buscara algo en el horizonte. Llevaba gafas redondas y un rictus en la boca que sólo podía llamarse orgullo, aunque parecía extraordinariamente torpe (más de una vez en esos breves minutos tropezó con algo, y en una oportunidad, al hacer un gesto con la mano, golpeó sus propias gafas y las mandó por los aires). Les habló del lugar y sus maravillas, y así supo Sergio que el hombre no era un funcionario cualquiera, sino que era el responsable del jardín. Pero entonces entendió: el hombre, a pesar de su traje y su oficio, no era sólo un jardinero. Era Pu Yi.

El antiguo emperador no dijo una sola palabra acerca de su pasado, ni nadie le hizo una sola pregunta a pesar de que todos sabían quién era y cómo había sido su vida anterior: aquella sesión de turismo y jardinería había sido lo más parecido a un pacto de silencio sobre un pasado vergonzante. Sergio tuvo la urgencia inexplicable de volver a verlo, así que se separó del grupo y regresó corriendo al lugar donde se habían despedido. Y allí lo vio, acurrucado entre flores, con unas tijeras de jardín en la mano derecha. En la otra mano llevaba las gafas, y Sergio se dio cuenta de que se las había quitado para limpiarse la cara. Lo tenía de perfil y estaba lejos, de manera que no se veía claramente, pero Sergio imaginó que el antiguo emperador estaba llorando. Al día siguiente, de regreso en la escuela, le habló a un profesor de la visita. El profesor hizo una mueca de asco.

«Un traidor», dijo. «Pero se ha reformado, la Revolución lo ha reformado. Ha reconocido sus crímenes, ha reconocido que su vida pasada no tiene valor y se ha arrepentido de haberla llevado. Y Mao lo ha recibido, porque Mao es generoso.»

Mientras que Marianella se daba de cabeza contra la escuela —enfrentándose a su profesora y recibiendo sus dedicadas reprimendas, negándose metódicamente al aprendizaje de esas matemáticas enrevesadas—, Sergio se había convertido en un alumno modelo. Para finales del año, cuando llegó la época de los exámenes, conocía las vidas de los héroes como si las hubiera presenciado y podía repetir las consignas revolucionarias; y lo hacía con orgullo, aunque nada de eso le sirviera en los exámenes, pues sólo dos materias se examinaban: Matemáticas y Lengua. Sergio superó el de Matemáticas con relativo éxito, pero nadie esperaba que rindiera en el de Lengua a la par que sus compañeros. Supo que en su condición de extranjero recibiría ciertas ventajas —el privilegio de un diccionario, por ejemplo—, y luego se enteró de que el examen contemplaba una sola prueba: la escritura, en dos horas, de un ensayo con el título que indicara el profesor en el tablero. Era un examen nacional, con lo cual millones de chinos escribirían en todo el país sobre el mismo tema. El profesor se acercó al tablero con la tiza en la mano, preguntó si todo el mundo estaba listo y empezó a escribir. Sergio levantó la cabeza y leyó:

Yo nací bajo la bandera roja de las cinco estrellas doradas.

Su primera reacción fue: no es justo. Yo no nací aquí, yo nací en otra parte, no me pueden pedir esto. Pensó en protestar, quejarse, pedir clemencia. Y luego vio una oportunidad.

Corrigió el título: *Yo NO nací bajo la bandera roja de las cinco estrellas doradas*. Escribió: «No, yo no nací bajo la bandera roja de las cinco estrellas, pero ella ahora me cobija y por ello la siento tan mía como la mía propia...». Y luego contó que había nacido bajo una bandera amarilla, azul y roja: la bandera de un país muy lejano llamado Colombia. Explicó las razones por las que había llegado a este país, que lo había acogido con amor y le había permitido el privilegio de continuar su educación en una escuela como Chong Wen.

El ensayo, una versión juvenil de lo que era para Sergio el «internacionalismo proletario», obtuvo la máxima calificación en la escuela. El profesor lo leyó frente a la clase. El *Diario del Pueblo* lo publicó junto a otros ensayos escogidos de otros alumnos de toda China, y la Radio Nacional lo transmitió palabra por palabra. En la escuela Chong Wen, Sergio, que ya era popular como traficante de objetos codiciados, ahora se había convertido en un trofeo. La mirada de los demás, alumnos y profesores, ya no fue la misma. Sergio ya no era el de los ojos de sapo, sino que había venido a construir el socialismo. Ya nadie le preguntaba, tocándole el pelo, si tenía que ponerse rulos por las noches para que se le ensortijara de esa manera. Ya nadie le preguntaba de qué color veía el mundo a través de sus ojos verdes, porque era evidente que el mundo, en cuanto a él, era del color de la Revolución.

Desde los incidentes del mes de agosto, cuando dos barcos norteamericanos fueron atacados en el golfo de Tonkín, el presidente Johnson había anunciado el escalamiento de la guerra en Vietnam. Los bombardeos comenzaron tras el ataque a Camp Holloway, una base para helicópteros que el ejército de Estados Unidos había construido cerca de Pleiku, y su objetivo era doble: conseguir que Vietnam del Norte dejara de apoyar al Viet Cong y mejorar la deprimida moral de Vietnam del Sur. Así comenzó una nueva etapa de la guerra. Los bombardeos fueron objeto de muchas discusiones en la escuela Chong Wen, y se organizaron mítines y manifestaciones de apoyo a Vietnam del Norte, y la escuela se llenó de carteles que denunciaban las agresiones del imperialismo o exigían a los alumnos solidaridad con los camaradas, víctimas de los ejércitos capitalistas. Sergio compartía la indignación de sus compañeros. Tan pronto se creó en la escuela el Batallón Juvenil de Apoyo a Vietnam, se inscribió en él, y poco después participaba en la primera misión del batallón: llegar marchando a Hanói. Era un acto simbólico, por supuesto, en el que los jóvenes cubrirían con sus pasos la distancia que separa Hanói de Pekín, pero lo harían en la pista de atletismo de la escuela: con seis kilómetros diarios, calcularon, necesitarían unos trece meses para llegar. Y así lo hicieron.

Durante todo ese año, la vida diaria en la escuela cambió. El curso de Sergio —muchachos que andaban todos por los quince años— había comenzado a recibir adiestramiento militar. Dos veces por semana, Sergio pasaba por un entrenamiento exigente en el manejo de armas de fuego y el uso de granadas, y aprendía a luchar cuerpo a cuerpo y a cargar con la bayoneta. Practicaba tiro al blanco en un polígono cercano, donde, dependiendo del clima político que se respirara en la ciudad y en la escuela, las dianas eran caricaturas grotescas o fotografías ampliadas de Lyndon Johnson o de Brezhnev o de Chiang Kai-shek. Durante ese año —es decir, durante la caminata larga entre Pekín y Hanói— Sergio descubrió un fervor que no había sentido hasta entonces. ¿Era uno de ellos? Sí, se había convertido en un estudiante sobresaliente, y pasaba largas horas metido en la gramática y la caligrafía de su nueva lengua, escrutando sus secretos, investigando sobre su historia; y su historia era también la de la cultura que lo había recibido, que poco a poco dejaba de ser impenetrable. Sí, todo eso era cierto, pero Sergio se daba cuenta de que los estudios y las maniobras, la gramática y el polígono eran sólo medios para otra cosa. Por esos días escribió en unas notas privadas: *El futuro es tangible. Lo respiramos, lo soñamos, le ponemos nombre. El futuro es de todos y entre todos lo hacemos. El futuro comienza ahora.*

Poco antes del verano, cuando ya los estudiantes habían llegado caminando a Hanói, Fausto y Luz Elena viajaron a Colombia. Era uno de los privilegios establecidos en el contrato de profesor: el especialista podía volver a su país cada dos años, y hacerlo además con su pareja, aunque no con sus hijos. De manera que Sergio y Marianella acabaron inscritos en un campamento de verano en las playas de Beidaihe, que habían sido en otros tiempos balnearios de burgueses y ahora eran la sede de verano del Comité Central del Partido Comunista. La ausencia de sus padres no fue larga: apenas tres semanas. Pero fueron tres semanas activas que marcarían a toda la familia para siempre.

Lo primero que hizo Fausto al llegar a Colombia fue ponerse en contacto con los fundadores del partido. Por supuesto, lo que él llamaba «el partido» tenía a estas alturas un nombre más largo: Partido Comunista Marxista-Leninista-Pensamiento Mao Tse-Tung. Sus fundadores eran, entre otros, dos viejos conocidos: Pedro León Arboleda, aquel hombre alto que había elogiado el talento poético de la gente de Medellín (y que era de alguna manera responsable de los cuatro años felices que Fausto había pasado allí), y un tal Pedro Vásquez, que se había unido a un grupo de disidentes del Partido Comunista cuando las diferencias ideológicas entre Pekín y Moscú empezaron a hacer imposible la convivencia. Una brecha se abrió entre la línea moscovita, los llamados *mamertos,* y la línea pro-China, de la que Fausto se había convertido en embajador involuntario. Fausto había vivido la vida revolucionaria durante dos años, sí, y había visto de cerca los éxitos de la Revolución (y estaba dispuesto a callar los fracasos), pero además traía dos misivas de importancia: por un lado, una invitación para que Camilo Torres, el sacerdote de la Teología de la Liberación que se había acercado a las guerrillas guevaristas, visitara la China comunista y la viera de primera mano; por el otro, un documental sobre China cuyo doblaje al español había hecho él mismo, Fausto Cabrera. En el documental, Fausto se encargaba también de leer con su voz profunda los escritos del camarada Mao —la célebre carta de 1934, por ejemplo: «Una sola chispa puede incendiar toda una pradera»— y de recitar sus poemas con los mismos tonos conmovidos que años antes habían dicho los versos de Machado y de Miguel Hernández.

Muy pronto en el oriente nacerá la alborada.
No digan que aún no es hora de marchar.
No envejecimos recorriendo tantas verdes colinas:
bebemos este hermoso paisaje sin igual.

O aquel otro, *Monte Liupan*, que Mao escribió tras llegar con el Ejército Rojo al final de la Gran Marcha:

Veinte mil leguas llevamos recorridas.
¡Llegaremos a la Gran Muralla o no somos héroes!
Sobre la cumbre de Liupan ondeamos
al viento del oeste nuestro rojo pendón.

Después de varias entrevistas con los dirigentes, el partido encomendó a Fausto una misión especial: desarrollar un material didáctico, artístico y literario, que usara los principios de su ideología (el marxismo-leninismo-pensamiento Mao Tse-Tung) y los aplicara a la realidad colombiana. Así comenzó su militancia. Contactó a Camilo Torres. Le explicó las intenciones de los chinos y consiguió que Torres lo recibiera en su propia casa, en el lado sur del Parque Nacional. Fausto llegó a verlo en compañía de un periodista, el corresponsal de un medio chino en Colombia, pues su intención era grabar un reportaje con el cura y llevarlo de regreso a China. Hablaron de marxismo y de cristianismo y de Fidel Castro y de Mao Tse-Tung, y Torres estuvo siempre a la altura de lo que le había pedido Fausto: una entrevista *a sotana quitada*. «Sí, ya sabía que usted estaba en China», le dijo Torres después de la grabación. «Tiene que contarme cómo es eso.» Pero añadió que no podía aceptar la invitación que le hacían, lamentablemente: sus compromisos en Colombia, tanto con los fieles como con la revolución, eran urgentes e ineludibles. «Le propongo más bien otra cosa», le dijo. «Sea usted mi enlace en Pekín. Me interesa mucho tener contacto con China. Eso sí, agradézcales la invitación y dígales que me gustaría mucho ir a visitarlos. Que será después, cuando las cosas hayan avanzado un poco por aquí. Sí, dígales eso», terminó. «Que apenas pueda iré a visitarlos.»

Pero no llegó a hacerlo. Fausto y Luz Elena habían regresado a Pekín y recuperado su vida en el Hotel de la Amistad, y Fausto estaba ya metido de cabeza en las misiones que le había encargado el partido desde Colombia, cuando recibieron la noticia: Torres había muerto en combate —una emboscada guerrillera a una patrulla del ejército— en San Vicente de Chucurí. Era el 15 de febrero de 1966. Sergio lo recordaría bien, pues apenas había oído hablar del cura guerrillero, y el desconsuelo de su padre lo tomó por sorpresa. No lo había visto tan triste desde la muerte del tío Felipe, y ésa fue la primera pista de que algo invisible, pero muy poderoso, le había ocurrido en Colombia.

*

Fausto había llegado con la vocación revolucionaria más fuerte que nunca. Sergio lo vio empezar un curso político-militar, como lo llamaban los dirigentes chinos, y pasarse el día estudiando la historia de la revolución y el pensamiento de Mao. Los sábados por la noche solía esperar a Sergio con un texto en la mano. «Necesito que me traduzcas esto», le pedía, y Sergio notaba en su mirada una intensidad que no había visto jamás. No había comida de los sábados ni almuerzo de los domingos en que no se hablara de lo que estaba ocurriendo en Colombia, de la guerrilla de las Farc, de la guerrilla del ELN y de Camilo Torres, y también de los desacuerdos que con esas guerrillas tenía el Partido Comunista Marxista-Leninista Pensamiento Mao Tse-Tung. Sí, su padre seguía levantándose a las cinco de la mañana para su sesión de *tai chi chuan,* y seguía reuniéndose con los amigos que tenía en el Hotel de la Amistad —los Arancibia, el poeta Cabrera y el viejo Castelo, un español cascarrabias cuya profesión era preguntarse cuándo caería Franco—, pero era evidente que su cabeza estaba en otra parte. Después, cuando les anunció a sus hijos la decisión que Luz Elena y él acababan de tomar, Sergio se dijo que habría debido verlo venir.

Era un domingo de marzo. Luz Elena había recibido en el Hotel de la Amistad a unos dirigentes de la escuela de idiomas de la Universidad de Pekín. Sergio estaba presente en el hotel, como todos los domingos, y también su hermana. Luz Elena les ofreció café a sus invitados y ellos se negaron con más rotundidad de la necesaria, y enseguida explicaron que el café era un estimulante y por lo tanto una droga, y que un comunista verdadero no se drogaba nunca. Uno de ellos, más joven que los otros y con aspiraciones literarias, habló del escritor Lu Xun, cuya obra admiraba, y contó que Lu Xun había sido un camarada muchos años antes de la Revolución, un socialista genuino, y sin embargo era famoso por haber consumido café.

«Una prueba», decía el joven, «de que las influencias burguesas llegan a los más comprometidos».

Sergio estuvo con ellos, oyéndolos hablar y participando en la conversación de vez en cuando, y los vio despedirse y se despidió de ellos en perfecto chino. Y cuando los invitados se hubieron ido, Sergio le dijo a Luz Elena que iba a salir un rato para buscar a sus amigos y jugar ping-pong. «Bueno, eso será más tarde», le dijo su madre. «Tu papá quería hablar con ustedes.» Fueron a buscar a Marianella, que oía música en su cuarto, y unos segundos después estaban abajo, en uno de los muchos jardines, donde Fausto los esperaba con unos papeles en la mano. Les dijo que había llegado el momento de tomar una decisión; que en estos últimos meses las cosas habían cambiado, tanto en China como en Colombia; y que ellos, Luz Elena y Fausto, habían llegado a la conclusión de que era tiempo de volver.

«Pero no se preocupen», aclaró Fausto. «Llegó el momento para nosotros, no para ustedes. Ustedes se quedan en China.»

«Es mejor así», dijo Luz Elena. «Aquí tienen la escuela, que es muy buena, y oportunidades que no tendrían allá. Aquí tienen seguridad, además. Todos vamos a estar mejor.»

«Si están de acuerdo», dijo Fausto, «yo puedo conseguirles una beca. Para que estudien en el mejor sitio».

«¿En dónde?», dijo Sergio.

«Para que sigan teniendo la educación que han tenido. Ustedes se quedarán aquí y seguirán estudiando. Por supuesto que habría que hacer ciertos cambios.»

«¿Cambios?», dijo Marianella. «¿Qué cambios?»

«Es un privilegio lo que tienen», siguió Fausto. «No todo el mundo puede escoger qué quiere estudiar, ¿verdad?» Entonces miró a Sergio. «Si quieres estudiar Cine, si de verdad eso es lo que quieres, tienes un cupo aquí: en la Escuela de Cine de Pekín. Eso está confirmado. ¿No te parece un privilegio?»

«Un privilegio», dijo Sergio. «¿Pero qué cambios?»

Se supo con certeza semanas después, cuando Fausto anunció con una sonrisa que había conseguido, tras muchos esfuerzos, la beca prometida. Sergio y Marianella terminarían su educación en China, les decía, tal como lo habían pedido; y a Sergio le pareció una ingratitud recordar que ellos, en realidad, no habían pedido nada nunca, que todo había sido idea de su padre. Pero Fausto presentaba todo el asunto como si fuera un regalo que les hacía a sus hijos. La Asociación de Amistad Chino-Latinoamericana, les contó, les había concedido una beca que no era exagerado llamar excepcional. «¡Qué suerte tienen!», les dijo. «¡Ya me habría gustado a mí!» La beca incluía derecho a estudio en la escuela Chong Wen, un tutor encargado que los visitaría una vez por semana para ver cómo iba todo, una mesada de sesenta yuanes para alimentación y gastos menores y una habitación para cada uno en el Hotel de la Amistad. Pero antes de que tuvieran tiempo de alegrarse de nada, Fausto les dijo:

«Pero la habitación no la podemos aceptar. Este lugar tiene cosas buenas, pero también muchas influencias negativas. La vida no es así. No se va por la vida firmando un papel cada vez que uno quiere algo, como si el dinero no existiera. De manera que moví cielo y tierra, todas las influencias y todos los contactos, y conseguí que los aceptaran en otra parte. Es mucho mejor. Mucho, mucho mejor».

Unos días después estaban visitando el Hotel de la Paz. Era un edificio imponente de diecisiete pisos de alto que se levantaba sobre la calle Wangfujing, en pleno centro de la ciudad, a pocas cuadras de la plaza Tiananmén. El Partido Comunista lo había construido después de la Revolución, para que albergara el Congreso Internacional de la Paz de 1950, y algo debían de haber hecho mal los administradores, porque el partido los había sancionado con el cierre del hotel al público. En ese momento el hotel estaba inhabitado, pero allí vivirían Sergio y Marianella cuando sus padres regresaran a Colombia. Sergio no supo qué deudas habría cobrado su padre o qué fichas habría movido, pero así era: aquél era el lugar que le habían concedido las autoridades para que vivieran sus hijos mientras él no estaba. «Todavía faltan semanas para que eso pase», dijo Fausto. «Nos vamos a finales de mayo. Pero hay que preparar muchas cosas. Queríamos que lo supieran cuanto antes.»

«No entiendo», dijo Sergio. «¿No va a haber nadie más aquí?»

«Nadie más», confirmó su padre. «Ustedes serán los únicos huéspedes. Todo el hotel para ustedes solos».

Marianella seguía sin entender. «¿Pero quién va a estar con nosotros?»

«Nadie», repitió Fausto. «Los trabajadores, claro. Ustedes son jóvenes ya, no son niños. Si necesitan algo, si hay que resolver un problema, para eso estará el tutor. Y de todas maneras seguiremos en contacto».

Entonces les recordó el procedimiento para escribir cartas a Colombia. Lo habían usado desde el primer día: puesto que vivían una vida de ficción en Europa (su pasaporte no los autorizaba a estar donde ahora estaban), Fausto había conseguido la complicidad de un italiano, un guitarrista llamado Giorgio Zucchetti, que por esos días acababa su temporada en China y regresaba a su país. Giorgio había accedido a recibir en su dirección de Roma las cartas que los Cabrera escribían desde Pekín, cambiarlas de sobre y reenviarlas a Colombia. Eso seguirían haciendo en adelante, explicó Fausto; y ahora la estrategia era doblemente necesaria, porque Fausto ya estaba integrado en el Partido Comunista y las comunicaciones no podían caer en las manos equivocadas.

«Escríbanle a Giorgio», les dijo Fausto, «y tengan cuidado con lo que dicen. Todo va a estar bien».

«¿Y qué van a hacer ustedes?», preguntó Sergio.

Luz Elena se había apartado un poco y miraba hacia los jardines, como si ya conociera la respuesta y le doliera escucharla. A Sergio le pareció que lloraba y que trataba de ocultar su llanto.

«Vamos a unirnos al pueblo», dijo Fausto. «Vamos a hacer la revolución.» Hizo una pausa y añadió: «*Vive la vida de suerte*».

Pero no terminó la frase.

La piscina del Hotel de la Amistad abrió temprano ese año; como cada uno de los años precedentes, Marianella fue uno de los primeros huéspedes en probarla. Tenía catorce años y era dueña de una rebeldía que sólo encontraba desfogue en la actividad física, y la piscina del hotel, con su trampolín olímpico de siete metros, se convirtió en su lugar favorito. De manera que allí estaba, no tanto nadando como contorsionándose en una esquina, cuando entraron los Crook. También eso era una ocurrencia previsible de cada primavera, pues David Crook, el padre, era un nadador experto. Fausto, que no regalaba nada a nadie, decía de él que era capaz de atravesar el río Jarama con un brazo atado a la espalda. Su esposa, una rubia canadiense de mirada dulce que había nacido en China, no le iba a la zaga, y entre los dos habían contagiado el vicio de la natación a sus tres hijos. Por eso frecuentaban el Hotel de la Amistad: a pesar de ser china de nacimiento la madre y ser chinos los tres hijos, su físico de occidentales les permitía usar las instalaciones, y no había otras mejores en la ciudad. Esa tarde de sábado entraron al área de la piscina como una familia de patos, David primero y luego Isabel, y detrás de ellos, los hijos en orden de estatura: Carl, Michael y Paul. Siempre era así: llegaban, hacían sus cien piscinas y se iban, y era evidente su intención de no mezclarse más allá de lo necesario con los extranjeros de este oasis aburguesado donde

163

todo parecía estar a la venta: ellos venían de un mundo aparte, más puro o más digno. Sobre David se contaban todo tipo de leyendas, pero ni siquiera Fausto había sido capaz de confirmarlas en sus conversaciones ocasionales. Se sabía, sí, que había estado en la guerra civil española, y eso bastaba para que ganara un prestigio que casi nadie más tenía. Pero ni David hablaba de su vida ni los Cabrera se atrevían a pedirle que lo hiciera.

En cualquier caso, allí estaban los Crook esa tarde de primavera cálida. Marianella los vio llegar —igual que los había visto el año anterior, cada fin de semana en que la piscina estuvo abierta— pero esta vez sintió que ocurría algo nuevo o diferente. No era, desde luego, la simple curiosidad por la vida de los padres. ¿Qué era, entonces? Carl, que estaba por cumplir los dieciocho años, se había convertido en una criatura de una belleza insolente, o era tal vez que Marianella se estaba percatando de ello por primera vez, y verlo subirse al trampolín, verlo desde abajo saltar y dar en el aire vueltas de clavadista versado, le dejó en el pecho un dolor que no conocía. Trató de hablarle después, cuando Carl se acostó a descansar en el borde, pero la experiencia, pensó más tarde, se acercó mucho a la invisibilidad. La tarde se acabó antes de lo previsto.

Con el paso de los días, Marianella se dio cuenta de que no dejaba de pensar en él. Carl le llevaba unos tres años y casi dos cabezas, y además había demostrado un desinterés agraviante hacia ella, pero nada de eso era razón para arredrarse. Marianella lo había visto leer libros enteros en un fin de semana de horas de ocio, pasando los ojos sobre las páginas no como quien lee, sino como viendo sin interés un álbum de fotografías, y luego embarcarse en discusiones en inglés con los demás adolescentes del hotel, que acababan hartos de todo lo que no sabían y se iban a jugar ping-pong. Poco antes del encuentro en la piscina, Fausto había tratado de convencer a Marianella de que leyera el *Manifiesto del Partido Comunista* en una traducción argentina, pues no le parecía posible que sus hijos pudieran seguir viviendo sin haber entendido a Marx y a Engels; Marianella lo intentó con la testarudez de siempre, pero era como si la lengua española se le hubiera quedado extraviada en Bogotá o, lo que era peor, en la Bogotá de sus once años. Ahora, intuyendo que podía serle de utilidad, volvió a meterse en el libro y volvió a fracasar. Pero entonces tuvo una revelación: el español no era su idioma, sino el chino. De manera que pasó una semana leyendo a Mao por las noches, sin decirle a nadie y sin decir mucho menos para qué lo quería leer, y el sábado siguiente llegó con paso confiado hasta donde Carl descansaba de sus cien piscinas y le dijo:

«Necesito que me expliques unos temas».

Así comenzaron a pasar tiempo juntos. Mientras David hacía cien piscinas en estilo crol, Carl le explicaba a Marianella la diferencia entre hacer la revolución con los campesinos y hacerla con el proletariado, entre la teoría ideológica y la praxis revolucionaria, entre la línea de masas y el modelo bolchevique de la participación popular en el partido. Poco a poco fue descubriendo que la colombiana de catorce años, hermana menor de aquel muchacho que no le caía demasiado bien, era en realidad una fuerza de la naturaleza, y que vivía en un enfrentamiento permanente con el mundo: con su padre, que la celaba como si fuera su propietario; con su madre, que actuaba como si prefiriera a su hermano; con el Hotel de la Amistad, cuyos residentes le habían comenzado a parecer meros capitalistas que vivían en una contradicción imperdonable. ¿Era una amistad aquello? Sí, pensaba Marianella: las distancias se habían salvado y Carl ya no creía que los Cabrera fueran una familia de burgueses como las otras. La invitaba a pasar tiempo con su grupo de amigos. Le recomendaba libros y ella los leía mal y de prisa, memorizando lo suficiente para impresionarlo. Pero fue la primera sorprendida cuando se dio cuenta de que estaba leyendo a Mao por interés genuino, y no solamente para conquistar algunas horas de conversación con Carl.

A Fausto no le hizo gracia la nueva relación. «Te estás desviando», le decía. «Para esto no fue que vinimos a China.» Ella hacía todo lo posible por que su rebeldía no pasara desapercibida. Uno de esos fines de semana Carl la invitó a remar al Palacio de Verano, los dos solos, en esa amistad que lentamente se convertía en otra cosa. Allí estaban, remando en una barca en medio del lago, cuando vieron venir a Fausto, que remaba en su propia barca, más grande, acompañado de tres alumnas de su clase de Español.

«¿Y tú qué haces aquí?», le dijo Fausto.

«Remar, papá», repuso ella. «Lo mismo que tú.»

Fausto no hizo una escena, y Marianella nunca supo si su contención se debió a la presencia de sus alumnas o al respeto que le tenía a David Crook. Pero en la cena —en el restaurante internacional del Hotel de la Amistad, mientras la banda de boleros sonaba al fondo— Fausto aprovechó que Sergio y Luz Elena no habían bajado todavía para pronunciarse sobre lo ocurrido.

«Tú no tienes edad para estar en éstas.»

«¿Para estar en *cuáles*?», respondió Marianella con desfachatez. «¿En *cuáles* no puedo estar?»

«A tu edad uno tiene amigos, pero nada más. Y yo aquí veo que está pasando algo más, y no me gusta.»

«Si es que no te tiene que gustar a ti», dijo ella. «Con que me guste a mí es suficiente.»

«No seas descarada», dijo Fausto. «Los novios se tienen a los dieciocho. Así que no quiero que te sigas viendo con este chico.»

Marianella bajó la voz. «Lo que queda claro es que aprendo más con él que contigo.»

«¿Qué dices?»

«Que con él no pierdo el tiempo, papá. Que él es lo único emocionante que me ha pasado en tres años de vida

166

aquí. Ustedes se van a Colombia. ¿Por qué tengo que vivir según tus reglas, si tú estás al otro lado del mundo? Ya decidiste que nosotros nos quedamos aquí. Ya decidiste que la Revolución china nos va a educar mejor que ustedes. ¿Y sabes qué? Yo estoy de acuerdo. Sí, la verdad es que sí, no puedo estar más de acuerdo. Todo lo que necesito está aquí. Todo lo que necesito aprender me lo puede enseñar China.»

Entonces dijo una obscenidad. Pero la dijo en chino, y Fausto no pudo entenderla.

Muy lejos de allí, lejos del Hotel de la Amistad y de la piscina donde Marianella había conocido a Carl Crook, lejos de Fausto Cabrera y sus peleas con su hija adolescente, el país se estaba sacudiendo. El fracaso del Gran Salto Adelante, que dejó millones de víctimas, le había cobrado a Mao Tse-Tung el liderazgo de su partido. Las posiciones de poder habían quedado en manos de sus enemigos políticos: el presidente, Liu Shaoqi, y el secretario general del partido, Deng Xiaoping. Pero Mao, que contaba todavía con el apoyo de militares como Lin Biao, del Ejército Popular de Liberación, destituyó a los que lo habían criticado y lanzó una estrategia para recuperar el poder. Los ideales de la Revolución, dijo, estaban en peligro: los amenazaban los traidores y los revisionistas, y era necesario protegerlos. En 1963, Lin Biao recopiló los discursos más importantes de Mao y los publicó en un pequeño libro rojo que llegó a manos de todos los fieles. Pero no fue suficiente, o no lo era todavía. En el verano de 1965, mientras Sergio y Marianella se iban a las playas de Beidaihe, Mao tomaba la decisión de refugiarse en Shanghái, pues la hostilidad hacia su figura en Pekín había comenzado a ser demasiado notoria. Desde Shanghái llamó a la resistencia: los burgueses y los reaccionarios amenazaban la Revolución. Era preciso protegerla. Había que pasar a la ofensiva.

Fue una estrategia milagrosa. En abril, con las primeras flores, el *Diario del Ejército de Liberación* llamó a los
revolucionarios a defender el pensamiento de Mao y a
participar de forma activa en la Gran Revolución Cultural
Socialista. Así quedó bautizado el movimiento. Una sesión
del politburó a mediados de mayo se convirtió en declaración de apoyo a Mao Tse-Tung, que estaba ya de regreso en Pekín, y en ella se pronunciaron acusaciones contra
los enemigos de clase que se habían colado en el partido,
y se los llamó revisionistas y contrarrevolucionarios, y se
advirtió al pueblo de una amenaza latente: una dictadura
de la burguesía. Ahora el pueblo tenía que defenderse, y
para eso había que identificar a los traidores, sacarlos a la
luz y castigarlos sin misericordia.

IX

Sergio supo que algo grave estaba ocurriendo cuando sus compañeros le transmitieron la decisión de ese día: no se pondrían de pie para saludar al profesor. Aquello era romper una costumbre sagrada, ese protocolo en que el profesor cruzaba la puerta del aula, un monitor de clase lanzaba un grito con voz de mando militar y los alumnos se levantaban de sus sillas como galvanizados, saludando con la mirada al frente. El profesor revisaba su indumentaria, el corte de su pelo y el aseo de su rostro, y confirmaba que el grupo estaba en la disposición correcta para atender a clase. Dos cosas sorprendieron a Sergio el día de la rebelión: primero, que aquel ritual de respeto se fuera al diablo de buenas a primeras; segundo, que el profesor en cuestión no se atreviera, ni siquiera con una ceja levantada, a mostrar su contrariedad o su protesta. Por esos días, un compañero le dijo a Sergio:

«Se huele, está en el aire. Aquí va a pasar algo serio».

No se equivocaba. De lo mismo hablaban todos en Pekín: en la calle, en el Hotel de la Amistad, en el Instituto de Lenguas Extranjeras. Unos días después de que Marianella se encontrara con su padre en el lago del Palacio de Verano, los Cabrera llegaron juntos al Hotel de la Paz. Sergio y su hermana se acomodaron en sus cuartos, uno para cada uno, y volvieron a maravillarse de ser los únicos huéspedes de un hotel de diecisiete pisos: ¿cómo habría logrado su padre ese privilegio? Fausto les presentó a Li, la mujer que sería su tutora: una joven militante convencida de las bondades del partido y garantía de defensa o protección contra cualquier influencia burguesa. Cuando

169

le preguntaron sobre lo que estaba sucediendo, a ella se le iluminó la cara:

«Un paso más hacia delante», dijo.

La despedida tuvo lugar unos días después. Sergio y Marianella fueron al Hotel de la Amistad para abrazar a su padre y ver llorar a su madre y escuchar consejos y recomendaciones. Luz Elena le entregó a Marianella una pequeña bolsa con los yuanes que les habían sobrado —una cantidad generosa— y Fausto sacó del bolsillo de su chaqueta un sobre de correo. Era un atado de páginas de papel delgado, casi translúcido, que Sergio recibió con las dos manos, como una ofrenda.

«No es para que lo lean ahora», dijo Fausto. «Pero pronto. ¿Prometido?»

«Prometido», dijo Sergio.

«Quiero que sepan esto», dijo Fausto: «Me siento orgulloso de ustedes».

Desde las escalinatas del Hotel de la Amistad, parados debajo de los techos verdes, los hermanos vieron a sus padres subirse al taxi que los llevaría al aeropuerto de Pekín, y supieron que el avión no los llevaría a Colombia, sino a Cantón, y que allí tomarían un tren a Hong Kong y se embarcarían en un trasatlántico italiano. No los perdieron de vista mientras el taxi se alejaba por el sendero de grandes losas blancas que llevaba a la avenida, entre cipreses enormes y algún cerezo perdido y los magnolios que Luz Elena adoraba. Luego volvieron al Hotel de la Paz, a su comedor con eco y sus corredores desiertos y su silencio espectral. Para entonces habían comenzado a hablarse en chino, y en chino dijo Marianella:

«Qué raro, ¿no te parece?».

Esa noche, después de la cena, Sergio sacó las páginas del sobre. «Se lo prometimos a papá», le dijo a Marianella. «Se lo prometiste tú», dijo ella. «Yo no hice nada.» Abrieron las puertas del balcón, para que circulara el aire, y Sergio comenzó a leer.

Les escribo estas líneas con el siguiente fin: cuando tengan algún problema, alguna dificultad o contratiempo, cuando se presenten las naturales contradicciones que siempre se presentan, cuando no sepan muy bien la línea a seguir respecto a un hecho sucedido, o no sepan qué actitud asumir, o tengan alguna indecisión o alguna duda y piensen qué diría papá sobre esto, qué nos aconsejaría papá en este caso, qué piensa papá sobre este problema o cuál es su criterio respecto a este asunto, entonces recurrir a estas líneas, leer la parte que habla sobre determinadas cosas y que tengan relación con el problema en cuestión. Así, pues, esto les servirá como una simple ayuda, como un material de consulta, pero nada más. No es la vara mágica ni mucho menos, no tiene respuesta a todas las cosas, ni es donde se encuentra solución a los casos concretos o donde todo está previsto. No. Nada de eso. Escuchen bien: USTEDES TIENEN QUE APOYARSE EN SUS PROPIAS FUERZAS. Toda la ayuda que necesiten la tendrán, todos los consejos, todas las orientaciones que sean necesarias. Pero esto no deja de ser una simple AYUDA. Son ustedes principalmente quienes resolverán sus propios problemas, sus propios asuntos, sus propias decisiones, de acuerdo a los principios básicos tanto morales como políticos.

Veo en Sergio Fausto decisión revolucionaria, ideales revolucionarios, en una palabra, cierta conciencia revolucionaria, aun cuando ni mucho menos está madura. Veo también en él gran deseo de progreso e investigación. Un sentido, en general, de lo que es justo e injusto, cierta madurez. Todo esto unido a una gran bondad. Y estos aspectos nos los ha demostrado con hechos. Tiene defectos con los cuales tiene que luchar con firmeza para poderlos superar —esto debido especialmente a su formación burguesa—, tendencias a veces al abandono en la lucha, golpes de pesimismo, tendencias individualistas,

171

cierto egocentrismo de clase y sentirse a veces un poco superior. Una serie de costumbres pequeñoburguesas muy arraigadas.

Marianella: sensible y firmemente decidida a rechazar la maldad, la injusticia y por lo tanto la explotación y la crueldad. Esta naturaleza de ella la hace básicamente revolucionaria, siempre y cuando haya una orientación política y de clase. Es viva, inquieta, bondadosa y, cuando se lo propone, firme. No transige con lo que no es justo. Siempre he pensado, y en especial últimamente, que Marianella nos va a dar una sorpresa. Debe superar su falta de seguridad y confianza en sí misma, lo cual ya ha venido superando en forma muy clara y diciente. Tiene que superar otros problemas en los cuales debe poner en juego toda su voluntad. Estos problemas son los resultados lógicos de su formación y mentalidad pequeñoburguesa, como son su excesivo idealismo y también su individualismo y subjetivismo. Ese romanticismo burgués, decadente y degenerante. (Aquí debo aconsejarte que trates de rechazar todos esos libros y revistas que te gustan, pero que son verdaderas «hierbas venenosas» que te han causado y te siguen causando un perjuicio incalculable. No te olvides de este consejo, pues mientras no logres rechazar todo eso, te será muy difícil tu progreso, así como tu transformación ideológica.) Para decir verdad, en el último mes progresó bastante en esto también.

Sumando lo positivo por un lado y lo negativo por el otro, de ambos suma y pesa más lo primero que lo segundo, teniendo en cuenta naturalmente sus antecedentes y la formación que han tenido, totalmente pequeñoburguesa. Viendo los progresos y el cambio operado desde su llegada a China y por lo anteriormente enumerado, puedo llegar a la conclusión de que se puede confiar en ustedes, que ustedes sí pueden apoyarse en sus propias fuerzas.

Ahora trataré de hablarles de diferentes aspectos que, como les dije, pueden servir como simple ayuda.

Eran doce páginas, doce largas páginas de tamaño oficio y cuarenta y cinco líneas cada una, que Sergio leyó en voz alta junto a Marianella y luego se llevó a su cuarto para volverlas a leer después. A su hermana no le habían gustado nada: «Conmigo no cuentes para volver a leer eso». Ahí estaba todo, desde cómo lidiar con los problemas familiares hasta una larga discusión sobre el objetivo de su estadía en China, pasando por los asuntos financieros y las buenas costumbres a la hora de escribir. Eran veinte puntos exhaustivos que Sergio conservaría como un manual de instrucciones, y a los cuales volvería incontables veces durante ese verano tan extraño, mientras afuera la ciudad comenzaba a bullir.

¿Cuál es el objetivo de quedarse en China? Pueden ser dos: a) Estudiar y prepararse intelectualmente para así el día de mañana ser un «hombre de provecho», como se dice. Esto significa tratar de destacarse, ganar dinero, fama, etc. Todo esto, naturalmente, a costa de la miseria y sufrimiento de los demás, de la explotación del hombre por el hombre. b) El otro objetivo es lograr una transformación ideológica y sentimental proletaria y prepararse para servir a la sociedad, al pueblo, a la revolución. No lograr entrar en el camino de la transformación significa quedarse en la mitad del camino. Ser un «revolucionario» con mentalidad burguesa significa en buenas cuentas ser un revisionista en la práctica. Llegar a Colombia antes de haber entrado en forma firme en esa transformación me parece simplemente haber perdido el tiempo en China, y no lograr el objetivo. En mi opinión, en la medida que se entre en esa transformación auténtica, bien cimentada, se está listo para un posible regreso.

Los primeros en reaccionar al llamado de Mao fueron los estudiantes. Un día, después de clase, un grupo recorrió las aulas con folios de papel y tinta para escribir. Los *da-zibaos,* carteles de propaganda agresiva y grandes caracteres, habían comenzado a aparecer en las paredes de la ciudad unos meses antes, cuando los estudiantes de la Universidad de Pekín denunciaron que la institución había caído bajo el control de la burguesía contrarrevolucionaria. Mao, que ya había comprendido la fuerza que le daba el apoyo de los estudiantes, los elogió en la prensa y aportó su propio cartel, un ataque tácito a Liu Shaoqi y a Deng Xiaoping. Después de eso, los *dazibaos* se volvieron ubicuos. Y ahora habían llegado a la escuela Chong Wen. Los estudiantes escuchaban las consignas de los líderes y las plasmaban con trazos gruesos, a veces en argumentos de una docena de líneas, a veces en unos cuantos ideogramas. Sergio hizo varios carteles esa tarde y fue a pegarlos él mismo en las paredes. Después se enteró de que también Marianella había hecho los suyos. En la escuela se vivía un ambiente eléctrico. Pero lo más grave ocurrió al día siguiente.

El profesor de Dibujo, un hombre delgado y de gafas que todos los alumnos querían, había comenzado a discutir en su clase el concepto de aerodinámica. De eso estaba hablando cuando comparó espontáneamente el MiG soviético, un avión de combate concebido en 1939 y producido tras la guerra en pequeñas cantidades, con el F-4 Phantom II, que McDonnell Douglas había puesto en servicio en 1960. Los dos aviones, el soviético y el norteamericano, habían participado en la guerra de Vietnam, pero el profesor no tenía por qué pensar en esas implicaciones cuando elogió el diseño del Phantom II y se atrevió a decir que era mejor. En la clase se hizo un silencio incómodo. «Pero es el avión del enemigo», dijo un alumno al cabo de un instante. Sergio no supo si el profesor se había dado cuenta de su error, pero trató brevemente de defenderse: «Sí, lo es. Pero el diseño es mejor. Por ejemplo, es más rápido. ¿Por qué es más rápido?». Pero sus intentos cayeron en el vacío. La clase estaba indignada. Un murmullo de desaprobación se hizo cada vez más fuerte. Y fue entonces cuando un alumno dijo: «Si prefiere las armas del enemigo, enemigo será».

«Sí, es el enemigo», dijeron otros. «¡Traidor!», gritó una voz, y luego: «¡Contrarrevolucionario!». Ante la mirada de Sergio, los alumnos avanzaron amenazantes hacia el hombre, que agarró sus cosas como pudo y salió de la clase. Pero el grupo lo alcanzó en el corredor y lo arrinconó contra una pared. «Usted desprecia a nuestro ejército», le dijo alguien. «No, no es eso, no es verdad», empezó el hombre, pero sin éxito. «¡Sí es verdad!», le gritaban. «¡Usted desprecia a nuestros héroes!» Sergio, que había salido siguiendo a los demás, vio en la cara del profesor una mueca de miedo cuando recibió los primeros escupitajos. «¡Revisionista!», le gritaban. «¡Burgués!» El profesor se cubría la cara, trataba de decir algo, pero su voz era inaudible en medio de los insultos. Alguien lanzó entonces el primer golpe, y las gafas del profesor volaron por los aires. «No, no», gritaba el hombre. Otros golpearon también: al cuerpo, a la cara. Entonces, ante la mirada aterrada de Sergio, el profesor se desplomó. Sergio habría querido intervenir, decirles a los demás que ya basta, que ya era demasiado, pero la fuerza de la multitud se lo llevaba por delante y las palabras no se formaban en su boca. Era inverosímil: sus compañeros, sus compañeras, los alumnos con los que había compartido horas y días y conversaciones se habían convertido en una bestia feroz de muchos pies que pateaban el cuerpo vulnerable del profesor de Dibujo. Del cuerpo caído salían gritos entrecortados, quejas y gemidos, pero las patadas no cesaban. Y fue entonces cuando Sergio, que se había mantenido detrás de los otros, se vio a sí mismo abrirse paso entre los compañeros y lanzar una patada también. Fue una patada tímida, no a las costillas, sino a las piernas, y no vino seguida de otras. Sergio se retiró y al cabo de un rato vio que los demás comenzaban a retirarse también, de-

175

jando al profesor tirado en el piso, inerte, cubriéndose la cabeza con los brazos.

Se sintió tan culpable que al día siguiente colgó en las paredes del colegio su propio *dazibao,* con un mensaje de contrición: *Esto no se debe hacer.* Supo que sólo su condición de extranjero le granjeaba un poco de tolerancia, y que de otra manera habría sido considerado disidente o traidor a los suyos, y humillado y golpeado igual que el profesor. Sí, eso no se debía hacer; pero Sergio lo había hecho. Su cartel fue ignorado. En cualquier caso, la culpa quedó; y el recuerdo de la injusticia cometida fue tan doloroso, y el de la impotencia ante la injusticia fue tan incómodo, que Sergio no le habló del asunto a nadie: ni a sus padres, que por fortuna no estaban, ni mucho menos a su hermana, que tal vez había sido testigo de todo desde lejos. Sergio lo confirmó después. Marianella se había enterado, como todos en la escuela, de lo sucedido con el profesor de Dibujo, y cuando Sergio se lamentó en voz alta de lo sucedido —«Pobre tipo», dijo—, su hermana endureció el gesto.

«¿Pobre?», dijo casi con asco. «¿Por qué pobre? Era un enemigo y se lo merecía.»

Marianella había comenzado a pasar los días del fin de semana en casa de los Crook. Salía a media mañana y recorría en su bicicleta las calles atiborradas de simpatizantes de Mao, y llegaba a las residencias del Instituto de Lenguas Extranjeras como quien vuelve a su casa. La conocían por ser la hija de un especialista que había enseñado allí mismo, pero todo el mundo sabía que Fausto Cabrera había vivido en el Hotel de la Amistad, y no todo el mundo se guardaba su opinión negativa al respecto. Los Crook, por suerte, no la juzgaban. Acogieron a Marianella no como la amiguita de su hijo mayor, sino como si fuera la hija que nunca tuvieron, y le abrieron un espacio junto a los hermanos de Carl, de manera que aquel apartamento se convirtió en su hogar de los fines de semana. Quedaba en la primera planta de las cuatro que tenía el edificio cuadrado, oscuro y feo, donde vivían los profesores. Era un lugar demasiado estrecho para una familia de cinco personas, o tal vez ésa era la sensación que producían las paredes cubiertas por completo de bibliotecas. Marianella nunca había visto tantos libros juntos en tan poco espacio, y en tantas lenguas, y lo primero que pensó fue que su hermano sería feliz aquí; a ella, en cambio, los libros le habían interesado hasta ahora únicamente para lograr que Carl la tomara en serio.

Las paredes sólo dejaban espacio para una ventana pequeña, pero eso le bastaba a David. Contaba que antes, durante los primeros años de su cátedra, por la ventana se veía un paisaje de campo que le refrescaba la vista, pero ahora habían construido un edificio que apenas dejaba ver el cielo. La ventana daba al oeste, y en las tardes de verano le entraba el último sol durante un par de horas, como si hubiera sido hecho para él. «No necesito nada más», decía. Sentado junto a la ventana, en una silla rusa, saludaba a Marianella: «Ah, la hija del republicano». A veces la dejaba libre para que Isabel le enseñara a bordar; otras veces, sobre todo si era domingo, la invitaba a ocupar la silla libre para preguntarle acerca de su familia y la guerra civil española. Marianella hablaba del tío Felipe, de quien lo ignoraba todo, salvo lo que su padre le había contado a Sergio, no a ella, en conversaciones de sobremesa, y David la escuchaba con una fascinación que no parecía impostada ni paternalista. Y uno de esos días, un domingo de comienzos de aquel verano violento, comenzó él mismo a hablarle de sus propios años en la guerra. En realidad no hablaban de España, sino que David le había hecho a Marianella la primera pregunta que se hacían todos los occidentales en Pekín.

«Y a ustedes ¿qué los trajo a China?»

Marianella explicó lo que sabía, y lo hizo con plena conciencia de que no contaba con toda la información. Habló del trabajo de su padre en Bogotá: su vida en el teatro y luego en la televisión, su encontrón con el mercado o lo que Marianella llamaba el mercado: las fuerzas que habían querido convertir un medio artístico en una máquina de vender detergentes. Habló de la rebeldía de su padre; de su negativa a rebajarse haciendo telenovelas baratas; de las acusaciones de comunismo en un país de alma reaccionaria, víctima del imperialismo norteamericano. Habló, por fin, de los Arancibia, instrumentos del azar, y del trabajo que su padre había hecho en Pekín hasta el momento en que decidió volver a Colombia. Fue entonces cuando intervino Isabel.

«Espera un momento. ¿Los dejaron aquí? ¿Tus padres no piensan volver, y los dejaron solos aquí?»

Marianella nunca había sospechado que la decisión de sus padres pudiera ser cuestionable, mucho menos mirada con malos ojos. Volver al propio país y hacer la revolución: ¿qué podía ser más comprensible para una familia de comunistas convencidos como los Crook? Pero en el aire del apartamento quedaron los juicios silenciosos de Isabel, y fue tan incómodo el momento que Marianella buscó ágilmente la forma de hablar de otra cosa. Lo más a la mano fue la pregunta recíproca.

«¿Y usted, David? ¿Por qué está aquí? ¿Por qué vino a China?»

«Ah, pues eso le gustaría a usted, la hija del republicano», dijo David. «Yo vine por culpa de España.»

«¿De la guerra?»

«Papá, a ella no le interesa eso», dijo Carl.

«Claro que me interesa», dijo Marianella. «Me interesa mucho.»

«En todo caso, son cuentos viejos», dijo David.

«Igual que los de mi padre», dijo Marianella. «Yo he estado oyendo cuentos viejos desde que nací.»

«Bueno», dijo David. «Pues tal vez un día hablemos de eso. Tenemos tiempo, ¿verdad? Me parece que usted va a seguir viniendo por acá.»

Esa noche la conversación se trasladó del apartamento y sus sillas rusas al restaurante del instituto. Marianella había comprendido —el instinto le había comunicado— que interesarse en David frente a su hijo era como recitar a Mao, como haber leído el *Manifiesto del Partido Comunista*. Se dio cuenta de que la mirada de Carl ya no era la misma de antes: era como si cambiara de temperatura. En eso estaba pensando cuando, al regresar al hotel, montando su bicicleta por las calles nocturnas donde dormían los guardias rojos, se encontró con que Sergio la esperaba en el vestíbulo como un padre preocupado y, como un padre preocupado, le dijo que esto no podía volver a pasar.

«Va a pasar cuando yo quiera», dijo Marianella.

«Pero es peligroso», dijo Sergio. «Les están cortando las trenzas a las mujeres. A cualquiera le quitan los zapatos si no les gustan.»

Se refería a los guardias rojos, una extensa organización de estudiantes que reconocían a Mao como su comandante supremo y se habían echado sobre los hombros la defensa o la estricta aplicación de la Revolución Cultural. Mao les había dado la bienvenida unas semanas antes, en la plaza Tiananmén, cuando apareció para saludarlos con un uniforme verde olivo que no se había puesto en muchos años. Se decía que ese día saludó personalmente a más de mil de sus guardias, e incluso dejó que le pusieran un brazalete rojo que se había convertido en insignia del movimiento. En Pekín los guardias rojos eran una serpiente de muchas cabezas, y nunca resultaba fácil para los jóvenes —impulsivos, inexpertos— saber a quién obedecerle. No importaba: obedecían a Mao; cargaban siempre en un bolsillo los discursos de su líder, que habían comenzado a llamar con simpleza el Libro Rojo. Eran de violencia fácil cuando se trataba de castigar a un disidente, a cualquiera que hubiera sido acusado de revisionismo o de comportamientos contrarrevolucionarios; y, sobre todo, eran muchos, y habían comenzado a llegar a Pekín desde todos los rincones de China, llevados por la idea de ver a Mao, aunque fuera desde lejos. Y cuando se reunían en la plaza Tiananmén, eran tan fuertes sus cánticos revolucionarios y el sonido de sus pasos en la calle que Sergio, si abría la ventana, alcanzaba a oírlos desde el Hotel de la Paz.

«A mí no me van a hacer nada», dijo Marianella.

«¿Y por qué estás tan segura?»

«Porque yo soy como ellos. No tengo el pelo largo, no tengo trenzas, porque soy como ellos. No tengo zapatos burgueses porque soy como ellos. Yo soy de aquí, aunque no parezca. Igual que mi novio, por ejemplo, igual que sus hermanos, igual que su papá.»

«¿Qué dijiste? ¿Tu novio?»

«Pues sí», dijo ella. «Carl va a ser mi novio.» Y añadió: «Es que él vive en mi mundo. El mundo donde vive él, ese mundo, es también el mío».

En un ambiente capitalista a la edad de ustedes es corriente y hasta natural tener novios o novias. ¿Por qué? En primer lugar la juventud no tiene ningún ideal, ninguna inquietud verdadera, sólo vive pensando en eso, pendiente de eso. Es su foco de interés. Es una sociedad corrompida que cifra sus mayores anhelos en la pasión y en el sexo. Los resultados ya los conocemos, la desgracia, la soledad, la angustia, el temor, etc. ¿Cuál es el paso siguiente? O bien meter las patas y casarse joven sin ninguna madurez, atándose a unos deberes que les impedirán realizar su vida, sus ideales, además de los problemas posteriores ya conocidos, o bien entrar en un ambiente alrededor del cual lo básico en la vida es eso, hasta caer poco a poco en una degeneración donde lo único importante en la vida sea el sexo.

*

Pasaron los días y la escuela Chong Wen no recuperaba la normalidad. Después del profesor de Dibujo siguieron otras víctimas de la Revolución, o, en otras palabras, otros contrarrevolucionarios que recibieron su merecido castigo. Primero fue la doctora jefe de la enfermería, quien, según las acusaciones de los estudiantes, había llevado en los últimos tiempos una pequeña bodega de medicinas con la intención única de proveer a los burgueses. Luego le llegó el turno al rector, un hombre mayor cuya lealtad al partido nunca había sido cuestionada, pero entre cuyos papeles alguien —nunca se dijo quién— había encontrado títulos de propiedad. Eran títulos antiguos sobre tierras que ya habían pasado a ser del Estado, y no tenían ningún valor. El rector alegó que los guardaba como recuerdo, pero los estudiantes estuvieron de acuerdo en que el hombre estaba esperando el regreso del sistema capitalista y feudal, y fue expulsado de la escuela. Los estudiantes no lo dejaron irse sin más. Le hicieron un sombrero de papel en forma de cono donde se leía *Amo el feudalismo,* lo obligaron a ponérselo para salir de la escuela y lo acompañaron durante varias cuadras, para que otros guardias rojos lo señalaran, se rieran en su cara (pero era una risa contraída, llena de odio) y se acercaran a insultarlo.

Para este momento, ya Sergio era uno de ellos. Al principio de la Revolución Cultural, la escuela Chong Wen había llegado a contar con tres grupos distintos de guardias rojos, separados por leves diferencias ideológicas, pero uno de ellos —más numeroso y cuyos líderes eran jóvenes más respetados o temidos— acabó devorando al segundo, y la rivalidad con el tercero no hizo más que acentuarse. En medio de estas luchas de poder, Sergio comprendió que no podía quedarse aparte; escribió una carta larga y animosa para solicitar la entrada a la organización más potente; al cabo de una semana recibió la noticia de su aceptación y fue citado para una breve ceremonia en un salón de clases cubierto de *dazibaos*. Allí le entregaron un brazalete rojo donde parecía brillar un número de seis cifras, su código personal, debajo del nombre del grupo. Sergio se lo puso en el brazo (le quedó demasiado grande: habría que hacer arreglos) y se sintió mágicamente poderoso, o respaldado por un poder invisible pero omnipresente.

En junio se suspendieron los cursos. Sergio empezó a ir a la escuela Chong Wen sólo para hacer algún *dazibao* o para redactar una proclama o para unirse a una manifestación de rechazo a cualquier cosa. El centro de Pekín era otra ciudad, más ruidosa, más agitada, donde era corriente encontrarse con marchas de guardias que rodeaban a un grupo de acusados, hombres y mujeres tristes que caminaban mirando al suelo roto con gorros en forma de cono y carteles colgando del cuello. *Soy un enemigo de clase. Soy un capitalista infiltrado. Llevo este cartel por vivir al servicio de la burguesía.* Se supo que los guardias estaban entrando en los museos para saquearlos, y que también saqueaban los templos y las bibliotecas para avanzar en la destrucción de lo que llamaban «los cuatro viejos»: viejas costumbres, vieja cultura, viejos hábitos, viejas ideas. Las calles por las que Sergio pasaba para ir a la escuela Chong Wen (siempre montado en su bicicleta, casi siempre con su uniforme verde olivo) comenzaron a llenarse de retratos de Mao y de carteles con frases del Libro Rojo. A veces el nombre que toda la vida había estado en una esquina cambiaba por uno nuevo y revolucionario, y Sergio tenía que poner atención especial para no tomar por una ruta equivocada.

Uno de esos días, Sergio se dirigía a la escuela cuando escuchó tiros que venían claramente de esa zona. Se bajó de la bicicleta para oír mejor y para decidir si era peligroso avanzar. Sí, eran disparos, y sí, venían de la calle de la escuela Chong Wen, pero Sergio siguió adelante para tratar de medir la situación desde más cerca. Al doblar una esquina se encontró con un grupo de soldados del ejército chino que lo detuvieron con malos modos y le ordenaron que los acompañara. A Sergio, igual que le pasaba en otras situaciones, le costó un instante recordar que no era chino, y comprender que a los soldados pudiera parecerles sospechoso que un occidental anduviera por ahí con tanta tranquilidad y además vestido de guardia rojo. «¿Es alumno de la escuela Chong Wen?», le preguntaron. «¿Por qué? ¿Desde cuándo?» Le pidieron su identificación y le preguntaron dónde vivía y con quién y por qué estaba en China, y Sergio contestó como pudo.

«¿En el Hotel de la Paz?», dijo un soldado. «Pero ese lugar está vacío.»

«No está vacío. Estamos nosotros.»

«Pero ahí no hay huéspedes.»

«Hay dos. Mi hermana y yo. Pueden acompañarme si quieren y verlo ustedes mismos.»

Pero no lograba que le creyeran. Y Sergio, por su parte, no lograba entender lo que estaba sucediendo en la escuela, más allá de los evidentes disturbios. Fue sólo después, al hablar con su grupo de guardias rojos, cuando pudo hacerse un retrato completo de lo que había sucedido. Esa mañana, sus compañeros de organización habían decidido tomarse el poder en la escuela: llevar a cabo un golpe de Estado contra el tercer grupo, al que consideraban meros títeres que defendían a las viejas jerarquías. Todo no habría pasado de una escaramuza entre adolescentes si los dos grupos de guardias rojos no hubieran asaltado el cuartel general de milicianos de la Revolución, llevándose más de cien fusiles y munición suficiente para varios días. Así, armados, habían comenzado una batalla sin misericordia en el campo de fútbol. Las balas volaban en todas las direcciones. Y por eso estaba el ejército en las cercanías: habían llegado para tratar de *pacificar* la escuela. Y Sergio, por supuesto, les había parecido sospechoso. Él alegaba que ni era espía ni era infiltrado, que era un guardia rojo como los demás, pero los militares parecían hacer esfuerzos por no entender nada. Sergio estuvo detenido durante horas, sin saber dónde estaba Marianella y sin poder avisarle dónde estaba él. Fue necesario que cesara el enfrentamiento y los guardias descarriados entregaran las armas para que se acercara un grupo de ellos, reconociera a Sergio y les explicara a los militares de quién se trataba. Era un revolucionario internacionalista, les dijeron, igual que sus padres. Los guardias llamaron a la asociación. Sólo entonces lo dejaron libre.

Aquélla fue la última vez que estuvo en los predios de su escuela. Esa tarde, cuando volvió en bicicleta al Hotel de la Paz, lo esperaba su tutora, la señorita Li, con una notificación: a partir de ahora, y debido a su condición de extranjero, tenía prohibido el ingreso a la escuela Chong Wen. Lo mismo ocurría, por supuesto, en el caso de su hermana. Sergio protestó, en su nombre y en el de Marianella; preguntó dónde quedaba el internacionalismo proletario, de qué servía entonces portar el uniforme de los guardias rojos, y se quejó de que las autoridades no tomaran en cuenta su integración perfecta en la sociedad china, su dominio de la cultura y su conocimiento de la lengua. «Pues precisamente», le dijo la tutora Li. «Es tu dominio de la lengua lo que te cierra las puertas.»

«No entiendo», dijo Sergio.

«Eres un occidental que habla chino. Eres una fuga de información con cara y ojos. Y aquí todo el mundo sabe que lo más importante es cuidar el mensaje.»

Tenía razón, por supuesto. Sergio se preguntó si alguna vez dejaría de ser sospechoso, si era posible realmente pertenecer a ese lugar que no era suyo. Comenzó a retraerse, también escondiéndose de la hostilidad de la ciudad revuelta. Pasaba el tiempo encerrado en su cuarto, examinando los libros que Fausto había dejado. Así leyó las dos mil doscientas páginas de las obras completas de Shakespeare en la traducción de Luis Astrana Marín: leyó una tras otra, desde *Trabajos de amor perdidos* hasta *La tempestad*, y luego *Venus y Adonis, El rapto de Lucrecia* y cada uno de los sonetos, y después de todo regresó al principio para leer la «Introducción al mundo de habla castellana». Los días eran largos. En agosto, el Comité Central del Partido Comunista anunció los famosos Dieciséis puntos, cuyos mandatos se regaron por el país en cuanto medio de comunicación encontró el maoísmo, del *Diario del Ejército Popular de Liberación* al *Diario del Pueblo*, pasando por los micrófonos de la radio masiva, las historietas y hasta los volantes entregados de mano en mano. La burguesía había perdido la guerra, pero todavía trataba de infectar al pueblo con sus costumbres y sus hábitos mentales. Era necesario cambiar la mentalidad y aplastar al enemigo ideológico infiltrado entre nosotros; era necesario transformar la literatura y el arte, bastiones de la ética burguesa; era necesario desterrar a las autoridades académicas de la reacción y defendernos a muerte de los antiguos modelos intelectuales. Pero eso pasaba allá, en la calle, mientras Sergio disfrutaba con la obra de un inglés muerto hacía tres siglos y medio. Con la escuela cerrada, dejando que los días pasaran ociosamente en el Hotel de la Paz, Sergio comenzó a intuir que estaba perdiendo tiempo valioso en su formación como revolucionario.

Las comidas del Hotel de la Paz, en las que Sergio y Marianella se sentaban solos en un comedor gigantesco para recibir las atenciones bochornosas de un pequeño ejército, eran lo único que se repetía todos los días. O casi: pues cada noche, antes de dormir, Sergio leía algún trozo de la carta de Fausto como una especie de ritual privado, tratando de darles algo de forma a sus días, buscando respuestas para su situación presente. Salía poco. Visitaba la Tienda de la Amistad (que no tenía ninguna relación con el hotel, pero la idea de amistad era importante para la Revolución), un lugar del barrio diplomático donde los extranjeros solían encontrarse para comprar cosas que no se pudieran adquirir de otra manera, o invitaba a Marianella para hacer incursiones furtivas en sus antiguos dominios del hotel, por cuyos corredores todavía se movían sus amigos latinoamericanos, todos instalados en su realidad paralela, ajenos a las verdades más duras de la Revolución Cultural. El pasmo de los amigos no tenía límites cuando Sergio les enseñaba los periódicos internos de las organizaciones de guardias rojos, donde se contaba lo que realmente estaba ocurriendo en el país, y les traducía el contenido palabra por palabra.

«¿Todo esto está pasando?», le preguntaban.

«Y más cosas que ustedes no saben», les decía Sergio.

Sergio entendía bien que los militares prefirieran guardar el secreto de esos asuntos, pues todo lo que traducía para sus amigos era un ataque directo a los oficiales más destacados del Partido Comunista y un testimonio de las profundas divisiones que lo rompían por dentro. Todo eso era miel para la propaganda anticomunista de cualquier parte del mundo, y allí, en el Hotel de la Amistad, las paredes tenían oídos. Fue por esos días cuando Marianella empezó a mirar con ojos de condena la vida en ese mundo irreal de piscinas olímpicas y tiendas donde se compraba licor y orquestas que tocaban boleros para latinoamericanos nostálgicos. Repetía los consejos que había dejado su padre: el hotel era una mala influencia, la gente de verdad no vivía así. Pero el Hotel de la Paz tampoco la dejaba conforme, no sólo por sus lujos, que no eran tantos, sino por el hecho de que ellos fueran los únicos clientes de tanta gente. «Es como tener una servidumbre», decía. Uno de esos días Sergio la sintió llegar de la calle —había comenzado a salir sola con más frecuencia— y cuando fue a saludarla, se la encontró vestida con el uniforme de los guardias rojos. ¿En qué momento había pedido el ingreso, qué grupo la había aceptado? ¿Había recibido la autorización de la camarada Li? En su brazalete se leía una fecha:

15 de junio. ¿El nombre del grupo, el momento de su constitución? Viendo a su hermana ahora, Sergio pensaba en un poema de Mao que le gustaba a su padre. Se llamaba «Milicianas»:

Sublimes aspiraciones tienen las hijas de China.
Desdeñan oropeles, pero aman su uniforme.

De un día para otro, Marianella había entrado en la Revolución Cultural, o la Revolución entró en Marianella. Se volvió cada vez más crítica con la vida que llevaban, y no faltaba nunca el momento en que pusiera sobre la mesa el ejemplo de Carl. «Eso sí es una persona coherente. Él y toda su familia. Podrían vivir como burgueses en el Hotel de la Amistad. David ha recibido ofertas del instituto. Pero ellos han preferido seguir viviendo como los demás chinos, sin privilegios. Tenemos mucho que aprender de ellos, nosotros que estamos aquí, con todo un hotel para los dos, como unos señoritos. Debería darnos vergüenza.» Lo único que Sergio podía contestar era: «¿Y entonces por qué no están aquí? ¿Por qué se van en el momento más importante, en lugar de quedarse a luchar como todos nosotros?».

Era verdad. A principios del verano, Carl le había dado la noticia a Marianella: la familia se iba de viaje a Inglaterra y Canadá. Desde 1947, cuando regresaron del largo periplo de la guerra para instalarse en China de manera definitiva, David e Isabel sólo habían salido una vez. Ahora el Instituto de Lenguas le había ofrecido a David unas vacaciones pagadas, y los tres hijos, en edad de aprovechar mejor el viaje a sus orígenes remotos, habían recibido la idea con tanto entusiasmo que nadie hubiera considerado en serio la posibilidad de no aceptarla. Para Marianella fue un golpe. «¿Y cuánto tiempo te vas?», preguntó.

«No lo sé», dijo Carl. «Cuatro, cinco meses. No se hacen estos viajes tan lejos para quedarse apenas unos días.»

«¿Y lo que está pasando aquí?», dijo Marianella. «Aquí estamos cambiando el mundo. ¿Eso no te importa?»

«Claro que sí», dijo Carl. «Pero el viaje es ahora.»

Marianella lloró lágrimas de adolescente enamorada, pero se dijo que no había nada más contrarrevolucionario que dejarse distraer por el amor.

X

A comienzos de septiembre, tras más de dos meses de la vida sin orden en el Hotel de la Paz, Sergio se puso en contacto con la Asociación de Amistad Chino-Latinoamericana. Dijo que su vida estaba quieta, que la Revolución Cultural les estaba pasando de lado. Pidió que los mandaran, a él y a su hermana, a trabajar a una comuna hasta que volviera la normalidad a la escuela, pero no consiguió más respuesta que una serie de evasivas; pidió que les permitieran participar en una de las grandes marchas revolucionarias con los guardias rojos, pero las autoridades le respondieron que eso, por razones de «seguridad personal», era imposible. En general, la respuesta de la asociación fue lo más parecido a un sabotaje, pero Sergio no tenía herramientas suficientes para rebelarse o protestar. Derrotado, comenzó a buscar formas de llenar sus días. Fue por entonces cuando pensó que era el momento de recuperar la lengua francesa.

La Alianza no quedaba lejos del Hotel de la Paz. No era de los lugares que hubieran comenzado a cerrar por miedo a los guardias rojos, así que Sergio se inscribió en unos cursos baratos que empezaban a las cuatro de la tarde. Sus compañeros eran hijos de diplomáticos, sobre todo, pero también chinos de ultramar, que solían ser gente privilegiada y llevar vidas de extranjeros, y nunca se extrañaron demasiado ante frases que en la China comunista eran absurdas o imposibles: *Les enfants regardent la télé*, por ejemplo, o *J'achète des surgelés avec maman*. Luego dudaría si se había inscrito realmente por los cursos de lengua, que al fin y al cabo estaban por debajo de su nivel, o para tener derecho a asistir a la proyección de la película semanal. Aquél se volvió uno de los momentos más esperados de su rutina. Allí, en la sala de proyecciones de la Alianza, Sergio vio *À bout de souffle* y *Tirez sur le pianiste* y *L'année dernière à Marienbad*, que se daban y se volvían a dar cada cierto tiempo, y vio también *Ascenseur pour l'échafaud*, de Louis Malle, no una, sino varias veces. Después de una de esas sesiones, al salir al vestíbulo de la Alianza, le pareció reconocer a una joven que había visto sólo una vez, pero esos segundos le bastaron para quedarse con la impresión de su belleza.

Se llamaba Smilka. Era una quinceañera yugoeslava que Sergio había conocido el 1 de junio, cuando en China se celebraba el Día de los Niños y en todas partes se organizaban encuentros y celebraciones. El gran evento de la ciudad se llevaba a cabo en el Coliseo de los Deportes: una fiesta masiva a la que estaba invitado todo el mundo, y en la que había una zona especial para los extranjeros, de los huéspedes del Hotel de la Amistad a los hijos de diplomáticos. Sergio no era un niño, ni tampoco Smilka, pero allí estaban los dos, haciendo parte de las fiestas con la impericia y también la osadía de los adolescentes. Smilka estaba con su hermana, Milena, y a Sergio lo acompañaban los latinoamericanos del Hotel de la Amistad. La timidez no lo dejó hablarle: se pasó el día entero mirándola desde lejos, y después, cuando fue hora de volver al hotel, ni siquiera tuvo el coraje de despedirse. Luego vinieron meses difíciles —la partida de sus padres, las tensiones políticas en la escuela, la mudanza al Hotel de la Paz— y la chica yugoeslava desapareció de sus pensamientos. Hasta la tarde en que vieron juntos, sin saberlo, una película de Louis Malle.

Sergio tomó coraje, se acercó a ella y le preguntó, con el corazón alterado, qué le había parecido la película. Así comenzó una conversación llena de pequeñas torpezas y de sonrisas tímidas. Y todo iba muy bien: Smilka era risueña, y su francés, impecable; hablaba con aprecio de los mismos directores que Sergio admiraba y parecía dispuesta a que volvieran a verse. Pero entonces, en ese momento en que el flirteo pasa por contarse las vidas, Sergio le preguntó qué hacía en China, y Smilka, sin saber lo que estaba causando, contó que su padre era corresponsal de una agencia de prensa yugoeslava. A Sergio le sonó una alarma en la cabeza.

«¿Tanjug?», preguntó.

«Ésa», dijo Smilka. «¿La conoces?»

Como parte de la juventud proletaria, Sergio ya tenía ideas muy bien formadas sobre el manejo de la propaganda y los peligros de dar información a quien puede usarla para hacer daño. Las grandes agencias occidentales —la France-Presse, por ejemplo, o la AP— no tenían corresponsales en China, con lo cual la gran mayoría de noticias salían por dos medios: TASS, la agencia soviética, o la Tanjug yugoeslava. En esos días de tensión entre chinos y soviéticos, todo lo que apareciera en TASS era considerado propaganda, desinformación o francas mentiras, y en cambio Tanjug parecía encarnar cierta neutralidad, de manera que Sergio no se preocupó demasiado. Pero enseguida Smilka contó que su padre no sólo era periodista, sino que también hacía parte del cuerpo diplomático.

Eso lo cambiaba todo. Yugoslavia había sido el primer país del bloque socialista en romper con Stalin e intentar un socialismo independiente, y no sólo había tenido un éxito parcial, llegando incluso a recibir ayuda económica de Estados Unidos, sino que había estado entre los fundadores del movimiento de países No Alineados. Sergio no conocía todos los detalles geopolíticos, todas las intrigas y todos los devaneos, pero sabía lo esencial: los yugoeslavos eran malos socialistas y cómplices del capitalismo. Los yugoeslavos, en resumen, eran un enemigo venenoso.

A la semana siguiente, cuando Sergio volvió a clase, se sentó lejos de Smilka y la saludó con estudiada tibieza. Si a ella la extrañó o la entristeció ese comportamiento, no dejó que nada se le viera en la cara. Poco después, durante los días álgidos de la presencia de los guardias rojos, Sergio recibió la noticia de que la Alianza cerraba y sus clases se suspendían. Tardaría largas semanas en volver a ver a Smilka, y aquello ocurriría en circunstancias muy distintas.

Es muy importante, decisivo, escoger buenas amistades. El refrán «dime con quién andas y te diré quién eres» es muy sabio. La influencia que ejerce una amistad es decisiva. Así pues, hay que escoger amigos y amigas positivas, en lo político, moral e intelectual. Esto no quiere decir que tengan que ser perfectos, no, pero sí es indispensable que tengan un aceptable nivel político, que sean sanos moralmente y que tengan una mentalidad proletaria, aun cuando, naturalmente, tengan defectos, los cuales ustedes pueden ayudarles a corregir, y ellos los de ustedes. Cualquiera de los dos que tenga un amigo o amiga contrario a lo señalado, debe criticarlo y hacerle ver lo perjudicial y lo peligroso que es. Si persiste, debe ayudarle en todas las formas para que desista de esa compañía.

La calle del Hotel de la Paz, la Wangfujing, se había vuelto difícil. El tráfico de peatones era tan denso que a Sergio y a su hermana podía tomarles una hora entera recorrer cada cuadra. La razón era muy simple: los guardias rojos de todo el país, millones de jóvenes vestidos de verde olivo, estaban llegando a Pekín para ver a su líder y, si no podían verlo, para estar cerca de la plaza Tiananmén y de Zhongnanhai, donde quedaba la sede del Comité Central del partido. Los jóvenes no tenían donde dormir, y eso no había sido un problema en el verano, pero ahora terminaba el otoño y en las noches hacía frío. Los guardias rojos se impacientaban y ya se decía que se habían tomado un edificio desocupado de las cercanías. Sergio averiguó que era verdad, y no sólo eso: que también se habían tomado escuelas y hospitales para tener un lugar donde pasar la noche mientras declaraban su lealtad a Mao. Una tarde en que Sergio y Marianella regresaban de su mundo occidental, con las cabezas metidas en un pasamontañas grueso para esconder sus rasgos, se encontraron con que la muchedumbre había llegado hasta las puertas del Hotel de la Paz. Sergio hizo como si no entendiera cuando oyó a uno de los guardias rojos decir que el lugar estaba vacío y que deberían tomárselo también. Si no lo hacían, entendió Sergio, era porque el Hotel de la Paz pertenecía al partido, y esas cosas todavía se respetaban. Pero tuvo miedo, porque allí podía pasar cualquier cosa cualquier día. Lo habló con su hermana y entre los dos llegaron a una conclusión inapelable: no estaban bien donde estaban.

Visto que no podían contar con las autoridades de la asociación, que más parecían interesadas en proteger a los jovencitos que les habían sido encomendados que en permitirles convertirse en revolucionarios, Sergio y Marianella tomaron la iniciativa. Sus esfuerzos dieron resultados. Averiguaron que el Buró de Especialistas, que antes de la Revolución Cultural se había dedicado al turismo de extranjeros, ahora había organizado una excursión a una comuna. Se propusieron ser parte del viaje, y durante días hablaron con gente, hicieron llamadas, se convirtieron en voces insoportables, dispuestas a conseguir lo que buscaban aunque fuera mediante el agotamiento del contrario. Las comunas eran el corazón del Gran Salto Adelante y, por lo tanto, de la visión que el camarada Mao tenía de la China comunista. Eran inmensas granjas colectivas, lugares tan enormes que se organizaban como pequeños países, pero en vez de provincias tenían cooperativas. Sergio debió de mostrar tanto entusiasmo, o tanta convicción en la importancia de que su hermana y él conocieran esos escenarios de la revolución proletaria, que acabaron por vencer las resistencias de la asociación. A mediados de noviembre llegaron a la Comuna Popular de la Amistad Chino-Rumana. La organización dejó a Sergio durmiendo con los hombres y mandó a Marianella a una casa campesina. Tan grande era el territorio, tan lejos estaban el uno del otro, que Sergio no volvió a ver a su hermana durante el resto de la estadía.

El trabajo consistía en recoger las coles de la gran cosecha del año. Comenzaba a las siete de la mañana, en medio de un frío tan intenso que las coles amanecían cubiertas de escarcha. Se cortaban con cuidado de no estropearlas, y entonces, usando los dedos índice y corazón como una pinza, se les quitaban las hojas externas, que la intemperie y los insectos habían dañado. Lo que quedaba era una figura estilizada y hermosa que se tiraba en una carretilla, y la carretilla se llevaba a la gigantesca despensa donde se guardaban las coles por millones. Sí, era verdad que los dedos se le congelaban y que era necesario lavarse con el agua tibia de un lavadero especial para que no se le rompiera la piel por el frío o se le entumecieran las manos hasta quedar inservibles, pero Sergio nunca se había sentido tan útil. De

repente, frente a esta realidad que podía tocarse y sufrirse con las manos desnudas, el mundo del cine se alejaba como un artificio. Por las noches, reunido con los demás recolectores en un saloncito cálido, hablando con los latinoamericanos del Hotel de la Amistad que habían venido también o tomando turnos para leer, entre todos, las citas del Libro Rojo, Sergio sentía una camaradería inédita, y durante esos momentos se le olvidaba que la comida era horrible, que se le iba a caer la piel de las manos.

Para Marianella, mientras tanto, los días en la comuna fueron mucho más que el satisfactorio cumplimiento de un deber: fueron una verdadera transformación. La experiencia fue tan potente que lo primero que hizo al regresar al Hotel de la Paz fue escribir una carta para la Asociación de Amistad Chino-Latinoamericana. Eran diez páginas escritas en papel translúcido y con tinta verde que describían la vida en la comuna, y en ellas cada coma era una coma conmovida, y cada error de ortografía temblaba de fervor. *No hay palabras para expresar,* comenzaba diciendo, *toda esa felicidad y agradecimiento a la gran comuna popular donde me han acogido como si fuera un miembro de la familia.* Era una de las seis jóvenes huéspedes de una mujer de edad que vivía sola con su niño de diez años, pues su marido y su hijo mayor se habían enrolado en el ejército popular. Se levantaban a las seis de la mañana, y media hora después ya estaban saliendo al frío cortante del amanecer. Desde el primer día fue evidente que no tenía ropa adecuada para protegerse del frío, pero no se le ocurrió quejarse ni pedir ayuda: notaba la *voluntad de las otras compañeras haciendo lao tun, sin temor a ensuciarse o cansarse,* y *había que ver para creer el entusiasmo en las horas más difíciles de la mañana.* En esos momentos buscaba refugio en las sabias palabras de Mao: «*Sin temor al sacrificio y a las dificultades, esforzarse por la victoria final*».

A las ocho volvían para desayunar (*nos peleábamos por hacer los tallarines o partir la coliflor, pero como no todas podíamos hacerlo todo, barríamos el patio y nos turnábamos para escribir en el tablero las citas de Mao)*, almorzaban a las doce y a la una estaban de regreso en el campo, cantando canciones revolucionarias, reuniéndose con los comuneros, estudiando el Libro Rojo en las pausas del trabajo agotador. Por las noches, después de comer, las seis jóvenes visitaban a la suegra de su anfitriona. *La abuelita* era una mujer encorvada y casi ciega que se sentaba en una esquina para contar cómo era el mundo antes de la Revolución, y eran tan tristes sus historias que Marianella, aunque hacía esfuerzos por no llorar, sentía *un gran odio a esa clase explotadora que se nutre del dolor y de la sangre de los hombres*. Dos veces a la semana, los martes y los jueves, la comuna las llevaba a ver una película al aire libre. No retuvo una sola de las tramas ni recordó a uno solo de los personajes, pero sabía que nunca se le iba a olvidar el acto de sentarse en el suelo de tierra, *sobre esteras que antes llamaría incómodas* pero que allí, compartiéndolas con sus camaradas, le parecieron *almohadas de plumas*.

En ese mes de trabajos extenuantes, la despedida fue el más difícil de todos. Esta vez, cuando la abuelita tomó la mano de Marianella entre las suyas (pequeñas, macilentas, rugosas como la arcilla mal secada), las dos se dejaron llorar sin decir una palabra. Marianella, desde su puesto en el bus que la llevaría de vuelta a Pekín, vio a la vieja sacar un pañuelo sucio para secarse las lágrimas. *Me he dado cuenta de que la clase más sincera, más limpia, es la clase campesina.* En el bus trató de explicárselo a su hermano, pero no encontró las palabras que ahora, frente al papel, brotaban tan rápido que su mano no era capaz de mantener el ritmo. Gracias a las labores de estos días había podido ser otra persona. *¿Qué clase de persona? La que se está preparando para servir fielmente a su pueblo. Como nos enseña Mao: «Las cosas malas, si no las golpeas, no caen. Esto es igual que barrer el suelo; por regla general, donde no llega la escoba, el polvo no desaparece solo».* Firmó la carta con su nombre en caracteres chinos, y debajo, también en chino, estas palabras: *El pueblo y solamente el pueblo es capaz de crear el movimiento que pueda cambiar el futuro de la humanidad.*

Al comienzo de *Mis universidades,* el tercer tomo de su autobiografía, Maksim Gorki está de camino a la Universidad de Kazán, después de una niñez y una adolescencia de trabajos y estrecheces. La culpa la tiene Nikolai Yevreinov, un estudiante que había alquilado durante un tiempo el ático de su abuela y acabó convirtiéndose en su amigo. Yevreinov, convencido de que Gorki tiene una mente privilegiada, lo ha convencido de que viaje con él a Kazán, su lugar natal, para presentar los exámenes de entrada a la universidad. Días después Gorki está allí, viviendo con la familia Yevreinov, en una casa de un solo piso en el fondo de una calle pobre. Los Yevreinov son tres: la madre, que vive de su magra pensión de viudez, y los dos hijos. «La primera vez que volvió del mercado», escribe Gorki, «entendí su difícil situación. Mientras extendía sus compras sobre la mesa de la cocina, vi en su rostro el problema que debía resolver: cómo convertir los residuos de carne que había comprado en comida suficiente para satisfacer a tres jóvenes en edad de crecimiento, por no hablar de ella misma».

Una mañana, pocos días después de su llegada, Gorki se presenta en la cocina para ayudarla a cocinar los vegetales. Hablan de las intenciones de Gorki; ella se hace un tajo en un dedo con un cuchillo. Entra Nikolai, el amigo de Gorki, y le pregunta a su madre por qué no hace unos de sus deliciosos *dumplings*. Gorki, para impresionarlos, dice de inmediato: «Pero esta carne no es suficiente para hacer *dumplings*». El insensible comentario molesta a la señora Yevreinov, que empieza a soltar toda suerte de improperios, tira las zanahorias sobre la mesa y sale dando un portazo.

«Es un poco temperamental, eso es todo», dice Nikolai; y Gorki, que se ha arrepentido inmediatamente, se da cuenta de que ninguno de los hijos está consciente de los trabajos que pasa su madre para poner comida sobre la mesa. Es una realidad de hambre, o mejor, el hambre es el gran problema de todos los días. «Yo entendía las hazañas químicas y los ahorros desesperados que la madre conseguía llevar a cabo en la cocina», escribe Gorki. «Yo entendía la inventiva con la que diariamente engañaba los estómagos de sus hijos y se las arreglaba para encontrar comida también para mí.» Y luego: «Esta conciencia hacía que cada trozo de pan que me correspondía cayera como una piedra sobre mi alma». Pronto comienza a salir más temprano de la casa, sólo para evitar la comida de los Yevreinov, y para no morir de hambre frecuenta los muelles del Volga, donde puede comer por veinte kopeks al día.

Echado en su cama del Hotel de la Paz con las obras escogidas de Gorki entre las manos, leyendo *Mis universidades* con la misma pasión con que antes había leído *Mi niñez* y *En el mundo* y también *Los bajos fondos* y también *La madre*, Sergio se dio cuenta de que nunca, en sus dieciséis años de vida, había conocido el hambre. ¿Cómo era ese mundo que Gorki le presentaba con tanto realismo? ¿No había que conocer de cerca esas sensaciones para ser un revolucionario genuino? O mejor, ¿se podía ser revolucionario genuino sin conocerlas? «Y largos períodos de hambre y anhelos me hacían sentir capaz de cometer crímenes», leía, «y no sólo contra las sagradas instituciones de la propiedad». Sergio pensó que su padre había conocido el hambre y había llegado a robar cápsulas de aceite de hígado de bacalao. Él, en cambio, había llevado una vida satisfecha. ¿Era bueno eso?

A la mañana siguiente, Sergio no bajó a desayunar. No le dijo nada a su hermana y no dio aviso al restaurante, sino que se quedó leyendo en su cuarto. Tampoco bajó a la hora del almuerzo. Al caer la tarde timbró el teléfono:

era el recepcionista, que llamaba para averiguar si el camarada Cabrera se sentía bien. «Estoy perfectamente», dijo Sergio, y se fue a dormir sin cenar. Marianella estaba extrañada. Hizo preguntas y él contestó con evasivas. Pero algo debió de entender, porque no insistió más, ni esa noche ni en la mañana del segundo día, cuando Sergio se quedó de nuevo en su habitación. En esos días sin estructura que Sergio y su hermana vivían desde el comienzo de su encierro, días sin escuela ni obligaciones ni horarios, no era demasiado raro que Sergio pasara la noche entera leyendo y luego cambiara el desayuno por más horas de sueño; pero cuando no bajó para almorzar tampoco, los encargados del hotel se preocuparon de verdad. Serían las dos de la tarde cuando subió uno de ellos, acompañado de un médico, y fue tanta la inquietud que vio Sergio en su cara que decidió explicarle la verdad: estaba leyendo un libro que describía el hambre en la sociedad capitalista, y había sentido la urgencia de conocer en carne propia una sensación que nunca había tenido en su vida. El médico y el encargado escucharon con paciencia, y Sergio pensó que había sido claro y directo. Pero una hora después volvieron a tocar a la puerta.

Esta vez era la tutora Li. Y no estaba sola: la acompañaba el camarada Chou, secretario general de la Asociación de Amistad Chino-Latinoamericana.

«Queremos pedirle», dijo el secretario, «que ponga fin a su huelga».

«No entiendo», dijo Sergio. «Yo estoy leyendo un libro, y quería sentir…»

«Su huelga de hambre», dijo el camarada Chou. «Se lo pide la asociación de la manera más cortés.»

«Pero yo no estoy haciendo una huelga», dijo Sergio.

La tutora Li intervino: «Sabemos que ustedes han hecho peticiones», dijo. «Sabemos que las han hecho varias veces. Pero no es fácil para nosotros. Tienes que tener paciencia. Todo se va a arreglar.»

«Entendemos las circunstancias», añadió el camarada Chou. «Tenga paciencia, por favor.»

Volvieron al tercer día. Explicaron que se habían reunido de urgencia, y que el comité había aceptado la dificultad de las condiciones en que vivían Sergio y Marianella.

«¿Qué dificultades?», preguntó Sergio.

«Entendemos que la vida en el Hotel de la Paz ha cambiado debido a la situación política», dijo el camarada Chou. «Sabemos de sus dificultades para salir a la calle.»

«Sabemos que los guardias rojos tienen un comportamiento hostil», dijo la tutora Li. «Ven el hotel casi vacío, claro, y saben que podrían alojarse aquí... Sí, todo eso lo entendemos.»

«Y hemos tomado una decisión», dijo el camarada Chou. «El comité ha tomado una decisión.»

«Es mejor que no sigan aquí», dijo la tutora. «Van a volver al Hotel de la Amistad.»

A Sergio le costó un instante entender lo que sucedía: había ganado su primera huelga de hambre sin enterarse siquiera de que la estaba haciendo. Pero entonces se le ocurrió lo mismo que a su hermana: ¿qué pensarían sus padres del regreso al Hotel de la Amistad, foco de todas las malas influencias?

«La asociación es responsable de ustedes y sus padres lo saben», dijo la tutora Li. «La asociación no puede correr riesgos.»

«Es», concluyó Chou, «un asunto de seguridad».

Así fue como Sergio y Marianella regresaron al Hotel de la Amistad. Los trabajadores del Hotel de la Paz, que los habían tenido como huéspedes exclusivos durante casi cuatro meses, les hicieron una despedida conmovedora, y sólo entonces se dio cuenta Sergio de cuánto cariño les habían tomado. El camarada Liu, director del hotel, les prometió que sus cuartos quedarían a su disposición para siempre. «Aquí estarán cuando ustedes quieran volver», les dijo. «Y esperamos que sea pronto.» Pero pocos días después fue él mismo a verlos al Hotel de la Amistad. Llevaba una caja de cartón llena de libros que Sergio había olvidado en su habitación (ahí estaban las obras escogidas de Gorki, culpables de todo este malentendido), y traía también una noticia: los guardias rojos se habían tomado el Hotel de la Paz, de manera que las habitaciones de Sergio y Marianella ya no estaban disponibles. El camarada Liu lo sentía mucho.

«La toma fue pacífica, eso sí», añadió. «Que nadie diga nada distinto.»

En lo que se refiere al Hotel de la Amistad, evitar al máximo ir allá. Sólo para lo indispensable: si se va es para un objetivo concreto. De ninguna manera para reunirse o ponerse en contacto con la gente que vive allá y hacer amistades en ese ambiente. Sólo en casos excepcionales de elementos que se sabe con absoluta certeza que son positivos y en este caso reunirse en otra parte. Si se comprueba en los hechos que no se dejan llevar por el ambiente malsano del hotel y mezclarse en el mismo, pueden ir allá a determinados espectáculos o a la piscina en verano, pero tampoco cogerlo como una rutina.

A finales de diciembre, Sergio volvió a hablar con Smilka. Esta vez la cita telefónica no tuvo nada de fortuita. Sergio recordaba que en el mes de junio, cuando la vio por primera vez en las celebraciones del Día de los Niños, Smilka había cruzado un par de palabras con Ivan Cheng, un chino hijo de madre francesa que vivía en el Hotel de la Amistad, y no le costó nada pedirle a Ivan que le consiguiera el teléfono. Sergio la llamó con voz temblorosa; lo sorprendió que ella recibiera la llamada con tanta alegría, y aún más que lo invitara a su casa. Pero acercarse a ella era una cosa; acercarse a su residencia, donde vivía su padre

—diplomático de un país traidor que se había apartado del socialismo—, era algo muy distinto. Sergio buscó excusas y dio evasivas hasta que Smilka terminó por proponer algo más. El sábado de la semana siguiente se encontraría con un grupo de amigos en el Club Internacional. «¿Por qué no vienes?», le dijo. Él no podía creer su mala suerte. El Club Internacional era un lugar exclusivo para los chinos más acomodados y los diplomáticos, y presentaba dos problemas: uno, Sergio no era socio; dos, era un lugar maldito, símbolo de valores burgueses, donde los extranjeros llevaban la vida que habrían llevado en Londres o en París sin que se les viera la vergüenza en la cara. Fausto siempre lo había despreciado, por ejemplo, y además en términos incluso más críticos de los que usaba para hablar del Hotel de la Amistad. En resumidas cuentas, el Club Internacional donde estaría Smilka representaba todo lo que Sergio había aprendido a detestar.

Sergio aceptó la invitación.

Cuando llegó el día, tardó más tiempo que nunca escogiendo la ropa. No tenía demasiada a su disposición, pero algunas prendas quedaban de lo que sus padres le habían traído de Colombia, de manera que se acicaló lo mejor que pudo y se fue al Club Internacional. Lo primero fue la emoción curiosa de ver su nombre en una lista de invitados; lo segundo, la extrañeza de haber llegado a un sitio prohibido: era como haberse metido en un salón de fumadores de opio. Pero todas sus preocupaciones —por su ropa, por su ideología, por sus lealtades socialistas— se fueron al carajo cuando vio a Smilka, que estaba más bella que nunca. Tenía una sonrisa diáfana y una cara pulida de aires mediterráneos; estar con ella era fácil y excitante al mismo tiempo, y a Sergio le pareció evidente que ya eran amigos, pero su timidez invencible no le permitió pensar siquiera en nada más. Smilka estaba con su hermana Milena y con una chica inglesa, Ellen, que hablaba un español notable, pues su padre había sido diplomático en Argentina. ¿Y qué hacía en China?, preguntó Sergio. Era la hija del embajador del Reino Unido, contestó ella. Y se quedó tan tranquila.

La conversación en el almuerzo giró desde el principio alrededor de los Beatles. Sergio no entendía ni podía aportar mucho, y al cabo de un rato los demás se dieron cuenta. «Yo sé que existen», explicó o se defendió Sergio, «pero nunca los he oído». El silencio cayó sobre la mesa. Pensó en Marianella, en sus amigos ingleses y en la música que le habían presentado: de su cuarto salían con frecuencia las canciones de los Beatles, y ahora Sergio lamentaba no haberles prestado más atención. Los discos que habían dejado sus padres eran los que les gustaban a ellos —Chavela Vargas, Atahualpa Yupanqui, Mercedes Sosa—, pero nada coincidía con las preferencias de la mesa. Y entonces Smilka dijo que no era posible, que uno no podía ir por la vida sin oír un disco entero de los Beatles por lo menos una vez. Miró el reloj y allí mismo los invitó a todos a su casa para que Sergio pudiera llenar las lagunas de su cultura.

Su casa quedaba cerca y se fueron caminando. Para esa época todos sabían que un occidental no camina impunemente por las calles atiborradas de guardias rojos, y que, cuando no hay más remedio, se deben seguir ciertas instrucciones. Las más importantes eran dos: avanzar de prisa y no llamar la atención. Sergio echó de menos su brazalete; al mismo tiempo, pensar en su uniforme le dio vergüenza. Pero estaba resignado: ya que había pasado por el Club Internacional, visitar la casa de un diplomático yugoeslavo era sólo descender un círculo más en el infierno. Así conoció la casa de Smilka, conoció a su padre y a su madre, conoció a los Beatles —*Please Please Me* y *A Hard Day's Night*— y a los Rolling Stones, y vio a Ellen cantando cada una de las canciones. Y sólo entonces, cuando Smilka puso un disco nuevo con ademanes de ceremonia y todos dejaron de hablar y atendieron a esa música de esquinas duras, a esas voces que gritaban letras incomprensibles, Sergio se enteró de que el objetivo de esta reunión de amigos, desde el encuentro en el club hasta este momento, había sido llegar juntos a la Embajada del Reino Unido para ver la película que se había hecho sobre las canciones de ese último disco.

«¿Querés venir a verla?», le dijo Ellen. «Es en mi casa. ¿No querés venir?»

La situación no podía ser más comprometedora: todos los días se hablaba en la prensa china de las agresiones de la policía inglesa en Hong Kong. Con frecuencia se armaban manifestaciones ruidosas de guardias rojos frente a la embajada. ¿Cómo podía Sergio llegar a la embajada de los represores capitalistas como invitado de la hija del embajador? ¿No era eso caer muy bajo? ¿Podía Sergio con buena conciencia aceptar la invitación, simplemente por pasar unas horas más en compañía de Smilka?

Sergio aceptó la invitación.

El chofer de la embajada británica fue a buscarlos a casa de Smilka. Pronto Sergio se dio cuenta, con gran alivio, de que la proyección de la película no tendría lugar en la embajada misma, sino en la residencia del embajador, y esto, por lo menos, le evitaría las probables manifestaciones. Y allá llegaron todos, a una casa enorme de lujos que Sergio nunca había conocido y cuya sala de proyecciones —provista de un proyector de 35 milímetros y sillas cómodas para unas treinta personas— no tenía nada que envidiarle a la del Hotel de la Amistad. Se trataba de una recepción en toda regla, llena de hombres de esmoquin blanco y mujeres de sombrero y collares de perlas, con el embajador y su esposa recibiendo a los invitados uno por uno, él estrechando manos y ella dejándose besar la suya. Sergio supo en ese momento que había hecho un pacto con el diablo. Pero siguió adelante, ocupó su silla en la sala, teniendo cuidado de sentarse junto a Smilka, y atravesó la película como quien guarda un secreto y está a punto de ser descubierto. Tiempo después comprendería que la película de los Beatles le había gustado mucho —le gustaron los colores y las risas, tan diferentes del cine francés que había visto hasta entonces, y admiró el trabajo de Richard Lester antes de saber quién era Richard Lester—, pero que la había visto distraído por la presencia de Smilka y la tentación constante de cogerle la mano.

No se atrevió. Y luego, en el jardín, mientras los demás tomaban una copa, Sergio aceptó un cigarrillo 555 y se lo confesó a Smilka: que no se había atrevido.

«Qué tonto», dijo ella. «Pues entonces me atrevo yo.»

Así empezó un romance inocente, hecho de besos robados y de manos que se toman cuando nadie está mirando, pero nada más. Se encontraban siempre en grupos grandes donde estaban Milena y Marianella, y a menudo en la Tienda de la Amistad, que era lo más cerca que tenían a un territorio neutral. Como todos los hijos de diplomáticos, sin embargo, Smilka se moría de curiosidad por el Hotel de la Amistad, ese lugar legendario donde sólo vivían extranjeros y se necesitaba un carnet plastificado para traspasar la puerta vigilada; a Sergio le bastaba con proponer una visita para una fecha futura —una visita para jugar ping-pong, por ejemplo, o para ver una película en el teatro, o aun para cortarse el pelo en una peluquería más sofisticada— y a Smilka se le iluminaban los ojos como si la hubieran invitado a un parque de diversiones. Se veían únicamente los fines de semana, no sólo porque Smilka tuviera quince años y padres en ejercicio, sino porque Sergio había comenzado, después de pedirlo con insistencia, un trabajo de verdad, proletario y socialista, en la Fábrica de Herramientas Número 2 de Pekín.

Aunque fue una estancia breve, de poco más de un mes, para Sergio fue un aprendizaje fundamental. Las fábricas eran las universidades de la vida, según lo explicaba maravillosamente Gorki, y Sergio por fin estaba en una de ellas. Aprendió a usar una fresadora y después un torno, y descubrió que el torno se le daba mejor: era un monstruo de un color verde intenso como el hierro de los naufragios, y Sergio llegó a conocer tan bien sus rincones y sus manivelas y sus timones y sus palancas (cada una de sus partes móviles y cada uno de sus peligros ocultos) que habría podido manejarlo con los ojos cerrados. Aprendió a convivir con los trabajadores, tal como había hecho durante menos tiempo en la comuna, pero sin que las manos se le congelaran en la madrugada y sin la tortura de la mala comida: allí, en la Fábrica Número 2, los almuerzos y las cenas se preparaban en el acto con buenos ingredientes. El frío se pegaba al hierro del torno en esos últimos días de invierno, y a Sergio lo obligaba a trabajar con gorro; y si la calefacción fallaba, como fallaba todo a menudo en esos días de Revolución Cultural, no era infrecuente que le tocara dormir con guantes, a pesar de que las otras presencias humanas calentaban algo el aire de la barraca. Los fines de semana regresaba a la vida occidental y a los encuentros con Smilka, a los besos inocentes, a las bromas ingenuas. Y uno de esos sábados, por fin, la invitó al Hotel de la Amistad. Subieron a las habitaciones y salieron a los campos de tenis y pasearon por los jardines hablando de tonterías, y terminaron en el club del hotel, que a Sergio le pareció un espacio vulgar comparado con el Club Internacional. Pero fue un día memorable, al fin y al cabo, por el hecho simple de haber visto a Smilka —su sonrisa de niña, sus manos alegres— emocionada con ese mundo de puertas para adentro que había imaginado tantas veces.

Así pues, debido a muchas circunstancias y aspectos que hemos analizado, vemos lo inconveniente de este asunto de los noviazgos. Si se quiere lograr el objetivo de no perder el tiempo en China, no hay que meterse en ese problema. Mientras no se tenga una madura formación no es nada conveniente este asunto. Repito: amistades sí, buenos amigos y

amigas, pero no complicarse. A las amistades no se las debe
tratar de absorber, ni ser absorbido por ellas. No entregarse
apasionadamente a la amistad, sino en una forma natural.

Al día siguiente, lunes, Sergio estaba de vuelta en la Fábrica de Herramientas Número 2, trabajando en el taller, cuando lo llamó un camarada para decirle que una mujer lo esperaba en la puerta. Alcanzó a fantasear con la posibilidad de que fuera Smilka, pero al salir se encontró con la tutora Li. «Necesito hablar contigo», le dijo ella, y lo tomó de la manga y lo llevó a un cuarto de conferencias, pequeño e incómodo, idéntico al que tenían todas las fábricas chinas. «Siéntate», le dijo la tutora Li, y enseguida le preguntó: «¿Tienes algo que contarme?». Sergio supo de inmediato de qué estaban hablando, aunque no hubieran comenzado a hablar, pero no estaba dispuesto a revelar más de lo necesario. Así que esperó. Sintió por primera vez lo que sus compañeros del hotel le habían descrito con frecuencia sin que él les diera crédito: la paranoia, la necesidad de mirar por encima del hombro, la convicción de que alguien escuchaba las llamadas. No, había dicho Sergio siempre que hablaba del tema, eso no es posible: nadie puede vigilar a mil quinientos extranjeros que hablan todos los idiomas. Y en eso estaba pensando cuando la tutora Li empezó a hablar de Smilka, añadió su apellido y la ocupación de su padre, y le dijo a Sergio que esa chica no podía volver al hotel.

«Vergüenza debería darte», le dijo a Sergio con un tono casi maternal. «Su padre es un calumniador. Ha calumniado a la Revolución en la prensa. Ha calumniado a nuestro presidente.»

Sergio trató de quitarle hierro al asunto: «Pero si es una amiga. Vino una tarde al hotel».

«No», dijo la tutora. «Esto no se va a repetir. Espera aquí.»

Sergio la vio salir. No supo cuánto tiempo se quedó solo en esa sala de reuniones, mirando la papada generosa del presidente Mao; cuando regresó, la tutora Li parecía arrastrar a Marianella. Sergio entendió que la tutora la había recogido en el hotel y ya le había explicado todo el asunto, pero quería que Sergio estuviera presente en el momento en que la reprendía de nuevo por su negligencia, por no haber vigilado a su hermano, por haber permitido que se metiera con personas equivocadas. A Sergio le ordenó que no volviera a ver a esa chica; a Marianella la acusó de faltar a su deber revolucionario. Cuando ella quiso saber cuál era su falta, la tutora contestó:

«Tu deber era denunciar a tu hermano, y no lo hiciste. Y el partido no sabe si puede seguir confiando en ti».

XI

Mientras cruzaban el parque hacia la calle Mallorca, alejándose ya de la Sagrada Familia, Sergio se atrevió a comentar que la visita lo había decepcionado. La construcción que habían visto no se parecía en nada a la que él guardaba en su recuerdo, y estaba dispuesto a apostar aunque perdiera que Gaudí, si volviera a la vida, si saliera de su tumba con las magulladuras y las cicatrices del tranvía que lo mató, se plantaría con espanto frente al proyecto más importante de su vida y diría: «¿Pero qué han hecho con mi iglesia?». Sergio sabía que en esa opinión pesaba demasiado la nostalgia de un recuerdo de juventud, aquella visita de 1975 en que pisó por primera vez el país que había echado a su padre. Ahora veía el lago que parecía salido de un pesebre, los vendedores públicos, las calles del Ensanche y sus filas infinitas de plátanos de sombra; veía a los turistas tan numerosos que bloqueaban la entrada de la iglesia y entorpecían el paso de los transeúntes, menos individuos que grandes rebaños cuyos buses descomunales proyectaban en la acera sus siluetas cuadradas. Y le dijo a Raúl:

«Es que yo me acordaba de otra cosa».

Se acordaba de caminar por las calles estrechas del Ensanche un día de 1975 y de toparse con la catedral al doblar la esquina, una figura que no se parecía a nada que Sergio, a sus veinticinco años, hubiera visto antes. Se acordaba de un día de cielos limpios, muy parecido al que tenían ahora: este cielo que les impedía meterse al metro e incluso buscar un taxi. Era verdad que tenían que volver al hotel, encontrar un restaurante para almorzar —pero no cualquiera, sino uno que celebrara el hecho de estar aquí, en Barcelona, juntos, un padre y un hijo hablando de todo y de nada— y tener un par de horas para descansar antes de la sesión de la tarde en la filmoteca. Pero la calle Mallorca conservaba todavía el olor de las lluvias recientes, o el olor que la lluvia había sacado de los árboles, y Raúl no dejaba de hacer preguntas sobre su abuelo; y Sergio, al contestarlas, se daba cuenta de haber hablado mucho de su padre en el curso de los años, de haber contado muchas veces esas historias fabulosas de una vida que no había sido como las otras, y qué raro era hacerlo ahora, cuando esa vida ya no estaba. Así, hablando de Domingo, el padre de Fausto, que había sido guardaespaldas del tío Felipe, y de Josefina Bosch, la esposa catalana de Domingo, y del perro Pilón, que se asustaba con los bombardeos, llegaron a Paseo de Gracia y empezaron a bajar en dirección a plaza Cataluña. Se estaban acercando a la plaza cuando Raúl preguntó: «¿Y dónde vivía Tato? ¿Dónde vivía su familia?». Sergio le dijo que no lo sabía: tenía que haber sido uno de los barrios bombardeados por los italianos, porque eso le tocó muy de cerca, pero Fausto nunca le había dicho con precisión dónde quedaba su apartamento de Barcelona.

«Decía que desde allí se veía Montjuic», dijo Sergio. «Pero no recordaba nada más. Normal: tenía trece años, pero era apenas un niño. Los bombardeos tuvieron que ser los del 38, eso creo yo.» Entonces algo se iluminó en su memoria. «Pero yo conocí a alguien que sí estuvo en lo más serio. Bueno, lo conocí apenas, tu tía lo conoció mucho más. Porque era el padre de su novio, un novio que tuvo en China. La suya fue otra vida de ésas. Como la de Tato: esas vidas que te cuentan una historia más grande, no sé si me entiendes. O tal vez no es que te cuenten una historia, sino que la historia las arrastra. A veces se me ocurre que por eso se acercaron los dos: ser hijos de gente así marca un poco. Claro, yo no sé si uno se dé cuenta de estas cosas a esas edades. Tu tía tenía catorce cuando conoció a Carl Crook, yo tenía dieciséis, Carl tenía diecisiete: ¿qué podíamos saber de la vida? Vivíamos solos en un hotel, íbamos y veníamos a nuestro antojo, y creíamos que por eso lo teníamos todo dominado. Pero no era así.»

Aquí había estado David. En los días de los disturbios de Barcelona, por aquí había pasado su larga silueta desgarbada. A Sergio, de repente, no le costaba ningún trabajo imaginárselo por estas calles, bajando por Paseo de Gracia, caminando por esta plaza: un inglés peleando como tantos ingleses en la Guerra Civil. Toda una generación que vio la sublevación del franquismo, que vio lo que pasaba en el resto de Europa y llegó a la conclusión de que la lucha contra el fascismo se perdería o se ganaría según la suerte de la República. David Crook tenía veintiséis años cuando comenzó aquello, y le pareció evidente que tenía que echar una mano. ¿Cómo podía saber que eso le iba a cambiar la vida? Lo extraño, para Sergio, era darse cuenta de todo lo que sabía ahora y entonces ignoraba sobre David Crook. Todo lo que no había sabido viviendo en China, viendo a los Crook todas las semanas, viendo a Carl y a sus hermanos Michael y Paul, oyendo hablar de David el aventurero y de Isabel, la mujer corajuda, la hija de misioneros; todo lo que había aprendido con los años, en conversaciones con Marianella y con Carl, leyendo las memorias que David había escrito y hecho públicas en su vejez: es mucho lo que se aprende en medio siglo. Lo raro era que ahora saliera todo a la superficie. ¿Era posible que la mera presencia de Sergio en Barcelona, esa banal coincidencia geográfica de un cuerpo y una ciudad, causara este regreso al pasado? No, sin duda era algo más complejo. *Después de todo, esto va a ser una retrospectiva de verdad,* le había dicho Sergio al director de la filmoteca. Pero no hubiera podido imaginar esta dedicación con que su memoria se pondría a recordar a esa gente desaparecida, sus historias, sus palabras. Su padre, si pudiera escuchar sus pensamientos, aprovecharía el momento para recitar a Machado, *Al andar se hace camino y al volver la vista atrás,* y Sergio tenía que preguntarse si eso era lo que le pasaba ahora, si estaba viendo la senda que nunca volvería a pisar. Cuando uno era hijo de Fausto Cabrera, la poesía vivía entrometiéndose en los momentos más inesperados. Y era poco lo que podía hacerse al respecto.

En el verano de ese año de 1936, David Crook asistió a una conferencia en Oxford donde un español lanzaba un discurso apasionado sobre el levantamiento fascista; en octubre, mientras trabajaba para una revista estudiantil de izquierda, conoció a un poeta comunista que se presentó en la redacción con una venda en la cabeza: acababa de recibir la herida en España y ahora había vuelto para reclutar combatientes. Por esos días sir Oswald Mosley, el aristócrata que había fundado la Unión Británica de Fascistas, que negociaba acuerdos comerciales con Hitler y se hacía fotografiar con Mussolini, montó con sus Camisas Negras una marcha antisemita en el East End. David era judío, pero además el East End había sido el barrio de su padre antes de que tuviera el dinero suficiente para mudarse a un barrio de gentiles y empezar la lenta gentrificación de su familia. De manera que se unió a las multitudes que hacían frente a los fascistas y gritó con ellos una consigna importada de los republicanos españoles, cuyos sonidos le llenaban la boca a pesar de que no entendía las palabras: «¡No pasarán!».

El padre de David, un hijo de emigrantes de la Rusia zarista, había hecho una modesta fortuna vendiendo pieles a los soldados que combatían en el frente ruso durante la Gran Guerra, pero la depresión de la posguerra arruinó su negocio. De todas formas, David creció con privilegios en Hampstead Heath, un barrio de gentiles donde la familia contaba con una institutriz y tres sirvientas, donde cada parque escondía un campo de tenis, y por cuyas calles había caminado en otros tiempos Karl Marx, que solía pasar los domingos llevando a su familia de pícnic. En marzo de 1929 llegó a Nueva York con la intención de ir a la universidad como un aristócrata británico, pero siete meses después, cuando cayó la bolsa, su mundo dio un vuelco. Al cabo de años de ver el hambre en la cara de la gente, las filas para comprar el pan y los desesperados que vendían manzanas en cada esquina, y de trabajar lavando pieles y empujando carretas por las peleterías de los barrios judíos, una lenta transformación se fue operando en él, hecha de lecturas y de encuentros fortuitos, y al final, cuando se unió a la Liga de Jóvenes Comunistas, lo único que le sorprendió fue que eso no hubiera sucedido antes. Ese joven fue el que regresó a Londres, el que participó en las manifestaciones antifascistas y el que a finales del año se presentó en Covent Garden, sede del Partido Comunista, para inscribirse en la oficina de reclutamiento de las Brigadas Internacionales.

No fue tan fácil como pensaba. Para el encargado de los reclutamientos, un joven de origen proletario, David no era más que un burgués aventurero, y el partido estaba haciendo grandes esfuerzos por mandar a gente preparada: se trataba, aunque muchos sólo se dieran cuenta cuando era demasiado tarde, de una guerra de verdad. Cuando supo que los brigadistas partían desde París, David empeñó las mancornas de su *Bar Mitzvah* en una prendería de Regent Street, y el segundo día de 1937 estaba entrando en territorio español desde Perpiñán. Pasó unas semanas en Barcelona y después se dirigió al cuartel general de las Brigadas Internacionales, en Albacete, donde alcanzó a entrenarse unas semanas en el manejo de una batería antiaérea Lewis, un trasto viejo que había conocido mejores días combatiendo en la Gran Guerra y luego en la Revolución de Octubre. A comienzos de febrero, por los días en que el gobierno republicano decretaba la igualdad de los derechos del hombre y la mujer, algo le sucedió.

Su compañía había recibido inteligencia de que los fascistas iban a cortar el camino entre Valencia y Madrid. Su intención era llegar a la carretera de Barcelona, y eso habría sido una catástrofe para el bando republicano, de manera que los brigadistas salieron hacia allá, hacia el valle del Jarama, para unirse a quienes trataban de evitarlo. Cuando pasaron los aviones, todos estaban listos, menos David, a quien las ráfagas sorprendieron mientras se aliviaba entre unos arbustos. Pensó que su vida se iba a acabar allí, en España, con los pantalones abajo, sin que hubiera tenido tiempo de hacer nada para cambiar el mundo. En ese momento tuvo suerte. Junto a Sam Wild, un camarada de clase obrera que era mucho más hábil que él, se apostó en una colina para defenderla, porque le pareció entender que de eso dependía todo. Nunca vio al enemigo, pero alguien gritó en inglés: «¡Son los moros!». Después de horas de combate que habían acabado con la vida de varios brigadistas y muchos más sublevados, David y Sam escucharon la orden de retirada y se arrastraron hacia el otro lado de la colina, recogiendo rifles abandonados y una caja de municiones en el camino. Entonces les pareció que algo se movía no lejos de donde estaban. Antes de que pudieran esconderse, una ráfaga nueva salió de ninguna parte: una bala hirió a Sam, dos se le clavaron a David en la pierna y otra le reventó la cantimplora.

Lo protegió la oscuridad. Treinta años después, hablando con Marianella en su apartamento de Pekín, a David se le quebraba la voz cuando recordaba la luna de esa noche, que todavía describía como si la pudiera ver por la ventana: una luna en forma de hoz que estaba colgada en el cielo limpio y cuya luz tímida alcanzaba a iluminar los cuerpos de los muertos. Al amanecer, tras pasar la noche medio inconsciente, acostado sobre el suelo duro de la colina, oyó que los camilleros venían a recogerlo: su amigo Sam había llegado hasta el frente para avisar. Una ambulancia lo llevó a Madrid; y ese mismo día, mientras David viajaba con un muslo destrozado por el plomo y temiendo una amputación, comenzaba la batalla del Jarama, que duró veinte días, involucró a unos sesenta mil combatientes y mató a dos mil quinientos brigadistas. Su herida en la colina —que mucho más tarde se conocería como Colina de los Suicidas— le salvó la vida. Dos terceras partes de sus compañeros murieron allí, y muchos de ellos estaban mejor entrenados que él. Siempre pensó que, si le hubiera tocado entrar en el combate, lo más posible es que no hubiera sobrevivido.

La convalecencia en Madrid no fue inútil. Leyó a Dickens y a Jack London, y también las *Memorias de Lenin*, de Krúpskaya, cuya opinión generosa de Trotski lo tomó por sorpresa. Alguien le habló del Hotel Gran Vía, donde los periodistas de lengua inglesa se reunían para comer, y tan pronto pudo andar —sobre muletas, por supuesto— se dirigió allí, menos buscando comida que conversación en su lengua. En el restaurante del sótano conoció a Martha Gellhorn y a Ernest Hemingway, en cuya habitación de los últimos pisos pasó una tarde bebiendo vino y filosofando sobre la guerra mientras silbaban los obuses. Conoció a Stephen Spender, que le pareció la definición del intelectual insoportable de Oxford, y a una periodista canadiense de la que se enamoró inmediatamente. La mujer vivía con sus compatriotas en el centro de transfusiones que dirigía Norman Bethune, el médico que había diseñado un sistema para recoger donaciones de sangre en Madrid y llevarlas en unidades móviles al frente de batalla. Y allí estaba David, en pleno amorío de guerra, cuando un francés que lo oyó hablar mal de Trotski una noche cualquiera se le acercó para preguntarle, en voz baja, si estaría dispuesto a llevar a cabo una misión especial. «Es por el movimiento», dijo.

«Por el movimiento», repuso David, «haré lo que se me pida».

Lo citaron en el Hotel Palace con dos camaradas soviéticos, y luego en el Gaylord's, y luego de nuevo en el Palace, hasta que se convencieron de que podían confiar en él. David, por su parte, siempre había confiado en los soviéticos: le parecía claro que Francia y Gran Bretaña le habían dado la espalda a España con el argumento cobarde de la no intervención, mientras que Moscú había sabido reconocer la trascendencia del momento. Fue con fusiles soviéticos como se peleó en el Jarama, y fueron soviéticos los técnicos que llegaron al frente republicano para enseñarles a los españoles a manejar los tanques soviéticos. De manera que David hubiera aceptado de ellos cualquier misión. Pero los soviéticos eran reticentes, y lo despacharon con una frase breve:

«Lo mandaremos llamar cuando sea necesario».

De regreso a su batallón se enteró de la muerte de Sam Wild, cuya pierna herida se había gangrenado, y se miró en su destino como en un espejo. Durante su recuperación, tuvo tiempo de pensar: pensó en la periodista canadiense de la que se había enamorado; pensó brevemente en dejar la guerra e irse a vivir con ella; se avergonzó de su egoísmo. En el gran marco de la derrota del fascismo y la victoria de la revolución socialista, no sólo no era trágica la muerte de un individuo, sino que era la condición necesaria para la victoria. En abril lo mandaron a Albacete, a una escuela de entrenamiento donde aprendió tácticas de infantería y lectura de mapas mientras limpiaba las letrinas, y luego a Valencia, para que recibiera órdenes del cónsul soviético mientras se comía un plato de paella. Era la misión que había estado esperando, así que recibió sus órdenes y su dinero y el 27 de abril llegó a Barcelona. Era una ciudad en estado de conmoción.

*

«Lo recibieron en un hotel de Paseo de Gracia», dijo Sergio. Estaban frente al café Zurich, donde los turistas tomaban el sol del mediodía. Sergio movió una mano vagamente hacia la otra esquina de la plaza. «En Barcelona los republicanos estaban enfrentados, y en ese hotel David se sentó frente a seis personas que discutían en tres idiomas lo que iban a encargarle. Y luego le explicaron que sus órdenes venían directamente de la policía secreta.»

«¿Y qué tenía que hacer?», dijo Raúl.

«Tenía que espiar al POUM», dijo Sergio.

El Partido Obrero de Unificación Marxista tenía la reputación de ser un nido de trotskismo, y en la guerra se había convertido en una formidable fuerza antiestalinista. David comprendió o aceptó que todo ello, sumado a su alianza con los anarquistas, representaba una amenaza para la victoria de los republicanos. Del lado del POUM estaba también un partido británico, el Laborista Independiente, que se reunía en el Hotel Continental de las Ramblas. «Y aquí entra usted», le dijeron a David. Se alojó allí. Su misión era presentarse como corresponsal de un semanario británico, hacerse amigo de los trotskistas y laboristas e informar sobre sus actividades y sus contactos.

«Vamos, te lo muestro», dijo Sergio.

Cruzaron la calle, rodearon la entrada del metro y pasaron frente a la fuente de Canaletas. De repente Sergio había acelerado el paso, y cuando se detuvo, pocos metros más abajo, estaban frente al Hotel Continental. La puerta estrecha, el toldo de hierro y vidrio blanco, los balcones modestos: al contrario del resto de los edificios de la zona, con sus almacenes de carteras de lujo y sus iluminaciones doradas, la fachada del Hotel Continental parecía parte de otra ciudad, más franca o menos ostentosa: una ciudad desaparecida. Cambiaron de acera y entraron al vestíbulo, donde colgaba una lámpara de cristal demasiado grande, como si el edificio que la rodeaba se hubiera reducido misteriosamente.

«Aquí estuvo», dijo Sergio. «David Crook estuvo aquí.»

«Bueno, no sería aquí exactamente», dijo Raúl.

«Claro que no era el mismo *lobby*», dijo Sergio. «Pero imagínatelo. Imagínatelo entrando desde las Ramblas, en una ciudad en guerra, a un sitio que se había convertido en una especie de cuartel general de los ingleses. Gente yendo y viniendo, camaradas saludándose, dándose noticias buenas y noticias malas.»

Entre los huéspedes estaba un escritor alto y desgarbado que les parecía sospechoso a los camaradas, pues se sabía que su nombre, George Orwell, no era el verdadero. David lo veía ir y venir junto a su esposa, Eileen Blair, y así, mientras tomaba nota de sus movimientos, empezó a frecuentar las oficinas de los laboristas. En pocos días ya había logrado aprovechar la hora de la siesta para robar documentos, fotografiarlos y regresarlos a sus carpetas antes de que nadie se diera cuenta. A mitad de mayo, la policía arrestó a un grupo de poumistas entre los cuales estaban Georges Kopp, un militar belga que se había unido a la causa, y la esposa de Orwell. Los soviéticos vieron una oportunidad: fingieron el arresto de David, cuya misión en la cárcel era conseguir toda la información posible de los arrestados.

«Se pasaba los días en la cárcel tratando de oír algo de interés», dijo Sergio. «David habló con Kopp, pero no logró nada. Habló con Eileen Blair y se sorprendió de que alguien tan equivocado pudiera caerle tan bien. A los nueve días lo soltaron y David volvió aquí, al hotel, a mirar a Orwell desde la distancia mientras afuera, en la ciudad, la gente había comenzado a matarse. Aquí, en plaza Cataluña. Y ahí fue cuando David volvió a entrar en el cuadro.»

Los anarquistas se habían tomado el edificio de Telefónica, y espiaban o cortaban o intervenían las comunicaciones entre los comunistas y el gobierno republicano; cuando éste trató de recuperar el edificio, estalló una verdadera batalla campal en plena plaza, y en pocas horas las calles de Barcelona se convirtieron en el escenario de enfrentamientos que habrían parecido riñas de borrachos si no hubiera sido cuestión de barricadas y gente muerta en las calles. Tras aquellos días de violencia, un austriaco de nombre Landau, líder del anarquismo internacional, había conseguido aprovechar la confusión para ponerse en paradero desconocido. David lo había conocido: era rubio y simpático y culto, un hombre que en otras circunstancias hubiera podido ser su amigo genuino y no sólo su objetivo o su presa. Encontrarlo se convirtió para los soviéticos en la prioridad número uno. David nunca supo realmente por qué era tan importante ese hombre, pero se vio de un día para otro contactando a los demás anarquistas, cuya confianza se había ganado en la cárcel, para conseguir el teléfono del hombre perdido.

No fue difícil. Con la ayuda de la central de comunicaciones, a los soviéticos les bastó ese número para encontrar la dirección de su víctima, que resultó ser una villa lujosa en el mismo barrio de su consulado. Sólo faltaba que alguien lo identificara. David averiguó que Landau salía todas las tardes al jardín y leía durante horas, a la vista de cualquiera que pasara por la calle, y decidió hacer exactamente eso: de la mano de otra espía, simulando ser una pareja, pasó frente a la villa, vio a Landau y lo reconoció más allá de toda duda. En cuestión de días, el hombre había desaparecido. Cuando David preguntó qué le había pasado, su superior inmediato le explicó lo predecible: lo habían secuestrado y metido en uno de los barcos soviéticos que traían comida para los republicanos. Nunca se volvió a saber de él.

«En ese momento, David no tenía dudas: los antiestalinistas eran el enemigo», dijo Sergio. «Se demoró muchos años en darse cuenta de que no todo era como él creía que era.»

Durante el año siguiente, David fue testigo del lento fracaso de la República. A veces le parecía apenas perceptible —el agua que se retira de una ribera— y a veces le llegaba en duros golpes, como cuando se enteraba de que los nacionales habían entrado en Bilbao o de que los obispos españoles, en carta abierta, se declaraban a favor de Franco y llamaban cruzada a la sublevación. El POUM fue derrotado, y su líder, Andreu Nin, capturado y encarcelado, y la fuerza pública comenzó en Barcelona la persecución de sus miembros; mientras tanto, David siguió haciendo labores de espionaje, casi siempre intrascendentes, y sus convicciones estalinistas se fueron afirmando más cada vez, pues le parecía claro que el compromiso de la Unión Soviética era la única manera de salvarse de la derrota. Por esos días cayó en sus manos el libro de un tal Edgar Snow, *Estrella roja sobre China,* donde se hablaba de la revolución que estaba teniendo lugar en ese país remoto. Fue una verdadera epifanía: durante días, moviéndose por Barcelona, David soñaba despierto con el hombre llamado Mao Tse-Tung, con su Gran Marcha comunista, con los veintitrés héroes que se habían enfrentado al enemigo en el puente de hierro. Allá estaba sucediendo algo importante, pensó, mientras aquí las perspectivas no eran alentadoras: se había perdido Zaragoza; el norte había caído. Uno de esos días, caminando por las Ramblas, David vio a Sam Wild, su compañero en la víspera de la batalla del Jarama, y le pareció evidente que se trataba de una alucinación hasta que Sam lo reconoció también. La noticia de su muerte había sido un malentendido. David se alegró, pero la relación estaba contaminada: el espía se había echado encima demasiadas máscaras como para hablar con normalidad.

Así pasaron los meses. En marzo de 1938, mientras los aviones italianos bombardeaban Barcelona, David fue convocado al piso franco de la calle Muntaner donde los soviéticos concentraban sus labores de inteligencia. Era una noche lluviosa. Antes de que tuviera tiempo de sentarse, los soviéticos llevaron a David a una limosina que los esperaba del otro lado de la calle, y estuvieron dando vueltas sin rumbo por una ciudad inhabitada mientras dos rusos gordos lo felicitaban por el trabajo realizado hasta ahora. En el cruce de la calle Mallorca, uno de ellos le preguntó:

«¿No le gustaría seguir con su labor en Shanghái?».

Desde luego, ninguno de esos hombres tenía por qué saber que David había leído *Estrella roja sobre China*, ni que seguía pensando en la capital comunista de Yenan, pero aceptar no le costó más que una cuadra. En mayo estaba llegando a París; pasó unas semanas aprendiendo ruso en la escuela Berlitz, pues su viaje se haría por Moscú. La ilusión de conocer la ciudad de sus pasiones ideológicas no le duró mucho: los planes cambiaron por razones que nunca le explicaron bien, y David viajaría semanas más tarde de lo previsto, y no lo haría a través de la Unión Soviética, sino en barco desde Marsella. Tuvo tiempo de volver a Londres para despedirse de su familia, y aunque no les confesó las verdaderas razones por las que se iba al otro lado del mundo, se alegró de haber hecho esa visita, porque fue la última vez que vio a su madre. La mujer murió poco después, a los cincuenta y seis años, convencida de que su hijo había sido contratado en China para enseñar Literatura en la universidad misionera de St. John's.

Así, como agente al servicio de la Unión Soviética, llegó a Shanghái. Su primera misión fue espiar a Frank Glass, un periodista inteligente, simpático y bien leído, admirador de Trotski y antiestalinista convencido, que se reunía con sus colegas en un *pub* para occidentales al que todos se referían por el nombre del callejón donde quedaba: Blood Alley. Con el tiempo, David Crook llegaría a pensar que esos días de residencia en la YMCA, de labores de espionaje, de falsa identidad como profesor de Literatura, sólo habían sido el accidente que le permitió descubrir su verdadera vida. Haber leído a Malraux y a Pearl

Buck no bastaba para asomarse siquiera a este país que se iba desenvolviendo ante sus ojos, y Glass aprovechó la oportunidad para adoctrinarlo. Le sugirió a David que escribiera un artículo sobre las similitudes entre China y España; David aceptó, más que todo para conservar su coartada, pero en el proceso descubrió o creyó descubrir que este país, en medio de la guerra con Japón, no era tan distinto de la República: los dos estaban sufriendo amargas derrotas a manos de agresores fascistas mientras el resto del mundo parecía mirar hacia otra parte. Por recomendación (o adoctrinamiento) de Glass leyó los escritos antiestalinistas de Arthur Koestler y los testimonios de espías soviéticos rebeldes o desencantados. En su vida diaria se fue acercando a China y alejando de la Unión Soviética, y sus responsables debieron de darse cuenta, pues un día, al llegar a la casa de la Concesión Francesa donde presentaba sus informes, David la encontró vacía. Los rusos se habían ido: lo habían abandonado. Nunca nadie le explicó por qué.

Sin su salario de espía, David se encontró de repente en una precaria situación económica. Pidió un aumento; el rector de St. John's le dijo que sólo podría dárselo si se unía a la Misión. «Me temo que eso es imposible», dijo David. «Verá usted, yo soy ateo.» Empezó a buscar opciones: tomó un segundo trabajo en la universidad de Suzhou, en una zona de la ciudad que por las noches se convertía en prostíbulo, pero después de unos meses le cayó en las manos la oportunidad que estaba esperando: un puesto en la universidad de Nanking, en el interior del país, que le permitiría por fin salir de aquella ciudad de artificios que era Shanghái y aventurarse por la China de verdad. Cuando St. John's le ofreció la posibilidad de dictar un curso de verano, pensó que le vendría bien reunir algo de dinero para el viaje a Nanking, y en cuestión de días había montado un seminario sobre Literatura Satírica. Les habló a sus alumnos de Aristófanes, de Rabelais y de *Don Quijote,* y soportó las quejas de los más puritanos, que preguntaban, en medio de una sesión sobre *Gargantúa y Pantagruel,* si leer aquello era obligatorio, si era realmente necesario que el libro fuera tan vulgar.

Al final del verano, David estaba llegando a Nanking. Eran días extraños: todas las mañanas, a las once y media, los japoneses bombardeaban la zona, y el horario era tan riguroso que la universidad había implementado un sistema de alarmas para avisar de los bombardeos con una hora y media de anticipación. Las clases se daban en función de las bombas, lo cual no era más arbitrario que cualquier otra rutina. Por esos días empezó a asistir a las reuniones de un grupo de estudio que le enseñaba la realidad china, y luego se enteraría de que algunos de ellos eran miembros del Partido Comunista. También se enteró de que Norman Bethune, aquel médico que había servido con los republicanos en Madrid, había llegado a la provincia de Shanxi a comienzos del 38; se había unido a los comunistas liderados por Mao, pero a finales del 39 se cortó un dedo mientras operaba a un soldado y murió de septicemia en Yenan. David consideró la posibilidad de ir a ver lo que allí sucedía, pero todos los amigos le aconsejaron que no lo hiciera: el bloqueo del Kuomintang, el Partido Nacionalista Chino, era inexpugnable. Habría sido un viaje suicida.

Así que se quedó dando clases en la universidad. Una tarde estaba corrigiendo unos papeles cuando entró Julia Brown, una hija de misioneros canadienses que era su colega en el departamento de Inglés. «Julia, te cambiaste el peinado», le dijo David. Pero Julia no era Julia, sino su hermana Isabel, una mujer tan hermosa que tenía siempre varios pretendientes, pero de tal carácter que todos acababan dándose por vencidos. David compró una bicicleta de segunda mano sólo para dar paseos con ella, y en el verano del 41, junto con otros cuatro amigos, hicieron un viaje por las montañas que los llevó a la provincia de Xikang, y que durante varios kilómetros se solapó con el recorrido de la Gran Marcha de Mao. El viaje duró seis días. Hablaron de la religión judía que él había rechazado y del cristianismo que ella comenzaba a cuestionar. Ella había nacido en Sichuan de padres occidentales, y en seis días de caminos montañosos lo condujo por los laberintos de la mentalidad china mejor que cualquiera de las personas que había conocido en estos tres años. Cuando regresaron, David se afeitó y fue a buscar a Isabel para pedirle matrimonio. Siempre le parecería increíble que ella hubiera dicho que sí.

Raúl dijo que iba a caminar por las Ramblas hacia abajo, hasta la estatua de Colón: quería ver cómo llegaba el mar a Barcelona. Sergio subió a la habitación para descansar un poco, pues en cuestión de media hora pasarían a recogerlo para llevarlo a una entrevista en la radio; sin embargo, en lugar de cerrar los ojos y tratar de hacer una siesta, que era lo que le pedía el cuerpo, acabó aprovechando la conexión de internet para llamar a Marianella. Eran poco más de las nueve en Bogotá, y ella llevaba ya tres horas trabajando. Por esos días había comenzado a darle forma a un viejo proyecto: un método para aprender chino. A Sergio lo entusiasmaba la idea, así que estuvieron hablando de eso un buen rato, y luego Marianella quiso saber cómo iba todo en Barcelona: cómo iba el reencuentro con Raúl; cómo estaba saliendo lo de la filmoteca. «Estuvimos hablando de los Crook», dijo Sergio. «Han sido días raros, ¿sabes? He pensado mucho en papá, claro, pero luego acabo hablando con Raúl de David Crook. Yo no me imaginé que este viaje me fuera a hacer esto. Yo no vine para esto, mejor dicho. Vine para mostrar mis películas, vine para ver a mi hijo, pero no vine para esto. No vine para hablar de cosas que le pasaron hace ochenta años a alguien que conocimos hace cincuenta. No vine para hablar de todo lo que es incómodo, todas estas cosas de las que a ti no te gusta hablar. Pero aquí estamos, y papá acaba de morir, y Raúl está conmigo y hace preguntas, y tú dime: ¿cómo no se las contesto? Esta noche vamos a ver *Golpe de estadio,* por ejemplo. Es imposible que no salga con más preguntas. Yo a eso nunca le he tenido miedo, tú sabes. Pero hay cosas que uno quiere olvidar, ¿no?»

«Me lo vas a decir a mí», dijo Marianella antes de colgar. «A mí, que me he pasado la vida tratando.»

Tras terminar la llamada con Marianella, abrió el WhatsApp y buscó la conversación con Silvia.

Escribió:

Me siento incómodo insistiendo tanto en recuperar tu amor. No es mi estilo y tú lo sabes mejor que nadie. Siento que te estoy forzando a actuar en contra de tus emociones y no me parece correcto, y aunque sé que, como me dijiste la otra noche, podrías decirme que me olvide de reconquistas y romanticismos, me siento andando en la oscuridad. Y afortunadamente no lo has hecho, porque es verdad que yo estoy dispuesto a tener mucha paciencia, pero también es verdad que necesito de la tuya, para que cada día, cada noche, cada segundo, cada palabra puedan jugar a mi favor.

Escribió:

Espero no incomodarte, quiero que sepas que todo lo que hago, lo hago con toda la emoción que me queda, porque no quiero que, si estos intentos de reconquista fracasan, me quede el remordimiento de no haber sido lo suficientemente convincente, agresivo, dramático. En fin: no haberlo intentado todo antes de rendirme. Pero si yo no me pongo insistente, ¿quién lo va a hacer?

Escribió:

Quiero que sepas que hay momentos en que pierdo las esperanzas y pienso que jamás recuperaré tu amor, tus caricias, tus cuidados… Y hay otros en que tengo rabia y pienso que

todo esto es injusto, que el castigo que recibí fue desproporcio-
nado con mis pecados, y me dan ganas de pedir rebaja. Como
si estuviéramos en la plaza de Paloquemao de Bogotá o en la
Ruta de la Seda de Pekín.

Y entonces: *Send.*

XII

Los Crook volvieron de Occidente a finales de noviembre: todos, salvo David, que aprovechó la estancia en Canadá para hacer un viaje por Estados Unidos, de costa a costa, con la misión de explicarle al mundo capitalista las maravillas de lo que estaba ocurriendo en China. Había sido testigo en los últimos años de la colectivización de la agricultura, de la muerte del feudalismo y del nacimiento de la República Popular, y quería llevar la buena nueva a lo largo y ancho de aquel país tan poderoso y tan necesitado de reformas, tan rico y tan injusto, tan civilizado y tan salvaje. Eso le decía Carl a Marianella: «Nadie entiende lo que está pasando aquí. Eso es parte de nuestra misión: explicarle al mundo lo que es la Gran Revolución Cultural Proletaria». Ella no podía estar más de acuerdo. Pasó el fin de año dividida entre el Hotel de la Amistad y la casa de los Crook, hablando sin parar de Mao Tse-Tung y el Libro Rojo. Más tarde, cuando David Crook volvió de su viaje de propaganda, conversaba con él y lo admiraba cada vez más.

David se incorporó de inmediato a la lucha, pero se quejaba de lo que se había encontrado en el instituto. Los profesores y los estudiantes estaban divididos en facciones rivales; David e Isabel se vieron en la obligación de escoger uno de los grupos revolucionarios. Todos estaban de acuerdo en la defensa del pensamiento de Mao, pero sus enemigos eran distintos. «Los enemigos nos definen más que los amigos», decía David. «Dime quién te ataca y te diré quién eres.» Uno de los grupos había señalado y denunciado a los miembros del Batallón de la Bandera Roja, que

David conocía bien: eran camaradas honestos y devotos por los cuales tanto él como su esposa hubieran puesto la mano en el fuego, así que David se dirigió a ellos, aunque sólo fuera por un sentimiento de justicia, y pidió que lo aceptaran en su grupo. No fue tan fácil como lo habría sido en otros tiempos, porque la Revolución Cultural había traído a la vida una desconfianza inédita en los extranjeros. A David le pareció inverosímil que esa palabra se usara para describirlo: ¿extranjero, él? Llevaba décadas viviendo en China, sus hijos eran chinos de nacimiento y también lo era su esposa, había trabajado por la causa revolucionaria, y cuatro años antes, cuando el mundo comunista vivió el enfrentamiento —el verdadero cisma— entre chinos y soviéticos, se puso inequívocamente del lado de Mao. ¿Cómo podían considerarlo extranjero?

Empezó a militar con el Batallón de la Bandera Roja. Denunció a los soviéticos por los que en otros años habría dado la vida; gritó consignas en la calle y recitó el Libro Rojo de Mao; compuso *dazibaos* que defendían Vietnam y atacaban a Liu Shaoqi. Participó en la denuncia de un antiguo trabajador convertido en ministro y, aunque nunca supo muy bien por qué lo habían señalado ni de qué se le acusaba, se unió disciplinadamente a los ímpetus del grupo. A él mismo le parecía inusual su comportamiento, pues los años lo habían acostumbrado a dudar y a cuestionar y a informarse antes de tomar una decisión, ya no digamos pasar al activismo: lejos estaban los tiempos de la fe ciega de su juventud. Pero allí, arrastrado por las emociones de la acción colectiva, pensó que era indigno o desleal tratar de encontrarle peros a un suceso que estaba sacudiendo el mundo. Frente al nacimiento de una cultura nueva, ¿quién podía quejarse de que la inexperiencia de los jóvenes cometiera ciertos excesos? Sí, le desagradaban los parlantes que escupían las últimas instrucciones de Mao durante toda la noche, pero sólo un viejo acomodado se quejaría de que la Revolución le estropeara el sueño. Y él, a sus cincuenta y siete años, no era eso. Tenía todavía varias batallas que pelear.

Mientras tanto, el trabajo en la fábrica había llegado a su fin. Sergio y Marianella, reunidos de nuevo en el Hotel de la Amistad, se preguntaban si había algún destino de trabajadores proletarios al cual pudieran llegar juntos, pues Marianella no estaba dispuesta a quedarse ociosa. La decepción fue enorme. La asociación no pudo ofrecerles nada, y Sergio tuvo la impresión de que nadie se estaba esforzando demasiado por hacerlo. Después de todo, dos jóvenes extranjeros, hijos de un especialista ausente y cómodamente instalados en habitaciones de cinco estrellas, tenían que ser la menor de sus preocupaciones. La única respuesta que recibieron fue la recomendación de no salir, pues en la ciudad los occidentales seguían sufriendo persecuciones y acosos de los guardias rojos, y de nada le valió a Sergio recordarles que ellos habían sido parte de una de esas organizaciones, si es que no lo eran todavía: nadie les había dicho expresamente que no pudieran seguir militando.

«Muy bien, pero eso habría que explicarlo», les dijo un camarada. «Y los guardias rojos no son el tipo de personas que oyen explicaciones con paciencia.»

Tenía razón. De manera que Sergio y Marianella se enfrentaron a otra temporada de ocio forzado, pero esta vez, al contrario de lo que había sucedido en el Hotel de la Paz, no estaban solos: como las escuelas habían cerrado durante los desmanes de la Revolución Cultural y todos los muchachos del Hotel de la Amistad estaban igual de ociosos, sus padres no vieron otra solución que improvisar una escuela para ellos en una de las salas de conferencias. La llamaron Bethune-Yenan. Sus profesores eran filólogos, historiadores, filósofos y hasta un matemático; también sus actividades habían quedado en pausa con la Revolución

Cultural, de manera que no les fue difícil repartirse las materias para continuar con la educación de sus hijos, como si se tratara de una medida de emergencia en medio de una pandemia. Uno de ellos, un historiador colombiano llamado Gustavo Vargas, se tomó por esos días una de las salas del hotel para organizar una exposición sobre el Ejército de Liberación Nacional, la guerrilla en la que había muerto el cura Camilo Torres. Marianella pasó por la exposición con curiosidad, pero no se permitió nada más: pues el ELN había escogido ya su lado en la revolución, y no era el de Mao Tse-Tung. Después, durante una tarde con los Crook, habló de la escuela y mencionó su nombre. Isabel se lo contó a David; David sonrió con la sonrisa de quien recuerda algo. Esa noche fue especial para Marianella. Isabel le enseñó a tejer y David le contó anécdotas; los Crook le celebraron sus quince años con unos raviolis de carne; Carl la besó y le dijo que la quería, y ella le dijo que lo quería también.

Poco a poco, los jóvenes alumnos de la escuela Bethune-Yenan, todos residentes occidentales del Hotel de la Amistad, decidieron llevar su compromiso un paso más allá. Así nació el Regimiento Rebelde, que era, para todos los efectos prácticos, una organización de guardias rojos de origen foráneo, todos vestidos de verde, todos con sus brazaletes rojos de luminosas letras amarillas, que se fueron agrupando bajo la autoridad de los padres de familia más radicales o comprometidos. David Crook, por supuesto, era uno de ellos. A veces con él y a veces por su cuenta, los jóvenes del Regimiento Rebelde se reunían en una sala que el Hotel de la Amistad les facilitó sin poner peros, un espacio oscuro y pequeño pero equipado con un mimeógrafo listo para producir panfletos revolucionarios, donde el regimiento se reunía para planear el futuro y oír música y tener largas discusiones ideológicas en las que Marianella era mucho más fogosa que su novio. En una de esas reuniones, sin embargo, Carl fue escogido para representar al grupo en un evento masivo de apoyo a la Revolución Cultural. Entre todos escribieron un discurso de condena y repudio a Liu Shaoqi; lo llamaron traidor, contrarrevolucionario y escoria capitalista, y lo acusaron de aliarse con Deng Xiaoping para buscar el fracaso de la República Popular. Carl dio el discurso a cielo abierto, en un estadio donde diez mil personas gritaron y aplaudieron y abuchearon cuando se pronunciaban los nombres de los enemigos, y Marianella, a pocos pasos del micrófono, nunca se había sentido tan enamorada de Carl ni tan orgullosa de su regimiento.

Por esa época hubo una gran discusión en el salón del Hotel de la Amistad. El centro del conflicto eran las luces de los semáforos. Habían cambiado; fue una decisión de los guardias rojos, y el Regimiento Rebelde no podía mantenerse al margen. Se trataba de reconocer que el color rojo, símbolo de los guardias y de la Revolución, no podía seguir indicándole a la gente que se detuviera, pues para todos ellos era el color del progreso. De ahora en adelante, el rojo significaría la acción de avanzar; inversamente, el verde sería la señal para detenerse. Los grupos de guardias se dividieron las calles, destornilladores en mano, para hacer los cambios necesarios. En momentos de tedio, Scrgio salía a la calle y buscaba una esquina sólo para ser testigo de esa inusitada inversión cromática, sintiendo un escalofrío cada vez que un carro aceleraba para pasar en rojo, cada vez que los jóvenes revolucionarios aprovechaban el verde para enseñar sus pancartas o cruzar la calle, en medio de una de sus marchas, rodeando a los acusados. Le habría gustado salir con una cámara y documentar todo el asunto, pero sabía perfectamente que era una pésima idea: en el mejor de los casos, un occidental sacando fotos sería considerado una provocación y el incidente terminaría con el decomiso del rollo y acaso de la cámara; en el peor, con peligrosas acusaciones de espionaje y una noche gratis en alguna oscura comisaría del Departamento de

Seguridad Pública. En cierta ocasión se burló de todo el asunto frente a la tutora Li. Pensó que ella se reiría con él, pero se encontró con la cara adusta de quien ha recibido un insulto.

«¿Qué sentido tienen los colores?», preguntó ella. «Tú sabes que el rojo de nuestra bandera simboliza la sangre de nuestros héroes, ¿no es cierto? La sangre de millones de camaradas que dieron la vida por la república. Ponte a pensar en lo que siente un revolucionario cuando ve que alguien más, en otro país, ha decidido por un capricho que el color rojo, el color por el cual estamos dispuestos a dar la vida, se convierte en una orden para detenerse. Y si lo aceptáramos, si aceptáramos que el rojo sea la señal para que los carros se detengan, también tendremos que aceptar que ante el rojo se detengan los peatones... en los semáforos para peatones. ¡Y nosotros no sólo somos peatones, somos luchadores revolucionarios! ¡Y no podemos aceptar injerencias extranjeras en la revolución!»

Así pasaron tres meses. Tres meses de discusiones teóricas en la sala del Hotel de la Amistad, tres meses de clases con grandes antropólogos y matemáticos y traductores que a Sergio le dejaban la sensación de que la vida le pasaba de lado, tres meses de ocupar el tiempo libre con partidos de ping-pong o chicos de billar. Durante ese tiempo Smilka trató varias veces de ponerse en contacto con él: lo llamó por teléfono (pero Sergio pidió a la telefonista que no le pasara llamadas de esa chica), le escribió una carta (que Sergio no contestó, a pesar de sentirse injusto) y llegó incluso a acercarse al hotel y preguntar por él en la recepción. «Dígale que no estoy», le pidió Sergio al recepcionista. Al cabo de unas semanas, Smilka se dio por vencida. La última vez que se vieron fue un momento triste. El Regimiento Rebelde Bethune-Yenan había organizado una jornada de protesta frente a la embajada británica, y allí estaban Sergio, Marianella y Carl gritando consignas contra la guerra de los Seis Días (que en los *dazibaos* aparecía como «agresión a los países árabes de Gran Bretaña, Estados Unidos e Israel»), cuando un carro lujoso pasó entre las rejas de la embajada y el grupo de guardias rojos. Avanzaba a velocidad suficiente como para evitar que a los manifestantes se les ocurriera detenerlo, pero aun así Sergio alcanzó a ver, pegada a la ventana trasera, la cara hermosa de Smilka, en la cual se tropezaban la aprensión, la decepción y la tristeza. Nunca volvieron a verse. Mejor así, pensó Sergio, y acaso lo creía de verdad.

A finales de junio, pero no como respuesta a esas peticiones, la asociación organizó un viaje revolucionario. Los beneficiarios eran los hijos de los dirigentes comunistas internacionales —los hijos, en otras palabras, de altos mandos guerrilleros de Laos, Camboya y Vietnam—, pero Sergio y Marianella hacían parte de la lista desde el principio, como si su padre, al otro lado del mar, siguiera moviendo los hilos de sus vidas. Aquello no era trabajo proletario ni les ayudaba a avanzar en su intención de vivir como el pueblo verdadero, pero estaba más cerca de la Revolución que la rutina burguesa del hotel. Eran dos buses que partieron hacia el sur, y cuyos pasajeros cantaron consignas y caminaron por el pasillo y soltaron carcajadas groseras durante kilómetros, como en cualquier paseo de adolescentes. Hicieron paradas en Ruijin, el lugar donde en 1934 comenzó a marchar el Primer Ejército Rojo, liderado por Mao y Zhou Enlai, y luego visitaron Shaoshan, la aldea de Hunan donde nació el presidente Mao en 1893, y en el recorrido tuvieron tiempo de visitar las bases de la Guerra de Liberación.

No fue un viaje sencillo, pues los guardias rojos les cerraron el paso con frecuencia, alarmados por el espectáculo de un bus lleno de jovencitos privilegiados: todos potenciales contrarrevolucionarios. Los bajaban del bus con insultos y a veces llegaron a agredirlos, y las cosas

habrían sido peores si los hijos de los dirigentes no hubieran intervenido. Les pidieron a Sergio y a Marianella que bajaran del bus y los señalaron como si fueran delincuentes en una fila, pero no para acusarlos de nada, sino todo lo contrario: los usaron para defenderse. «Son camaradas latinoamericanos», dijeron. Y eso, aparentemente, era la prueba incontrovertible de que aquél no era un paseo de chinos burgueses sino una reunión internacional de revolucionarios, aunque algunos fueran niños todavía.

El viaje duró poco más de un mes. Cuando regresaron a Pekín, avanzando por calles de semáforos en rojo, Sergio y Marianella se encontraron con un hotel desierto. Era el mes de agosto más húmedo en muchos años, y las familias del Hotel de la Amistad se habían ido a pasar el calor en otra parte. El lugar era como un pueblo fantasma. Sergio comenzó a pasar los días encerrado en su cuarto, leyendo y releyendo *Así se templó el acero,* una novela de Nikolái Ostrovski que se convirtió en el único contacto con el inalcanzable futuro proletario. Marianella le reprochaba su quietud. «La revolución es para la gente que actúa», le decía. «¿Qué hacemos nosotros aquí metidos?» Una noche lo sorprendió leyendo su libro de Ostrovski y lo vio tan absorto, tan ajeno al mundo que lo rodeaba, que le tomó una foto como si quisiera conservar la prueba de un delito. Sergio ni siquiera se dio cuenta, porque su música estaba

sonando a todo volumen: había encontrado en la tienda del hotel una versión vieja de *Don Giovanni* y una más reciente de *La traviata,* y las había comprado sin pensarlo dos veces, pues Mozart y Verdi ya eran nombres proscritos por la Revolución Cultural.

Encerrado en su cuarto, Sergio dejó de darse cuenta de las horas a las que Marianella recibía a Carl en su habitación. A veces se quedaba a pasar la noche; Sergio se lo encontraba cuando bajaba para desayunar, y entonces, en conversaciones tensas, se enteraba de todo lo que había ocurrido con el Regimiento Rebelde durante su ausencia. Mientras los Cabrera viajaban en bus con otros adolescentes revolucionarios, el regimiento había organizado manifestaciones para protestar por los arrestos de periodistas chinos en Hong Kong y por las acciones antichinas del gobierno de Birmania, se puso de acuerdo en mandar un telegrama de apoyo a los proletarios de Wuhan y ahora estaba preparando la celebración por los cien años de *El Capital* de Marx, que se cumplirían en septiembre.

Marianella sentía que se habían perdido de muchas cosas por estar de viaje y, al mismo tiempo, que no había pasado nada de importancia. En medio de las convulsiones que comenzaban en la puerta del hotel, su vida había quedado paralizada. Carl parecía cada vez más enamorado de ella; para ella, en cambio, era como si estuviera esperando a que le sucediera una vida que no aparecía por ninguna parte.

Una tarde calurosa, el Regimiento Rebelde se reunió para examinar lo conseguido durante el verano. No estaban allí los adultos, pero sí todos los jóvenes: Carl, Marianella, Sergio, y también los extranjeros más activos: Shapiro, Rittenberg, Sol Adler. Fue Adler quien leyó un informe sobre los ataques que el regimiento había comenzado a recibir de otros guardias rojos. Era una lista precisa que pasó, mimeografiada, de mano en mano:

El liderazgo del Regimiento es conservador
El Regimiento ha bloqueado la Revolución Cultural entre los extranjeros durante un año y medio
El Regimiento (viejas autoridades) quiere controlar los movimientos de mujeres asiático-africano-latinoamericanas
El Regimiento escribió poemas contra sí mismo para ganar simpatía

«Todo esto es ridículo», dijo Marianella. «Afuera los camaradas están trabajando por la Revolución, y nosotros estamos peleando por estupideces frente a una piscina olímpica.»

«No son estupideces», le dijo Carl. «Los ataques son serios. Están poniendo *dazibaos* en las paredes de la universidad, Lilí. Están atacando a los judíos, así, a todos los judíos. No podemos dejar...»

«Pero eso es aquí, Carlos», le dijo Marianella, que a veces lo llamaba por la traducción española de su nombre. «Eso sucede en el Hotel de la Amistad.»

«Pues aquí mismo atacaron a mi padre», dijo Carl. «Con nombre propio, además.»

Se refería a un *dazibao* que había aparecido en días pasados a la entrada del comedor internacional del Hotel de la Amistad. Los autores, al parecer, eran un grupo de árabes que no veían con buenos ojos la participación de tantos judíos en la Revolución Cultural. David había defendido la presencia de los occidentales, y los árabes respondieron con una pregunta que era un juego de palabras sobre un viejo refrán inglés: *By Hook or by Crook?* Marianella no entendió.

«Quieren decir que mi padre es un inescrupuloso», dijo Carl. «Que está dispuesto a lo que sea para lograr lo que quiere. No se puede decir que no sean ingeniosos, pero es un ataque, y es personal, y es serio.»

«Puede ser», dijo Marianella, «pero da igual. Aquí estamos nosotros, en un hotel con piscina y salón de bailes. Aquí no es donde pasan las cosas. Aquí no es la vida proletaria, Carlos, aquí no es la vida de verdad».

El primer día de septiembre, Sergio perdió la paciencia. Había dejado de contar las veces que escribió a la asociación, pero podía hacer un inventario de las visitas de los camaradas, siempre muy simpáticos, siempre muy comprensivos, que tomaban atenta nota de sus agravios —acerca del estudio frustrado, acerca del contacto con el mundo de los trabajadores— y luego pedían unos días para darles una respuesta que nunca llegaba. Ahora ya no podía esperar más. Sacó de su armario el maletín gris con la máquina de escribir que le había dejado su padre, una Olivetti cuyas mayúsculas se saltaban, y se acomodó en la mesa del comedor. Metió un papel en blanco en el rodillo y escribió: *Camaradas*. Luego, en otro renglón: *Asociación de Amistad Chino-Latinoamericana*. Y luego se despachó.

En vista de las dificultades que hemos encontrado para poder comunicarnos con ustedes, hemos tenido que optar por escribirles una carta por medio de la cual queremos plantearles algunos puntos que consideramos necesario repetir, así como también unas críticas a ustedes respecto al tratamiento que se ha adoptado hacia nosotros. Consideramos que lo mejor sería empezar por la raíz del problema. Por lo tanto, queremos recordarles el objetivo que hemos perseguido al quedarnos en China. Por lo que hemos observado respecto a este problema, ustedes tienen un punto de vista erróneo. Esto se puede ver por el tratamiento que nos han dado.

Sí, eso estaba bien, pensó Sergio. Enseguida enumeró las razones que los habían llevado, a él y a su hermana, a quedarse en Pekín. Eran varias, pero se resumían en una: lograr un cambio radical en su concepción pequeñoburguesa del mundo y conseguir su remodelación ideológica —esa palabra usó Sergio: *remodelación*— para adquirir la conciencia de clase del proletariado y, al regresar a su país, hacer un mayor aporte a la lucha revolucionaria del pueblo colombiano.

Y nos hemos quedado a estudiar precisamente en China porque ella es el centro de la revolución proletaria mundial, porque es la vanguardia marxista-leninista del mundo en la época actual, y por lo tanto el lugar más indicado para que jóvenes como nosotros se puedan educar y nutrir con el pensamiento de Mao Tse-Tung, el marxismo-leninismo en su más alto nivel en nuestra era.

Eso también estaba bien: «En su más alto nivel en nuestra era». Pero ahora, después del elogio, tenía que levantar el tono.

Nosotros somos conscientes de la siguiente enseñanza del camarada Mao Tse-Tung, y creemos que ustedes también deben ser conscientes de ella: «Los pueblos que hemos conquistado la victoria en nuestra revolución debemos ayudar a los que están aún luchando. Éste es nuestro deber internacionalista». ¿Consideran ustedes que con su tratamiento hacia

238

nosotros están cumpliendo con esta enseñanza del camarada Mao? El simple hecho de que estemos aquí no significa que estemos cumpliendo el objetivo expuesto anteriormente en esta carta. El hecho de que estemos aquí, bajo el cuidado de ustedes, es de por sí un acto internacionalista. Pero ¿satisface las exigencias de la ayuda expresada por el camarada Mao Tse-Tung en el pasaje citado anteriormente? Creemos que no. ¿Cómo se adquiere una formación política? ¿Se adquiere permaneciendo encerrados entre cuatro paredes, sin participar activamente de la vida y luchas políticas de las masas del pueblo? No. ¡En absoluto! ¿Cómo se pueden adquirir una consciencia y una posición de clase proletarias sin fundirse con las masas del proletariado?

Luego siguió citando a Mao: *Para adquirir una verdadera comprensión del marxismo, hay que aprenderlo no sólo de los libros, sino principalmente a través de la lucha de clases, del trabajo práctico y del contacto íntimo con las masas obreras y campesinas. ¿Han satisfecho ustedes este deseo? ¿Han ustedes contribuido en lo más mínimo a iniciar nuestra formación política en la forma como lo enseña el camarada Mao Tse-Tung?* La respuesta era negativa. Sergio enumeró los varios momentos en que había acudido a la asociación para pedirles ayuda sin conseguir nunca nada más que negativas, evasivas o silencios, y en el mejor de los casos el argumento cansado de la «seguridad» (Sergio usaba aquí unas comillas que parecían doblarse de ironía). *Todas estas negativas de parte de ustedes fueron aplastando poco a poco nuestra confianza en que ustedes nos pudieran ayudar a conseguir el objetivo buscado con nuestra estadía aquí.* Esto ya era una acusación, y bastante seria. En lugar de calmar la retórica, Sergio decidió presionar todavía más.

Todo nos indica que la línea que se nos ha aplicado es errónea en extremo y que no es la línea revolucionaria proletaria del camarada Mao Tse-Tung. Todo nos indica una obstrucción a nuestra formación política en lugar de ser lo contrario. ¿No se dan cuenta acaso ustedes de la importancia que tiene para nosotros el poder iniciar nuestra transformación ideológica y nuestra formación política? ¿No ven ustedes la necesidad que tiene la revolución colombiana de jóvenes políticamente firmes en su posición política de clase proletaria? ¿No se han dado cuenta ustedes de nuestro deseo de llegar a ser esa clase de jóvenes? ¿Quieren acaso vernos tomar el camino erróneo? ¿Desean acaso vernos degenerar hacia el revisionismo?

Lo que pedimos es concreto: pedimos que se nos dé la oportunidad para integrarnos con las masas revolucionarias chinas para aprender de ellas, ya sea en una fábrica, una comuna popular, una escuela o una institución de traducciones hasta cuando se inicien las clases. Aunque nuestro mayor deseo —el cual les pedimos hagan todo lo posible por cumplir— es el de recibir entrenamiento político militar en unidades del Ejército Popular de Liberación.

Ya está, pensó, ya lo dije. Ahora era el momento de sacar toda la artillería.

¡Nos rebelamos contra la aplicación de la línea reaccionaria burguesa en el trato hacia nosotros! ¡Protestamos por el trato recibido hasta ahora de parte de la asociación! ¡Exigimos el cumplimiento de los principios marxista-leninistas del internacionalismo proletario, como lo enseña el camarada Mao Tse-Tung! ¡Exigimos respuesta concreta a la mayor brevedad posible!

Sergio firmó la carta con la certidumbre de haber dado un paso al vacío. Semejante memorial de agravios sólo podía tener dos resultados: o les hacían caso y les daban lo que pedían, o se ponían en contacto con sus padres para mandarlos de vuelta a Colombia por haberse convertido en una carga. Durante la siguiente visita de la tutora Li, Sergio le puso el sobre en la mano sin decir ni una palabra, más bien con la solemnidad de quien entrega una urna llena de cenizas, y se puso a esperar.

Cuatro días después estaba mudándose, junto con Marianella, a la Fábrica de Relojes Despertadores de Pekín.

Llegaron en horas de la mañana, cuando todavía el aire estaba fresco. El camarada Chou, secretario de la asociación, los había recogido en el Hotel de la Amistad, y en el trayecto les explicó dos o tres cosas sobre el lugar donde vivirían a partir de ahora. Era una fábrica importante: a pesar de su nombre modesto, allí se producían sofisticadas maquinarias de explotación de petróleo y dispositivos de alta precisión para la industria aeronáutica (y Sergio, al oír esto, pensó brevemente en el profesor de Dibujo de la escuela Chong Wen). Para el partido, decía el camarada Chou, la Fábrica de Relojes Despertadores era de importancia estratégica, y los hermanos Cabrera debían sentirse afortunados. No todo el mundo tenía el privilegio de trabajar en un lugar así.

El Comité de Dirección los recibió con una pequeña reunión de bienvenida. Allí estaban los miembros de la asociación, saludando a la gente con orgullo de mentores, y varios trabajadores, representantes de cada uno de los talleres. Un fotógrafo documentaba el momento: movía a Sergio y a Marianella como si fueran siluetas de cartón, llevándolos de grupo en grupo, asegurándose de fotografiarlos junto a todos los presentes. Sergio agradeció en silencio la breve ceremonia, cuya única utilidad era darle algo de brillo a su llegada. Mao decía en alguna parte que no debería haber diferencia alguna entre los chinos y los extranjeros revolucionarios, y era esto lo que Sergio esperaba. Quería ser uno de ellos. Quería ser uno más.

En breves discursos, los directores les agradecieron por venir a China para ayudar en la construcción del socialismo. Otros elogiaron la solidaridad entre los pueblos y el espíritu internacionalista de este momento. El camarada Chou se dirigió a los directores de la fábrica para contarles que los jóvenes Cabrera eran hijos de revolucionarios colombianos, que sus padres habían sido especialistas en el

Instituto de Lenguas Extranjeras y que ya habían regresado a su país para hacer la revolución. «Por eso delegaron en el pueblo chino la enorme responsabilidad de educar a sus hijos», dijo, evidentemente emocionado, el camarada Chou. «Y el pueblo chino ha cumplido con dedicación y compromiso.» Hizo una pausa y continuó: «En los próximos días, los recién llegados harán un recorrido itinerante por toda la fábrica. Pido a todos los jefes de sección, a los responsables de todos los talleres, que los acojan con camaradería, y que dediquen su tiempo a apoyarlos y enseñarles su oficio». Acabada la reunión, Sergio se acercó a uno de los directores de la fábrica y explicó que en la otra fábrica había aprendido a manejar el torno, que lo había aprendido bien, que eso era lo que le gustaría hacer aquí. Pensó que estaba haciendo lo correcto, dejando constancia de un oficio y dando muestras de entusiasmo, pero el director lo miró con severidad.

«Usted no está aquí para hacer lo que más lo divierta», le dijo. «Usted está aquí para hacer lo que sea necesario.»

Se dio la vuelta y se fue. Era el camarada Wang. No sólo era uno de los directores de la fábrica, sino un hombre respetado entre los obreros: tenía una suerte de autoridad natural que no hubiera podido ocultar aunque quisiera, y hablaba con palabras breves y refranes oscuros que no repetían los usos de la jerga revolucionaria y que habrían despertado sospechas o recelos en boca de otra persona. Era obvio que no le había hecho gracia la llegada de dos jóvenes occidentales que de buenas a primeras le estaban diciendo qué hacer, y durante los días siguientes pareció que los evitaba. Para Sergio fueron días agotadores: no sólo por el trabajo físico con máquinas que nunca había visto, ni por la tensión de hacer correctamente lo que le pedían, sino por el esfuerzo de entender una lengua que no era la de la escuela ni la de la calle. No dormía bien, además, porque ya la temperatura de los días comenzaba a bajar, y las noches se hacían tan frías que era necesario llevarse a la cama botellas llenas de agua caliente. Los primeros días recorrieron la fábrica entera, visitando cada galpón y cada taller, haciendo una especie de misión de reconocimiento. Luego visitaron la sección de diseño y fue como estar de regreso en la Chong Wen (las mesas de dibujo, las reglas y los compases, los lápices de mina delicada). Al final llegaron a los talleres de mantenimiento, donde Sergio se sentía más cómodo: era un inmenso galpón lleno de fresadoras y taladros y prensas y tornos donde apenas se podía hablar por el ruido, y en cuyo aire flotaba el olor denso de los metales limados. Sí, ése era su ambiente, pensó Sergio, allí se movería como pez en el agua. Pero entonces le presentaron al jefe del taller: era el camarada Wang.

«Ya veo que conseguiste lo que querías», le dijo. Sergio notó el tuteo; también notó la voz grave, que no era usual entre los chinos. «¿Te gusta lo que ves?»

«Me gusta», dijo Sergio. «Pero le prometo que no voy a divertirme.»

Wang no sonrió. Con mirada seria, pero sin el menor rastro de solemnidad o arrogancia, dijo:

«Mientras más alto el bambú, más flexible debe ser su tronco para tocar con sus hojas las aguas del río».

Rodeó a Sergio con un brazo —sólo entonces se dio cuenta Sergio de que le llevaba al hombre media cabeza de estatura— y lo condujo por los corredores del taller. A todos los obreros que se encontraba les iba diciendo que éste era el camarada colombiano, que su nombre en chino era Li Zhi Qiang, que el deber de todos era convertir su estadía en el taller en un tiempo feliz, y todos respondían con venias más o menos pronunciadas y sonrisas que parecían sinceras. Finalmente llegaron frente a un torno que no tenía operador: era más grande que el de la Fábrica de Herramientas Número 2; también era de mecanismo más complejo. El camarada Wang puso una mano en la manivela, grande como el timón de un carro, y con la otra acarició la máquina como si se tratara de un caballo fiel.

«De ahora en adelante, y hasta que tú quieras, yo seré tu maestro», dijo. «De ahora en adelante, y hasta que él quiera, éste será nuestro torno. Vamos a cuidarlo mucho.»

Y luego empezó la lección.

La actitud hacia China, por lo menos, debe ser de agradecimiento. Deben pensar que es China quien les está dando todo lo necesario para lograr que ustedes sean unos revolucionarios que puedan servir a su pueblo. Esto lo hacen por su extraordinario espíritu internacionalista proletario. En realidad, ustedes no tienen derecho a exigir nada. Solicitar sí, lo que necesiten, pero siempre en forma muy cordial y con gran camaradería. Cuando comprueben que alguna cosa no anda bien (y siempre y cuando tengan una absoluta seguridad de que es así) y puedan indicar cuál es la solución, deben hacer las observaciones necesarias, pues este tipo de crítica representa también una ayuda al pueblo chino. Hay que tener en cuenta que es natural que todavía existan cosas que no marchen bien, que tengan defectos y errores, pero en lo principal, en lo fundamental, en lo básico, existe una correcta política marxista-leninista.

Todas las mañanas, después del desayuno y antes de comenzar la jornada, los trabajadores se reunían en un salón sin muebles, delante de una enorme foto del presidente Mao adornada con banderas y guirnaldas de flores artificiales. Y entonces le hacían peticiones en voz alta: que los guiara por el camino correcto para que la producción fuera buena; que les permitiera cumplir los planes diseñados por los directores; que los protegiera de los accidentes de trabajo. La misma escena se repetía al final de los días, antes de la cena, con los mismos trabajadores de la mañana, y terminaba con el mismo grito combativo: «¡Viva el presidente Mao!». Un día, durante el almuerzo, Sergio habló al respecto con Marianella. Le preguntó si aquellos rituales no le parecían raros o incluso un poco incómodos: si no se le parecían demasiado a la misa católica. Resultó que Marianella ya le había dicho algo similar a su maestro.

«¿Cómo?», dijo Sergio. «¿Y no te metiste en líos?»

Al contrario. Su maestro era un hombre mayor que la había acogido como si tuviera que protegerla de algo. Al principio, Marianella había sido destinada a la sección que cerraba los relojes ya armados, y durante días se especializó en apretar un tornillito, siempre el mismo y siempre con la misma herramienta, hasta que se hartó de todo: del tornillito, de la herramienta y de los relojes. Y lo dijo: estaba harta. Su maestro, en lugar de reprochárselo, la trasladó de inmediato al galpón donde se fundían las bases para los relojes. Eran máquinas lentas que no exigían mucha atención, de manera que Marianella aprovechó el tiempo (y su desparpajo) para conocer mejor a su maestro. Por eso después, cuando se encontró repitiendo de memoria las frases de Mao frente al retrato, no tuvo problema en decir:

«Esto es como el Sagrado Corazón de Jesús».

«¿Qué dice, compañera Lilí?»

«En mi país, esto se hace con Dios. Y a mí nunca me ha gustado.»

Por toda respuesta, el maestro la invitó una tarde a su casa, dos cuartos pobres en un edificio de cemento gris. Vivía con su mujer, cuya cara arrugada le trajo a Marianella la imagen de la abuelita de la comuna, que cocinaba sin hablar mientras él le mostraba a Marianella las paredes del lugar diminuto. En ellas no cabía un retrato más del presidente Mao, y donde no había un retrato había una frase enmarcada, como un *dazibao* más pequeño y venerable.

«Si se me caen las paredes por el peso, que se me caigan», dijo el maestro. «Mao me lo ha dado todo. Tengo trabajo y comida gracias a él. A mis padres los mataron los japoneses en la guerra. Eso fue hace menos de veinte años, pero parece otra vida. Yo, en cambio, sé que no voy a morir en una guerra, porque ahora China es poderosa. Y si tuviera que morir por mi pueblo, lo haría con gusto. Si Mao me pidiera morir por la patria, no lo pensaría dos veces. Mire, señorita, la diferencia es muy clara: ustedes, en su país, tienen un Dios muerto. Nuestro Dios está vivo. ¿Por qué no vamos a hablarle?»

Marianella pensó que tenía toda la razón.

Sergio, mientras tanto, se daba cuenta de que el camarada Wang no participaba con el mismo entusiasmo en las sesiones, ni lanzaba las consignas con la misma reciedumbre. Después de unas semanas notó que el saludo de las mañanas se había transformado: «¡Viva, viva muchos años el presidente Mao!», gritaban ahora los trabajadores; pero la voz gruesa del camarada Wang no se escuchaba claramente. Sergio puso el tema en una pausa entre dos trabajos intensos. Su maestro, que para entonces había comenzado a pedirle que lo llamara Lao Wang (era como decir «viejo Wang»: un apelativo de confianza), le hizo señas de que hablarían después. Y al salir del taller, cuando estuvo seguro de que nadie lo oía, comenzó a referirse a lo que estaba sucediendo con el presidente Mao. Habló de los retratos que colgaban en todos los talleres, en todos los comedores, en todos los dormitorios; habló de las fotos que todos los trabajadores cargaban en el bolsillo; cuando no llevaban fotos, llevaban escudos con la efigie del presidente, y las fotos o las efigies iban invariablemente dentro del Libro Rojo, que los trabajadores consultaban durante el menor momento de descanso. Lao Wang resumió la situación con pocas palabras:

«Lo están convirtiendo en un Buda».

Sergio había visto a los guardias rojos durmiendo en la calle y aguantando frío para tener la posibilidad de divisar a Mao en su balcón de la plaza Tiananmén. Los había visto llegar por millones de toda China para estar más cerca del líder, aunque fuera a cinco cuadras de distancia y aunque el único contacto que tuvieran con él fuera el de los himnos que le cantaban durante horas. Había algo descoyuntado en esos excesos. El mismo presidente Mao había criticado duramente el culto de la personalidad de Stalin, que contaminó el socialismo soviético durante muchos años, y señalado lo nocivo que podía ser para el desarrollo de la revolución proletaria. A Sergio, los rituales de la mañana y de la tarde le provocaban un franco fastidio, pero nunca dejó que nadie se diera cuenta. Para principios de noviembre la consigna había vuelto a cambiar: «¡Que el presidente Mao tenga una vida infinita y sin fronteras!», decían o gritaban a coro los trabajadores reunidos frente al retrato a todo color del presidente. Un día Lao Wang le dijo a Sergio: «El saludo al Emperador no era muy distinto». Había en su voz un lamento genuino, y Sergio entendió bien el sentimiento. Ya se había dado cuenta de que otras cosas funcionaban mal en la Revolución, y el culto de Mao no era el único síntoma.

Había estado hablando con los obreros. En ratos muertos, a la hora de las comidas, en el trayecto que se hace a pie desde un taller al otro o entre los dormitorios y el trabajo, le contaban cosas que parecían conversación espontánea, pero que siempre se decían en voz baja. Ahora Sergio entendía por qué a la asociación le había costado tanto encontrar un lugar de trabajo para los hermanos Cabrera: la fábrica era una de las pocas que no habían cerrado en estos tiempos críticos. Los obreros le hablaban de huelgas en todas partes del país, de sabotajes constantes de parte de los mismos trabajadores, de falta de materia prima tan dramática que a veces no había ni siquiera carbón para calentar las barracas donde dormía la gente mientras afuera hacían diez grados bajo cero. Al oírlos era imposible distinguir un tono de queja: todo lo contaban como quien cuenta un accidente de la naturaleza. ¿Qué podían hacer ellos? Sí, camarada Li Zhi Qiang, el país estaba sufriendo: sufría hambrunas en Heilongjiang; sufría los desmanes de Daoxian, donde los guardias rojos, nuestros camaradas, habían asesinado a miles de compatriotas. En todo caso, le pedían al camarada Li Zhi Qiang que no repitiera lo que acababan de contarle. Por favor, camarada, ¡nunca diga a nadie que le hemos dicho esto!

Le hablaron entonces del camarada que había hecho un comentario imprudente criticando las huelgas; lo habían acusado de capitalista, y su castigo, como el de todos los sospechosos de capitalismo, había sido limpiar los retretes de la fábrica sin ayuda de nadie.

El camarada Li Zhi Qiang prometió que nunca diría nada.

Sergio había olvidado esas conversaciones un par de semanas después, cuando llegó con su hermana al Hotel de la Amistad y se encontraron con un recado de la asociación: sus padres querían hablar con ellos; tenían que llamar a Colombia. Pidió la llamada a la operadora del hotel en la mañana del sábado, a eso de las diez, y al día siguiente timbró el teléfono de su habitación. Era su padre. «¿Cómo están?», preguntó Fausto. «¿Cómo va todo?» Fausto explicó que había estado hablando con Luz Elena, y que entre los dos habían llegado a la conclusión de que ya era tiempo de que Sergio y Marianella volvieran a Colombia. «Claro está», añadió, «que eso será cuando hayan terminado todo. Pero nos parece que ya es hora de que vuelvan. ¿Estás de acuerdo?». Sergio se quedó pensando un instante, escuchando la estática de la línea. *Cuando hayan terminado todo*. La frase era críptica, pero habría sido una imprudencia mencionar por teléfono el plan que habían trazado: hacer el entrenamiento militar del Ejército Popular de Liberación. Era un privilegio reservado a muy pocos, y la participación de extranjeros se mantenía en secreto estricto, pues a ningún camarada chino le habría caído en gracia que un occidental ocupara el puesto que podría tener uno de ellos.

«Sí», dijo Sergio al fin. «Si no la hacemos ya, la revolución la van a hacer otros.»

«Pues ya está», dijo Fausto. «Comiencen a preparar el viaje. Ahora vas a tener que encargarte de algunas cosas. ¿Tienes papel y lápiz?»

Entonces le dio una serie de instrucciones. Ni Sergio ni Marianella tenían documentos para viajar, pues cuatro años atrás, al llegar a China, Sergio y Marianella eran todavía niños que viajaban inscritos en el mismo pasaporte de sus padres; ahora necesitarían sus propios pasaportes individuales, y para obtenerlos tendrían que tramitarlos en un consulado colombiano. Recientemente se habían reanudado las relaciones diplomáticas entre Francia y China, y Air France tenía un vuelo semanal entre Pekín y París. De manera que Fausto mandaría los pasaportes por correo, junto con el Registro Civil de Nacimiento, y Sergio viajaría a París para cambiarlos por unos nuevos. La asociación, dijo Fausto, se haría cargo de la compra de los pasajes y la reserva del hotel, y añadiría viáticos suficientes. Como a Sergio le faltaba la ropa (había crecido mucho desde su llegada, y la ropa que había adquirido en estos años era toda china), Marianella le pidió a Carl que le prestara un par de pantalones a su hermano, y Carl llegó un día al Hotel de la Amistad con unos jeans que había traído del viaje a Canadá. *Levi's,* decía la etiqueta. A Sergio le pareció curioso que una prenda de origen obrero estuviera haciendo furor entre los burgueses de Occidente. «Feliz Navidad», dijo Carl. «Con dos meses de anticipación.»

Se acordarían de esa frase —de esa fecha— por lo que vino después.

Una de esas mañanas de otoño, David Crook cruzaba el campus del instituto hacia la oficina donde recogía su correo. El suelo estaba cubierto de piedras, pues los enfrentamientos entre las distintas facciones se habían recrudecido en esos días, y un grupo de guardias rojos vigilaban los alrededores del salón de clases que habían convertido en su lugar de operaciones. En ese momento, otros estudiantes salieron de las sombras, las cabezas cubiertas con cascos que parecían militares, y agresivamente le pidieron a David que les entregara su cámara. «¿Cámara? No llevo cámara», dijo él. «Mentira», respondió uno de ellos. «Usted es un espía. Un espía extranjero.» Lo llevaron al salón del segundo piso, le quitaron su maletín, le pidieron que vaciara los bolsillos. «No tienen derecho a detenerme», les dijo David. Era de noche cuando lo bajaron, siempre escoltado, y lo metieron a la fuerza en el asiento trasero de un carro demasiado pequeño para él y los dos guardias que lo acompañaban. Después de media hora de trayecto llegaron al cuartel general de la guarnición de Pekín. Para entonces, David se había dado cuenta de que estos chicos no estaban jugando.

Al cabo de dos horas, un joven con aspecto de oficial llegó para decirle que tendría que pasar la noche detenido: habían encontrado material sospechoso en su maletín. Pensó en los textos que traía: eran dos de las últimas instrucciones de Mao, que el Batallón de la Bandera Roja había conseguido pero que no se habían transmitido por radio todavía. ¿Sería eso lo que les parecía sospechoso? Sí, eran documentos de uso oficial, y sí, estaban en manos de un extranjero: no era improbable que eso despertara sospechas. David protestó, pero fue nuevamente en vano. El guardia lo condujo a una celda en la que apenas cabía un camastro. Allí pasó la noche, y el día siguiente, y la noche siguiente también. Cuando trató de mirar a través de la ventana abarrotada, el guardia le gruñó: David entendió que sólo debía mirar hacia adentro, para mejor meditar sobre sus culpas. Al tercer día un campero verde lo trasladó a otro lugar, cruzando la ciudad, y después de dos semanas, en la mitad de la noche, volvieron a meterlo en un vehículo para volver a cruzar la ciudad en el sentido opuesto. Lo que se encontró al llegar fue descorazonador: una celda diminuta, oscura y húmeda, adornada solamente con un afiche que llamaba a la supresión de los elementos contrarrevolucionarios. Al día siguiente, cuando pidió permiso para ir al baño, un guardia lo acompañó al otro lado de un patio de cemento, y así David descubrió que se encontraba en una suerte de complejo de edificios de ladrillo que evidentemente no habían sido siempre la prisión improvisada que eran ahora. A lo lejos se veía la estrella roja del Museo Militar, que se iluminaba en las noches, y David se acostumbró a buscarla con la mirada cada vez que salía al baño, cada noche de cada semana de cada mes, para recordar que allá fuera seguía existiendo el mundo.

XIII

Sergio aterrizó en París a mediados de diciembre. Según le había dicho el camarada Chou, un funcionario de la nueva embajada china lo esperaría a la salida del aeropuerto de Orly. Aquello parecía una misión clandestina: en el pasaporte de sus padres, donde estaba su nombre, también había en letras enormes una prohibición expresa de viajar a los países comunistas, incluida la República Popular China; en otras palabras, Sergio tenía que ocultarles a las autoridades consulares su aeropuerto de origen. Pero la clandestinidad le duró poco, pues un oficial de inmigración, al ver su pasaporte, lo sacó de la fila y comenzó a interrogarlo, y a las primeras de cambio ya Sergio lo había explicado todo: que venía de Pekín, que no tenía pasaporte propio y que su intención era obtener uno nuevo en el consulado colombiano de París. Fueron tres horas intensas, un interrogatorio en toda regla en una oficina sin ventanas, durante el cual el oficial francés no lograba entender por qué Sergio se negaba a llamar a su propio consulado. *«Mais pourquoi pas?»*, le gritaba el gendarme. *«Mais dîtes-moi, Monsieur! Pourquoi pas?»* Y Sergio no podía explicarle que la instrucción más clara de su padre había sido ésa: sobre todo, no decirles a los colombianos que venía de China. Cuando salió por fin del aeropuerto, el funcionario se había ido, y Sergio tuvo que pagar un taxi para llegar a la embajada china. Los camaradas que lo esperaban lo invitaron a cenar y lo llevaron al hotel que le habían reservado. Allí, en una habitación estrecha, Sergio dejó su maleta pesada y volvió a salir de inmediato, pues un conocido lo estaba esperando.

Se llamaba Jorge Leiva. Tenía treinta y ocho años, aunque las entradas de la frente le ponían más encima. Había terminado sus estudios de Derecho, pero, en el momento de volver a Colombia para ejercer lo aprendido, decidió quedarse en la ciudad donde habían escrito sus poetas predilectos y escribir allí sus propios poemas. Para sobrevivir había vendido vegetales en el mercado de Les Halles y cantado tangos en el bar Veracruz, y ahora trabajaba en las tiendas Fnac, en el bulevar de Sébastopol. Tenía con Sergio un vínculo profundo: el hecho simple de haber vivido en Pekín. De allí le venían sus convicciones políticas; su hermano mayor vivía también en París, y su nombre no era importante por ser el de un cardiólogo de prestigio, sino por sus labores clandestinas como secretario del MOEC, un movimiento obrero que buscaba la forma de armarse para hacer la revolución en Latinoamérica. De hecho, si la maleta de Sergio pesaba tanto era por razones políticas: los camaradas de Pekín les habían mandado a Leiva y a su hermano varias docenas de ejemplares del Libro Rojo. La noche de su llegada a París, después de encontrarse con Leiva en la Fnac y de caminar con él hasta su buhardilla de la rue de Lille, Sergio pensó lo mismo que pensaría durante los siguientes años. Le había tocado una época en que todo el mundo, en todas partes, por todos los medios, tenía un solo objetivo: hacer la revolución. Qué suerte era estar vivo.

Sergio pasó la noche allí, en la buhardilla de techos bajos, a medio camino entre los muelles del Sena y el bulevar Saint-Germain. El poeta Leiva le ofreció dos metros cuadrados de su apartamento, y Sergio aceptó de inmediato: era mejor ahorrarse los viáticos que gastarlos en hoteles. Al día siguiente, muy temprano, se dirigió al consulado de Colombia. Los nervios lo habían despertado; mientras caminaba, se habían hecho más intensos. Al atravesar el río, un soplo de viento le cortó la cara, pero Sergio iba pensando en todo lo que dependía de ese trámite. Le iba a pedir a la cónsul un pasaporte para volver a Colombia y unirse a su padre, que ya trabajaba para el Partido Comunista; acababa de pasar años en un país proscrito que su propio país consideraba enemigo. En ese estado llegó al consulado colombiano. Una recepcionista recibió sus documentos y le pidió que se sentara. Sergio empezó a lamentar este viaje: ¿y si le negaban el pasaporte? ¿Y si le retiraban el que ya tenía, por haberlo usado para viajar a lugares prohibidos? ¿Y si Marianella se quedaba sola en China, sin poder viajar, sin pasaporte propio pero también sin el de sus padres? ¿Y si la cónsul estaba al tanto de las actividades de Fausto Cabrera, un actor conocido que aparecía en los periódicos con frecuencia y no había ocultado nunca sus simpatías izquierdistas?

En ese momento salió la cónsul. Llevaba unas gafas grandes cuya cadenita le daba la vuelta a un cuello de tortuga. Le dio la bienvenida a Sergio con una sonrisa y lo invitó a pasar a su despacho, y allí, mientras alguien traía una taza de café, miró los documentos que Sergio había traído y le hizo una sola pregunta, tuteándolo como si fuera el hijo de alguna amiga: «¿Y qué hacías en China?». Y cuando Sergio se puso de pie para explicar (nunca supo por qué había sentido que era mejor dar sus explicaciones de pie), la sangre se le fue de la cabeza, su mundo se hizo negro, y lo siguiente que vio fue un grupo de seis manos alborotadas que trataban de darle aire con revistas o pañuelos. Alguien opinó que debía ser el hambre; alguien dijo que había que darle unos francos a este pobre muchacho.

Sergio salió del consulado con la compasión de la cónsul, llevándose unos billetes en el bolsillo y una respuesta alentadora. Sí, le podía expedir el pasaporte, pero para ello no bastaba el Registro Civil de Nacimiento: era imprescindible tener una autorización expresa de su padre, autenticada ante notario. Llamó por teléfono a Colombia desde la primera cabina que encontró (y lo maravilló lo fáciles que eran las comunicaciones aquí, comparadas con el tormento de Pekín), pidió lo que tenía que pedir y dio la dirección del poeta Leiva. Luego fue a su hotel, recogió sus cosas y las llevó a la buhardilla, y a partir de ese momento se dedicó a esperar.

«Se me alargó el viaje», le dijo a Leiva.

«Mejor», contestó él. «Aquí están pasando cosas interesantes.»

Pasó los primeros días caminando por el Sena, viendo libros baratos en las casetas de los muelles y aguantando una llovizna permanente. Se preguntó a menudo por qué lo miraban todos con tanta curiosidad, hasta que se dio cuenta de que sus Levi's llamaban la atención de los parisinos como si un vaquero acabara de instalarse en la orilla izquierda. Varias veces caminó hasta el Louvre buscando pintura italiana o hasta la Orangerie para ver cuadros impresionistas mientras el frío se le iba de la piel. Se metía en las iglesias para sentarse a leer en una banca del fondo, cerca de un vitral; y así, refugiado en Saint-Julien-le-Pauvre, por ejemplo, o en Saint-Germain-des-Prés, leyendo un ensayo sobre China de Simone de Beauvoir o uno de Roland Barthes sobre muchas otras cosas, se le fueron horas enteras. El libro de Barthes se llamaba *Mythologies*. Sergio lo leyó en cuatro horas de una mañana fría, y le interesó tanto, y habló con tanto entusiasmo de él, que Leiva le dijo: «Pues lléveselo de regalo y no joda más». Además, el dinero que le dieron por ninguna razón en el consulado colombiano le sirvió para un par de entradas de cine, y en un teatro de la rue Racine vio *Belle de jour*, de un tal Luis Buñuel. Pero luego descubrió la Cinemateca, que no sólo le permitió ver películas menos recientes que sólo conocía de reputación, sino que era la más barata de todas las formas de pasar el tiempo. Y entonces recordó lo que Leiva le había dicho: «Aquí están pasando cosas interesantes». Cuánta razón había tenido, aunque las cosas interesantes a las que se refería no fueran necesariamente las que le estaban ocurriendo a Sergio en el fondo de su conciencia.

En París, en las calles y en las salas de cine y en las librerías junto al Sena, Sergio descubrió un mundo del que apenas llegaban noticias al país de la Revolución Cultural. A media mañana, después de que el poeta Leiva se hubiera ido a su trabajo en la Fnac, caminaba por el bulevar Saint-Germain o por el río, dependiendo del frío que hiciera, se tomaba un café en alguna parte y se iba directo a Trocadéro. Pronto las columnas del edificio se le hicieron tan familiares como los techos de la buhardilla. Allí, en el Palais de Chaillot, vio varias películas de Hitchcock (y entre todas prefirió *La ventana indiscreta*), vio varias de Kurosawa *(Rashomon, Barbarroja, Los siete samuráis)*, vio *Tiempos modernos* y *El gran dictador*, vio *Ciudadano Kane* y vio *Casablanca* y vio *Johnny Guitar*. Salía de la Cinemateca a la explanada cuando ya la noche había caído sobre la Torre Eiffel y emprendía el camino de vuelta. Esos cuarenta y cinco minutos de soledad se le volvieron imprescindibles: seguía sintiendo una suerte de excitación mental, de electricidad que le mantenía los ojos abiertos, y no quería perder esa emoción antes de tiempo, ni que desaparecieran las imágenes luminosas que seguían viviendo en su retina mientras Sergio caminaba, nítidas como si él mismo las proyectara sobre el cielo o sobre el río.

Pasó la noche de Navidad con Leiva y con su hermano el cardiólogo y con un puñado de hombres y mujeres de pelo más largo que el suyo que lo querían saber todo, absolutamente todo, de China y de Mao y de la Revolución Cultural, y querían saber si el proletariado era tan feliz como se decía, y si era tan heroico. «¿Es verdad?», le decían. «¿Es verdad que están rompiendo con el pasado feudal, con miles de años de historia? ¿Es verdad que eso se puede?» Sergio pensó en los hombres y las mujeres humillados en público, las cabezas bajas, los sombreros de un metro de alto que acusaban a su portador de complicidad con el capitalismo, los letreros colgando de sus cuellos con otros cargos en letras grandes —déspotas, terratenientes, simpatizantes del enemigo, elementos de las pandillas contrarrevolucionarias—, y recordó los museos y los templos arrasados por multitudes violentas y las noticias de fusilamientos que llegaban del campo, de las que sólo se enteraban muy pocos. Recordó todo aquello y sintió por razones misteriosas que no podía hablar de nada, o que no le entenderían si contaba lo que sabía.

«Sí», les dijo. «Es verdad que se puede.»

Los volvió a ver después del Año Nuevo, en una reunión política que Leiva había organizado en su buhardilla. Algo había cambiado. Esta vez no le preguntaban con curiosidad insaciable sobre la vida en China y las verdades del maoísmo, sino que parecían más circunspectos, o era tal vez que habían bebido menos. Hablaban de Robbe-Grillet, cuyas novelas estaban en boca de todos, y alguien recordó que en *Loin du Vietnam* Godard decía que Robbe-Grillet nunca le había gustado demasiado. Y se rieron, pero lo hicieron mirando a un francés callado que observaba la escena desde un cojín, sentado en flor de loto, recostado en la pared. El francés sonrió y dijo: «Qué malvado es Godard». Era Louis Malle. Sergio reunió todo el coraje del que fue capaz para contarle que había visto *Ascenseur pour l'échafaud* en la Alianza Francesa de Pekín. Lo que no le dijo, en cambio, fue que había vuelto a verla no menos de seis veces, y que era una de las películas culpables de que se hubiera tomado en serio la idea absurda de ser —alguna vez, en un futuro lejano— director de cine.

Tal vez era extraño, pero la ciudad le parecía más familiar porque todo el mundo estaba hablando de la guerra de Vietnam como si les ocurriera a ellos. De todas las películas que vio en París, mientras contaba los días que podía tardarse un sobre desde Colombia, la que más lo marcaría fue *Loin du Vietnam,* que fue a ver tan pronto pudo después de oír los comentarios y las bromas de la noche de la reunión. Era un documental hecho a coro por cinco directores de la Nueva Ola —Godard, Agnès Varda, Alain Resnais, Claude Lelouch y Chris Marker—, un fotógrafo de moda convertido en cineasta —William Klein— y un veterano documentalista holandés que se había convertido con los años en un héroe de la izquierda internacional: Joris Ivens. Sergio fue a ver la película en diciembre y quedó tan impresionado que volvió en enero, después de las fiestas, para sentir la misma indignación de antes y al mismo tiempo el mismo asombro, pues nunca se había imaginado que esto se pudiera hacer en cine, o que el cine fuera capaz de regalarnos estas maravillas. Escuchó a Godard repetir las palabras del Che Guevara, cuando pedía que en América Latina hubiera «dos, tres, muchos Vietnams»; vio a Fidel Castro sentado en el monte, vestido con su uniforme verde olivo y los rombos negros y rojos en las charreteras, diciendo que la lucha armada había sido la única opción para el pueblo cubano, y que en su opinión, dadas las condiciones de la inmensa mayoría de los pueblos latinoamericanos, no había para ellos otro camino que la lucha armada. Vietnam ha demostrado, decía Fidel Castro, que ninguna máquina militar, por más poderosa que sea, puede aplastar a un movimiento guerrillero apoyado por el pueblo. El ejército de Estados Unidos había fracasado contra el pueblo heroico de Vietnam, decía Castro. Hoy en día, nadie lo dudaba. Aquél era uno de los grandes servicios que el pueblo de Vietnam le había prestado al mundo.

Sergio salió a la noche pensando todavía en las últimas palabras del documental, que le anunciaban exactamente esto: iba a salir a un mundo sin guerra, lejos de Vietnam, donde era fácil olvidar que esa realidad existía. En esas breves palabras, en su melancolía y su aparente resignación y su denuncia de un mundo insolidario, Sergio encontró la protesta más elocuente que había visto jamás, incluidas las marchas en las que había participado como estudiante de la Chong Wen. Y al parecer era también la más eficaz, si uno juzgaba la eficacia de una protesta por el grado de violencia que provocaba. La segunda vez que fue a ver el documental, Sergio sintió algo raro al sentarse en su silla, y se dio cuenta de que no sólo la suya, sino todas las que lo rodeaban habían sufrido un salvaje ataque con arma blanca. Luego averiguó que los responsables eran los muchachos de Occident, un grupo fascista que paseaba por París enfrentándose a los manifestantes, y parte de sus *happenings* era entrar en los teatros donde se había proyectado *Loin du Vietnam* y destrozar la cojinería a golpes de navaja.

La película no le pareció menos admirable por el hecho de verla en una pantalla rasgada, y era evidente que no estaba solo en su admiración: las calles del Barrio Latino, en ese enero frío, se llenaban todos los días de manifestantes contra la guerra que parecían recién salidos de la misma sala de cine. Gritaban sus eslóganes y hacían eco de sus protestas. Casi siempre eran estudiantes, y con frecuencia lo eran de la Sorbona, de manera que Sergio no pudo sorprenderse cuando, acompañando a Leiva, llegó a una manifestación frente a la Mutualité y distinguió, entre la gente, varias caras conocidas. Ahí estaban los amigos franceses que lo habían interrogado sobre la Revolución Cultural, levantando pancartas que Sergio no alcanzaba a leer, gritando consignas con sus compañeros. Toda la escena tenía algo familiar. Sergio había visto cuadros similares en Pekín: jóvenes iracundos protestando contra las viejas autoridades. Se preguntó si aquí podía pasar algo parecido a la Revolución Cultural. Meses después, cuando le llegaron las primeras noticias de lo ocurrido en mayo, sentiría el orgullo confuso de haber detectado el porvenir de aquella situación, y de haberlo hecho gracias a sus años en China.

El poeta Leiva lo invitó después a otra manifestación. Era exactamente igual que la anterior: en el mismo sitio, con los mismos estudiantes que gritaban las mismas consignas, con la misma policía observándolos sin parpadear desde detrás de sus escudos. Había acabado de llover y el cielo seguía nublado, y en la calzada brillaban charcos que parecían de mercurio hasta que una bota los pisaba. Los manifestantes sostenían pancartas en el aire: *Paix au Vietnam héroïque* y *Johnson assassin,* se leía en sábanas o cartones. Delante de la farmacia Maubert, la policía parecía esperar que los otros atacaran primero. Y entonces sucedió: una piedra golpeó uno de los escudos, y luego otra, y luego otra, y un escándalo de batalla ensordeció a Sergio. La policía cargó contra ellos y la multitud se revolvió en un movimiento de látigo, y alguien que estaba junto a Sergio cayó herido, acaso por fuego amigo. Sergio y el poeta Leiva tuvieron la suerte de haber llegado tarde, porque los heridos estaban cayendo sobre todo en el centro de la manifestación. Los dos salieron corriendo, tratando de cubrirse la cabeza, y se perdieron en la huida. Se volvieron a encontrar más tarde, en la buhardilla de la rue de Lille. A Leiva, notó Sergio, le brillaban los ojos.

Por los días en que llegaron los papeles de Colombia, con miles de sellos y autenticaciones y hasta la firma del ministro de Relaciones Exteriores, Leiva le enseñó a Sergio un poema nuevo.

El Gran Sun Tzu jefe de la guerra
movió a combate a sus pusilánimes
Brava fue su cimitarra
Un día
hizo luchar a las concubinas del Dinasta
hasta quedar estáticas
Grande fue su valor
al ser atravesado por un grueso venablo
se incorporó diciendo:
«Dejen que en mí eche raíces»
Después

un árbol nació de sus entrañas
y el guerrero ahora
da sombra al caminante.

«No sé qué título ponerle», le dijo. «Pero va por buen camino, ¿no le parece?»

Sergio voló de vuelta a Pekín a mediados de febrero. Le parecía un milagro haberlo conseguido, pero allí, en el bolsillo de su abrigo, estaba su pasaporte; más incomprensible todavía era que la cónsul también le hubiera dado el de su hermana. Llevaba además dos litros de Coca-Cola, cuestión de compartir con Marianella lo que no se podía encontrar ni siquiera en la Tienda de la Amistad (era la bebida del enemigo). Al llegar a Pekín, no se fue directamente a la Fábrica de Relojes Despertadores, donde las botellas habrían causado escándalo, sino que hizo una parada en el Hotel de la Amistad con la intención de meterlas en la nevera de su habitación. Iba pensando en su hermana, que había llevado mal el arresto de David Crook, y preguntándose cómo estaría ahora. Pensó que aquellos días no habrían sido fáciles para ella, compartiendo con Carl la ansiedad por la incertidumbre de las acusaciones, y tal vez por eso lo sorprendió encontrarse con las paredes de su cuarto forradas de carteles dibujados por Marianella. *Viva el curso militar del Partido Comunista,* se leía en ellos. *Viva el Ejército Popular de Liberación de China. Viva la revolución en América Latina.*

Se acostó con la intención de dormir una siesta breve antes de ir a buscar a su hermana a la fábrica. En los últimos meses pasaba tanto tiempo acostado que había decidido usar el techo como otros usan las paredes, y había pegado allí sus mapas de Colombia, de China y del mundo, para aprenderlos de memoria durante sus horas de ocio, señalando con chinchetas de colores los lugares donde había estado, aunque fuera fugazmente. Encontró Pekín con la mirada y luego Bogotá, y trató de trazar una línea invisible que recorriera el trayecto que cubrirían para llegar adonde estaban sus padres, no por el oriente, lo cual parecía más sensato sobre el mapa, sino por Moscú y Europa. Pero los carteles que había dibujado su hermana dominaban su atención dispersa, y Sergio los recordaría días después, cuando supo del mote, no del todo amable, que los amigos del Hotel de la Amistad le habían puesto a Marianella durante su ausencia: la Monja de la Revolución.

Del diario de Marianella:

1968.1.11
Hoy me enteré de que el Diario del Pueblo *quiere hablar conmigo sobre la participación en una producción de una película con otros extranjeros. Siento que no debería participar porque mi padre está haciendo un trabajo clandestino en Colombia y mi tarea en China es estudiar el Pensamiento Mao Tse-Tung para que cuando regrese pueda asumir la tarea de mi padre y otros compañeros; en China debería estar aprendiendo del gran pueblo chino, para ser leal al pensamiento de Mao Tse-Tung, para llevar el pensamiento de Mao Tse-Tung a Colombia. Mi padre se encuentra actualmente en una situación muy peligrosa en Colombia, los americanos nos están buscando a mi hermano y a mí, por lo que no debería participar en la realización de esta película. Quizás el propósito de la película sea de propaganda, pero creo que todavía no he estudiado lo suficiente las obras del presidente Mao. Creo que la razón por la que tengo una relación tan buena con los trabajadores es porque he aprendido del presidente Mao, pero esto no es suficiente. Todo el progreso que he logrado es el resultado de la ayuda de mis compañeros. Debo ser siempre honesta, no demasiado orgullosa sólo de hacer este pequeño progreso. ¡Siempre aprenderé de las masas con humildad, siempre seré la pequeña alumna de las masas y me esforzaré por progresar más!*

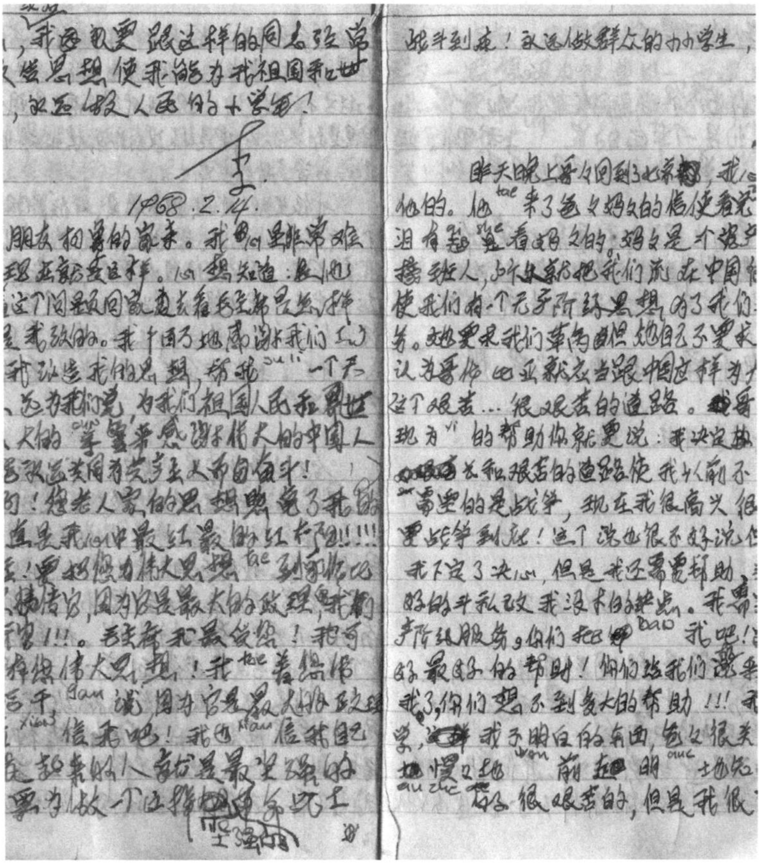

1968. 2. 14.

...

1968.1.28

Hoy es mi día de descanso, todos los demás han vuelto para el festival de primavera, pero yo no me voy, pasaré estas vacaciones en la fábrica. Creo que durante estos días lo mejor que puedo hacer es hacer algo de servicio a la gente. Veo que los baños están sucios, así que decidí pasar el período de descanso de la tarde para limpiar los baños. La gente se burla y dice que debo ser una «capitalista». Pero creo que ésta no es una tarea sólo para los capitalistas, debemos servir a la gente, somos los custodios de la gente, así que debemos hacer este tipo de tareas. Les dije a los camaradas que se habían equivocado al decirlo. ¿No debería todo lo que hacemos estar al servicio de la gente? En el futuro deberíamos hacer más de esas tareas mundanas. Pequeñas tareas, trabajo ordinario, y decir frases menos floridas.

Estas vacaciones las pasaré aquí, en China, donde quiera que esté será mi hogar. Hoy estoy en una sociedad socialista, en una gran familia revolucionaria, viviendo en la época del gran presidente Mao Tse-Tung. ¡Qué felicidad! En el futuro, sostendré en alto el estandarte rojo del Pensamiento de Mao Tse-Tung y serviré a la gente con el corazón y el alma para lograr más y mayores logros.

1968.2.14

Acabo de regresar de la casa de mi amigo Carl. Me entristece profundamente ver que mi camarada se encuentra ahora en este estado. Me pregunto: ¿es él quien ha cambiado o yo? Y con esta pregunta en mente, regresé a casa para ver qué tiene que decir el presidente Mao. En última instancia, creo que soy yo quien ha cambiado. Doy mil millones de gracias a mis compañeros, los obreros de la fábrica. Les agradezco por ayudarme a reformar mi ideología, ellos me ayudaron a establecer una ideología proletaria que me hará servir para siempre a nuestro partido y al pueblo de mi país. Con mi mayor respeto, agradezco al pueblo chino que me ha tomado como compañera de armas en nuestra lucha común por el comunismo.

¡Oh, gran presidente Mao! Tu ideología ha arrojado una luz brillante en mi corazón. ¡Oh, querido presidente Mao! ¡¡¡¡Realmente eres el sol rojo más rojo de mi corazón!!!! ¡Estoy decidida a obedecer siempre tus palabras! Para llevar tu gran ideología a Colombia. Para propagarla, porque es la verdad más grande, ¡¡¡nuestro pueblo colombiano nunca se apartará de él!!! Presidente Mao, ¡te amo más! Puedo prescindir de padre y madre, ¡pero no puedo prescindir de tu gran ideología!

1968.2.16
Ayer por la noche mi hermano volvió a Pekín, y me puse tan feliz de verlo… Trajo cartas de papá y mamá. Lágrimas de alegría corrieron por mis ojos después de leerlas. Especialmente la carta de mi madre. Mi madre es una burguesa, pero no quiso que siguiéramos sus pasos, por eso nuestros padres nos dejaron en China, para estudiar mejor el pensamiento de Mao Tse-Tung, para adquirir la ideología del proletariado, para que podamos servir al proletariado de nuestro país. Ella quería que hiciéramos la Revolución, pero ella misma no quería hacer la Revolución, cree que el socialismo es bueno, cree que Colombia algún día puede ser tan grande como China, pero siempre había dicho que no quería seguir este difícil y arduo camino. Ahora, en la carta que trajo mi hermano, dice:
«La única ayuda que puedo ofrecerte es decirte que he decidido seguirte a ti y al pueblo en este largo y arduo camino que antes no quería recorrer. ¡Ahora veo que lo que necesitamos es la lucha armada, ahora estoy feliz, muy resuelta! ¡Creo en mí misma, lucharé hasta el final! Es difícil para mí decir todo esto, pero creo que lo entenderás. He tomado mi decisión, pero todavía necesito ayuda, necesito cuidado y amor. Todavía tengo que luchar contra mi egoísmo para reformar mis defectos. Debo luchar constantemente contra el interés propio para servir a la clase proletaria. ¡Todos ustedes pueden ayudarme criticándome! ¡Ésta sería la mejor ayuda que me pudieras ofrecer! Recibimos los libros de citas del presidente Mao que nos enviaste. ¡¡¡No vas a creer lo maravillosos que me han

parecido!!! Los estudio con tu padre todos los días. Las partes que no entiendo él me las explica pacientemente. De esta manera avanzamos poco a poco. Entiendo claramente que éste será un camino largo y arduo, pero estoy progresando con determinación. Cuanto más voy, más fuerte me siento. ¡Siento que mi fuerza nunca se agotará!».

Después de ver la resolución de mi madre, sentí mucha fuerza, ¡me sentí feliz! Somos una familia revolucionaria, los cuatro, cuatro «tornillos» revolucionarios, aun siendo tan pequeños. Siento una gran alegría en mi corazón.

A principios de abril, poco después de que Marianella cumpliera los dieciséis años, empacaron lo mínimo, según las instrucciones que habían recibido, y se prepararon para volar a Nanking. Pero antes del viaje todavía tuvieron tiempo de saber que David Crook había sido trasladado nuevamente, después de casi seis meses de confinamiento, y que su situación no parecía mejorar en lo más mínimo. Todavía no eran claros los cargos que se le imputaban, pero en sus cartas contaba que ni siquiera lo habían seguido interrogando. Isabel le envió una traducción al inglés de las obras completas de Mao, una edición bilingüe del Libro Rojo y una pequeña radio para que mejorara su pronunciación del chino, pero era su única corresponsal: nunca, en todo ese tiempo, tuvo David noticia de los camaradas que estaban, supuestamente, a cargo de su caso.

Sus cartas eran corajudas, pero llenas de desconsuelo. En ellas decía que pensaba en sus hijos y se preocupaba por su seguridad; que pensaba en Isabel e imaginaba que los guardias la detenían a ella también. Contaba lo que podía en esas cartas —lo hacía en chino, para que el inglés no despertara sospechas— y Carl se lo contaba a Marianella con lágrimas en los ojos. Marianella supo así que los interrogatorios habían comenzado de nuevo, y que de nuevo David se defendía con la verdad, y también que tenía de nuevo la certeza de que lo acusaban (aunque nunca se lo dijeran) de ser un espía inglés. Todas las sesiones frente a su interrogador, un veterano de la guerra de Corea que David nunca dejó de respetar, terminaban con la misma frase: «Crook, ha sido usted extremadamente deshonesto esta tarde. Vuelva a su celda y piense en lo que ha dicho. Y la próxima vez dígame la verdad». Le preguntaba sobre su vida, sobre su familia, sobre su empleo, sobre sus convicciones. Y en sus cartas David decía, tanto para sus hijos y su esposa como para los oficiales que lo leyeran: «Pero estoy diciendo la verdad. Estoy diciendo toda la verdad».

«¿Y qué puede hacer si no le creen?», decía Carl.

Marianella tuvo en ese instante una revelación sorprendente: Carl era débil. Ella lo quería —más que eso: se había enamorado de él— pero tenía que rendirse a la evidencia dolorosa de que su novio no compartía la intensidad de su compromiso ni su sentido de misión profunda. De otra manera sabría que el partido no se equivocaba: si David estaba en la cárcel, alguna buena razón habría. No se lo dijo con esas palabras, pero supo que Carl le pedía más de lo que ella podía darle. En largas conversaciones sobre el destino de David Crook, Carl se apoyaba en ella, lloraba con ella, se quejaba con ella de la profunda injusticia que había cometido la Revolución Cultural, y ella sólo podía pensar que su tiempo en China estaba llegando a su fin.

El Partido Comunista tenía un Comité Central y el Comité Central tenía una Comisión Militar y la Comisión Militar tenía un Departamento para América Latina, y en el Departamento para América Latina había una sección que estaba en contacto con el Partido Comunista colombiano. Ése era el camino impreciso y tortuoso que habían recorrido los nombres de Sergio y Marianella hasta llegar allí, a ese campo de entrenamiento más grande que algunos países europeos, para compartir curso militar con otros cincuenta y tantos aprendices. Todo era un privilegio. Mientras Sergio y Marianella se entrenaban en Nanking, cientos de latinoamericanos que hacían lo mismo en otras partes —en Albania, por ejemplo— habrían preferido secretamente estar en China. Pero el proceso de selección era largo y complejo, aunque nunca se supieran bien los criterios.

Cada uno de ellos se instaló en su propia habitación, en el segundo piso de una casa construida al borde de una carretera. Junto a la habitación, cada aprendiz tenía un estudio pequeño, y en el piso de abajo, mucho más amplio, estaban las barracas de diez soldados profesionales, jóvenes de veinte años que serían sus acompañantes y con el tiempo se convertirían en su pequeña guerrilla: camaradas por los cuales Sergio estaba dispuesto a cualquier riesgo, aunque se tratara de los riesgos ficticios del adiestramiento controlado. En su habitación, cada aprendiz tenía un armero con ocho tipos diferentes de armas de fuego: M1 Garand, rifles Mauser, fusiles automáticos FAL. Al terminar el curso, según supieron los hermanos Cabrera, deberían ser capaces de armar y desarmar los ocho fusiles con los ojos vendados.

Durante dos semanas se levantaron al alba, se vistieron con el uniforme militar de la República Popular y tomaron su lugar en un salón de clases, frente a un tablero y un instructor, para llenarse la cabeza de conocimientos teóricos. A medida que pasaban los días, las teorías se hicieron más complejas y los instructores de Estrategia se hicieron más exigentes. Era un aprendizaje técnico: sí, se hablaba de política a veces, pero era sólo para recordar las campañas del presidente Mao o lo que el presidente Mao había escrito sobre estrategia militar, y el adoctrinamiento que Sergio había conocido en la escuela había desaparecido por completo. El tablero se llenó de mapas donde las tropas decidían movimientos y donde era cuestión de que los puntos de un color rodearan a los de otro, y era chocante pensar que esas figuras geométricas representarían para algunos de los presentes una realidad hecha de muerte. Entre clases, si aguzaba el oído, Sergio alcanzaba a oír acentos latinoamericanos —chilenos, argentinos, mexicanos—, pero nunca entró en contacto con ellos. Con su hermana hablaba en chino; también con los instructores. Esa clandestinidad les gustaba.

En las tardes hacían entrenamientos más físicos. Sergio y Marianella pasaban dos horas cada día en el polígono, familiarizándose con todos los fusiles que tenían en su armero pero además con granadas de fragmentación, morteros y bazucas, e incluso ametralladoras .50, capaces de disparar doscientas cincuenta balas. Los chinos estaban al tanto de la guerra vietnamita de guerrillas, y su curso incluía esas enseñanzas rudimentarias: cómo hacer trampas con ramas y hojas, como usar un río para una emboscada, cómo fabricar una bayoneta sin más herramientas que un cuchillo y el bosque. Sergio aprendió a camuflarse, a correr sobre troncos sueltos, a vadear ríos caudalosos sin mojar el arma y sin que la corriente le hiciera perder el equilibrio; aprendió cómo disminuir su propia silueta para quitarle blanco al enemigo y a saber cuántos enemigos tenía en frente sólo atendiendo a los sonidos; aprendió a distinguir en combate, donde no hay insignias, al oficial enemigo de más alto rango, porque su valor estratégico es mucho mayor que el de un soldado. Aprendió a secar aserrín para quitarle la humedad y a mezclarlo con nitrato de amonio para fabricar explosivos que no eran menos fuertes que la dinamita, y aprendió a tomarse un tanque, a llevarlo adonde quisiera y a usar su cañón, y a destruir armamentos que no necesitaran o no pudieran llevar, para evitar que cayeran en manos del enemigo. Y en medio de todo aquello aprendió que la cobardía es, más que un defecto del carácter, un error estratégico: el que tiene miedo no dispara, y permite por lo tanto que le apunten. En otras palabras, el que dispara está evitando que le apunten los demás. Esa mentalidad era crucial: más de uno había muerto por llegar al combate sin haberla asimilado.

Pero luego vinieron los operativos, y vinieron sin avisar. Una noche, a eso de las nueve, Sergio encontró en la puerta de su habitación una nota que decía en caracteres chinos: *Presentarse a las 03:00 para patrulla. Camino 32.* No durmió bien, en parte por saber que algo iba a pasarle, en parte por la preocupación de no despertarse. A la hora señalada estaba allí, en el camino 32, una ruta de tierra flanqueada por árboles y mal iluminada. Sabía que estaba en medio de un entrenamiento y que su vida no corría peligro, pero eso no evitó que la zozobra se le metiera en el pecho: algo le iba a pasar, pero era imposible saber de dónde vendría lo que viniera ni qué forma tomaría. Cada sombra era una amenaza y cada ruido en el follaje lo obligaba a girarse con violencia, levantando el fusil para apuntar a la oscuridad. La luna era un pedazo de vidrio y el tiempo se había quedado quieto. También Sergio habría preferido no seguir avanzando, porque sus propios pasos, le parecía, podían ocultar un sonido más importante. Odió la penumbra y odió la brisa y odió su propia inexperiencia.

No supo cuánto tiempo había pasado —podía ser una hora, podían ser dos— cuando unos árboles le cayeron encima desde ambos lados de la carretera, armados y con cascos y con las caras pintadas de verde y marrón. Alcanzó a dispararle a uno de los enemigos, pero los demás se acercaron demasiado rápido, y las reglas de estos operativos eran claras en cuanto a la distancia mínima para disparar: muy de cerca, las balas de salva podían hacer daño. Sergio se vio rodeado por cuatro aprendices que le apuntaban, y tuvo que entregarse. Era cierto lo que había oído: que las balas de salva no matan, pero su ruido destroza los nervios como si fueran de verdad.

*

La víspera de su partida, cuando ya habían terminado el curso y se consideraban graduados, sus instructores organizaron una cena en su honor. Allí estaban los seis hombres que les dieron clases o fueron responsables de sus entrenamientos, y también algunos de sus compañeros de generación. Hubo discursos de despedida y Sergio y Marianella dieron respuestas de gratitud, y enseguida uno de los jefes los condujo a una mesa lateral: allí, en cajas de madera, había dos granadas que ellos mismos habían fabricado por los días en que habían aprendido a trabajar con hierro colado. El instructor le pidió a cada uno que firmara la suya. Las pensaban conservar como recuerdo.

Después los invitaron a una oficina. Bajo un retrato del presidente Mao, les entregaron sendos papeles: eran cifras que debían aprenderse de memoria. Uno de los instructores explicó que esos códigos les permitirían ponerse en contacto con la Comisión Militar desde cualquier embajada china del mundo entero. Sergio no supo muy bien para qué lo necesitaría ni cuándo haría uso de ese código, pues su horizonte inmediato era volver a Colombia para ponerse al servicio de la revolución, pero memorizó los ocho números y destruyó el papel. Y luego se fue a empacar sus cosas, porque les habían dicho que al día siguiente, muy temprano, un carro militar los llevaría al aeropuerto para su regreso a Pekín. Sergio abrió las ventanas de su habitación y dejó que corriera el aire cálido de julio. El ruido de los soldados que se preparaban para dormir le llegaba desde abajo. Pensaba, mientras alistaba la misma ropa con la que había llegado cuatro meses atrás, que lo que estaba ocurriendo tenía el sabor de lo inevitable: en cierto sentido, Sergio no lo había decidido solo: era como si todo esto ya hubiera sido escrito por alguien más.

Los últimos días en Pekín estuvieron llenos de nostalgias anticipadas, pero también de una sensación de propósito que ninguno de los hermanos había conocido hasta ahora. Las noches eran para despedidas tristes con los amigos del Hotel de la Amistad y con los de la escuela Chong Wen, y durante los días largos de verano Marianella iba a las residencias del instituto para visitar a los Crook. A veces encontraba a Isabel haciendo gestiones por teléfono o entrevistándose con autoridades del partido para lograr la liberación de su marido; otras veces no la encontraba, porque Isabel estaba en alguna parte de la ciudad inmensa presentando documentos o rogando frente a un hombre uniformado sin más pruebas que su biografía ni más armas que su preocupación, y aun así tenía la presencia de espíritu para preguntarle a Marianella por su propia vida e incluso sugerirle que trajera a su hermano uno de estos días, porque a Isabel le gustaría conocerlo. Marianella inventó alguna excusa. No quería que Sergio entrara en casa de los Crook, como si al hacerlo le fuera a robar algo o fuera a contaminar una pureza.

Una de esas tardes Isabel le contó lo que había sucedido mientras Marianella estaba en Nanking. En los días previos al 1 de mayo, fiesta de los trabajadores, Isabel y David habían tenido la esperanza de que hubiera una solución a la vista, pues era la fecha en que los líderes del partido celebraban todos los años la presencia en China de los especialistas extranjeros. «Si tu padre estuviera aquí», le dijo Isabel, «lo estarían invitando a banquetes y a desfiles y a cosas de ésas. Seguramente le pasaba todos los años, pero tú no te acuerdas». Pero el 1 de mayo se acercaba sin que hubiera invitaciones para los Crook: ni a banquetes ni a desfiles ni a ceremonias de ningún tipo en el Salón del Pueblo. Los días pasaron sin que las solicitudes de clemencia recibieran atención ninguna, y antes de la fecha festiva, una noche igual que otras noches, David fue trasladado de nuevo. Isabel sabía que esta vez sería la última. «¿Y eso no es bueno?», preguntó Marianella. No, eso no era bueno: de hecho, era la peor noticia del mundo. David había sido enviado a la cárcel de alta seguridad de Qincheng, lugar de reclusión de los enemigos del pueblo. Todo el mundo estaba de acuerdo: de la cárcel de Qincheng era muy posible no volver a salir nunca.

Esa tarde Carl y Marianella salieron a dar una vuelta en bicicleta, y casi sin darse cuenta acabaron llegando al Palacio de Verano, tomando una barquita y remando hasta el medio del lago, allí donde una vez habían tenido un encuentro incómodo con Fausto. «Esto es grave», decía Carl. «Papá no debería estar allá. No es justo. Después de todo lo que él ha hecho por China. Es que no es justo.» Había dejado de mover los remos, y el agua se calmó alrededor de la barquita. Estaban solos.

«No te vayas», le dijo Carl. «Quédate aquí, quédate conmigo.»

Carl se había quitado la chaqueta para remar mejor. Marianella miró sus brazos de nadador —una vena gruesa partía del borde de la manga corta— y ese rostro que tomaba una cierta dulzura infantil cuando estaban juntos. Sí, pensó brevemente, podría ser feliz con él: podría quedarse en Pekín, como habían hecho David e Isabel, como habían hecho tantos otros, y construir una vida aquí. Sería una vida en el socialismo, una vida al servicio de sus ideales; pero sería también una vida lejos de su país.

«Tú sabes que no puedo», dijo. «Yo me tengo que ir, eso ya está decidido.» Y añadió: «Me llama mi pueblo».

Del diario de Marianella:

Vuelvo a escribir
  Con la caricia
  Que puede escribir el sentimiento;
  Ya sabes que te pienso mucho.

Vuelvo a escribir
  Con la pasión revolucionaria
  Que nos une,

Y decirte: ¡hasta la victoria!

Así te digo,
  Porque ya me voy,
  Y tal vez será la última vez
  Que nos podremos escribir:
  Te recordaré toda mi vida.

Vuelvo a escribirte
  Y sabrás que no volverás a saber más de mí,
  Pero recibirás mi amor todos los días
  Y esta gran pasión, gran valentía,
  ¡Gran firmeza que nos une!

Sobre la primera página escribió: *Pekín, mayo del 68.* Y luego: *A Carlos.* Metió el cuaderno en una caja de latón junto con su brazalete de guardia rojo, las tres libretas de sus diarios en chino y un atado de fotografías que Carl había tomado en los últimos meses: ahí estaban ella y su hermano, caminando por un sendero durante un paseo a las montañas; o ella sola, una noche cualquiera, hurtándole la mirada a la cámara con timidez de adolescente, siempre llevando en la camisa el broche con la cara de Mao. Era bonito pensar que Carl la recordaría así.

La caja sería su regalo de despedida.

Sergio fue a visitar a Lao Wang en la Fábrica de Relojes Despertadores. Era una de las pocas personas que sabía del entrenamiento en Nanking, pues lo habían mantenido en secreto: entre los trabajadores, la idea de que el ejército comunista estuviera entrenando a occidentales podía no sentar bien, aunque se tratara de occidentales comprometidos con la Revolución. A Lao Wang le contó que se iba a su país y le explicó las razones que tenía; Lao Wang no lo miró, le soltó una sentencia de maestro de *tai chi* y le dijo que las puertas de China estarían siempre abiertas para él. Sergio pasó esa tarde transcribiendo, en minúsculos caracteres chinos, las lecciones más importantes del curso militar, incluidas las fórmulas para fabricación de explosivos. Después de terminar buscó la carta larga de su padre, de la cual nunca se separaba, y releyó algunos fragmentos. Se había convertido en su manual de instrucciones para estos últimos meses, y a veces lo asaltaba la noción de que en la carta, mágicamente, se contestaba a todas las preguntas que Sergio pudiera hacerse y, lo que era más sorprendente, en el mismo instante en que se las hacía. En ese momento no estaba entre sus proyectos entrar a la guerrilla colombiana, sino ponerse al servicio de la revolución desde la ciudad, pero se sentía preparado para lo que fuera: se lo decía su cuerpo, que había cuidado y entrenado en previsión de cualquier exigencia, y se lo decía su mente, que en estos cuatro meses había llegado a una suerte de reconciliación con la posibilidad de la muerte. Era la primera vez que lo sentía, y allí, en el segundo piso de la caseta, Sergio recibió esa revelación como una emboscada: sabía que le iba a ocurrir, pero no cuándo ni cómo, y ahora que ya había pasado, lo que quedaba era el alivio.

*

Y por último les diré que viviré pendiente de ustedes, pensando siempre en ustedes, feliz de saberlos que marchan siempre hacia adelante, que pertenecen a una generación gloriosa, la cual hará cambiar radicalmente la faz del mundo, que serán miembros de una sociedad más justa, más sana y por lo tanto mucho más feliz y próspera, a la cual ustedes servirán de todo corazón. Que contribuirán para que esto suceda en la patria de ustedes con el pequeño aporte que den para la lucha revolucionaria. Pensando todas estas cosas estaré feliz, muy feliz, sabiendo que tengo unos hijos dignos de esa sociedad que hará cambiar el mundo. ¿Qué más felicidad puede sentir un padre?

XIV

La llegada a Bogotá no estuvo libre de incidentes. El papa Pablo VI iba a venir de visita a Colombia, y su avión aterrizaría en las próximas horas, de manera que el aeropuerto hervía de gente. Pero el problema no era ése, sino que Sergio había escondido sus apuntes sobre fabricación de explosivos en el compartimento de los cables de su grabadora de cinta, con tan mala suerte que eso fue lo único que decomisó la aduana; y aunque el hecho no era demasiado grave —pues, incluso si las autoridades llegaban a encontrar el documento, no sabrían leerlo—, Sergio sintió que había perdido información importante. Durmieron una noche en Bogotá y al día siguiente volaron a Medellín, donde sus padres estaban instalados desde su regreso por indicación de la Dirección Nacional del Partido. Los dirigentes habían considerado que Medellín era mejor que Bogotá, dada su proximidad con la sede de la dirección en el valle del Sinú, y que allí debía Fausto instalar lo que él llamaría su cuartel general. Para Sergio, todo era raro: que la gente hablara en español, que el español les resultara familiar, que la familia lo recibiera como si él fuera el mismo niño inocente que se había ido, y no un hombre que sabía manejar todas las armas y estaba listo para cambiar el mundo. Era raro también que sus padres llevaran una doble vida de la que Sergio no había recibido, hasta ahora, mayores noticias; pero la correspondencia, por más códigos que se utilizaran, no permitía hablar de ciertas cosas, o más bien había ciertas cosas que se tenían que explicar de viva voz y de manera directa. Pero así era: ni sus abuelos ni sus tíos tenían la menor sospecha de que los Cabrera no hubieran estado cinco años en Europa, ni de que no fueran el hombre de teatro y el ama de casa —un poco rebelde y llevada de su parecer, eso sí: vivir en Europa cambia a las mujeres— que eran en su vida visible.

Luz Elena había comenzado a trabajar desde el principio con sociedades de mujeres de los barrios populares. Les ayudaba a conseguir fondos, les servía de embajadora ante las clases más acomodadas, les sugería la posibilidad de que llenarse de hijos no fuera lo mismo que servir a Dios. Durante los últimos meses de su vida en Pekín había gastado su salario en la calle Liulichang, y al llegar a Colombia tenía suficientes antigüedades y muebles y obras de arte como para montar una exposición; y eso fue exactamente lo que hizo en el Museo Zea, no sólo como empresa cultural, sino como fachada táctica. Fausto, por su parte, había comenzado a hacer teatro desde su regreso, hacía ya más de dos años, pero ya no quería montar nada de Molière, ni siquiera de Arthur Miller o Tennessee Williams, sino que se había obsesionado con la idea de la creación colectiva. El teatro de cámara era hecho por burgueses y para burgueses, el concepto de autor era egoísta y retrógrado, y él había aprendido en China que la escena también podía ser, *debía ser,* un arma al servicio del cambio. Mientras tanto, el partido lo había nombrado secretario político de una célula urbana, de manera que el teatro le serviría también para camuflar sus actividades.

El detonante fue una polémica en que se vio metido poco después de regresar a Colombia, cuando Santiago García lo invitó a participar en un festival de teatro de cámara. García era aquel alumno de Seki Sano con quien Fausto había hecho un montaje maravilloso de *El espía,* de Brecht; ahora se había convertido en director de la Casa de la Cultura, una compañía de calidad que se había instalado en una casa bonita de la calle 13, en el centro de Bogotá, y ya comenzaba a ganarse con montajes cuidados el aprecio del público. La invitación de García era una manera de darle la bienvenida a un colega que había estado muchos años fuera, pero Fausto agarró la oportunidad al vuelo para sus propios intereses: en una carta abierta rechazó la propuesta, diciendo que el teatro de cámara no era para estos tiempos, que en Colombia se debía hacer teatro popular, que lo demás era reaccionario y elitista. Vino entonces un cruce de artículos y cartas y columnas de opinión en que directores como Manuel Drezner y Bernardo Romero Lozano defendían la misión simple, pero intolerablemente difícil, de montar obras buenas y de hacerlo bien: ¿no era ése el compromiso de un artista? El debate duró varios días. Al final, en lo que fue una curiosa manera de tener la última palabra, Fausto se embarcó en un proyecto ambicioso: el FRECAL. Detrás de esa sigla de sindicato sin gracia estaba el Frente Común en el Arte y la Literatura, que quería ser el primer movimiento de arte y literatura declaradamente marxista de Colombia.

Fausto se dedicó a poner en práctica todo lo aprendido de la nueva dramaturgia china. Montó una obra larga, *El invasor,* que contaba la historia de Colombia desde la tesis de la explotación eterna del hombre por el hombre. Montó obras sobre la revolución de los comuneros, aquel levantamiento popular del siglo XVIII, o sobre la vida de un obrero cualquiera que traiciona a su clase en pleno siglo XX; pero ninguna tenía éxito, en buena parte porque las convicciones ideológicas no siempre iban de la mano con el talento artístico, y a Fausto parecía importarle mucho más lo primero que lo segundo. Los actores que no se pusieran del lado del marxismo eran señalados como reaccionarios. Los dramaturgos que propusieran una exploración del amor y la infidelidad eran tachados de burgueses, de contrarrevolucionarios, de inquilinos de una torre de marfil. Cuando se le echaba en cara el sectarismo del Frente, que ya había comenzado a rechazar incluso a quien se dijera de izquierda si esa izquierda no era la correcta, Fausto se defendía con versos de César Vallejo:

281

Un cojo pasa dando el brazo a un niño
¿Voy, después, a leer a André Breton?

Otro tiembla de frío, tose, escupe sangre
¿Cabrá aludir jamás al Yo profundo?

Otro busca en el fango huesos, cáscaras
¿Cómo escribir, después, del infinito?

Un albañil cae de un techo, muere y ya no almuerza
¿Innovar, luego, el tropo, la metáfora?

En el fondo tenía más dudas, pero no las confesaba, pues la duda y la incertidumbre eran las peores enemigas del revolucionario. Lo que había visto en China le parecía diáfano: un pueblo que hacía unos años estaba muriendo de hambre, ahora vivía. ¿Cómo no hacer la revolución? Y si se aceptaba esta premisa, ¿cómo no ponerlo todo, incluso el arte, al servicio declarado de esa causa? ¿Quién podía pensar que la belleza de una escena o la eufonía de una frase eran más importantes que la liberación de un pueblo? Era verdad que Fausto no tenía ninguna experiencia en las tareas que el partido le ponía sobre la mesa, y era verdad que su idealismo lo estaba llevando a condenar a gente valiosa cuando no veía en ellos el compromiso que esperaba. Pero el objetivo estaba claro, y no era con medias tintas como se iba a lograr. Fausto había fundado en Medellín la Escuela de Artes Escénicas, y allí, en el mismo salón vacío donde se ensayaban las obras, empezó a reunirse su célula para largas conversaciones políticas en que se decidía la suerte de los menos ortodoxos. Después, cuando las instalaciones de la escuela se convirtieron también en sala de redacción de un panfleto con nombre ambicioso, *Revolución,* quedó claro que la frontera entre política y dramaturgia había desaparecido sin remedio.

Luz Elena, por su parte, aceptaba cada vez más responsabilidades. La dirección le encomendó labores de corresponsal ante los dirigentes de otros movimientos revolucionarios, y ella se encontró de un día para el otro atravesando el país en el carro de la familia, braveando carreteras de montaña completamente sola para cruzar la frontera con Ecuador y llegar a Quito, donde el partido había centralizado los dineros que llegaban de toda América Latina, pero en particular del marxismo-leninismo chileno. Empezó a llevar grandes sumas o documentos importantes, porque el partido le tenía más confianza que a nadie, pero sospechaba también que era su condición de mujer lo que provocaba esa confianza, y pensaba que cualquier día, si no fuera ella la persona transparente que había sido siempre, habría podido desaparecer con los fondos del movimiento y empezar una vida nueva en donde se le diera la gana. Estos viajes clandestinos ocurrían una vez al mes, y Luz Elena, que al principio los emprendía con aprensión, poco a poco les fue cogiendo gusto: eran momentos de soledad, de independencia y aun de silencio que nunca había tenido desde su matrimonio con Fausto, porque todas las horas del día de los últimos veinte años se le habían ido arreglando las rutinas de su marido o de sus hijos. Por fuera de esas tres personas, nadie se enteraba de sus viajes, de manera que no la agobiaba ni siquiera la culpa de dedicarse a sí misma cuando podría estar dedicándose a los otros. Decidía dónde pasar la noche, si en Cali o en Popayán, y llegaba sola a un hotel de la ciudad y soportaba las miradas del recepcionista, que eran de curiosidad cuando no eran de franca condena. «Usted puta no será, ¿no?», le dijo un hombre una vez mientras ella llenaba la ficha del registro. Sea como fuere, los dirigentes colombianos veían en ella más arrojo que en muchos guerrilleros de fusil al hombro. Después, cuando llegó el momento de escoger un alias, el secretario político hizo un pésimo juego de palabras:

«Una mujer tan valiente se tiene que llamar Valentina».
Y así se quedó.

Ésta fue la escena que Sergio se encontró al llegar de
Pekín. Dos días después de su regreso, ya Fausto le estaba
pidiendo que se presentara en la Escuela de Artes Escénicas para trabajar como asistente de dirección, y a veces
como director ocasional. El agotamiento del viaje todavía
le pesaba en el cuerpo y tenía las horas del sueño descua-
dradas en la cabeza, pero Fausto le exigía que se levantara
temprano para comenzar el trabajo. Una tarde, después de
un almuerzo pesado, Sergio se quedó dormido en plena
reunión de la compañía, y Fausto lo acusó frente a todos
de falta de compromiso y le preguntó si bastaba con volver
a Colombia para aburguesarse de esa manera. Estaban
montando una creación colectiva con el título *La historia
que nunca nos han contado,* que alguien había sugerido sin
miedo de que la puesta en escena no estuviera a la altura.
Para Sergio era evidente que la obra no tenía interés, o que
sólo lo tenía como propaganda, pero no fue por eso por
lo que se quedó dormido. En todo caso, el de su padre fue
un señalamiento injusto, más debido al nerviosismo del
momento que a otra cosa, pero a Sergio se le quedó metido como una irritación en la piel: ya había comenzado a
militar, él también, en una célula urbana, y el altercado,
que parecía girar alrededor del teatro, en el fondo era un
cuestionamiento revolucionario. Y eso no lo iba a permitir. Ya le demostraría a su padre que su vocación revolucionaria estaba intacta.

Cuando se veían, casi siempre alrededor de la mesa del
comedor, los Cabrera no se contaban sus días. Luz Elena
había estado en los barrios más despojados de Medellín,
en el Pedregal o en las comunas del nororiente, donde una
mujer como ella podía correr más riesgos de los que imaginaba. Sergio había estado trabajando en el Teatro Popu-

lar de Antioquia o en alguno de sus grupos satélites, escribiendo junto con todos los actores la obra de turno, y secretamente imprimiendo folletos para el partido en un mimeógrafo Gestetner, muy distinto del que tenían en el salón del Hotel de la Amistad donde se reunía el Regimiento Rebelde, pero que Sergio aprendió a manejar como si fuera el torno de una fábrica china, haciendo él mismo las bandas como si se tratara de serigrafía. Pero tampoco de eso se hablaba entre los Cabrera. Era como un acuerdo de silencio, pero extraño, porque a todos les habría servido mucho compartir la vida nueva por la que estaban pasando. A partir de un momento esas reuniones ocurrían cada vez con menos frecuencia, no sólo por la obligación del secreto o de la prudencia, sino porque ya Sergio se había ido a vivir a otra parte con un grupo de compañeros de célula.

Lo que no le confesaba a nadie era que sus ratos libres —y aun algunos ratos que no lo eran— se le iban buscando películas en las salas de cine. Se escapaba de sus obligaciones para ir a ver cualquier cosa, sólo por el placer que había encontrado siempre en la oscuridad de las salas, frente a la pantalla luminosa donde ocurría el mundo entero. Por esos días descubrió una película de Luchino Visconti, *El extranjero,* y se pasó cuatro días seguidos inventando misiones clandestinas para volver a verla. Un mediodía de sol, al regresar de una misión que no era inventada sino genuina, se encontró con una cartelera que anunciaba su matiné con una imagen donde dos jóvenes amantes se abrazaban. Era *Dios, cómo te amo,* un melodrama absurdo cuya única virtud, en ese momento, fue el hecho simple de tener las canciones de Gigliola Cinquetti, que tanto le gustaban a Marianella. Llevado por esa nostalgia transitoria, agobiado por la culpa (un revolucionario como él no podía interesarse en aquellas cursilerías), Sergio compró una entrada. El entusiasmo le duró poco: en veinte minutos, después de que Cinquetti hubiera cantado su primera canción, ya se había desesperado. Pero al salir a la calle, mientras esperaba a que sus ojos se acostumbraran de nuevo a la intensa luz del día, oyó que lo saludaban: «¿Y vos qué hacés aquí?». Eran dos de sus compañeros de apartamento.

«Hablando con un contacto, compañero», dijo Sergio. «Ahora no le puedo decir nada más.»

Sergio era uno de los miembros más activos de su grupo. En ese tiempo llegó a hacer un viaje mensual a Bogotá para recoger municiones, medicinas o documentos: eran viajes encubiertos, como los de su madre, en los que no corría pocos peligros. Se quedaba en la casa de su tío Mauro, que no era militante, aunque simpatizara con las ideas de su hermano; y en esas horas compartían el entendimiento formidable de que había algo de lo que no se podía hablar y por lo tanto había preguntas que más valía no hacer. Tanto mejor: Sergio se daba cuenta de que no sabía gran cosa de lo que estaba ocurriendo, como si se moviera a ciegas en una selva. No sabía, por ejemplo, que en esos días voces anónimas estaban teniendo conversaciones secretas sobre su futuro y el de su hermana Marianella, y su destino se fue decidiendo sin que ellos supieran muy bien cómo. En algún encuentro informal, alguien le había dicho a Sergio que ya era tiempo de que entrara a la guerrilla, y él había contestado: «A eso vinimos». Pero en ese momento la conversación no tuvo consecuencias, y no se volvió a hablar del tema hasta un martes en la mañana, cuando entró una llamada que Sergio contestó como si le hablaran de alguien más. Fue una conversación en clave, porque todo el mundo sabía por esa época que los teléfonos estaban intervenidos, pero lo que Sergio oyó le pareció claro como el agua. Lo citaron en una cafetería del centro de Medellín advirtiéndole, eso sí, que no le hablara de la reunión a nadie: ni siquiera a sus padres. Sergio diría mucho después que la reunión había durado lo que dura un café, pero sus consecuencias, en cambio, durarían el resto de la vida.

Llegó a la cafetería, a la vuelta del Hotel Nutibara, y esperó unos minutos en los que tuvo la convicción de que la persona con la que se iba a ver ya lo estaba observando desde alguna parte. Al cabo de un rato se sentó frente a él un dirigente sindical con el que había cruzado alguna palabra, pero del cual no sabía gran cosa, y que antes de tres frases de cortesía ya le estaba dando instrucciones, pocas y muy concretas: tenía que comprar una hamaca, un machete y un par de botas de caucho; tenía que empacar una muda de ropa; y luego tenía que esperar la llamada.

«¿Ya me voy?»

«Se va mañana, compañero», dijo el hombre. «Porque creemos que está listo.»

Sergio se sintió emboscado: estúpidamente, porque no había nada imprevisto en esa cita. Entrar a la guerrilla estaba en su destino desde mucho tiempo atrás —como si alguna fuerza hubiera tomado la decisión en su lugar, como si su consentimiento no hubiera sido necesario—, pero nunca pensó que fuera a suceder tan pronto. Escuchó como en un sueño las demás instrucciones: la estación de bus a una hora precisa, el nombre de la población de Dabeiba, la importancia de que no le hablaran a nadie de su partida. Salió de la cafetería sintiendo que se le mezclaban en el vientre la frustración y el contento, y con la intuición molesta de que la decisión no le había pertenecido sólo a él. Caminó hasta la esquina del Nutibara, donde había visto una tienda de artesanías para turistas, y entró sin meditarlo, pensando que una hamaca era igual que cualquier otra. Encontró una de líneas de colores vistosos, cómoda y grande, y no tuvo la lucidez para darse cuenta de que una hamaca doble era una pésima idea, pues no sólo era doble su tamaño, sino también el peso que le tocaría cargar sobre la espalda. Increíblemente, allí también encontró el machete adecuado, y en el local contiguo pudo comprar las botas La Macha, negras y brillantes y olorosas a caucho nuevo. Todo lo compró dos veces, porque tenía que pensar también en Marianella. Esa tarde la llamó.

«Mañana nos vamos», le dijo.

«¿Adónde?»

«Adonde tenemos que irnos.»

Hubo un segundo de silencio en la línea.

Marianella dijo: «¿Y tiene que ser ya? ¿No podemos hablarlo una vez más?».

Sergio tuvo miedo, porque aquélla no era la voz de su hermana, la militante convencida, la Monja de la Revolución. Era la voz de una niña.

«No, no podemos hablarlo», dijo con firmeza. Y creyó que daba el argumento definitivo cuando añadió: «Y además ya está todo comprado, y no se puede devolver».

Pasó una noche difícil en la casa clandestina. Ni siquiera a sus compañeros de célula podía hablarles, a ellos que lo habrían entendido mejor que nadie e incluso habrían podido aconsejarle qué hacer. Pero la orden de sus superiores era clara.

Para mejor cumplir con la obligación de la partida, acordó con Marianella que llegarían por separado a la estación del bus. No supo en qué momento salió ella de la casa de sus padres, ni cómo ocupó las horas dilatadas que se abrían ante ellos hasta la hora del viaje, pero Sergio vivió esa mañana como una primera puesta a prueba de su disciplina revolucionaria. Desayunó con sus compañeros y se duchó y se vistió como si fuera un día cualquiera, guardando el silencio que le habían ordenado, y después empacó sus cosas. Incluyó en el equipaje las botas que había traído de China —altas y de buen cuero—, pensando que de algo le servirían: si eran buenas para el EPL de allá, que dominaba el país, ¿por qué no lo iban a ser para el de aquí? Almorzó sin hambre y luego se fue a la estación. En el trayecto tuvo la impresión de que se le había olvidado algo, y le costó un buen esfuerzo comprender que ese vacío, palpable como la ausencia de las llaves de la casa en el bolsillo, era simplemente la tristeza de no haberse despedido de su madre, la infinita tristeza de no haberla abrazado para compartir con ella la posibilidad de que nunca más se volvieran a ver.

Del diario de Marianella:

Marzo, 1969
Todo está definido. Escribí a mi mamá, se me ha quedado su sonrisa y sus besos al despedirme. Yo sé que por dentro lloraba, pero mamá es el ser más comprensivo de la tierra, más noble, más justo. Le digo que estoy contenta, que ya pronto estaré fuera totalmente de las manos de los esbirros cumpliendo con orgullo en mi nuevo frente en la guerrilla. Siento que entonces habré aminorado la distancia que me separa de ella y de papá porque cumplimos la misma causa.
El compañero Juan ha traído consigo una gran cantidad de medicinas que debo llevar siempre conmigo. Se llaman Aralen. Dice que son contra el paludismo y que sin falta debo tomarme una diaria, pues es la zona en el país más brava para esta enfermedad. Me ha sonado terrible su nombre, pero no quise enterarme de cómo era.

7 de marzo

Como la clandestinidad es absoluta, me he dedicado exclusivamente a leer. Ayer hacía el intento de entablar diálogo con Ester, la compañera de Juan, pero fue inútil. Hablamos un castellano muy distinto. Le dije que prefería llevar el pelo corto porque tal vez era más cómodo e higiénico en las futuras circunstancias, entonces amablemente se ofreció a cortármelo y yo acepté. Mientras se producía el asesinato a mi pelo largo tuve que franquear un poco la vanidad ante la razón objetiva y luego, al mirarme al espejo, sonreí.

Faltan unas horas solamente y a ratos me siento en un abismo. Hay algo que me asusta. Cuántas veces mamá y yo acompañamos al ingreso de otros compañeros. Las madrugadas cerradas por aquellos precipicios por donde a duras penas pasaba el carro. Comentábamos luego lo terrible pero admirable que era; y ahora es mi hora. ¡Y decidida, sigo adelante!

El bus salió poco después de las cinco de una tarde lluviosa. Sergio no conocía bien esa zona de la ciudad, y no logró saber qué dirección habían tomado ni por dónde estaban saliendo. Iba pensando en otras cosas, además: le habían dicho que allí, en el mismo transporte, viajaban otros dos militantes por las mismas razones que ellos, y estuvo un buen rato tratando de aprovechar los golpes de claridad del alumbrado público para averiguar quiénes eran. ¿Se veía la revolución en la cara de un joven? ¿Se dibujaban en sus rasgos las ganas de cambiar el mundo? Tres filas más atrás estaba Marianella, pues les habían dado instrucciones perentorias de no sentarse juntos, y al mirarla Sergio pensó que tal vez los otros dos los estaban buscando también. Pensó brevemente que este viaje significaba el aplazamiento indefinido de una vida en el cine, pero sintió vergüenza de esas preocupaciones burguesas; pensó que de este viaje era muy posible no volver nunca, y se preguntó dónde quedaban los proyectos que mueren antes de empezar, y volvió a sentir una tristeza sorda, pero esta vez se había contaminado de culpa. ¿Cómo estaría Luz Elena? ¿Cómo habría recibido la noticia de que sus hijos se habían ido a la guerrilla sin decirle adiós? ¿Y su padre, qué habría pensado? Estaba en esas meditaciones cuando se hizo de noche cerrada. Buscó discretamente a Marianella, que ya dormía recostada en la ventana, y cerró los ojos, pensando que más le valía descansar un poco también. Y entonces se quedó dormido.

Fue un trayecto de ocho largas horas. Su memoria recordaría mal lo que ocurrió hasta la llegada y también la llegada misma, cuando salieron a recibirlos un hombre y una mujer que nunca se presentaron por su nombre ni preguntaron cómo había estado el viaje, pero que fueron solícitos a la hora de bajar del bus las pesadas bolsas. Entonces se revelaron los otros dos camaradas. Uno era un joven negro de huesos duros y pelo cortado al rape; el otro tenía una suerte de autoridad natural, y cuando saludó a Sergio y a Marianella fue evidente que ya sabía quiénes eran. Para cuando se pusieron en marcha, rodeando el pueblo como si no se decidieran a entrar, eran las once de la noche. Se cruzaron con una manifestación nocturna, o se dejaron alcanzar por ella, pero conforme se acercaron a la gente, Sergio se dio cuenta de que no se trataba de manifestación ninguna, sino de una procesión religiosa.

«Claro», le dijo a su hermana. «Si es que es Jueves Santo.»

No se habían dado cuenta de eso hasta entonces. Los guerrilleros les indicaron que se unieran a la procesión, para mejor esconderse, y con la procesión caminaron un buen rato. El Cristo estaba adelante, lejos, pero se alcanzaba a ver su cabeza esmaltada que relucía cuando pasaban debajo de un poste de luz. Entonces alguno de los anfitriones, el hombre o la mujer, les hizo una señal: «Aquí, aquí». Todos se salieron de la procesión como quien se baja de un tren en marcha, y comenzaron a internarse en los rastrojos de un cultivo reciente donde era difícil mover los pies sin enredarse con restos de tallos. Así salieron a un camino que parecía abierto por las bestias a lo largo de muchos años de tráfico secreto. Un hombre los esperaba para servirles de guía. Detrás de él empezaron a moverse: siete siluetas avanzando, sin decir palabra, en medio de la oscuridad.

Caminaron toda la noche. Se hizo de día sin prisas, bajo una llovizna delicada, pero el cielo se despejó de repente cuando el sol superó las montañas, y una vegetación que Sergio nunca había visto estalló en las orillas del sendero. Nadie más se fijó en las bromelias, ni en el color de mercurio de los yarumos, ni en el tamaño de algunas hojas por las que el agua bajaba como una regadera, y Sergio se dio cuenta de que sorprenderse en voz alta estaría fuera de lugar, y todavía más ridículo sería contar que todo aquello le recordaba la visita al Jardín Botánico de Pekín, donde había visto al último emperador de China como ahora veía a sus compañeros. No, nada de eso podía ponerse en palabras; pero Sergio supo que nadie le quitaría la sensación de descubrimiento que tuvo esa mañana. Tal vez por eso estaba de buen ánimo cuando llegaron al campamento, donde una docena de guerrilleros comenzaban a descolgar las hamacas de los árboles. Los mismos doce se hicieron presentes un rato después, convocados por una figura de autoridad. Era el comandante Carlos, que no sólo pasaba por ser el mejor médico cirujano con que contaban, sino que era también miembro del Comité Central y del Estado Mayor de la guerrilla. Carlos reunió a los guerrilleros y propuso que les dieran la bienvenida a los cuatro compañeros nuevos. Antes de comenzar, le preguntó a Sergio cómo quería llamarse.

«Sergio», dijo Sergio.

«No, no», dijo el comandante Carlos. «Le pregunto por el nombre que va a tener aquí. Su hermana se va a llamar Sol.»

Era el primer nombre de pila de Marianella. De niña, cuando su padre quería castigarla, la llamaba así, Sol Marianella, y ése era el nombre que había escogido para esta nueva vida revolucionaria. Pero Sergio, por timidez o por sorpresa, no logró dar con un nombre adecuado para él mismo, y el comandante Carlos no quiso esperar a que se decidiera. Habló de los recién llegados con palabras que le habían comunicado, seguramente, apenas unos minutos antes, y luego los presentó. El joven negro era el compañero Pacho; el otro, el que le había inspirado a Sergio cierto respeto inasible, era el compañero Ernesto, que había sido un líder popular en el departamento del Quindío y luego recibió su entrenamiento militar en Albania. Enseguida Carlos señaló a Marianella y dijo su nuevo nombre, y casi en el mismo aliento, como si lo hubiera decidido desde antes, presentó a Sergio con tres palabras breves:

«El compañero Raúl».

Tercera parte:
La luz y el humo

XV

En la pantalla de la filmoteca, una guerrilla de caricatura se enfrentaba a una policía risible, todos personajes de vodevil que parecían salidos de una comedia de Berlanga. Allí había un sargento demasiado gritón, unos revolucionarios demasiado solemnes, un gringo bobo y malo al mismo tiempo, un cura mojigato pero lúcido, un traficante de armas cínico y un andaluz de chaquetilla flamenca y sombrero de ala ancha que recorría estos territorios en guerra manejando un bus de prostitutas. Sentado en la última fila entre el pasillo y Raúl, Sergio se preguntaba lo mismo de siempre: cuánto de lo que contaba se perdería en el largo camino que va de la pantalla luminosa a la butaca oscurecida del espectador; cuánto se quedaría enredado en el vacío de las culturas. La anécdota central de *Golpe de estadio,* esta película enloquecida, giraba alrededor de un partido de fútbol, y en eso, por lo menos, había una suerte de lenguaje universal, de esperanto narrativo. Las selecciones nacionales de Argentina y de Colombia iban a jugar un partido de eliminatorias para la copa del mundo de 1994, pero las antenas habían sido voladas por error y el único televisor del batallón se había roto en pedazos; de manera que guerrilleros y militares acordaban una tregua para recomponer un aparato improbable, fabricar una antena de papel aluminio y olvidarse, durante noventa minutos, de la guerra en la que estaban metidos. Era una fábula con historias de amor y final feliz; Sergio había sabido desde el principio que tenía que estar en la retrospectiva, pero además la había escogido para los días de su presencia. Pocos minutos antes de que comenzara la proyección, mientras el público se acomodaba en la sala, un espectador se le había acercado para preguntarle por sus razones. ¿Por qué no *Ilona llega con la lluvia* o *Perder es cuestión de método,* que eran maravillosas? ¿Por qué *Golpe de estadio*? Para responder, Sergio sólo tuvo que señalar a Raúl:

«Porque cuando la estrené, este chico tenía días de nacido», dijo. «Y claro: con los ojos cerrados, el pobre no entendió gran cosa.»

Era verdad, pero sólo en parte. Sí, quería estar junto a Raúl la primera vez que su hijo viera, en pantalla grande, esta película contemporánea de su nacimiento; quería usar la película también para recordar las emociones fuertes de aquel año de 1998, cuando Raúl llegaba al mundo al mismo tiempo que Sergio comenzaba a andar en la política. Había sido un paso breve por la Cámara de Representantes de Colombia, y lo que Sergio recordaba era la convicción, mientras editaba *Golpe de estadio* en ratos robados a las campañas, de que éste sería su último trabajo, un testamento en toda regla. En esa época no le pareció extraño que las preocupaciones del cine y de la política, aunque tuvieran un empaque tan distinto, acabaran reduciéndose a las dos palabras testarudas y eternas del vocabulario colombiano: la guerra y la paz. La película se había estrenado el 25 de diciembre, una suerte de regalo de Navidad para un país que por esos días naufragaba en sangre. Mataban las guerrillas, mataban los paramilitares y mataba el ejército, pero en la fantasía de la pantalla los enemigos se reunían y se abrazaban porque su equipo de fútbol le había metido cinco goles al rival. En esa época, cuando todos parecían de acuerdo en que Colombia era un naufragio, los intentos por hacer la paz fracasaban uno detrás de otro, y a veces le parecía a Sergio que ese fracaso era menos un accidente que una verdadera vocación: que el país no estaba hecho para vivir sin matarse. Y hacer esta película había sido un acto de descarado optimismo. Ahora habían pasado dieciocho años desde la película, y la realidad se había encargado de venir a darle una segunda vida.

Unas semanas atrás, a finales de septiembre, cuando Octavi Martí escribió desde la filmoteca para pedirle a Sergio la lista definitiva de películas que se proyectarían con su presencia, los colombianos estaban a punto de tomar la decisión más importante de los doscientos años de vida de la república. Se trataba de la votación, en un referendo sin precedentes, sobre un documento de trescientas páginas. «Salvo que no es un documento», había dicho Sergio en una entrevista. «Es un país nuevo.» Eran los acuerdos de paz de La Habana. Desde finales de 2012, el gobierno colombiano y la guerrilla de las Farc, la más antigua y acaso la más perniciosa del continente, habían estado reuniéndose en Cuba para buscarle una salida a un conflicto que ya superaba el medio siglo de existencia, que había dejado unos ocho millones de víctimas —los muertos, los heridos, los desplazados— y cuyas dinámicas infernales habían producido niveles de sevicia suficientes para provocar serias dudas sobre la salud mental de todo el país. Similares intentos se habían hecho en el pasado, siempre con resultados desastrosos, y era famosa la frase de un jefe guerrillero que en 1992, después del fracaso de las negociaciones que entonces se llevaban a cabo en México, se paró de la mesa diciendo: «Nos vemos dentro de diez mil muertos». Muchos más habían muerto desde entonces en esta guerra degradada sin que el mundo se hubiera enterado de ello. Pero todo eso había cambiado ahora.

El planeta entero había seguido los cuatro años de negociaciones. En un momento o en otro habían intervenido todos los que tenían algo que decir sobre el desmonte de un conflicto enquistado: los irlandeses que negociaron los acuerdos de Viernes Santo, los sudafricanos que negociaron la paz después del *apartheid* y hasta los israelíes que negociaron los acuerdos de Camp David. Cuando se dio en La Habana la noticia de que las partes habían llegado a un acuerdo, Sergio no pudo dejar de pensar que había ocurrido lo imposible: un país acostumbrado a la guerra iba a pasar la página y empezar de nuevo. Sólo faltaba que el pueblo colombiano aprobara los acuerdos en las urnas. Pero era un mero trámite, por supuesto, una formalidad: ¿pues a quién se le ocurriría que un país tan adolorido podía rechazar el final de la guerra?

De manera que Sergio, esa tarde de septiembre en que se puso a escoger las películas que se proyectarían con su presencia, se dio cuenta de que la retrospectiva de Barcelona iba a tener lugar en un mundo nuevo: un mundo donde había una guerra menos. En otras palabras: pensó que allí, frente al público de la filmoteca, tendría el privilegio de pasar adelante después de la proyección de *Golpe de estadio* y pronunciar unas palabras que antes habrían sido impensables. Diría: «Esta comedia sobre una paz absurda se acaba de proyectar, por primera vez, en un mundo donde se ha conseguido una paz de verdad». O tal vez: «Esta película se hizo hace dieciocho años en un país en guerra. Hoy, mientras la vemos aquí en Barcelona, el país de la película ha encontrado la paz». O alguna frase similar, dulcemente efectista, idealista pero no inocente. Pensando en eso incluyó *Golpe de estadio,* mandó el correo y se dedicó a vivir esa semana larga que conducía al domingo del referendo.

Fueron días difíciles, pero no sólo por la importancia del momento político. De hecho, la vida parecía dejarle a Sergio poco tiempo para pensar en la magnitud de lo que se avecinaba para todos, pues apenas si tenía suficientes energías para gestionar lo que le pasaba a él mismo. Al tiempo que respondía a las peticiones de la filmoteca —consiguiendo materiales de archivo sobre su vida y su obra, aceptando algunas entrevistas y declinando amable-

300

mente otras— estaba metido de cabeza en los preparativos para la serie sobre la vida de Jaime Garzón. Era un trabajo agotador para el cual se necesitaban más horas de las que tenían los días. Sergio atravesaba la ciudad buscando las locaciones, a veces investigando arduamente para descubrir los espacios reales donde había sucedido la vida real de su personaje, a veces inventando espacios ficticios y tratando de imaginar la historia superpuesta a una casa, a una calle, a un restaurante que probablemente Garzón no había pisado nunca. ¡Qué difícil era imaginar una historia sobre un hombre real que además hemos conocido! Otra parte de los días la pasaba haciendo la audición de actores: tratando de encontrar a un Garzón niño, a un Garzón adolescente, a un Garzón adulto, a lo largo de horas interminables que se sucedían en una oficina de la productora, bajo luces blancas que al cabo del tiempo cansaban los ojos. Sergio escuchaba parlamentos que conocía demasiado como para que lo sorprendieran; buscaba en caras ajenas y cuerpos ajenos el fantasma de un viejo amigo muerto. Y mientras todo esto ocurría, no dejaba ni por un instante de pensar en Silvia, sentía el vacío de su ausencia y se preguntaba si su matrimonio habría fracasado sin remedio.

Durante esa semana habló con ella todos los días, casi siempre en las mañanas, y luego aprovechaba los tiempos muertos para escribir largos mensajes de WhatsApp que eran como las cartas de un prisionero: un prisionero que no hubiera perdido el sentido del humor. En esos mensajes parecía que compartieran una vida cotidiana, y a veces habría sido posible creer que vivían aún en la misma ciudad. Sergio nunca los escribió sin la convicción de que *esto* —la palabra breve que contenía la enormidad de su situación— podía arreglarse, aunque sólo fuera por la evidencia de lo mucho que se querían o, mejor dicho, porque se querían demasiado como para no acabar juntos, aunque fuera por pura testarudez. La idea de no volver a vivir con su hija Amalia lo atormentaba hasta quitarle el sueño. Hacía rato que había comenzado a odiar el silencio estúpido de las mañanas sin ella, y también para eso le servían los mensajes en mitad del día: para recibir una foto de su hija haciendo muecas, o un mensaje de audio, o incluso un video en que Amalia daba vueltas sobre el parqué del salón con una muñeca desnuda en cada mano, mientras al fondo sonaban las voces infantiles de la televisión, hablando en un portugués incomprensible.

Entre tanto el país, ajeno a los problemas de su matrimonio con Silvia, perfectamente desentendido de las dificultades de encontrar una casa para Jaime Garzón, avanzaba hacia la fecha del referendo. Por entonces lo llamaron de una ONG para pedirle un video de veinte segundos en defensa de los acuerdos de paz. «Estamos viviendo los últimos momentos de la guerra», dijo. «No sé si la gente se da cuenta.» Pero tal vez lo normal, lo predecible, era que la gente no se diera cuenta. ¿Por qué habría de ser distinto, pensaba Sergio, si ninguna de estas personas con las que se cruzaba sabía realmente lo que era la guerra? Se había hablado mucho de eso en estos días, en las columnas de opinión y en los programas de debate: una brecha enorme se había abierto en el país entre los que vivían la guerra y los otros, los que la habían visto en los noticieros o habían leído acerca de ella en las revistas y los periódicos. Y ése no era el único desacuerdo. Bastaba salir a la calle para sentir la crispación en el ambiente, un clima de enfrentamiento que era nuevo para Sergio porque ocurría en el lugar sin lugar de las redes sociales. Él, que nunca se había aventurado en aquellos mundos de electrones, recibía de vez en cuando los reportes sobrenaturales que llegaban de un país irreconocible. Se decía que los acuerdos de paz de La Habana iban a abolir la propiedad privada. Se decía —¿pero quién decía?— que, si se aprobaban los acuerdos, Colombia caería en una dictadura comunista. Fausto Cabrera, que había perdido interés en casi todo, que desde su último viaje a China pasaba los días encerrado y sin hablar con nadie que no fuera su esposa Nayibe, salió de su mutismo una tarde en que Sergio lo visitaba.

«Lo mismo decían cuando yo tenía treinta años», dijo.

«¿Lo de la amenaza comunista?»

«Y cuando tenía quince también, ahora que lo pienso. Ese truquito parece bobo, pero sí que ha servido para mucha cosa.»

Sergio escuchaba a los actores aspirantes, que trataban de imitar a Jaime Garzón, y le escribía a Silvia mensajes llenos de claves secretas como un adolescente enamorado, y mientras tanto seguían llegando los reportes sobrenaturales de ese otro país de existencia paralela. Un taxista que lo llevó al centro le preguntó cómo iba a votar el domingo. «Voy a votar por el Sí», dijo Sergio. El taxista lo miró por el retrovisor.

«No, yo no», dijo. «Porque no hay derecho, jefe.»

«¿No hay derecho de qué?»

«A los guerrilleros les van a pagar el salario mínimo. ¿Y usted sabe de dónde va a salir esa plata? De nuestras pensiones. Yo llevo trabajando toda la vida, ¿y para qué? ¿Para pagarles a estos hijueputas sólo por no matarnos más? No, yo a esa vaina no le jalo.»

No era cierto, pero Sergio no tuvo problemas para comprender el sentimiento. Se quedó callado, porque se dio cuenta de que no tenía herramientas para convencer al hombre. Era su palabra contra la de Facebook; era su pobre argumento de pasajero indocumentado contra la autoridad de Twitter. Algo parecido, pero mucho más alarmante, sucedió el sábado antes del referendo. Sergio tuvo que salir de la ciudad para buscar un pueblo parecido a Sumapaz, donde Jaime Garzón había sido alcalde en sus años de juventud (usar el pueblo de verdad, que quedaba a cuatro horas por carreteras de montaña, era impracticable), de manera que la productora le asignó una camioneta blanca con un logo visible en el costado y un conductor, un hombre bajito y de bigote que necesitaba un grueso cojín para elevarse lo suficiente por encima del timón. El tráfico de salida de la ciudad había tomado la densidad de los días soleados, así que Sergio, previendo un viaje largo, decidió esta vez preguntar primero: «¿Y usted cómo va a votar mañana?». Al hombre le cayó una sombra en la mirada.

«Yo sé de qué lado está usted, don Sergio», le dijo casi con lástima. «Pero yo soy cristiano. A mí no me pida que acepte esa aberración.»

«No le entiendo», dijo Sergio.

«De esto se ha hablado mucho en mi iglesia. Y una cosa es la paz, pero esto no puede ser. Esto es un ataque contra la familia cristiana. Dígame la verdad, don Sergio: ¿usted quiere eso para sus hijos?»

No hubo más conversación mientras viajaban hacia el Salto del Tequendama. Tampoco en los momentos de espera, mientras Sergio caminaba por un pueblo y luego por el pueblo vecino para ver cuál se parecía más al original. Pero esa noche Sergio trataba de escribir un largo mensaje de WhatsApp para Silvia cuando tembló el teléfono. En el video aparecía Alejandro Ordóñez, que acababa de salir de su cargo como procurador general de la nación. A Sergio siempre le había parecido un fanático religioso, un verdadero ultra de corbata, que durante años había utilizado el inmenso poder de su cargo para sabotear todo lo que desafiara su moral de lefebvrista, desde el derecho al aborto hasta el matrimonio homosexual. Y ahí estaba Ordóñez en el video, acusando al gobierno de usar la paz como excusa para «imponer la ideología de género». «Piénselo bien el dos de octubre», decía el hombre con su ominosa voz nasal. «Usted decide el futuro de sus hijos. Usted decide el futuro de la familia colombiana.» Nunca citaba las líneas del acuerdo que destruirían la familia; nunca se refería al párrafo exacto en que el acuerdo arruinaría el futuro de nuestros hijos. Pero eso no era necesario, aparentemente, para que el video llegara a los sermones de los pastores. Sergio pensó: *Aquí está pasando algo*. Con esa idea, que no alcanzó a convertirse en inquietud, se fue a dormir.

El domingo amaneció nublado. A media mañana, Sergio empezó a caminar desde su apartamento de la calle 100 hasta la Hacienda Santa Bárbara, dieciséis calles al norte, el centro comercial donde estaba su mesa de votación. Decían que la ciudad viviría una fiesta, pero en la carrera Séptima, donde unos pocos padres sacudían banderas más grandes que sus niños y los pitos de los carros cortaban la quietud, era como si la fiesta no hubiera comenzado todavía. Desde lejos había alcanzado a ver, como siempre que caminaba por esa zona, la escultura de Feliza Bursztyn que se levantaba en la falda de los Cerros Orientales, y ahora, al acercarse a la Escuela de Caballería, la memoria le estaba trayendo cosas que él no había pedido, como un gato que nos deja en la puerta la ofrenda de un ratón recién cazado. Allí mismo, en alguna parte de estas instalaciones que ahora se levantaban a ambos lados de la avenida, había pasado Feliza Bursztyn las peores horas de su vida. El año era 1981. A las cinco de la mañana de un viernes (Sergio recordaba la hora y el día, pero no el mes: ¿julio, agosto?), un grupo de militares vestidos de civil, miembros de los servicios de inteligencia del ejército, entraron a la fuerza en su casa, la registraron de arriba abajo y, después de no encontrar nada, se la llevaron detenida a ella con la acusación imprecisa de colaborar con la guerrilla del M-19. El atropello duró once horas: once horas de contestar a preguntas absurdas con una venda cubriéndole los ojos, amarrada a una silla en las caballerizas de los militares: once horas con miedo. Tan pronto como la soltaron, por incapacidad de probar nada o por considerar el escarmiento terminado, Feliza corrió a refugiarse en la Embajada de México. En pocos días estaba saliendo de Colombia. Seis meses más tarde, sin haber llegado a los cincuenta años, murió de un ataque cardiaco en París. Sergio no podía decir que Feliza fuera su amiga, pues no la había visto más de cuatro o cinco veces, en exposiciones y reuniones de conocidos. Por eso lo sorprendió que la noticia de su muerte le doliera tanto. Ahora recordaba esa sorpresa, esa noticia, esa muerte.

Así que ése también era uno de los escenarios de la guerra, pensó. Bogotá era así: uno iba caminando distraídamente, ocupándose de sus asuntos, y en cualquier esquina podía saltarle a la cara la historia de violencia del país. Mientras dejaba atrás las instalaciones militares donde Feliza había sido interrogada y manoseada treinta y cinco años atrás, Sergio pensó que unas cuadras más al sur, sobre esta misma avenida Séptima, estaba el monumento a Diana Turbay, la periodista secuestrada por Pablo Escobar y muerta durante la operación que trató de rescatarla; y todavía más al sur estaba el club social donde las Farc metieron doscientos kilos de explosivos C-4 en un carro pequeño y lo hicieron estallar en los estacionamientos: treinta y seis personas murieron. Y si uno seguía caminando sin desviarse podía llegar a la esquina de la avenida Jiménez, el lugar donde Jorge Eliécer Gaitán fue asesinado de tres tiros en 1948. Muchos decían que allí, ese 9 de abril, había comenzado todo realmente. Sí, pensó Sergio, la guerra colombiana era una larga avenida; y si era verdad que todo había comenzado con la muerte de Gaitán en la carrera Séptima con avenida Jiménez, ahora Sergio llegaba a un centro comercial del otro lado de la ciudad, unas cien calles más al norte sobre la misma carrera, para terminar con la guerra metiendo su voto en una caja de cartón. Presentó su cédula, puso una cruz donde tenía que ponerla y dobló el papel para meterlo por la ranura, pero en el momento de hacerlo notó que hablaban de él. La gente lo había reconocido, y cuando Sergio recibió de vuelta sus documentos y empezó a alejarse, oyó una voz de mujer madura que decía:

«Ése es de los que quieren entregarle el país a la guerrilla».

Horas más tarde, después de almorzar por su cuenta en la soledad de su apartamento sin Silvia y sin Amalia, llegó a la casa de Humberto Dorado. Era un actor que había acompañado a Sergio desde su primera película, *Técnicas de duelo,* donde hacía el papel de un carnicero que tiene que matar a un maestro de escuela por una cuestión de honor, y luego fue Maqroll el Gaviero en *Ilona llega con la lluvia* y el cura en *Golpe de estadio:* la suya era una amistad de casi treinta años que les daba muy pocas sorpresas, y acaso por eso era tan bonita la idea de estar juntos cuando se anunciara la aprobación de los acuerdos: eso sí que era lo más sorprendente que les había pasado.

«Quién lo iba a decir», dijo Humberto. «Yo pensé que Bogotá iba a tener metro antes de que el país tuviera paz.»

Sergio no había traído una, sino dos botellas de un Rioja extraordinario, regalo de un productor madrileño, que llevaban siete años durmiendo en cajas de madera mientras llegaba una ocasión propicia; Humberto, bebedor de whisky, había puesto su propia botella sobre la mesa de vidrio. Así pasaron las horas, hablando de proyectos futuros mientras el televisor encendido soltaba sus monólogos sin que le hicieran caso, como un invitado con el que nadie habla, y se mostraban imágenes ominosas de la costa caribeña, donde el paso del huracán les había impedido a cientos de miles de ciudadanos salir a votar. Hacia el final de la tarde, cuando empezaron a anunciarse los primeros partes de la votación, fue evidente que las cosas no iban como se esperaba. El cielo bogotano comenzó a ponerse prematuramente oscuro y los teléfonos empezaron a temblar con los mensajes que llegaban de todas partes. En algún momento Humberto, cuya dulzura de carácter era legendaria, tiró el control de la televisión y dijo para nadie:

«Vida hijueputa».

Esa noche Sergio no durmió bien, y al día siguiente estaba fuera con las primeras luces, tratando de despejar la cabeza en el aire frío de la madrugada bogotana. Las calles estaban desiertas. Sergio subió hacia la Séptima, le tomó una foto a la escultura de Feliza y se la mandó a Silvia: «Este país no tiene arreglo», le escribió con rabia. Las primeras noticias decían que los acuerdos habían sido derrotados por un margen de unos cincuenta mil votos: la cantidad de gente que va a un partido de fútbol en el estadio El Campín. A Sergio le pareció que lo que había sucedido era mucho más misterioso, y sobre todo más grave, que una derrota política. ¿Pero qué era? ¿Qué decía de los colombianos el rechazo de los acuerdos? ¿Qué futuro se les venía encima en el país dividido y enfrentado que dejaba el referendo, un país donde las familias se habían roto y se habían roto las amistades, un país donde la gente parecía haber descubierto razones nuevas y poderosas para odiarse a muerte?

Las mismas preguntas lo siguieron agobiando días después, al llegar a Barcelona, mientras se iba dando cuenta poco a poco de que lo sucedido en Colombia no se había quedado en Colombia. Todos los periodistas le preguntaban al respecto, todas las conversaciones trataban de tocar el tema, porque nadie lograba entender que un país que lleva medio siglo en guerra hubiera votado en contra de acabarla. Así se lo dijo a la periodista de *La Vanguardia*, que le había preguntado sobre los años remotos de su incursión en la política. Sergio se justificó: «Si uno desprecia la política, acaba gobernado por los que desprecia», dijo. «¿Y por qué la abandonó?», preguntó la periodista. «Por amenazas», dijo Sergio. «Empecé a preparar un debate. Yo estaba en la Comisión de Asuntos Militares. Pero había estado en la guerrilla, aunque fuera casi treinta años antes, y eso no le hizo gracia a la extrema derecha, que por esos días mataba a diestra y siniestra. Y así acabé amenazado de muerte.» «El no a la reconciliación le ha debido de doler», dijo entonces la periodista. «Bueno, es que ganó la mentira», dijo Sergio. «Hace unos días, uno de los estrategas de la campaña explicó cuáles habían sido las herramientas que utilizaron. Y da mucha tristeza.» Se refería a una noticia que había sido como un terremoto, una razón más para el enfrentamiento de un país que ya se encontraba peleado consigo mismo. Delante de la grabadora encendida de un periódico nacional, durante una entrevista con todas las de la ley, el gerente de la campaña de oposición a los acuerdos había declarado, sin que se le moviera una ceja, que su estrategia había sido diseñada para explotar la rabia, el miedo, el resentimiento y las angustias de los colombianos. Puso en palabras breves su objetivo: «Queríamos que la gente saliera a votar berraca».

«¿Qué es *berraca*?», preguntó la periodista.

«Enfadada, pero mucho más», dijo Sergio. «Como estamos todos en este momento.»

Ahora, en la pantalla de la Filmoteca de Catalunya, *Golpe de estadio* —su guerra de vodevil y su paz de cuento de hadas— estaba llegando a su fin. A Sergio lo embargó una extraña melancolía. Tal vez fuera la coincidencia de los dos sucesos, el rechazo de los acuerdos y la muerte de Fausto, o tal vez la circunstancia añadida del naufragio de su matrimonio; en cualquier caso, allí, en el auditorio de la filmoteca, sentado junto a Raúl tan cerca que sus hombros se tocaban, Sergio sintió fugazmente que el cariño de sus hijos era lo único firme que le quedaba en la vida, pues todo lo demás —su padre, su matrimonio y su país— se había descompuesto de repente, y lo que se veía era un paisaje en ruinas: la ciudad después del bombardeo.

En eso estaba pensando cuando la gente empezó a aplaudir y llegó su turno de pasar adelante. Descubrió que no estaba de ánimo para la sesión de preguntas y respuestas; deseó que todo hubiera pasado ya: quiso cerrar los ojos y encontrarse al abrirlos en su cuarto de hotel, encendiendo el televisor, buscando con Raúl una película vieja. Para cuando se acomodó en una silla alta, frente a un micrófono negro que se había materializado en el tiempo que le tomó llegar desde su fila, ya un hombre de chaqueta roja —una de esas chaquetas nuevas, hechas de burbujas como un edredón de plumas— esperaba de pie en medio de la gente como una amapola extraviada en su campo. Un moderador saludó en catalán y presentó brevemente a Sergio, cuya presencia los honraba, y habló con gratitud de los grandes sacrificios que Sergio había hecho para estar en esta retrospectiva de su obra. Sergio reconoció al joven que lo había recogido en el aeropuerto el día en que llegó de Bogotá: el flaco barbudo que ese día llevaba una camiseta de presidiario, y esta noche, en cambio, una camisa de leñador mal planchada. Sergio saludó, agradeció la invitación de la filmoteca, abrió la botella de agua que lo esperaba sobre una mesita redonda y bebió un sorbo. Iba a señalar al hombre de la chaqueta roja, pero el moderador le había dado un micrófono inalámbrico a alguien más. Era una mujer de unos sesenta años, de pelo gris y gafas de marco rojo, que comenzó a tutearlo desde la primera palabra, como si continuara una conversación de amistad que la película había interrumpido.

«Tu padre acaba de morir, Sergio», dijo. «Lo siento mucho.»

«Gracias», dijo Sergio.

«Quería preguntarte: ¿fue una figura importante para tu cine? ¿Y qué le pareció *Golpe de estadio*?»

«Le gustó», dijo Sergio, soltando la breve risa de su timidez. Era un gesto nervioso que lo había acompañado siempre: esa risa cortada encabezaba sus frases como los nudillos que golpean en la puerta antes de entrar. «Y le gustó su papel, cosa que no era fácil. A la otra pregunta: sí, fue muy importante para mí. Sin mi padre, nunca me habría dedicado al cine. Él me enseñó a actuar, allá por los años cincuenta. Él me enseñó a dirigir a un actor. Ha estado tan presente en mi vida que sale en casi todas mis películas.»

«En estos días leí una entrevista que diste», dijo la mujer. «Allí contabas que estuviste en la guerrilla de tu país. ¿Eso te sirvió para la película?»

«Bueno, me sirvió para saber de qué estaba hablando. Esta película es una caricatura, pero para hacer caricaturas conviene conocer el modelo real. De todas formas, la guerrilla que yo conocí no se parece a la de la película. Yo entré a la guerrilla en 1969. Todo era distinto. Creíamos de verdad que la lucha armada era la única manera.»

La mujer iba a decir algo más, pero Sergio miró hacia otra parte y su gesto bastó para que el moderador buscara la siguiente pregunta. Sergio se dio cuenta de que el hombre de la chaqueta roja no se había sentado durante el intercambio: escuchaba el diálogo de pie en su sitio, como si no quisiera que se olvidaran de él. Pero su turno no llegó todavía: el micrófono pasó de mano en mano en la dirección opuesta, alejándose de él como flotando sobre las olas de la gente, y fue a parar a un extremo del auditorio. Sergio se puso la mano en la frente, como una visera, porque la silueta estaba justo debajo de una luz potente que lo deslumbraba. El efecto era bellísimo: la luz formaba una corona sobre la cabeza de la mujer —era nuevamente una mujer— como el aura de una virgen de Da Vinci.

«Sólo tengo una pregunta: ¿tú disparaste? ¿Tú usaste armas de fuego?»

Sonó un murmullo.

«Bueno, sí», dijo Sergio. «Eso es lo que pasa en esas situaciones: uno dispara o le disparan.» Se hizo un silencio duro. «Mire, yo no soy una persona que crea en la violencia, pero en esa época la vida nos llevó a pensar que la lucha armada era el único camino. Ahora el país ha cambiado, claro. Sí, ahora es posible participar en política sin necesidad de recurrir a la lucha armada. Y sin embargo sigue siendo un país profundamente injusto.»

«¿Puedo hacer otra pregunta?»

El público volvió a murmurar. «Claro», dijo Sergio.

«¿Hoy harías la misma película? Quiero decir, ¿qué película harías hoy?»

Sergio se acomodó en su silla.

«Tal vez no haría una comedia», dijo. «Todos los cineastas sabemos que el público prefiere las comedias: tienen más posibilidades de tener éxito de taquilla. Pero la filmografía colombiana de los últimos años no ha ido por ahí. Es un país que vive una guerra dramática, con problemas de corrupción, de narcotráfico, y sería sospechoso que los colombianos hicieran un cine complaciente… Siempre me ha llamado la atención lo que sucedía con el cine de los países socialistas. Nos mostraban lugares maravillosos, verdaderos paraísos, y el día que cayó el Muro de Berlín descubrimos que todo eso era una farsa: que tenían los mismos problemas que nosotros, incluso más graves. Ese cine de propaganda, ese cine al servicio del Estado, camuflaba la realidad. Yo creo que el cine colombiano no lo hace. Tal vez creemos que la única forma de que las cosas cambien es mostrándolas. Es lo que sucede ahora con el proceso de paz: la única manera de hacer la paz es así, raspando las heridas.»

Se arrepintió tan pronto lo dijo. No era lo más sabio del mundo poner el tema sobre la mesa, pero ya era demasiado tarde para echar marcha atrás: la mujer había agarrado la oportunidad al vuelo.

«Ahora que lo mencionas», dijo, «yo quisiera saber qué opinas de lo que acaba de pasar en tu país. Con el fracaso de la paz, quiero decir. ¿No puedes hablar un poco de eso?»

«Prefiero darle la palabra a alguien más, si no le importa», dijo Sergio. El hombre de la chaqueta roja seguía en su sitio con una indiferencia casi vegetal. El moderador también se había fijado en él, y ahora le daba la palabra. El hombre esperó a que le llegara el lento micrófono viajero. Parecía tener todo el tiempo del mundo, y mostraba su paciencia con esa expresión singular que adopta la cara de quienes están tan convencidos de tener la razón que soportan sin chistar cualquier agravio. Era joven, a pesar de la calva, pero bastó que comenzara a hablar para que Sergio reconociera la misma solemnidad que había visto tantas veces en tantos lugares.

«Señor Cabrera», le dijo, «usted fue guerrillero, y, como usted dice, "disparó para que no le dispararan". Pero en esta película decidió burlarse de la guerra. ¿Por qué?».

Sergio tomó otro sorbo y soltó su risa breve.

«Bueno, no estoy de acuerdo», dijo. «Mi intención no fue nunca burlarme de nada. La película es una comedia.»

«Pero también es una burla», dijo el hombre. «Se burla de cosas muy dolorosas. ¿Para eso hace cine usted, para burlarse de cosas que son dolorosas para mucha gente? Colombia tiene muchos problemas, y uno de esos problemas es la guerrilla. Y usted parece que se lo toma a la ligera.»

«Sí, la guerrilla es un problema», dijo Sergio. «Pero también es un síntoma: un síntoma de los muchos problemas que tiene el país. Es que Colombia sigue siendo un país injusto, a pesar de que haya progresado.»

«Pues perdóneme», dijo el hombre, repentinamente altanero. «Pero si el país es tan injusto, ¿usted por qué no se vuelve al monte?»

«¿Cómo?»

«¿Por qué no vuelve a agarrar las armas? ¿O no está dispuesto a arriesgar la vida por esas ideas que tiene?»

Sergio suspiró y esperó que nadie lo hubiera notado. No era la primera vez que recibía ataques parecidos. ¿Por qué estaba tan molesto de repente? Sí, habían sido días largos de emociones fuertes, pero todo aquello había quedado atrás: el entierro de su padre, las condolencias que había contestado con breves mensajes telefónicos y las que había dejado de contestar. Sergio comenzó a contar una historia, o a hablar en el tono de quien cuenta una historia, no de quien se defiende de una pregunta maliciosa.

«No saben ustedes lo difícil que fue hacer *Golpe de estadio*», dijo. «¿Saben por qué? Porque a unos amigos se les ocurrió por esos días formar un partido político. Y me pidieron, no, me *rogaron* que me presentara a las elecciones. A mí lo que me interesaba era seguir haciendo cine, seguir haciendo mis películas. Era lo que había querido hacer toda la vida, y por fin me estaba saliendo bien. Pero los amigos tienen esa capacidad para convencerlo a uno. Y no es porque sean amigos, sino porque conocen nuestros puntos débiles. Conocían los míos: me hablaban del sentido del deber, de la responsabilidad como ciudadano, esas cosas. Y entonces me encontré con un problema: mis amigos tenían razón. Así que acepté. Filmaba mi película lejos de Bogotá, en sitios de difícil acceso, porque la historia ocurre en la selva, como han visto ustedes. Y el sábado cogía una avioneta con un miedo horrible a que se cayera, y me iba a hacer campaña en los barrios pobres de Bogotá. Tuve tan mala suerte que me eligieron.»

Sergio rio y la gente rio con él. Miró hacia las primeras filas: encontró a Octavi Martí, no recostado en el respaldo de su silla sino echado hacia adelante, siguiendo sus palabras con cejas levantadas. Continuó:

«Fui vicepresidente de la Cámara de Representantes, imagínese. ¡Yo, que sólo quería hacer películas! El cine quedó interrumpido, y sí, fue como si me hubieran cortado una mano. Pero el sentido del deber... La responsabilidad ciudadana... Todo eso es un chantaje».

Sergio calló un instante. Tomó un trago de agua, luego otro. Después dijo:

«Las amenazas comenzaron a llegar a los pocos meses. No estoy hablando de cartas antipáticas, no: estoy hablando de sufragios de condolencia que me llegaban a mi casa con mi nombre escrito, regados con tinta roja como si fuera sangre. Venían con ataúdes pequeñitos, pequeños como un juguete de niño, si es que hay niños que jueguen a los ataúdes. Y en los ataúdes, adentro de los ataúdes pequeños, venía un pedazo de carne que había comenzado a oler a podrido. No fui el único que recibió amenazas: también mi madre las recibió, y mi hermana. Aquí en el público está mi hijo Raúl, que vive en Marbella y ha venido para ver estas películas: se ve que no tiene nada mejor que hacer». La gente rio de nuevo. Algunos miraron a izquierda y derecha, tratando de identificar al hijo de Sergio Cabrera. «Pues Raúl no se acordará de esto, pero sus primeros dos años los pasó jugando con los guardaespaldas armados que me asignó el gobierno. Yo tengo esas fotos: mi hijo montando en un triciclo mientras un hombre de corbata que se ha quitado la chaqueta lo persigue sonriendo, con una pistola en su cartuchera… En fin: después de las amenazas, todo quedó en manos del departamento de inteligencia de la policía, que se portó muy bien con nosotros. Un día nos llamaron a la oficina de un ministro. Mejor dicho: me llamaron a mí, y al llegar me encontré con que no era el único. Ahí estaba Jaime Garzón, un humorista maravilloso. Tenía el mejor programa de sátira política de la televisión de esos tiempos, y resultó que también había estado recibiendo amenazas. No me sorprendió del todo. Hablamos del asunto. Nos explicaron que en el país nos querían mucho, que era poco probable que alguien se atreviera a hacernos daño. Pero un día, poco después de eso, se atrevieron. Mataron a Jaime Garzón.»

Tomó un trago de agua. El silencio era total.

«Entonces me citaron otra vez y me dijeron, en más palabras, que las cosas habían cambiado. Que me olvidara de todos los mensajes tranquilizadores: mi vida estaba en peligro y era mejor que me fuera del país. Mi hermana y mi madre se tuvieron que ir también. Ellas se fueron a Guyana y yo estuve viviendo varios años en Madrid. El cine se fue a la mierda, claro, y perdí dinero, y perdí mi lugar como director de cine y tuve que reinventarme como director de televisión. Lo pude hacer, y haber dirigido *Cuéntame cómo pasó* es una de las grandes satisfacciones que he tenido. Y por eso siento que le debo tanto a España.»

Aquí dejó de hablar, y fue como si alguien hubiera interrumpido una transmisión. El hombre de la chaqueta roja, confundido, dijo:

«Sí, pero yo le preguntaba…».

«Yo sé lo que me preguntaba usted», lo cortó Sergio con la voz cambiada. «Y mi respuesta es ésta: yo creo en la paz, aunque no esté saliendo bien, y creo que hay que seguir buscándola. Si les he contado todo esto es para que vean, para que usted vea, que siempre he defendido mis ideas con mi vida. Dígame una cosa, señor: ¿usted puede decir lo mismo?»

«Vale, dejémoslo así por hoy», intervino el moderador, entrando afanado en escena. En todas partes del auditorio empezaron a hablar las voces. Alguien dijo que tenía una pregunta, pero en vano, porque el moderador ya había pasado al catalán y estaba recordándoles a todos que durante los días siguientes se proyectarían cinco obras más de Sergio Cabrera. Esperaba que hubieran disfrutado *Golpe de estadio* y les deseaba, en nombre de la Filmoteca de Catalunya, una feliz noche. Muchas gracias.

Aquí y allá sonaron, esparcidos, reticentes, los últimos aplausos de la jornada.

Esa noche, cuando Raúl se había dormido en la cama vecina, le escribió a Silvia. *Creo que el mostrarme agradecido nunca ha sido una de mis características*, le dijo, *pero soy agradecido, siempre lo he sido aunque en silencio, en secreto, como si me avergonzara de ello. Y no sé por qué, si a viva voz podría gritar muchísimos agradecimientos por todas las cosas que me han sucedido a lo largo de mi vida: por mis hijos, a los que adoro y porque me siento adorado por ellos, por mis éxitos profesionales que han sido numerosos y frecuentes, por mi suerte, sin la cual esas y otras cosas quizás nunca habrían sucedido.* Levantó la cabeza, porque un ronquido leve salía de la almohada de Raúl. *Pero sobre todo, me siento agradecido con el destino por haberte conocido. Y esto no es algo que se me ocurre ahora en medio del vendaval por el que estamos pasando, no, y tú lo sabes, esto es algo que te he repetido mil veces. Te lo he dicho suavemente al oído, en voz alta, en mis cartas y en mis notas, y te lo digo ahora con todo mi corazón: he sido un hombre muy afortunado. Y quiero seguir siéndolo.*

XVI

Olvidarse de su verdadero nombre le costó menos de lo que hubiera creído. El compañero Raúl se fue acomodando en su nueva identidad al mismo tiempo que lo hacía en su nueva vida, asumiendo sus exigencias, corrigiendo los errores de antes, de una forma tan natural que nunca necesitó preguntarle al comandante Carlos por qué lo había bautizado como lo hizo. Después de mucho cargar la hamaca doble, después de soportar las protestas confidenciales de Marianella, en una casa campesina la cambió por una hamaca sencilla para dársela a su hermana, y lo mismo hizo con la suya tan pronto se presentó la oportunidad. También cambió el machete, pues el que había comprado en la tienda de Medellín le había parecido mejor por ser más grande, y en las montañas había entendido que los objetos de mayor tamaño eran siempre un engorro. En una posada vecina del río Cauca, un arriero le dio con gusto el suyo, más pequeño y manejable, pero sintió que el trueque no era justo y le encimó una navaja suiza.

Ya era plenamente Raúl cuando llegaron al campamento de los llanos del Tigre. En pocas semanas habían subido a montañas donde el aire se hacía más delgado y bajado a este valle de calor húmedo en el cual se abrían los poros y la piel se volvía pegajosa y los olores del mundo cambiaban, porque eran los de la vegetación que nace y se pudre en cada metro cuadrado de tierra tropical. Para entonces las largas jornadas por tierras desiguales, más difíciles que todo lo conocido en China, le habían inflamado una rodilla tanto que apenas podía moverla. El comandante Armando los recibió con honores que no se habían ganado y mandó traer un sobandero para Raúl, que recibió paños tibios y masajes con pomadas de cacao preguntándose por qué le daban ese tratamiento privilegiado. Armando, cuyo nombre inspiraba un respeto mesiánico entre los guerrilleros, era un hombre de cara amable y de piel aceitunada, como la de los indios de la India, y parecía estar hecho sólo de huesos y músculos. Cuando el sobandero hubo terminado su trabajo, le pidió al compañero Raúl sus documentos y el dinero que llevaba: todo lo que ya no necesitaría. Recibió la tarjeta de identidad con un nombre caduco; no lo leyó en voz alta, pero lo que sí leyó fue la fecha de nacimiento del compañero Raúl. «Carajo», dijo, «pero si el compañero está de cumpleaños». Reunió a los demás para una celebración improvisada en que los guerrilleros le cantaron a Raúl, con palabras en inglés cuyo significado ignoraban, y a él se le ocurrió que en mejores circunstancias le habrían incluso encendido unas velitas. La escena entera parecía sacada de otra historia.

La rodilla fue mejorando con los días y fue acostumbrándose a las largas caminatas, o más bien las fue tolerando mejor, a pesar de dolores ocasionales y de inflamaciones que Sergio se trataba con pomadas. Si a veces se le olvidaba el dolor, era por la necesidad de estar atento a otros adiestramientos, a otras precauciones, o sólo porque el calor lo distraía. Lo que lo sorprendió al principio fue la poca densidad de esos parajes. La tropa se movía durante días por montañas donde no había nadie, aunque encontraba con frecuencia ranchos abandonados como testimonios de la vida de otros tiempos. Lo que Mao aconsejaba en sus escritos militares era muy distinto: los revolucionarios debían alejarse de los centros neurálgicos del enemigo, sí, pero yendo siempre en busca de la gente, porque sólo donde está la gente es posible construir una base de apoyo. En el pensamiento militar maoísta, crear una base de apoyo sólida era como liberar un país: así se podían trazar fronteras, crear soberanía y comenzar a conquistar terreno, pues sólo se empieza a ganar la guerra cuando hay territorios donde el enemigo no puede circular a voluntad. Se lo comentó primero a Marianella, hablando en chino para que nadie entendiera sus probables herejías.

«Ya se me había ocurrido», le dijo ella. «Pero no les vamos a enseñar a ellos cómo se hacen las cosas.»

«¿Y por qué no? ¿Por qué no les podemos enseñar?»

«Porque no somos de aquí. Tú y yo somos de otra parte, aunque no parezca.»

Le costó muchas semanas —de obediencia y de cautela y de humildad— sentir que tenía derecho de recordar en voz alta las enseñanzas del presidente Mao y preguntar si no era ésa la razón del combate: la creación en un lugar de una base guerrillera que luego pudiera convertirse en base de apoyo. ¿No había que hacer presencia donde hubiera más gente? «Ah», dijo Armando. «El compañero tiene opiniones.» Poco a poco le fueron contando la historia de Pedro Vásquez Rendón, el periodista que había sido uno de los fundadores del EPL dos años atrás. Fue él quien escogió la zona donde comenzaron a operar, entre el río Cauca y el río Sinú, en pueblos pequeños de los llanos de San Jorge para construir escuelas o puestos de salud. Adoctrinaban a los jóvenes y convertían a los mayores, y no pasó mucho tiempo antes de que el ejército se percatara del surgimiento de una nueva guerrilla. Entonces empezaron las campañas de cerco y aniquilamiento. La primera fracasó, pero en la segunda murieron varios comandantes, y Vásquez Rendón estaba entre ellos. El ejército se llevó a decenas de campesinos de la zona: los que no se fueron con el ejército se fueron con la guerrilla; los que no se fueron con ninguno de los dos emigraron a otros pueblos o a las ciudades. No podían quedarse en sus casas, desde luego, porque los llanos de San Jorge ya eran considerados territorio de influencia del EPL, y todo el que viviera allí era considerado guerrillero o culpable de apoyar a la guerrilla. Así se fue despoblando la zona hasta que sólo se quedaron los más testarudos o los que no tenían nada que perder.

Eso le explicaron al compañero Raúl. El suyo era un destacamento de una quincena de personas, pero en esos debates hacían el escándalo de un grupo grande, y con frecuencia era necesario que alguien interviniera para recordarles que el ejército podía no estar tan lejos como pensaban. Las conversaciones ocurrían de noche, mientras la guerrilla cenaba, por lo general después de que los compañeros acosaran a Raúl con preguntas sobre la vida en China y el entrenamiento militar en el Ejército Rojo. La primera pregunta que le hicieron fue si China quedaba tan lejos como decían, y Raúl creyó al principio que la mejor manera de contestar era levantar la mirada al cielo cuando pasaba un avión, uno de los muchos que volaban hacia Panamá o Estados Unidos, y decir: «Si estuviéramos en ese avión, nos demoraríamos más de un día». Se dio cuenta de que la explicación no era buena cuando uno de los guerrilleros viejos, cuyo bigote encanecido no le cubría del todo un labio leporino, le dijo: «Entonces no está tan lejos. Un día es más cerquita que el mar». Raúl tenía que vencer su alergia al protagonismo para explicarles la velocidad de un avión y la convención de las distancias, y alguna vez, tratando de convencerlos de que había dos rutas posibles para llegar a China, se vio obligado incluso a recordarles que la Tierra era redonda.

En esos momentos sentía dos cosas al mismo tiempo: primero, que su presencia allí cobraba por momentos un valor tangible; segundo, que era un bicho raro, un fenómeno de circo. Los compañeros nunca habían conocido a un guerrillero que hubiera estudiado en los colegios de la élite bogotana y luego paseado por Europa, y que pudiera hablar en español, francés y chino de literatura rusa, ópera italiana y cine japonés. Fue Raúl quien les explicó, por ejemplo, que no era mentira lo que habían oído por la radio: que un hombre había llegado a la Luna en una nave espacial. Los compañeros se habían reunido como todas las noches alrededor de la radio, un aparato de transistores cuyas perillas se soltaban todo el tiempo, para escuchar las noticias del día. Pero esa noche, además, algo especial iba a ocurrir y todos lo sabían. La selva se llenó con la estática de la transmisión. Las voces emocionadas de los locutores contaron que un ser humano había pisado la Luna, que se llamaba Armstrong y que la nave espacial se llamaba Apolo; pero a los compañeros no les interesó que ese nombre fuera el de un dios griego, y cuando buscaban la Luna en el cielo limpio, señalaban que allí no parecía haber nadie. Raúl estaba solo en su pasmo. «El hombre en la Luna», decía para nadie. «Esto parece sacado de un libro.» Los compañeros no parecían impresionados. Uno preguntaba si el motor del cohete era como el de un carro; otro quería saber si había que estudiar mucho para hacer ese viaje o si cualquiera iba a poder de ahora en adelante. Luego uno de los más jóvenes zanjó la noche.

«Esto es pura mierda», dijo. «Una mentira de los gringos. Pura propaganda imperialista, compañeros.»

Y Raúl trataba de decir que no, que era verdad, pero luego se dio cuenta de que estaba defendiendo a los gringos, y prefirió hundirse en un silencio inofensivo.

Después de unas semanas, Armando tomó una decisión: la compañera Sol se iría destinada al destacamento Escuela Presidente Mao, un espacio de preparación de jóvenes militantes donde las mujeres eran más y se sentían más cómodas. «Para que no sea la única en un grupo de hombres», explicó. Raúl habría querido decirle que esta mujer, a sus diecisiete años, tenía mejor entrenamiento militar que la mayoría de esos hombres. Pero no lo dijo. La vio levantar su mochila y reunirse con un grupo de guerrilleras sin siquiera hacerle una señal con la mano para despedirse, y se preguntó cómo encajaría su hermana entre esas jóvenes de la zona que se maquillaban todos los días y no evitaban cierta vanidad ni siquiera para terciarse el fusil.

En el grupo de Sol iban Pacho, el joven negro que había venido con ellos en el bus desde Medellín, y otros dos compañeros de los que les habían dado la bienvenida: Jaime y Arturo. Sol les cayó en gracia. Arturo, un campesino de rasgos aindiados y bigote de adolescente, la adoptó como si hubieran crecido juntos.

Raúl, mientras tanto, se quedó con el comandante Armando, actuando bajo sus órdenes, aprendiendo de él. Comenzó así una rutina de una monotonía inverosímil. Los días estaban hechos de instantes repetidos que parecían una copia de la misma hora del día anterior, y del anterior también. Trabajar con los campesinos, reunirse con los comandantes, construir la escuela o el puesto de salud: los días empezaban siempre a la misma hora y a la misma hora terminaban. Los otros destacamentos debían de aburrirse también, porque a las mujeres se las veía cada vez con más frecuencia hablando con los hombres. Aquello no estaba bien visto: a pesar de que los comandantes tenían a sus parejas, ya fuera por haberlas traído de sus vidas anteriores o por haberlas conocido en la zona, el manual del EPL prohibía que guerrilleros y guerrilleras se miraran como si pudieran ser algo más que camaradas de la misma causa. Sin embargo, una de las compañeras de Sol había comenzado a sonreírle a Raúl, a ponerle una mano en el brazo cuando se encontraban.

«¿Cómo está mi mono?», le decía. «A ver, míreme con esos ojos verdes.»

Allí se llamaba Isabela, pero Raúl nunca supo su verdadero nombre. Era de la zona, evidentemente, pues hablaba con el mismo acento de los campesinos y se movía con la soltura de quien ha crecido en esos parajes y sólo encuentra extraño que los demás hayan llegado a ocuparlos. Tenía un año menos que Raúl, pero hablaba como si hubiera vivido dos vidas, o en todo caso como si tuviera una urgencia inaplazable de comenzar a vivirlas. Una tarde, mientras Raúl cortaba con machete las hierbas que le había pedido un comandante, se acercó por detrás y se agachó para ayudarle, recostándose sobre su cuerpo, y Raúl sintió sus senos con tanta claridad que habría podido dibujarlos. Le correspondió con otros contactos: roces al caminar a su lado, insinuaciones a la vista de todo el mundo. Sólo era cuestión de días para que pasara algo más.

De manera que no se sorprendió, o no del todo, la noche en que Isabela llegó hasta su hamaca en la oscuridad, sin usar una linterna ni delatar sus pasos, y de un movimiento diestro se acostó a su lado. Raúl no había tenido un cuerpo de mujer tan cerca en mucho tiempo, y supo que alguna vez le llegaría el arrepentimiento por lo que estaba a punto de hacer, pero los dos temores combinados, el de la sanción disciplinaria y el de los últimos rezagos de la moral cristiana, le cayeron encima al mismo tiempo.

«No, esto no se puede», le dijo en susurros. «Váyase, compañera. Váyase, que esto no se puede.»

No tuvo que verle la cara para sentir el desconcierto primero y luego una forma —sintética, eficiente, concentrada— del desprecio.

Montar guardia era lo que más detestaba. Montar guardia era quedarse quieto en la noche para ser blanco fácil de todos los mosquitos del mundo. Los guerrilleros se relevaban cada hora; esa hora eterna se medía con el reloj de Raúl, y él no tardó en darse cuenta de que cada compañero adelantaba las manecillas del reloj cinco o diez minutos para acortar su turno, de manera que el último de la noche acababa cargando con los minutos acumulados que los demás habían hecho desaparecer. Lo único que podía hacer durante esos minutos detestables, además de rascarse las picaduras y distinguir en el aire los ronquidos de sus compañeros de la presencia de los animales, era pensar. Pensaba, por ejemplo, en Pacho: lo habían matado en un combate cerca de Caucasia, y la noticia le causó a

Raúl una pesadumbre que no había anticipado. Apenas lo había conocido; había compartido con él las primeras horas en la guerrilla (en el bus desde Medellín, aunque entonces no se conocieran, y luego caminando de Dabeiba al campamento), pero poco más. ¿Por qué lo afectaba tanto? «Será que es su primer muerto», le dijo Armando. Raúl pensó en el tío Felipe y en la tía Inés Amelia. Pero eran muertos de otra vida, que se le habían muerto a otra persona. «El primero», continuó Armando, «pero no va a ser el último. No se preocupe, que uno se acostumbra».

Pensaba también en Isabela, y se arrepentía de haberla rechazado y fantaseaba con lo que habría podido pasar, y luego volvía a arrepentirse. De una cosa estaba seguro: se había comportado correctamente. Había comprendido ya que la revolución era inseparable de un cierto puritanismo; sabía que Lenin había copiado la organización comunista del primer cristianismo, y una prohibición inviolable pesaba sobre las relaciones entre hombres y mujeres. Isabela parecía no haberse enterado de ello. O tal vez las prohibiciones no eran tan estrictas para todo el mundo, sí, eso también era posible: que Raúl fuera un soldado demasiado riguroso, como si intentara compensar con esas disciplinas el pecado de su origen.

Todo eso pensaba Raúl.

Y también pensaba otras cosas absurdas.

¿Era posible que el partido se hubiera puesto una medalla, simplemente? Después de todo, si dos jóvenes como ellos, burgueses y privilegiados, habían viajado a la China comunista y habían recibido entrenamiento de su ejército y regresado para unirse a las filas del EPL, si todo eso podía ocurrir en Colombia, la revolución no sólo estaba viva, sino que tenía todas las cartas para triunfar. ¿No podría sucederles lo mismo que al padre Camilo Torres? El padre, un burgués de familia liberal, habría sido mucho más útil en la ciudad, pero acabó muriendo inútilmente en su primer combate. ¿Y para qué? Poco a poco Raúl se fue asomando a la posibilidad de que en el fondo no hubiera sido necesario que ni él ni su hermana se incorporaran a la guerrilla; pero tan pronto aparecían estos pensamientos, los desterraba con el truco viejo de la vergüenza, y seguía adelante sin cuestionarse o convenciéndose de que sus dudas secretas eran los rezagos de una vida reaccionaria. De cualquier forma, nunca se liberó de la certidumbre molesta de que tenía algo que probar, y de que sus compañeros lo miraban sin confianza, como si no acabara de ser uno de los suyos.

Cada semana había dos reuniones a las que Raúl asistía con sus dos máscaras: la de miembro de la célula del partido y la de guerrillero raso. Con la célula se hacían análisis y autocríticas, y Raúl se daba cuenta de que su presencia allí no era explicable sin los privilegios de su padre, que había conseguido convertirse en una figura de autoridad en Medellín: no sólo por ejercer como una especie de embajador del maoísmo en Colombia, por supuesto, sino además por la circunstancia simple de ser blanco y europeo. En las asambleas de soldados, en cambio, Raúl era lo que siempre había querido: uno más. La asamblea de soldados era una tradición implantada por el Ejército Rojo durante sus marchas, una sesión semanal en la que los hombres tienen derecho a criticarse entre sí y aun a criticar a sus comandantes. Sergio había estado siempre orgulloso de ese momento en que los combatientes eran todos iguales, sin distingos de rango ni origen ni raza. Pero ahora esa igualdad proletaria no estaba resultando como él se la había imaginado.

Entre los comandantes, uno en particular parecía mirar a Raúl como si cargara con agravios importados de otras vidas. Se llamaba Fernando, y no era cualquier comandante: era uno de los fundadores del EPL. Tenía cuarenta y cinco años en ese momento, poco más o menos, y la vida le había alcanzado para estudiar Derecho en Bogotá, entrar en las Juventudes Comunistas de Colombia y comenzar a competir en pruebas de atletismo de nivel nacional. Era tan buen corredor que el Independiente Santa Fe, uno de los dos equipos de fútbol de Bogotá, se lo llevó para sus divisiones atléticas, donde Fernando entrenó tan bien que llegó a ganar cuatro medallas de oro en los Juegos Nacionales de 1950. Cuando lo expulsaron de las Juventudes por sus tendencias maoístas, Fernando fundó el partido —es decir: el Partido Comunista Marxista-Leninista Pensamiento Mao Tse-Tung— y entró a militar en el EPL, y sus debates ideológicos con los otros fundadores se convirtieron pronto en leyenda. Era un hombre intransigente, de palabra fácil y agresiva, que había sido capaz de tachar a uno de sus pares de revisionista pequeñoburgués por no estar de acuerdo con un punto de doctrina, y que se había ganado además el respeto que gana la fortaleza física: Fernando marchaba más rápido que los otros, aguantaba mejor las distancias más largas, y ni siquiera la peor de las trochas era problema para sus piernas. Con los días, Raúl había aprendido a reconocer en él la intensidad de los sectarios, que ya conocía bien de otras experiencias en otras latitudes, y se dijo que era mala cosa que aquel hombre lo tuviera entre ceja y ceja.

Tenía razón. A Fernando le molestó desde el principio saber que el compañero Raúl estaba recordando las enseñanzas de Mao para criticar las decisiones militares del Comando Central, y lo dijo en voz alta en una de las reuniones de célula, pero además se las arregló para repetir la acusación en la asamblea de soldados. Raúl trató de responder a las acusaciones, aunque lo que se esperaba de él no era una defensa sino una autocrítica, y además lo hizo repitiendo las actitudes que habían motivado el cargo: es decir, citando a Mao. Las enseñanzas militares de Mao hablaban de base guerrillera, que es el germen de la base de apoyo, y de base de apoyo, que es el territorio en el cual la guerrilla ejerce una forma de soberanía. Raúl dijo, orgulloso, que él había conocido esa situación a la que aspiraban. Y lo que veía aquí, en Colombia, era muy distinto.

«Aquí llamamos base de apoyo a lo que todavía es una base guerrillera», dijo. «Y yo me pregunto si no nos estaremos engañando.»

El silencio fue la respuesta más dura posible. Luego vino la voz de cuchilla de Fernando: «Es que esto no es China, compañero. Usted como que no se ha dado cuenta». Alguien que estaba más apartado añadió entre dientes una frase incomprensible, pero Raúl entendió la palabra *botas* y escuchó la carcajada de los demás. No era difícil saber a qué hacía referencia aquella voz: semanas atrás los demás se habían enterado de que el compañero Raúl cargaba entre sus cosas un par de botas altas de cuero fino que había traído de China, y de nada había valido que explicara que eran las botas del Ejército Rojo: allí mismo le dijeron que ese cuero era inútil para la selva, porque no servía para atravesar el río y cuando estuviera mojado le destrozaría los pies al más fuerte, y entre todos comenzaron a cortar las botas a pedazos, diciendo que en cambio sí eran buenas para hacer cartucheras.

«Éste cree que se va a poner de ruana la guerrilla», dijo Fernando dirigiéndose a nadie. «Sólo porque acaba de llegar de China.»

Se puso de pie y se acabó la reunión. Raúl sintió que sus años de dedicación al maoísmo y su vocación revolucionaria merecían una respuesta distinta, pero no dijo nada, ni esa semana ni las siguientes. La inquina de Fernando siguió presente. Se la hacía saber a la hora de la comida, que por esos tiempos consistía en sopa de banano al mediodía y a la noche, y se la hacía saber en las sesiones de inteligencia, y se la hizo saber el día en que se dio cuenta de que Raúl tenía una brújula en la mano. «Esto no es de por aquí», le dijo. Raúl le explicó que se la habían dado en el Ejército Rojo el día en que terminó su entrenamiento militar: una especie de regalo de grado, por decirlo así. «Regalo de grado, muy simpático», dijo Fernando. Se metió la brújula al bolsillo de sus pantalones, se dio la vuelta y se marchó sin decir nada. Raúl nunca la recuperó; tampoco habría podido reclamarla, por supuesto. El comandante era la autoridad, a pesar de los esfuerzos que hacía el EPL por no reproducir los códigos del militarismo, y sólo con esfuerzo y entrega y compromiso, pensaba Raúl, podía desactivar la malquerencia de un hombre poderoso. Se cuidó mucho de mencionar siquiera el asunto: no lo hizo con el comandante Armando, que lo había tomado bajo su ala desde el principio, ni mucho menos con su padre, que un día, para sorpresa de todo el mundo, llegó al campamento de los llanos del Tigre.

Su visita fue tan imprevista que Raúl alcanzó a pensar, cuando Armando le dio la noticia, que algo grave había pasado en su familia. Brevemente pensó en su madre, pensó que estaba muerta, pensó que ésa sería la peor noticia del mundo. No era así. Al parecer, Fausto estaba en una junta del sindicato de Empresas Públicas de Antioquia, uno de los espacios donde se movía como promotor de teatro y hombre de cultura, cuando algún sindicalista interrumpió las conversaciones para revelarles a todos su descubrimiento más reciente.

«Yo quiero denunciar», dijo, «que este señor Cabrera es secretario político del Partido Comunista».

Fausto se había *quemado*. El ejército y la policía se movilizaron para buscarlo, y lo habrían capturado si no se hubiera escondido durante veinte días. Fue una movida tan inesperada que ni siquiera pudo despedirse de Luz Elena, sino que se lo tragó la tierra y la tierra lo vomitó veinte días después en una berma de la carretera al mar, en dirección a Dabeiba, con una barba de náufrago y las mismas ropas del primer día de encierro. A las cuatro de la mañana siguiente, después de pasar la noche en una casa de las afueras del pueblo, subió por una trocha que les hacía daño a sus tobillos, llegó a un trapiche en lo más alto de la loma y caminó hasta una nueva casa. Así, de refugio en refugio, guiado por un baquiano, acabó llegando a la zona tras siete días que parecieron muchos más. Se había perdido, le habían salido llagas en los pies y había pasado la vergüenza de asustarse con un gusano churrusco, pero allí estaba, cerca del río Sinú, uniéndose a la Dirección Nacional de la guerrilla. Justo antes de llegar se topó con un guerrillero que llevaba una chaqueta parecida a la que su hijo había traído de Pekín.

«Es regalo del compañero Raúl», le dijo el hombre. «Ése sí es un tipazo, oiga.»

Así se enteró del nombre de su hijo, y así lo llamó cuando se encontraron. Raúl había salido a recibirlo con su hermana, y Fausto los abrazó con tanta emoción que Raúl tuvo que esforzarse para no llorar. Para entonces Sol se había convertido en secretaria militar del destacamento Escuela Presidente Mao. Estaba a cargo del primer entrenamiento de los nuevos reclutas: una posición de inmensa responsabilidad para una jovencita. Fausto le quitó delicadamente la gorra china, le pasó una mano por el pelo recogido y la despidió con la consigna de la guerrilla: «Combatiendo venceremos». Luego abrazó a Raúl, contraviniendo al hacerlo varias normas, y se presentó con su nuevo nombre: «Emecías, para servirle». Luego habló de la importancia de lo que estaban haciendo, del orgullo que sentía por sus dos hijos y de la fortuna de ser esa familia. «No es común, es verdad», dijo con tono exaltado. «No es común que una familia luche junta por una misma causa, con las mismas armas, en el mismo frente. Somos privilegiados. Esto no es de este mundo, sino del que viene, del que estamos trayendo entre todos. Habrá quien diga que estamos locos, claro, pero yo digo: qué hermosa locura.»

A las pocas horas sonaron los helicópteros. Al principio fue un rumor de aleteo, y a Fausto le faltaba el entrenamiento para reconocerlo, pero notó que el campamento empezaba a moverse y los llamados de alerta llegaban de todas partes. Parecían tres o cuatro, pero pronto el escándalo fue tan fuerte que en tierra era difícil hablar. Los comandantes estaban de acuerdo en que alguien, uno de los suyos, los había delatado, porque de otra manera no se entendía que los helicópteros hubieran encontrado un campamento tan seguro. Los hombres se movían como si su itinerario estuviera marcado con señales en la tierra; Fausto, en cambio, no sabía qué hacer ni adónde ir, sino que escuchaba sin entender las instrucciones de la tropa. Vio pasar a Raúl, que manipulaba su fusil, y quiso preguntarle, pero entonces sintió una mano en el brazo y una voz que le decía: «Usted viene conmigo, compañero». Y se encontró de repente como arrastrado por una ola hacia la densidad de la selva, lejos de los toldillos, donde el comandante Armando lideraba la maniobra de retirada. Al final, en medio de la agitación, Armando tuvo tiempo de acercarse a Fausto y sin palabras indicarle algo con la mano. Fausto se giró y vio desde muy lejos a Raúl, que agitaba una mano en el aire para despedirse. Fausto se despidió también.

«No se preocupe, compañero», le dijo Armando. «El compañero Raúl nos alcanza más tarde.»

Toda la maniobra duró menos de dos horas. Los guerrilleros abandonaron la zona descalzos, para no dejar rastros, y dispersándose para confundir. Los que habían venido de la ciudad volvieron a ella. Fausto no volvió con ellos: tendría que pasar meses en la selva antes de que fuera aconsejable el regreso. Lo obligaron a quedarse con Armando y el grueso de la fuerza militar, más de cincuenta hombres experimentados en los combates más fieros que iban arriando al grupo y haciendo una defensa de retaguardia. No supo cuánto tiempo estuvo caminando sin saber adónde iba, avanzando hacia la espesura, internándose en la selva sin comer, pero seguramente pasó más de un día entero en esa huida antes de volver a reunirse con su hijo. Se enteró de que Raúl había sido destinado a labores de contención, y lo admiró y temió por él, pero no tuvo la oportunidad de decírselo, porque la tropa estaba en otros menesteres. Habían nombrado una comisión de búsqueda para cazar un animal, porque los compañeros se morían de hambre, pero la comisión había vuelto con las manos vacías. Entonces un compañero que se había alejado trajo una buena noticia: allá, junto a la quebrada, se asoleaba una boa de tres metros que acababa de comer. Dos hombres la cazaron, pero se necesitaron diez para quitarle la piel, sacarle del vientre un chigüiro pequeño, limpiarla de cartílagos y comenzar a prepararla. A Fausto le tocó una sopa grasienta tan densa que los trozos de carne flotaban en ella, y no pudo llevarse la primera cucharada a la boca sin sentir que iba a vomitar delante de todos. Raúl, que comía a su lado, le lanzó una mirada de reproche tan falta de misericordia que Fausto se tomó sin chistar el resto de la sopa.

Esta vez se despidieron con la conciencia de que muy bien podrían no volverse a ver con vida. Raúl no se permitió una sola vacilación. Se sentía observado a cada instante: el grupo de contención partiría a las órdenes del comandante Fernando, que sabía muy bien quiénes eran los Cabrera, y Raúl percibía que en alguna parte de la selva estaban sus ojos vigilantes tratando de encontrar una actitud —un abrazo, una lágrima— que pudiera reprocharle en la próxima asamblea. Pero el abrazo y la lágrima vinieron de Fausto. «Cuídate», le dijo. «Ya nos veremos cuando se pueda.» Las preguntas de la vida civil —¿adónde vas?, ¿por cuánto tiempo?, ¿cuándo volveremos a vernos?— no tenían sentido ni valor en la selva. Al separarse de Fausto, Raúl odió a Fernando, odió su presencia de juez o delator, porque le habría gustado hablar con su padre de lo que ocurría en la ciudad, y en especial de las labores clandestinas de Luz Elena. Tenía esas preguntas en la boca todavía cuando se alejó con los otros dos miembros del grupo de contención —Ernesto, el que había hecho el curso militar en Albania, y un baquiano—, todos caminando un par de metros detrás del comandante Fernando, confiados por ir al mando de un buen estratega que conocía bien las técnicas del ejército, pero conscientes del peligro que iban a correr en los próximos días. Raúl ya se movía por la selva como si hubiera crecido en ella: sus rodillas se habían acostumbrado al terreno y ya no se quejaban; había dejado de caminar mirando el suelo, como en los primeros tiempos, pues le hicieron entender que nunca conseguiría ver a las serpientes antes de pisarlas, y mejor era confiar en el azar o esperar que la serpiente se apartara antes.

Los militares desembarcados habían dispuesto cuatro puestos en los vértices de un área grande, del tamaño de una gran ciudad. Eso era lo que había aterrizado en los helicópteros: una maniobra para retomar la zona. La labor del grupo de contención tenía la simpleza de los juegos de niños, pero en ella los cuatro guerrilleros arriesgaban la vida. El objetivo era provocar en el ejército la ilusión de que la guerrilla seguía presente. La estrategia consistía en emboscarse cerca de las fuentes de agua y luego atacar uno de los puestos, que estaban por lo general en lo alto de la montaña: eso les daba a los soldados el privilegio de la visibilidad, pero al mismo tiempo les dificultaba responder al fuego, pues quien dispara de arriba hacia abajo pierde la referencia del horizonte, y es muy difícil no acabar estrellando los tiros en la tierra. El grupo de contención atacaba dos veces al día; lo hacía gastando más municiones de las necesarias, para mantener a los soldados bajo la impresión de que el enemigo era numeroso, y luego avanzaba hacia el puesto siguiente para repetir la maniobra. Raúl nunca se había encontrado bajo un fuego tan insistente como el de esos soldados desesperados por no ver al enemigo, y siempre le pareció poco menos que milagroso terminar ileso el día.

La operación entera duró tres semanas. Desorientados o confundidos, y en todo caso incapaces de averiguar dónde estaba el enemigo ni a cuántos hombres se enfrentaban, los militares abandonaron la zona. De ahí en adelante, el comandante Fernando y los compañeros Raúl y Ernesto se dedicaron a reconstruir el destacamento. Recibieron hombres que venían de zonas cercanas y restablecieron alianzas con los campesinos de la zona. Fue un trabajo arduo, y Raúl tenía todas las razones del mundo para pensar que su desempeño durante la estrategia de contención, además de la reconstrucción del destacamento, podrían haberle granjeado la simpatía del comandante Fernando, o por lo menos neutralizado su inquina. La verdad era muy distinta.

Del diario de Sol:

Sin fecha
Hay días en que no alcanzo a comprenderme del todo. Pongo en orden los planes organizativos y la táctica a seguir, pero normalmente es difícil programar el siguiente día. Entiendo que mi confusión no se aleja del cambio tan brusco que sufro no sólo físico sino, principalmente, psíquico. La verdad, no estoy preparada para esto. ¿Por qué sentir estos momentos de vacío que no logro calmar y que logran confundirme? Definitivamente hoy no es un buen día para mí.

Estamos pasando la noche en una tienda de campaña, demasiado sofisticada para estas selvas. Iré a tender mi hamaca después de que por algún hueco entre los árboles alcance a ver la luna.

Sin fecha

No hemos podido movernos de este sitio plagado de mosquitos. Maldigo las absurdas circunstancias que una tras otra venimos viviendo más por una mala dirección central que por nuestra escasa experiencia guerrillera. Y aquí estamos dándole a la comba sin obtener respuesta. Parece que esperáramos sentados la muerte.

Sin fecha

Desde hace 66 horas no descansaba. Cuando cruzamos Río Negro empecé a cojear de mi pie derecho por una leve dislocación del tobillo. Cuando empezó a bajar el sol pensamos en acampar y fue entonces cuando empezó el tiroteo y en un segundo nos dispersamos; tratando de cubrir la retirada del total que tomó selva adentro, Jaime cruzó el camino y empezó a disparar. Arturo y yo tratábamos de avanzar para tomar a la tropa por la espalda cuando una bala atravesó la quijada de Arturo mientras yo trataba de levantarme pues había tropezado con una raíz. Cuando quise ir en su ayuda sentí un proyectil que se me incrustó en el muslo derecho. Teníamos que desaparecer de allí. Jaime desde lejos me indicó con movimientos el camino para retirarnos.

He pasado la noche más larga de mi vida al lado de Arturo que se desangraba; temía que por mi inutilidad pudiera morir. Sin bajar el brazo que apoyaba en mi hombro se fue sumiendo en un sueño enfermizo, y entre mi muslo herido y el dislocamiento del tobillo, opté por no moverme y esperar que vinieran a rescatarme. Jaime fue a avisar a Fernando y llegaron por nosotros. Eso pasó cuando el sol ya había cruzado un cuarto de cielo y yo había pasado por unos momentos de angustia y llanto.

Han pasado tres días y buscamos afanosamente salvar la vida de Arturo. ¡Arturo tiene que vivir!

*

El acoso comenzó por esos días, mientras Sol se recuperaba de la herida en el muslo y Arturo, en cambio, era evacuado hacia una casa campesina donde se decidiría si era mejor mandarlo a la ciudad. Sol estaba sentada en la hamaca, con las piernas colgando, cuando la sombra del comandante Fernando salió de la nada, recortándose sobre la luz remota y débil de la fogata. Empezó preguntándole si estaba bien, y ella dijo que sí: cansada, con hambre, pero bien. Él le preguntó si había tenido miedo, y ella le dijo que no, miedo no, porque para estas cosas la habían entrenado. «En todo caso», añadió, «muchas gracias. Nos salvaron la vida, comandante». Entonces Fernando se le acercó y le puso una mano en la pierna. «Usté sí es muy bonita, compañera», le dijo. El avance la sorprendió tanto que no supo decir nada, y su cuerpo se encontró de repente sin asidero ni punto de apoyo, flotando sobre una hamaca sin capacidad de reacción, de manera que pasó un segundo largo antes de que Sol lograra saltar a tierra sin hacerse daño en el muslo herido. «Fernando, no diga esas cosas», le dijo, «que eso no se puede». «Sí, compañera, tiene razón», dijo él. «Le prometo que no vuelve a pasar.»

Pero volvió a la noche siguiente. «¿Así trata al que le salvó la vida?», le dijo. «¿No me quiere dar las gracias?» Había llovido y el aire estaba saturado de humedad, y en todas las caras se veía el brillo de la piel; Fernando, al acercarse, impregnó el aire con el olor de sus axilas. «Fernando, esto no se puede», le dijo Sol en voz baja pero firme, tratando al mismo tiempo de que nadie la oyera y de que no hubiera en su tono intimidad alguna. «¿Usté dejó novio?», le preguntó Fernando. «¿En dónde? ¿En China o en Medellín?» La escena era idéntica a la del día anterior: las últimas horas de una larga jornada, Sol sentada en la hamaca con las botas flotando en el aire, el cuerpo del hombre demasiado cerca de sus rodillas. Ayer había alargado una mano y se la había puesto sobre el muslo; hoy se le acercó tanto que ella alcanzó a notar su bragueta en la rodilla. Volvió a rechazarlo, pero Fernando parecía no entender; o parecía juzgar sin sospecha de error que los rechazos no eran sinceros: la niña burguesa metida a guerrillera se hacía perseguir, se hacía rogar. Volvió a intentarlo y Sol lo volvió a rechazar.

Así pasaron los días. El muslo herido se recuperó por completo: el cuerpo tenía ese talento increíble. Sol se dio cuenta de que Fernando había dejado de acercarse, como si la hubiera olvidado por completo.

Una tarde, mientras enseñaba el alfabeto a una clase de niñas campesinas, Sol sintió un calor que no era el del trópico. Esa noche, en cambio, la despertó un frío intenso, y necesitó varios segundos para darse cuenta de que no era frío lo que la agobiaba allí, en medio de la selva húmeda, sino unos estremecimientos del cuerpo tan fuertes que estaban sacudiendo la hamaca. Era la fiebre más alta que había sentido jamás. Se pasó días enteros acostada, sin poder levantar una mano para recibir el agua que le ofrecían sus compañeras, llorando un llanto callado por la violencia del dolor de cabeza, que no venía en punzadas, sino que era como si toda la sangre del cerebro la martillara desde dentro. Sudaba tanto en las noches que tenía que cambiarse de camiseta, y una vez fue necesario poner la hamaca al sol durante todo un día para secarla. Nunca se le ocurrió pedir remedios de ningún tipo, pero alguien buscó en la caleta las pastillas de cloroquina y volvió con la noticia de que se habían agotado. Pasaron dos semanas febriles antes de que llegara otra dosis, y Sol las atravesó como vadeando un río, yendo de la vulnerabilidad a la rabia y del desconsuelo a la paranoia, perdiendo la noción del tiempo y también la confianza en los que la rodeaban. Cuando empezó a recuperarse, le dijeron: «Por aquí estuvo visitándola el comandante Fernando. Usted estaba tan enferma que ni se dio cuenta».

«¿Y se acercó?», dijo Sol. «¿Se acercó a la hamaca y ustedes lo dejaron?»

Nadie entendió de dónde salían esas preguntas, y tal vez era mejor así. Habían sido ya muchas semanas de rechazar a Fernando con palabras amables, para que no se fuera a ofender, y, sobre todo, para que las demás mujeres no se dieran cuenta de lo que ocurría, porque las reacciones de todo el mundo eran impredecibles. Pero ahora, recién recuperada de la enfermedad, la idea de ese hombre acercándose a su cuerpo inerme le producía algo muy parecido al asco. Habría podido tocarla si hubiera querido; tal vez, pensó Sol, lo había hecho: ¿cómo saberlo? ¿Se notaba en un cuerpo el paso de una mano intrusa? Asco, sí, eso era.

La última intrusión tuvo lugar poco después de la convalecencia, cuando Sol había recuperado la vida activa. Una compañera cuya cara no retuvo, pero que había venido haciendo labores de enfermería, le trajo la noticia de que estaba anémica; a veces tenía dificultades para respirar, pero cada día la mejoría era sensible, y Sol pensó que estaba recuperando cierta normalidad. Entonces vino Fernando: de noche, con el fondo luminoso de la fogata, con la voz cambiada por lo que había venido a buscar. «Bueno, ¿y cuándo es que me va a regalar un besito?» Después le parecería curioso que en ese momento de debilidad extrema se sintiera más fuerte que nunca. «No me joda más o me voy», le dijo, «no se lo vuelvo a decir». Fernando dio un paso atrás. «Ay, se me puso bravita», dijo. Ella le dio la espalda y se alejó, y durante un par de segundos tuvo la seguridad de que el hombre la estaba siguiendo. Pero cuando llegó a la hamaca, medio esperando darse la vuelta y encontrarse con su cara desfigurada por el deseo, una inercia que no había anticipado se hizo cargo de sus manos, y en minutos había empacado su mochila con comida suficiente para el día siguiente. Era curioso que hiciera esas cosas sin darse cuenta del todo, movida por el repudio y no por la razón, y al mismo tiempo se sintiera más que nunca dueña de sí misma.

Caminó durante un día entero sin saber muy bien adónde iba, sólo movida por la urgencia de poner tierra de por medio entre Fernando y ella. Llegó a la casa de unos campesinos conocidos y pasó allí la noche, y la noche siguiente la pasó en otra casa: y así fue avanzando, casa campesina tras casa campesina, hasta que llegó a un pueblo de Tierralta donde podía encontrar un bus a Medellín. Tuvo que acudir a la caridad de los campesinos para completar el precio del pasaje, y ya en la montaña consiguió que un hombre le recibiera su cantimplora china a cambio de una mulera grande que le sirvió para esconder el uniforme. Cuando llegó al apartamento de los Cabrera en Medellín habían pasado tres días, y su madre tuvo que ayudarla a subir las escaleras porque a Sol no le daban las piernas. El médico que Luz Elena trajo de urgencia, un amigo de la familia, la vio y se maravilló de que siguiera viva.

«Tiene 4 de hemoglobina», dijo. «Es un milagro que esté caminando.»

«Si supiera de dónde vengo», dijo Sol.

«¿De dónde?»

«De muy lejos», dijo Sol. «De lejísimos.»

XVII

Una noche, ya acostado en su hamaca, oyó el paso inconfundible de una recua de mulas. Levantó la cabeza y vio que otras cabezas curiosas se asomaban también desde otras hamacas, y vio que, en efecto, dos hombres sin uniforme conducían las mulas hasta las chozas del Comando Central. Se metieron detrás de las carpas y Raúl las perdió de vista, pero tuvo el tiempo suficiente para notar que venían cargadas; y al día siguiente, cuando las mulas ya no estaban, supo que la carga tenía un destinatario exclusivo. Como no era la primera vez que pasaba, no le quedó difícil imaginar o suponer lo sucedido, y lo fue confirmando en el curso del día: lo que las mulas habían traído era para el Comando Central, y los guerrilleros de a pie no lo verían ni en pintura. En otras oportunidades el aire se había llenado de olores tan pronto se iban las mulas, y allí, en medio de la selva, Raúl no sabía si indignarse por los privilegios de los comandantes o preocuparse por la posibilidad de que un jaguar pasara a visitarlos, atraído por el aroma del jamón y el chorizo. Esta vez, acaso para evitar suspicacias, Fernando los reunió a todos. Explicó que habían llegado algunas provisiones y, sobre todo, medicamentos, y luego llamó por su nombre a cuatro soldados y los apartó de los demás. Raúl, que estaba entre ellos, lo oyó ordenar sin ambigüedades que le construyeran una caleta para guardar las cosas.

«Y que quede bien escondida», dijo. «Nadie tiene que saber dónde está y nadie tiene que saber lo que hay aquí.»

Era época de lluvias, con lo cual la construcción tardó un poco más de lo previsto, pues la tierra excavada en la tarde amanecía en el hueco en la mañana, pero los hombres cumplieron la orden con diligencia y sin hacer comentarios. Tras terminarla, guardaron en la caleta vainilla y canela y turrón para dos meses, dos cajas gigantescas de caldo Maggi y medicamentos diversos. Nadie comentó nada después. Sabían que todo lo que dijeran podría ser usado en su contra en la próxima asamblea, como le había sucedido a Raúl unas semanas atrás, cuando uno de los compañeros le pidió que hiciera autocrítica; como no supo qué decir, alguien lo dijo por él: «Hace cinco meses el compañero Raúl volvió a cuestionar la táctica para formar una base de apoyo». Raúl tuvo la astucia suficiente para darse cuenta de que aquélla era una acusación de arenas movedizas: cuanto más intentara defenderse, más se hundiría. De manera que aceptó la acusación, la achacó a su inexperiencia y dejó que el incidente se perdiera de vista.

Días después de armada la caleta, el comandante Fernando se acercó a Raúl. «Compañero», le dijo, «necesitamos que monte un convite». Era una de sus ideas predilectas, aunque nadie hubiera podido demostrar su utilidad. El comandante Fernando estaba convencido de que la mejor manera de construir su base de apoyo era utilizando formas de comunismo primitivo que ya estuvieran presentes en la sociedad campesina. «Ahí está lo puro», decía entusiasmado cuando explicaba la idea, «ahí está el germen». El convite era todo un ritual: un campesino que necesitara una mano (para cultivar su campo, para construir un bebedero o un establo, para techar una casa con hojas de palma) recibía un día de trabajo de todos los miembros de su comunidad, y tenía que dar a cambio una gran fiesta popular donde agradecía a los solidarios y recompensaba el esfuerzo ajeno con un momento de esparcimiento. En este caso, el hombre necesitaba limpiar un rastrojo para hacer una siembra de arroz, un trabajo fácil pero agotador que consistía en recorrer un campo entero con un machete para eliminar la maleza y los arbustos. Al machete le decían *rula:* era distinto por ser más largo, de casi un metro, y más pesado, porque su hoja filosa tenía que segar los arbustos sin el esfuerzo de los brazos.

Raúl se terció el fusil, como había visto que hacían en China, y se puso en la tarea. La rula era más grande que el machete que había comprado en Medellín el primer día, que ya era el más grande de la tienda. Nunca había manejado un arma de esas proporciones, tan pesada que parecía tener vida propia cuando caía sobre los rastrojos, y tal vez estaba maravillado por su potencia o acaso la comentaba con un compañero, pero una mezcla de impericia y distracción desvió el machete de su recorrido. La hoja le cayó a Raúl sobre la espinilla, le cortó el pantalón, le penetró la carne con un tajo limpio y sólo se detuvo contra el hueso, y cuando Raúl se agachó para constatar la gravedad de la herida vio tanta sangre que, si hubiera sido la de otro, habría creído que le estaban jugando una broma pesada. La bota del pantalón se le puso negra en segundos. Algo le dijo que aquello no podía estar bien, y la cara de alarma de los campesinos le confirmó ese presentimiento.

Se lo llevaron cargado a la choza más próxima y lo acostaron en una hamaca, detrás de la choza, en un patio de suelo de tierra. «Levante la pierna, compañero», le decían, «levántela bien alto, por encima de la cabeza». Alguien opinó que café molido y alguien opinó que no, que tabaco mascado, y alguien más propuso un emplasto de hierbas, y como no se pusieron de acuerdo le aplicaron todo al mismo tiempo. Nada surtió efecto: la sangre seguía brotando con premura, empapando los emplastos y atravesándolos y escurriendo por la piel blanca y cayendo al suelo con un goteo pertinaz. Entonces uno de sus compañeros, cuya voz Raúl no reconoció, dijo: «Hay que cauterizar». No habían pasado más de algunos segundos cuando Raúl sintió en la pierna un ardor atroz y luego tuvo una convicción extraña: si no se había desmayado de dolor, era por la sorpresa de que ni siquiera el hierro candente funcionara. El sangrado continuó, igual de copioso. Entonces, en un momento de lucidez (o en una ventana de clarividencia que se abrió en medio del mareo), llamó al compañero que le había puesto el hierro:

«Vaya corriendo al campamento y busque la caleta», le dijo. «O me ponen coaguleno o me desangro.»

Era un medicamento importado de España, escaso y difícil de conseguir, que había llegado sobre el lomo de las mulas en tres cajitas rojas de etiqueta aguamarina, y que tenía la reputación de parar hasta las hemorragias más obstinadas. Raúl pidió papel y lápiz y dibujó algunos trazos rudimentarios que indicaban la ubicación precisa de la caleta. Pero antes de que el compañero volviera con la cajita roja y una jeringa sin estrenar, Raúl había perdido el conocimiento, y lo último que alcanzó a ver fue el charco de sangre que se había formado en el suelo de tierra, justo debajo de su hamaca, pequeño pero tan profundo que un perro había llegado y bebía a lengüetazos.

Volvió a despertarse veinticuatro horas después. Estaba tan débil que no lograba ni siquiera sentarse sobre el catre, y todavía un mareo feroz le hacía pesar la cabeza adolorida. «Esto debe ser lo que sienten los que se están muriendo», pensó. Supo que era incapaz de caminar hasta el campamento, pero quedarse con los campesinos era imposible también: la presencia de un guerrillero, ya no digamos el hecho de haberle dado auxilio, los habría puesto en peligro de muerte. Pero las fuerzas le faltaban hasta para hablar de su propio destino, de manera que se puso en manos de los otros, y unas horas después abrió los ojos y se vio flotando en una camilla hechiza, cruzando un rastrojo, y cuando volvió a abrirlos ya no estaba en el rastrojo, sino en un hospital de campaña, y la hemorragia había cedido por completo y había aparecido la intuición inverosímil de que seguiría con vida.

No asistió a la siguiente asamblea de soldados, porque no estaba en condiciones, pero sí a la siguiente. Y el primer punto en el orden del día —el orden del día que tenía el comandante Fernando en su cabeza— fue señalar a Raúl. «El compañero cometió dos faltas graves», dijo. «Primero, revelar la ubicación de la caleta. Segundo, usar un medicamento de todos para su beneficio privado. Y todo por una cortadita.» Luego le clavó sus ojos negros. «A ver, compañero Raúl», dijo. «La tropa espera su autocrítica.»

Raúl se puso de pie. «Compañeros», empezó.

Pero Fernando le cortó la palabra. «¿Dónde está su hermana, compañero?»

«¿Qué?»

«La compañera Sol. ¿Dónde está?»

«No sé a qué se refiere, compañero. Ella...»

«La compañera Sol desertó hace ya rato», dijo Fernando. «Ahora no vaya a defenderla, compañero. Pero ojalá se den cuenta en su familia de que aquí la vaina es a otro precio.» Se dirigió a todos. «Sí se dan cuenta, ¿no? La compañera Sol nos traicionó. Yo no me hago responsable de los castigos que se merezca.»

Así se enteró Raúl de la decisión de su hermana. Supo de inmediato que algo serio había sucedido, pues la Monja de la Revolución no lo dejaría todo sin una razón suficiente. ¿Pero qué podía ser? Trató de averiguar por su cuenta, preguntando aquí y allá, pero su preocupación se topó con el secretismo de la guerrilla. Aunque también era posible, por supuesto, que nadie supiera nada.

Raúl comenzó entonces a encadenar una desgracia tras otra. Una noche despertó con la fiebre del paludismo, y estuvo dos semanas acostado, sacudiéndose de escalofríos durante noches insomnes, sintiendo que el cerebro le golpeaba las paredes del cráneo. Apenas estaba saliendo de esos espantos cuando notó un dolor sordo en el talón. Era de noche, y al alumbrarse con la linterna se llevó un buen susto: bajo la luz blanca encontró una úlcera del tamaño de una moneda, y los compañeros tuvieron que ponerse en contacto con el comandante Carlos para que les dijera cómo se trataba eso. «Qué vaina tan jodida», se le oyó decir a alguien. «A los niños de ciudad les da de todo.» La situación fue tan crítica que acabaron llevándolo a un hospital de campaña, una serie de camastros de tablas hechizas cubiertos con toldillos verdes donde sólo su radio Philips le dio cierta compañía. Durante los días de fiebre ni siquiera se le había ocurrido la posibilidad de encenderlo, pero ahora su preocupación no era la temperatura, sino la soledad, y el Philips se convirtió en un paliativo impagable. (Se lo había mandado su madre como regalo de veinte años. ¿Cuánto había pasado desde entonces? ¿Tres, cuatro, cinco meses? No conseguía recordarlo con certeza. El tiempo ya no tenía consistencia, como si la humedad lo hubiera podrido por dentro.) El Philips era un aparato del tamaño de un libro grande con una antena de dos palmos de larga, tan ostentoso que Raúl, al recibirlo, había sabido de inmediato lo que tenía que hacer.

«Es de todos», anunció. «Es para todo el destacamento.»

Pero los compañeros tardaron mucho en hacer efectiva la oferta. Raúl ponía la radio en medio de todos a la hora de la cena, para escuchar las noticias en RCN o en Caracol, y luego se la llevaba a su hamaca. Una noche, buscando las emisoras de noticias, se encontró por accidente con una ópera en la emisora de la Radio Nacional. Era *La traviata,* que tanto le gustaba. Raúl bajó el volumen al mínimo posible, menos por no molestar que por esconderse, pegó la oreja al parlante y cerró los ojos. Fue un raro momento de sosiego: por un oído le entraban los sonidos de la selva —la brisa en las hojas, una rana a lo lejos— y por el otro el llamado a beber de un tenor emocionado. No alcanzó a terminar el aria cuando sintió un dolor en la oreja. Era el comandante Fernando, que le había quitado la radio de un raponazo y ahora le subía el volumen para beneficio de todos los demás.

«¡Miren las güevonadas que oye el compañero!», gritó. «¿Esta música qué es?»

«Es ópera, compañero», dijo Raúl.

«No», dijo el comandante Fernando. «Es música para burgueses. Y además con el aparato que es de todos.» Tal vez tuvo una intuición entonces, porque abrió el compartimento de las baterías y reconoció las que se compraban en el campamento. «Y con las pilas de todos, además. ¿Quién le dio permiso de cogerlas?»

«Nadie, compañero.»

«No, ¿verdad?»

«Verdad, compañero.»

Como castigo, Raúl tuvo que cocinar para todo el destacamento durante una semana: le traían las nutrias o las dantas abiertas en canal y ya sin tripas, y él les quitaba la piel y las convertía en algo que pudiera ponerse en los platos. A partir de ese momento de humillación, el comandante Fernando condenó a Raúl a cargar siempre con la radio. Él lo habría hecho de todos modos, porque la sentía como suya, pero el hecho de que fuera de todos (y de que su peso aumentara el de la mochila) convertía aquel reproche escolar en un verdadero castigo disciplinario. Las marchas que hicieron por esos meses no eran demasiado exigentes, pero el peso de la radio las hacía extrañamente más largas, y ni siquiera las sesiones nocturnas, en las que grupos pequeños de camaradas rodeaban a Raúl para escuchar un noticiero, paliaban el ridículo en que había quedado días atrás.

Pero ahora, en el hospital de campaña, cuando ni siquiera la obligación de montar guardia ocupaba sus noches y la inactividad física lo había transformado en un insomne, la radio Philips era a ciertas horas la única compañía. Escuchaba las noticias de ese país repetitivo que existía en las ciudades, donde el presidente Misael Pastrana se posesionaba entre alegaciones de fraude y los partidarios de su oponente, el mismo militar Gustavo Rojas Pinilla que había

347

traído la televisión a Colombia cuando él era niño, asaltaban buses de pasajeros y quemaban almacenes y apedreaban las sedes de los grandes periódicos. Por la radio se enteró Raúl de que los bombardeos seguían en Vietnam, a pesar de que el Senado de Estados Unidos había anulado la resolución del golfo de Tonkín, y un día de noviembre supo con satisfacción que un socialista había sido elegido presidente en Chile. Encontró la emisora de la ópera y en ocasiones, cuando estaba seguro de que nadie lo oía, se permitía unos minutos junto a alguna voz que no era capaz de identificar, y que lo sacaba de la selva y luego lo devolvía con una mezcla de culpa y alivio. Todo quedaba igual de lejos —Verdi y Camboya, Allende y Pastrana—, en un mundo que allí, en el hospital de campaña, no tenía ninguna pertinencia.

En la memoria de Raúl, esos días de radio quedarían asociados a la llegada de los murciélagos vampiros. Nadie supo quién dio por primera vez la voz de alarma, pero de un día para otro los pacientes del hospital, hombres de huesos rotos o afectados de fiebres tropicales, empezaron a decir que algo los había picado durante la noche. Se dieron cuenta de que los murciélagos sobrevolaban los toldillos con las últimas luces del día, siluetas veloces que los hombres alcanzaban a ver fugazmente contra el cielo de color añil, y luego atacaban los brazos desnudos, las nucas, las piernas inmovilizadas por yesos o vendas. Los ataques tenían lugar cuando los hombres dormían, de manera que apenas sentían la mordida, y sólo después notaban un enrojecimiento; si estaban despiertos, en cambio, la mordida rompía la piel y era dolorosa como muchas agujas clavadas al mismo tiempo. Ni siquiera los hombres de la zona recordaban una plaga tan duradera, y ninguno llevaba el asunto con el estoicismo de Raúl, que alcanzó a contar veinticinco mordidas antes de que su condición le permitiera emprender el camino de regreso al campamento. Uno de los últimos días de su convalecencia tuvo una conversación con un compañero que lo dejó preocupado, y se preguntó si era posible que los colmillos de los murciélagos, que transmitían la rabia, también transmitieran ciertas formas del desasosiego.

El nombre de aquel compañero era Alberto. Era un líder estudiantil de Montería, enjuto y alegre, y dotado de una energía misteriosa al hablar: misteriosa porque no venía de su timbre de voz, más bien agudo o nasal o ambas cosas a la vez, sino de la convicción de sus frases y de su humor oportuno. Raúl le tenía cariño a ese muchacho que nunca había salido de su ciudad hasta el momento en que entró a la guerrilla, que se carcajeaba con cualquier cosa y que le hablaba con la intensidad de los que han tenido una epifanía. Se habían vuelto amigos con el tiempo, si es que tal cosa existía en el destacamento, y solían hablar en tiempos muertos con la fascinación que se tienen los que saben que se parecen en el fondo: Alberto era el único compañero que venía de una ciudad, como Raúl, y era el único que había leído libros de marxismo y podía hablar con precisión de puntos de doctrina. En otras cosas no se parecían: a Alberto le gustaba el fútbol, y le resultaba inverosímil la existencia de un compatriota que no supiera quién era el Caimán Sánchez ni fuera hincha de un equipo colombiano como lo era él del Junior de Barranquilla, y hablaba de aquello con los mismos tonos exaltados, pensaba Raúl, con que su padre hablaba de Brecht o de Miguel Hernández.

Pues bien, después del ataque de los murciélagos, que duró nueve días con sus noches temibles, Alberto, acostado en su propio camastro de convaleciente, comenzó a decir cosas que parecían venir de otra persona. Se recuperaba de un paludismo parecido al que había agobiado a Raúl, tan inmediato que a veces acusaba a su compañero de habérselo contagiado. «Pero si eso no se contagia, no digas bobadas», le dijo una vez Raúl, de camastro a camastro, sus palabras pasando por encima de otros compañeros.

«Yo no sé, pero es muy sospechoso», dijo Alberto. «Te da a ti y luego a mí, yo no sé.» Raúl no se lo tomó en serio, en buena parte porque tenía otras cosas de que ocuparse: su leishmaniasis, que le había destrozado la piel sobre el cartílago del talón de Aquiles, dejándole una costra dolorosa, o que parecía dolorosa, en el lugar de una llaga roja; la humedad que le destrozaba los cigarrillos y estropeaba el papel de sus cartas, que se desgarraba al menor exceso de su Parker como si alguien le hubiera derramado un vaso de agua encima. Pero más tarde empezó a preocuparse por los dientes de los murciélagos, preguntando si era verdad que chupaban la sangre y podían matar a una vaca, y cuando los murciélagos se fueron, tan inopinadamente como habían llegado, preguntó también si sus mordidas daban fiebre: y la pregunta, hecha en mitad de la noche silenciosa, tuvo en sí misma algo febril. Fue otra noche parecida cuando Alberto llamó a Raúl:

«¿Estás despierto?».

«Aquí estoy, compañero», dijo Raúl.

«¿Tú sabes lo que más me gusta de la noche?»

«No sé. Qué es lo que más te gusta de la noche.»

Alberto dijo: «Que hace desaparecer el verde».

A Raúl le gustó la metáfora y se lo dijo, pero enseguida le preguntó a qué se refería exactamente. No, repuso Alberto con tono de ofendido, qué metáfora ni qué mierda: de noche, cuando se apagaban las luces, los ojos descansaban de todo el verde acosador: el verde de la selva, de los árboles y del pasto, el verde de los uniformes verdes, el verde de los toldillos y de la lona de las bolsas y de las tiendas de campaña: todo ese verde que agotaba la vista y lo hacía sentirse encerrado, preso en una cárcel sin puertas. «Tanto verde, compañero, tanto verde en todas partes», dijo Alberto. «No joda, cállate y deja dormir», dijo otra voz, y la voz de Alberto —febril, temblorosa, debilitada— obedeció de inmediato. Raúl siguió atento, acostado y en silencio pero mirando la noche oscura, la noche negra que hacía desaparecer el verde, la noche negra en cuyo fondo ya no estaban los murciélagos. Se quedó así, sin encender su radio por ver si Alberto volvía a decir algo más. Pero no oyó nada. Pasó una brisa suave, tan extraña que Raúl, distraído o consolado por esos segundos de alivio imprevisto, se quedó dormido.

Dos días después, el comandante Carlos le dijo que podía volver al campamento. Pero la marcha era más larga de lo que su cuerpo aguantaría, pues su talón de Aquiles le impedía caminar sin abrirse la llaga nuevamente con las botas de caucho; así que el comandante estuvo de acuerdo en que hicieran una parada para pasar la noche en una casa campesina, el hogar de una pareja de simpatizantes de la guerrilla y padres —esto no había por qué decirlo, pero Carlos lo dijo de todas formas— de un compañero. Allí pasaría Raúl la noche, para dividir la jornada en dos, y al día siguiente volvería al campamento aunque fuera andando en una pierna. Raúl preguntó por el compañero Alberto.

«Ah, él se queda unos días más», dijo Carlos.

«¿Qué le pasa?», preguntó Raúl.

«Que necesita reposo», dijo Carlos. «No está bien el compañero, y lo último que necesita es combate.»

«¿Es peligroso para él?»

«Pues sí», dijo Carlos. «Pero también para nosotros.»

A la casa llegaron con las últimas luces: la hora en que salían los murciélagos. Era más humilde de lo que Raúl había esperado, pero al mismo tiempo mejor equipada, pues era evidente que la comandancia la usaba con frecuencia. Los dueños eran una pareja de campesinos jóvenes, o que parecían jóvenes en la luz diezmada, que andaban descalzos sobre el suelo de tierra. Recibieron a Raúl con la seriedad de quien cumple una misión que lo sobrepasa, le dieron café de olla, lo sentaron en una cocina olorosa a leña recién quemada y luego lo condujeron a su habitación, cuya ventana daba a un árbol de mango y al corral de las gallinas, vagamente visibles en la penumbra. «Aquí se queda el compañero», dijo la mujer, señalando su cama de matrimonio. «No, no», trató de protestar Raúl, pero sin éxito. La satisfacción de la pareja era evidente: que un guerrillero durmiera en su cama, ese accidente, parecía una especie de sacramento. Mientras acomodaba sus cosas —estaba tan débil que levantar su mochila le costaba un esfuerzo inaudito—, Raúl se enteró por esas voces orgullosas de que los dos hijos del matrimonio habían tomado las armas. Estaba a punto de preguntar quiénes eran cuando se percató de que otra persona se movía en la casa, fuera de la habitación, y luego aparecía en el umbral, junto a los dueños.

«Quiubo, mono», le dijo Isabela con un sarcasmo de cortar piedras. «¿Y ese milagro?»

De manera que uno de los hijos de los dueños no era un hijo, sino una hija: la única mujer que Raúl había deseado en el año y medio largo de vida guerrillera. La había deseado, sí, pero también la había rechazado cuando ella comenzó a insinuarse. El arrepentimiento lo había alcanzado tarde, como un amigo que se olvida de darnos un recado, y ahora, teniéndola allí, bajo el mismo techo (o el mismo árbol de mango) y con toda la noche por delante, Raúl se dio cuenta de que en estos meses sus prejuicios se habían esfumado del todo, o al menos atenuado lo bastante como para no hacerles caso. En la noche, cuando Isabela le llevó una hoja de plátano con arroz y banano y algo que parecía carne, pero una carne triste y sin convicción, Raúl le pidió que lo acompañara a comer. Ella se sentó en el marco de la cama y lo miró desde esa lejanía mientras él trataba de conservar ciertos modales imposibles al llevarse el arroz a la boca. «¿Está bueno?», preguntó Isabela. Había madurado en estos pocos meses: sus ojos negros parecían más grandes, y su voz, que lo había recibido con dureza, ahora había recuperado un tono de seducción involuntaria, y en todo caso la situación entera

—allí, al abrigo de las miradas de otros compañeros, en un lugar sin riesgos— fue como un memorando de la intimidad interrumpida de otros días. Ella, por supuesto, leyó a Raúl como si fuera un letrero. «Ah, no», le dijo. «Mire, mono, eso era antes. Eso ya no se puede.»

«¿Por qué no?»

«Porque el comandante Fernando se dio cuenta y me lo dijo. Me dijo que ya me había visto, que eso no se podía, que mucho cuidado.»

«Bueno, pero él no está aquí», dijo Raúl, desconociéndose al oír sus propias palabras. «Él lo que tiene es celos.»

«Pues puede ser, pero qué le hace», dijo Isabela. «Yo no me quiero meter en líos.»

No lo sorprendió del todo, porque ya había pillado al comandante mirando a Isabela con lujuria, y sin embargo sintió esa noticia como un entrometimiento intolerable. Así que también allí, en ese territorio impreciso que era la vida privada de los otros, ejercía su dominio el comandante Fernando, cuya tiranía Raúl había aceptado siempre. No supo en qué momento comenzó a hablar, o acaso habló como quien piensa sin saber que lo hace en voz alta, o acaso dejó que el deseo frustrado se confundiera con otros descontentos. «Y si yo decidiera largarme, ¿usted vendría conmigo?» Era una idiotez decir algo así, pero los ojos de Isabela se abrieron de nuevo y lo miraron desde abajo como si lo iluminaran. Fue apenas un momento: Raúl supo que había prestado sus palabras a una idea imposible, y eso era sólo porque la idea se había agazapado en alguna parte de sus emociones y había salido en cuanto vio la oportunidad. ¿Era posible la deserción, la falta más terrible que podía cometer un guerrillero, la que había cometido su hermana sin que Raúl hubiera podido averiguar por qué? No, no era posible; y ahora Raúl sentía que no sólo su conciencia había cometido una falta terrible contra la revolución, contra todo lo que él había perseguido durante años y todo lo que habían perseguido sus padres, sino que había corrido el riesgo de contagiar a alguien más, mosquito palúdico, murciélago rabioso.

«Mejor nos olvidamos de esta conversación», dijo Isabela.

Raúl estuvo de acuerdo. Pero días después de regresar al campamento, en un cuaderno deshecho que fungía como diario, escribió una confesión, sin melodrama, pero sintiendo una culpa intensa: *Llevo un par de días pensando que quizás sería un joven más feliz si estuviera muerto. Estoy cansado de estar esperando siempre pasar el examen, un examen intangible para el cual no es posible prepararse. Siempre hay algo que me hace sentir culpable e inepto para la lucha revolucionaria, siempre siento la sospecha de que, a pesar de todos los esfuerzos que hago, no logro brindar a los comandantes y en especial a Fernando el fervor que ellos esperaban de mí. En realidad creo que desconfían de mi entrega y en general de la de todos, y da la impresión de que creen que sólo los muertos son guerrilleros de fiar. Tal vez nunca he sido alguien de fiar y como están las cosas creo que ni yo mismo me puedo fiar de mí. Cada vez con más frecuencia pasan por mi mente ideas derrotistas. El pesimismo gana terreno y la ilusión de una victoria, una victoria de nuestras ideas, es cada vez más lejana.*

La historia del encendedor comenzó en una carta. Raúl había empezado a encontrar sosiego en la correspondencia con su madre: no le contaba de sus desventuras, para no preocuparla, pero sí se permitía sugerir su insatisfacción, que en su cabeza había cobrado forma con estas palabras: «Creo que me subí en el bus equivocado». Para que la censura no sospechara nada, tuvo que maquillarlas a la hora de escribir: «¿Te acuerdas de esa vez, en Tokio, cuando me subí al bus equivocado?». Luz Elena, increíblemente, descifraba el mensaje, y luego respondía con palabras de cariño, tratando de levantarle la moral como podía en cartas largas que se volvieron un remanso de humanidad y, al mismo tiempo, memorandos de la misma culpa de antes. ¿Qué derecho tenía Raúl a la duda o a la melancolía cuando su madre, allá en la ciudad, llevaba una vida clandestina de peligros diarios, corriendo riesgos sin cuento todos los días, sin permitirse jamás una palabra de inconformidad o de queja? Luz Elena era una mujer de coraje, pero había que ser su hijo para conocerle además un lado frágil que no casaba bien con las severidades de la conspiración. En las cartas que llegaban al campamento, la militante de la guerrilla urbana le hablaba al guerrillero de fusil al hombro en palabras tiernas, y le contaba que había tomado una decisión: mandarle un regalo. No iba a aceptar un no por respuesta; ya les había pedido permiso a los comandantes y el camarada Alejandro ya lo había dado. «Dime qué te gustaría», escribió. «Pero por favor, *por favor* no me digas que no necesitas nada.»

A Raúl no le costó ningún esfuerzo decidirse: quería un encendedor de gas. Había comprado uno en Roma, en la escala de una semana que hizo con su hermana para volver de Pekín, y en la selva se daba cuenta de que le serviría enormemente. Mucho dependía allí de encender fuegos y de encenderlos bien, pero la humedad penetraba las cabezas de los fósforos y los arruinaba sin remedio, a menos que uno los calentara durante largos minutos entre el índice y el pulgar, cosa de que el calor de la mano los secara por dentro. Al comandante Fernando le preguntó cuándo podría mandar una carta a Bogotá —pero no le habló de su madre ni de sus palabras tiernas ni de regalos de ninguna naturaleza—, y así se enteró de que en dos días saldría un correo. Esa noche escribió la carta: pidió el encendedor, contó dos anécdotas sobre la vida en el campamento y se sorprendió diciendo al mismo tiempo cuán feliz estaba de poder luchar por sus convicciones y cuánto se acercaba la misma sospecha de antes: «Parece que hay una sola forma de que le crean a uno: morirse». No usó las palabras prohibidas —compromiso, revolución—, pero el mensaje estaba allí. No hizo la pregunta que había querido hacerle durante meses y que seguiría dando vueltas en su cabeza muchos años más: ¿en qué momento llegan unos padres a la convicción de que la revolución puede educar a sus hijos mejor que ellos mismos? Entregó la carta al compañero que se encargaba del correo y se olvidó del asunto.

Pero el jueves siguiente, al comienzo de la asamblea de soldados, el comandante Fernando se puso de pie y dijo que les quería leer algo. No tuvo que decir más de cuatro palabras para que Raúl las reconociera como reconocemos nuestra cara en una foto ajena. El destacamento entero escuchó la carta que le había escrito a su madre, pero no con el tono que las frases tenían en su cabeza, sino con el sarcasmo violento que les imprimía Fernando. Cada palabra salía de su boca convertida en otra cosa, y ni siquiera las frases más hipócritas, que Raúl había escrito con esa parte de la cabeza que se sabe vigilada, se salvaron del sarcasmo. «Quizás con un encendedor sería más fácil hacer el fuego en las noches de lluvia, y eso no sólo me ayudaría a mí, sino que sería un gran alivio para mis compañeros.» En la lectura del comandante, ese grosero intento de solidaridad salía convertido en una vaga cursilería.

Cuando el comandante se hubo cansado, o cuando su chiste se quedó viejo, metió la carta en el sobre del que la había sacado a la vista de todos y dijo:

«El compañero Raúl cree que los problemas de esta guerrilla se arreglan con un mecherito de gas. ¿A ustedes qué les parece?».

De todas formas —y para gran sorpresa de Raúl, que había dado todo el asunto por perdido— la carta salió para Bogotá. Un mes después llegó la respuesta de su madre. El comandante Fernando atravesó el campamento, un mediodía de sol asesino, para entregársela personalmente a Raúl. El sobre venía abierto; el papel estaba roto en una esquina, mutilado por un censor negligente. Fernando abrió la palma de la mano, y allí estaba el encendedor de gas, un Ronson alemán de color plata y superficie estriada: estriada como la mano de Fernando.

«Y además vino esto», dijo él. «¿Pero sabe qué, compañero? Tal vez es mejor que me lo quede yo.»

Una noche los despertó un tiroteo. Todo el destacamento estuvo despierto y en pie de guerra en segundos, todos con el fusil levantado aunque las lagañas de los ojos no les habrían dejado apuntar a ninguna parte. Como quien entra desde el día brillante a una habitación a oscuras, Raúl tuvo que esperar unos instantes para distinguir formas claras, para recuperar el sentido de la ubicación y de la perspectiva, y sólo entonces reconoció al compañero Alberto. Raúl, que lo vio por última vez en el hospital de campaña la noche de la conversación sobre el verde, lo había mantenido a distancia desde que se enteró de que estaba de regreso. Le habían llegado rumores sobre él; se decía que su carácter de cordobés festivo ya no estaba, como si fuera un disfraz que se hubiera quitado; que había llegado del hospital convertido en un amargado más, y ya no hablaba de fútbol ni contaba chistes bobos ni soltaba esas carcajadas que los comandantes le reprochaban. Pues bien, ya no tenían que preocuparse por eso: Alberto había dejado de reírse, y más bien se pasaba el día quejándose con la boca cerrada o insultando enemigos ausentes, en una especie de gran empute invencible y permanente.

Al parecer, Alberto se había despertado en medio de la noche, y sin que nadie lo oyera había encontrado una carabina San Cristóbal, se había alejado unos pasos de su hamaca con ella en la mano y había comenzado a disparar. Las carabinas tienen un retroceso fuerte, y allí, verticales sobre la corteza de un árbol, habían quedado los impactos de la ráfaga, ninguno a la altura de un ser humano. Pero el incidente bastó para que los demás se pusieran de acuer-

357

do: Alberto, que no opuso ninguna resistencia cuando se le acercaron para quitarle la carabina, se había convertido en un peligro. El comandante Tomás dio una orden impopular y dolorosa, y antes de que amaneciera ya Alberto estaba amarrado a un árbol con una cadena. Cuando Raúl se acercó para hablarle como le hablaba antes, para preguntarle si le había pasado algo o para tranquilizarlo con la promesa de que aquello era temporal, vio que sus ojos ya no lo miraban, o mejor, ya no estaban fijos en su sitio de antes, sino que se movían desordenadamente, canicas extraviadas en una jarra de cristal. Abría la boca y dejaba ver los dientes amarillos: una mueca de esfuerzo, como la de quien intenta levantar algo muy pesado. «¿Qué pasa, compañero?», le dijo Raúl. Alberto tardó en encontrar la cara que le había hecho la pregunta.

«Que me quieren matar», dijo entonces.

«¿Quiénes?»

«Todos estos revisionistas», dijo Alberto.

Así lo dejaron, amarrado al árbol, gritando hacia ninguna parte que todos eran unos traidores. A Raúl, en cambio, nunca le dirigió un insulto: era como si no lo viera, y seguramente por eso el destacamento acabó poniendo en sus manos la tarea de alimentar al pobre compañero enloquecido. Raúl le llevaba la comida y le preguntaba si se sentía bien, y Alberto contestaba que no, que no estaba bien, que los revisionistas lo querían matar, que esta comida estaba envenenada. Con el tiempo se puso más violento, y ya no decía que lo iban a matar, sino que él los iba a matar a todos. A veces empezaba a hablar del presidente Mao, cuyas lecciones habían sido olvidadas o desconocidas por los comandantes, y Raúl no se habría sentido tan conmovido por su locura si no hubiera visto en ella uno de sus posibles destinos.

El árbol al que estaba amarrado Alberto apareció una mañana sin cadena ni prisionero. Raúl no supo cómo había ocurrido todo, pero no dejó de preguntar.

«Hubo que sacarlo de la zona», le dijeron.

Y no dijeron nada más.

Sol regresó a la selva después de siete meses de vivir escondida en Medellín. El tiempo fue necesario para resolver todos los problemas, incluido el de convencer a su madre de que aquél era el mejor camino. Sol se sometió a una transfusión de sangre que parecía entrar gota por gota, en un proceso largo y clandestino que habría sido imposible sin la ayuda de su madre. El proceso —la *Operación Hemoglobina*, le decía Luz Elena— incluía trayectos entre el apartamento y el hospital donde Sol se metía en el baúl del carro y cruzaba los dedos para que no hubiera retenes de la policía, y se preguntaba qué suerte habría corrido si su madre no tuviera el apellido que le había tocado. De manera que esto era la burguesía: la posibilidad de andar impunemente por la ciudad entera, la garantía de que las puertas —de un hospital, por ejemplo— se le abrirían sin problemas. Nadie, en todos esos días, le hizo a la madre ninguna pregunta acerca de su hija, ni de las razones por las que había enfermado: ella era Luz Elena Cárdenas, de los Cárdenas que todo el mundo conocía, y si pedía un favor, el favor se le hacía sin chistar. Ninguno de esos médicos sospechaba que Luz Elena, sonriendo con su sonrisa de mil quilates, pagando los servicios hospitalarios con su amplia chequera, fuera en ese mismo instante la compañera Valentina, correo secreto de la guerrilla urbana, madre de dos combatientes del EPL y esposa de un líder del maoísmo revolucionario.

Durante esos meses de clandestinidad en Medellín, Sol se dio cuenta de que la guerrilla había comenzado a buscarla. Notaba presencias extrañas en la esquina cuando se asomaba a la ventana. Su madre le mostraba las cartas de su hermano: «Si llegas a saber algo de mi hermana, dile que los comandantes aquí están furiosos. Que se cuide, porque pueden tomar represalias». Y ella lo sabía bien, por supuesto, y sabía lo que eso significaba. «Tengo que volver», le dijo una mañana a Luz Elena. «Si no vuelvo a aclarar las cosas me van a perseguir toda la vida.» Luz Elena le gritó como si se dirigiera a una niña, la llamó irresponsable, pasó de la prohibición al ruego, pero en el fondo sabía que Sol tenía razón. Si no regresaba a la selva para enmendar su deserción, no sólo viviría siempre mirando por encima del hombro, sino que la familia entera quedaría del lado incorrecto de la revolución. Las dos empezaron a hacer contactos por los canales de la clandestinidad, y un compañero las remitía a otro, y éste al siguiente, hasta que le dieron las indicaciones definitivas. Debía instalarse en Cali, en un piso clandestino del norte de la ciudad, y esperar a que la contactaran. Llegó en bus a la ciudad, encontró la célula urbana y se puso a esperar. Pasaron cuatro meses de incertidumbre hasta que apareció un compañero llamado Guillermo, secretario militar del sector del Valle. Venía de parte del comandante Armando.

«Me la recomendó mucho, compañera», dijo Guillermo. «Armando le tiene mucho aprecio. No sé por qué, pero yo hago lo que me piden.»

«¿Adónde vamos?», dijo ella.

«A criar patos», le dijo él. «Mientras lavamos esa mancha que carga usted.»

XVIII

El día en que salieron a cazar las vacas, Raúl había despertado antes del amanecer con una idea fija en la mente: tenía que decirle a su madre la verdad. Durante días había vivido con la angustia en el pecho, preguntándose cómo recibiría ella la noticia de que su hijo quería abandonar las filas del EPL. Eso le quería explicar: que se sentía viviendo una mentira. En el campamento habían circulado las páginas mimeografiadas de *Combatiendo venceremos,* el boletín de la guerrilla, y este número describía un mundo en donde la zona guerrillera era una verdadera base de apoyo y el partido controlaba la justicia, dominaba la economía y tenía un ejército capaz de defender sus fronteras soberanas. Nada de eso se parecía a lo que Raúl podía ver todos los días: la zona guerrillera donde él vivía estaba lejos, muy lejos, de convertirse en aquel germen invencible de poder popular. No se lo había dicho a su madre, no sólo porque ninguna de las frases que tenía en mente habría pasado la censura, sino por el miedo más primitivo de decepcionarla. Le pareció ridículo verse así, un guerrillero curtido en combate y bien formado en tácticas y en estrategias, un hombre hecho y derecho que pronto cumpliría los veintiún años, preocupado por lo que pensara su madre. Ah, pero es que no era una madre cualquiera: la compañera Valentina se había convertido en una ficha imprescindible de los comandos urbanos, y sus labores habían conquistado el respeto y la admiración del partido. Había vivido su vida clandestina con entereza y llevado a cabo labores de peligro sin perder ni por un instante su fachada de señora bien, ¿y ahora iba

Raúl a sacudirle el mundo con sus vacilaciones y sus desencantos?

Pues sí: eso era exactamente lo que iba a hacer.

Así lo había decidido esa mañana, mientras caminaba con veinticinco guerrilleros más hacia los campos abiertos donde podían encontrar las vacas. Por esos días se celebraba en la zona un pleno del Comité Central del Partido, y allí, en un campamento ensanchado para la ocasión, se habían reunido los comandantes de los ocho destacamentos que operaban en los llanos del Tigre. Era una zona hermosa de cielos abiertos y tierras anchas limitadas por selvas tupidas; había pertenecido —cada una de sus hectáreas— a grandes terratenientes, y todavía quedaban por ahí sus vacas, que se habían vuelto salvajes, o tan salvajes como los jaguares que las amenazaban, como las dantas y los saínos que los guerrilleros salían a cazar cuando podían. Raúl y sus compañeros tenían esa mañana la misión de llevar carne al campamento, suficiente para los ciento cincuenta guerrilleros que habían llegado de todas partes a proteger el pleno del Comité Central, y así habían caminado durante una hora, buscando las vacas salvajes, hasta que vieron a lo lejos seis bestias que pastaban tranquilamente. Los hombres rodearon la zona para ponerse de espaldas al viento, de manera que su olor no alertara a las presas, y avanzaron agachados hasta que tuvieron las vacas a tiro de sus fusiles M1. Raúl contó ocho tiros y vio que dos de las bestias caían muertas en el acto. Las demás se dispersaron, pero una más había quedado herida. La mitad de aquel comando de cacería tuvo que seguirla durante media hora antes de poderla rematar; los demás, mientras tanto, se quedaban con las primeras presas para comenzar a descuartizarlas. Cuando volvieron al campamento, cada uno cargando a sus espaldas un bulto de carne fresca, fueron recibidos como héroes.

Eran tiempos de relativa paz, y por eso se había podido organizar el pleno, pero todo el mundo sabía que el ejército estaba a unos cuantos kilómetros, en Tierralta, y no se podía bajar la guardia. Para eso habían venido más guerrilleros de los que nunca se vieron en la zona: para rechazar con fuerzas bastantes cualquier ataque imprevisto. Para eso, también, los comandantes enviaban a los alrededores pequeñas misiones de exploración que les permitían estar atentos a cualquier movimiento de los soldados enemigos. Y esa tarde, después de asar la carne en brasas de carbón vegetal, después del almuerzo más copioso que la tropa había comido en meses, el comandante Carlos llamó a Raúl para asignarle una tarea: debía ponerse al mando de un destacamento pequeño de cinco guerrilleros y montar un retén en las afueras de Tucurá. Allí comenzaba una trocha difícil, una suerte de trinchera natural que se abría en tierras pantanosas por donde la guerrilla había transitado, pero que el ejército, si se daba maña, podría usar para sorprenderlos.

«Váyase para allá y me cierra ese paso», dijo el comandante. «En ocho días le mando relevo.»

Esa misma noche estaban emboscados, y así siguieron cinco noches más. Sufrieron el acoso y las picaduras de los jejenes, y lo hicieron en silencio, pues en la oscuridad es imposible saber si el enemigo está cerca y cualquier movimiento, aun el de una mano que da una palmada para espantar a los bichos, los podía delatar. A esas noches de infierno seguían días de sueño represado y de músculos resentidos, pero lo que más miedo le daba a Raúl era el tedio de los tiempos muertos: pues la cabeza se ponía a pensar, y entonces venían las preguntas: ¿no estaría mejor en una célula urbana? ¿No sería más útil a la causa viviendo la vida clandestina que vivía su madre, tal vez usando el teatro como fachada, en vez de estar metido en algo en lo que ya no creía? La lucha armada se le había convertido en una rutina obscena: ganar la confianza de los campesinos para llevar a cabo operativos de guerra, y contemplar cómo las víctimas de los operativos, a la larga, eran los campesinos cuya confianza habían ganado. No, la revolución no podía ser esto.

Al sexto día, algo ocurrió. Las provisiones estaban ya escaseando: la quietud produce la ilusión del hambre, y las latas de atún y de leche condensada se estaban acabando antes de tiempo, de manera que Raúl acudió a uno de esos campesinos de confianza y le puso unos billetes en la mano.

«Arroz, fríjoles y panela», le dijo. «Venga cuando se ponga oscuro.»

El hombre llegó puntualmente esa noche. Le entregó a Raúl las compras y las monedas de las vueltas, y se fue sin aceptar la invitación a cenar con ellos. Mientras los compañeros ponían el arroz y los fríjoles en remojo, Raúl desenvolvió la panela, que venía empacada como siempre en una hoja de periódico, y algo le llamó la atención. Al extender la media página rasgada —el periódico era *El Espacio*—, pensando que era imposible haber visto lo que creía, se encontró con una foto de su madre que lo miraba en colores generosos desde el pozo de luz de su linterna. La imagen habría podido salir de una revista de sociedad, por la media sonrisa de la mujer elegante o por su pelo cuidado o por su blusa de flores, pero el pie de página destrozaba esos consuelos: *Detenidos en Bogotá dos miembros de la red urbana del EPL*. Raúl buscó en el texto la confirmación de sus temores, y encontró los dos nombres: la mujer era, en efecto, la exactriz Luz Elena Cárdenas; la mujer era, en efecto, esposa del afamado director de teatro Fausto Cabrera.

Raúl sintió que la boca se le secaba. Los años lo habían entrenado en el arte de callar y esconderse a plena vista, y tuvo que convocar esos instintos para no delatarse ante sus compañeros. Pero guardó el recorte y más tarde, acostado en la hamaca, se las arregló para sacar la linterna y leer todo lo que no había leído antes. Luz Elena estaba presa en la Brigada de Institutos Militares y sería sometida a un consejo verbal de guerra. No había caído sola: la acompañaba un tal Silvio, un guerrillero de la red urbana que no aparecía en la foto porque su arresto no era escandaloso. El consejo verbal era una herramienta reciente que el estado de sitio proporcionaba a los jueces para luchar contra la subversión, y que los habilitaba para juzgar a los civiles con leyes marciales. La pena para su madre, decía el artículo, sería de ocho años de cárcel como mínimo, y podía ser mucho más generosa.

Generosa, pensó Raúl, y odió al mundo.

Con la luz de la linterna encontró la fecha en lo alto de la página, 10 de marzo de 1971, y se dijo que faltaban tres días: Luz Elena cumpliría cuarenta y dos años presa en una celda bogotana, sin ninguno de sus hijos, sin su marido, sin nadie. Y mientras trataba de recomponer la situación y de imaginar las posibles acciones, maneras más o menos ilusorias de rescatarla, Raúl entendía que lo único capaz de empeorar la desgracia de su madre en ese momento, lo que podría destrozar la poca moral que le quedara, sería recibir de su hijo la noticia de su descontento. Allí, emboscado en la selva, metido en su hamaca como si el mundo se estuviera acabando, Raúl se dio cuenta de que todos sus planes previos —tener un enfrentamiento político con los comandantes, pedir la baja o desertar si era preciso— se acababan de ir simplemente a la mierda.

Dos días después llegó el relevo. Raúl tuvo la intuición molesta, al recibir a los compañeros, de que todos sabían ya de lo ocurrido: algo notó en sus voces cambiadas o en sus miradas huidizas. Lo confirmó al regresar al campamento, cuando los mismos que lo habían recibido con algarabías el día de la cacería de las vacas ahora ni siquiera se atrevían a mirarlo a la cara. No era para sorprenderse que ya supieran todo, pues en el campamento era cosa de costumbre comenzar los días oyendo la radio, y las dos cadenas principales ya habrían dado la noticia con detalles. Lo extraño era que nadie le dijera nada. Era una situación absurda en la que todos fingían no saber, pensando que

Raúl no sabía, y Raúl, que ya lo sabía todo, fingía no saber que ellos sabían. Después supo que el comandante Fernando había sido el primero en enterarse. Rápidamente reunió a la tropa y les anunció la captura de la compañera Valentina, madre del compañero Raúl, y enseguida dio la orden expresa de no decirle nada: sería el Comando Central el encargado de darle la noticia.

Todo era chocante: lo eran los secretos, o más bien esa ética de disimulos que ocultan disimulos, de dobleces y de hipocresías, que se volvía tan natural para los combatientes como su uniforme, y que una vez, por ejemplo, los había conducido a la situación ridícula de estar buscando durante una semana una caleta llena de alimentos y de armas: la habían escondido tan bien, y la habían protegido con tanto secretismo, que nadie logró encontrarla cuando la necesitaron, y al final hubo que aceptar que se la tragara la selva. Sí, era chocante: que el comandante Fernando hubiera decidido romper la regla sagrada de ocultar los vínculos familiares de los combatientes, que hubiera reclamado para sí mismo el derecho de comunicarle la noticia y que ahora pareciera hacerlo todo con cierta satisfacción mezquina, como si el incidente le sirviera para darle una lección a alguien. Si este hombre había roto las reglas de la compartimentación, pensó Raúl, esas reglas sin las cuales la vida doble de un guerrillero dejaba de entenderse, alguna buena razón tendría. Ésa era la explicación menos temible, pues la otra, que Raúl no había descartado por completo, era tan sencilla como aterradora: si el comandante Fernando quería ser quien diera la noticia, era sólo por el placer de la desgracia ajena. Acaso se engañaba, pero eso fue lo que Raúl vio en la cara de Fernando cuando, al día siguiente de regresar al campamento (y no de inmediato, como pediría la urgencia de la situación o la simple solidaridad), el comandante lo mandó llamar.

«Bueno, compañero», le dijo. «Me imagino que usted ya está enterado.»

Raúl no quiso darle el gusto. «¿De qué, compañero?»

«Claro que ya está enterado», dijo Fernando. «Bueno, la revolución sigue adelante. Eso quería decirle.»

«No le entiendo, compañero. ¿Qué cosa quería decirme?»

«Que esto no se va a parar por que hayan cogido a alguien. Me imagino que está claro.»

«Clarísimo», dijo Raúl. «¿Pero le puedo hacer una pregunta?»

«A ver.»

«Le quiero avisar a mi hermana. ¿Cómo se hace eso?»

«Ay, su hermana, su hermana», dijo Fernando. «Déjela quieta, que ella está grandecita.»

«¿Es decir?»

«Que si no se entera, problema de ella. Como si yo no tuviera otras cosas en que pensar.»

La compañera Sol, ajena a la noticia de la captura de su madre, se había acomodado en un nuevo destino. Guillermo la había llevado a uno de los llamados frentes patrióticos, propiedades rurales que servían de fachada para el trabajo guerrillero, y en las cuales se cultivaba la tierra o se criaban animales. El frente patriótico de Guillermo quedaba al sur de Pance, un corregimiento del valle del río Cauca; era una finca pequeña a espaldas de la cordillera, dos hectáreas enmarcadas por una cerca de alambre de púas donde se habían enredado con el tiempo las plumas de los pájaros, a las cuales se llegaba subiendo la montaña lo justo para que el calor insoportable del valle quedara abajo. Detrás de la casa había un criadero de patos criollos del tipo Muscovy, lo cual divertía enormemente a Sol, que empezó a llamarlos moscovitas, y cuando estaba de buen humor iba a darles granos de maíz mientras les decía:

«¡A comer, revisionistas!».

Los otros cuatro compañeros no parecían entender la broma, pero Guillermo soltaba sonoras carcajadas. Sol se daba cuenta en esos momentos de que había tenido suerte: de todos los secretarios de todos los destacamentos que habrían podido tocarle en suerte, ¿cuántos habrían comprendido su situación tan bien como este hombre? Era amable, y en su cara no pesaba la sombra de tantos otros compañeros, esa especie de lánguida solemnidad. A Sol le gustó hablar con él. Aunque no fuera necesario, le pidió disculpas por haber huido y se esforzó por demostrar arrepentimiento, pero también explicó la situación hostil que se había producido en los llanos del Tigre, con el comandante Fernando, y lo hizo en términos que no eran ambiguos: «Si me quedo allá, me viola». Guillermo decía: «Pues claro, compañera, yo entiendo». Y al parecer, era verdad. O tal vez su comprensión fuera resultado de las órdenes o sugerencias de Armando, a quien todo el mundo respetaba. Y Sol tenía que preguntarse: ¿qué veía Armando en ellos, en Sol y en Raúl, que lo llevaba a tratarlos con más deferencia? ¿Serían acaso beneficiarios de la posición de poder de su padre? Fausto, después de todo, no dejaba de ser el contacto directo entre la China comunista, hogar del Mao de verdad, y el ejército revolucionario de Colombia, donde Mao era un rumor, un conjunto de refranes: una figura hecha de palabras.

La mitad de la semana, o a veces más, la pasaban fuera del frente patriótico, en un destacamento que acampaba en El Tambo, a un día de camino hacia el sur. Era un grupo de una docena de compañeros que hacía labores de inteligencia en la zona de Popayán, la capital del departamento, y también de adoctrinamiento en los pequeños pueblos de la región. Guillermo se quedaba en el Pance, con los patos revisionistas, y cuatro compañeros, entre los que estaba Sol, cubrían el trayecto hablando con los campesinos, haciendo labores de propaganda, prestándoles ayuda para montar escuelas, haciendo presencia en la zona:

en definitiva, construyendo la base de la que hablaba Mao. Se quedaban en El Tambo cuatro días y luego regresaban al Pance, al criadero de patos, y Sol volvía a las conversaciones con el compañero Guillermo, y de un día para otro comenzó a darse cuenta de que las echaba de menos cuando estaba en el destacamento. No era simplemente que en el frente patriótico tuviera comodidades que allí eran impensables, como una cama y una ducha. Este Guillermo la miraba con ojos nuevos, y cuando ella le hablaba de las malas experiencias, él parecía dejar lo que estaba haciendo (nunca lo hacía realmente, pero esa impresión misteriosa daba) para ponerle atención mientras se tocaba los bigotes de ranchero de caricatura.

A Sol comenzó a desagradarle el momento en que tenía que irse del Pance. Las labores en el campamento de El Tambo eran más arduas, pero no se trataba de eso, porque también quedaba tiempo para las ideas. Todas las semanas se recibía un folleto titulado *Pekín Informa,* y todas las semanas, durante la asamblea política, se leían los artículos del folleto como si se tratara del mismísimo Libro Rojo. Para Sol fue como volver a estar en la fábrica de relojes, no con cientos de trabajadores, sino con una docena de compañeros. Sólo habría faltado que el retrato de Mao colgara de una ceiba. En cierta ocasión, después de una lectura de *Pekín Informa,* Sol mencionó que un primero de mayo, cuando vivía en Pekín, había visto a Mao a cinco metros de distancia. Pensó que el recuerdo causaría una buena impresión, o por lo menos provocaría exclamaciones o preguntas, y sin embargo lo que le siguió fue un silencio. Al cabo, un compañero le dijo:

«¿Sabe qué, compañera? No hable tanta mierda. Aquí no somos tan viajados, pero tampoco nos crea güevones».

Sol no hubiera pensado que en tan pocos meses habría logrado despertar un resentimiento semejante en un compañero. El hombre era el secretario militar del destacamento. Se llamaba Manuel, era de cuerpo pequeño pero tosco, y parecía que se empinara cada vez que iba a hablar. Era, también, el único del destacamento que parecía *tener estudios,* que era como los demás hablaban de quien ha pasado por la escuela. Venía de Turbo, en el golfo, y en su acento se mezclaban de manera extraña el paisa de las montañas y el costeño del litoral Caribe, de manera que cada cosa que decía le sonaba a Sol como una falsificación o una impostura. Algo había en él que le recordaba a Fernando. Sol creyó que lo había identificado cuando un compañero, la víspera de una operación en Popayán, preguntó cuánto se tardarían en llegar, y Manuel dejó caer un juego de palabras que no carecía de ingenio:

«Con mal tiempo, seis horas. Con Sol, doce».

Era su manera de ejercer el poder que le había sido dado, y Sol lo entendió y se tragó las ofensas. Pero luego, la primera vez que escribió una carta, Sol preguntó a quién debía dársela y cuándo salían los correos, y le dijeron que toda la correspondencia se manejaba a través del compañero Manuel. Esto le gustó menos. Cada vez que ella le escribía a Luz Elena cartas que no obtenían respuesta, moviendo el lápiz mecánicamente sobre el papel reblandecido, haciendo preguntas de rutina y mandando rutinarios abrazos, lo hacía con la certeza de que sus envíos tenían que superar varios obstáculos: la intercepción del enemigo, por supuesto, pero también la censura de Manuel, que leería cada línea con su lupa ideológica, tratando de detectar el instante fatídico en que esta compañera, que amenazaba con descarriarse o ya se había descarriado por dentro, podía contaminar a alguien más con su propia debilidad. Sol envidiaba en estos momentos la facilidad que su hermano había tenido siempre con el español. Para ella, seguía siendo una lengua extraña, recuerdo vago de su infancia, y no lograba usarla con soltura. En estas cartas, además, se veía obligada a usar códigos y alusiones e insinuaciones y claves, y ahora pensaba que tantas cautelas se habían justificado siempre para evitar que la policía o el ejército intervinieran las comunicaciones y consiguieran información de provecho; pero había otra razón nueva, y era escabullirse de la mirada de los suyos. Igual que en las mañanas, cuando tenía que esconderse para lavarse el cuerpo y cambiarse de ropa. En la Escuela Presidente Mao no le había pasado lo mismo.

Las cosas se fueron al traste sin ningún tipo de aviso. Sucedió una mañana húmeda, en que se celebraba la asamblea de soldados, y los compañeros habían dedicado un buen rato a discutir lo más importante que les había pasado hasta ahora en sus vidas de combatientes: el IV Pleno del Partido Comunista, que se iba a celebrar en los llanos del Tigre. Todos los miembros del Comando Central viajarían hasta allá en los días siguientes, y el destacamento de la compañera Sol debía prepararse, como todos los demás, para cubrir los mil kilómetros de trayecto: dependiendo de la suerte, del clima y de los buses que pudieran aprovechar sin correr riesgos, el viaje podía tardar cualquier cosa entre cinco y quince días. Sol pensó en su hermano, que acaso estaría oyendo los mismos discursos en parecidas asambleas de soldados, pero no desde un destacamento pequeño y periférico del sur del país, sino desde el centro del mundo: desde el lugar donde todo iba a ocurrir. Fue entonces cuando el compañero Manuel, que dirigía la asamblea, se puso de pie con un folleto en la mano y dijo:

«Bueno. Ahora vamos a leer *Pekín Informa*».

Sol nunca supo qué le hizo perder la paciencia, qué largo memorial de agravios se rebosó en ese momento, pero fue la primera sorprendida al oírse hablar con tanto desprecio.

«Ay, no más con esa vaina», dijo. «No me mamo más el tal *Pekín Informa*.»

Se hizo un silencio de incredulidad entre los compañeros. La figura de Manuel habría sido cómica si no fuera evidente que se sentía ultrajado.

«Mucho cuidado, compañera», dijo.

«Perdón, compañero», dijo Sol, «pero es así: no me aguanto un solo *Pekín Informa* más. Con todo respeto, ¿qué carajos nos importa a nosotros lo que pasa en Pekín?».

«A usted como que se le olvidó dónde está, ¿no, compañera?», dijo Manuel. «Ésta es una guerrilla de pensamiento Mao. Éste es el Partido Comunista Marxista-Leninista ideología Mao...»

«Sí, ya sé», lo cortó Sol. «Con todo respeto, compañero, a mí no me explique la ideología de Mao. Yo defendí la ideología de Mao a tres cuadras de Mao. Yo me mamé noches enteras oyendo la voz de Mao por los altoparlantes de la ciudad donde vivía Mao.» Entonces se llevó una mano horizontal a la frente. «Esta cachucha que tengo puesta, ¿saben qué es? Es una cachucha de los guardias rojos de Mao. ¿Y saben por qué la tengo? ¡Pues porque yo fui guardia rojo de Mao! Así que tengo todo el derecho de decirles lo siguiente: estoy hasta aquí, hasta la puta cachucha de Mao, de leer *Pekín Informa*.»

«Esto no se puede permitir», dijo un compañero.

«A ver, respeto pues», dijo otro.

«Calma, compañeros», dijo Manuel. «Vamos a tomar medidas.»

«Qué medidas ni qué mierda», dijo Sol. «A ver, compañero, lo que yo quiero decir es muy sencillo: aquí no estamos en Pekín. ¿No es hora de que nos informemos de lo que pasa aquí en el valle, no en Pekín? Mucho *Pekín Informa,* mucho *Pekín Informa*, y no tenemos ni puta idea de lo que está pasando en Colombia. A mí me parece que eso es más importante, ¿o no?»

El comandante Manuel acabó la reunión. El resto del día, Sol se quedó aislada de los compañeros: había despertado en ellos emociones que no conocía, y el instinto le dijo que era mejor darles tiempo de que midieran su enfado. Se distrajo cortando la carne de un saíno que habían cazado el día anterior y que ya estaba salado, y en esos momentos le vino a la memoria algo que le había dicho su hermano en los días de la fábrica de relojes despertadores, algo que él sabía porque se lo había dicho Lao Wang, su maestro de torno. Y era esto: que durante la construcción de la Gran Muralla, en los tiempos de la dinastía Ming, las autoridades hicieron el descubrimiento invaluable de que nada frustraba más a los obreros que la sensación de estar metidos en una obra infinita. Tuvieron entonces la intuición de relevar a la cuadrilla entera de obreros cada *li,* una medida equivalente a medio kilómetro, de manera que los obreros trabajaban con la ilusión de un último día o de una tarea terminada. «Es importante saber que tu camino tiene un punto de llegada», le dijo Lao Wang a su hermano con ese tono de filósofo budista, y su hermano imitaba el tono al repetir las palabras. Y ahora Sol recordaba los escritos militares de Mao, donde se dice que la revolución debe planearse como una guerra prolongada. ¿Sería esta guerra de guerrillas, se preguntó Sol, su propia muralla china?

Dos días después —dos días largos en que estuvo como repudiada, desterrada, muerta en vida— la convocaron a una reunión del destacamento. Le indicaron un tronco y le pidieron que se sentara allí, y elocuentemente los demás ocuparon el espacio frente a ella. Esto era un juicio, entendió Sol, y lo confirmó cuando el comandante Manuel leyó los diecisiete cargos que le habían hecho después de cuidadosa deliberación. La acusaban de irrespeto a la figura de Mao, de desviación ideológica, de despreciar la vida armada, de estar en contra de China y, por lo tanto, de ser prosoviética, estalinista y simpatizante del ELN. La llamaron contrarrevolucionaria y le recordaron sus orígenes burgueses. Le dijeron que todos estos cargos la habían hecho merecer una condena y que la condena sería durísima, pero antes de pronunciarse le iban a dar la oportunidad de hacer una autocrítica. Sol, que había asistido al monólogo con una sensación de irrealidad que no era diferente de la fiebre, pensó en Guillermo y en sus patos moscovitas y quiso estar de vuelta en el Pance ahora, ya, inmediatamente. Se puso de pie y empezó a irse, y lo último que dijo antes de empezar a caminar fue:

«Qué autocrítica ni qué nada. Esta mano de imbéciles...».

Se había girado por completo y ya se estaba alejando de los guerrilleros cuando oyó la detonación. Se sintió proyectada hacia adelante, como si una fuerza enorme le hubiera dado un puñetazo en la espalda, y cayó de bruces a tierra, con una bala calibre 32 metida en el cuerpo, la sorpresa de no sentir dolor y la certidumbre sin miedo de que ya se le acercaban para rematarla.

El campamento de Raúl se preparaba ya para la gran concentración del Comando Central, y los comandantes y los secretarios de otros destacamentos comenzaron a llegar a la zona. A veces Raúl tenía que asumir labores de seguridad, y eso le gustaba, porque podía pensar así en otra cosa que no fuera la suerte de su madre, presa en el Buen Pastor de Bogotá en condiciones inimaginables (o cuya imaginación sólo producía escenas espeluznantes) e incapaz de dar noticias a los suyos. Le aseguraban que Valentina iba a tener los mejores abogados, que lo más importante era conservar la moral alta, que ella era una mujer comprometida con la causa y el partido la iba a ayudar en todo lo que fuera necesario. Una mañana Raúl fue a buscar al comandante Fernando, para preguntarle si alguien estaba llevando el caso de su madre, si el partido estaba haciendo lo que debía y había prometido, y se enteró de que Fernando ya no estaba en el campamento. Se había ido a explorar una zona nueva, pero entre los compañeros se decía que lo nuevo era una novia que se había conseguido en Bijao, y que la estaba visitando.

Pero luego pasó el tiempo sin que regresara, y eso no era normal. Los guerrilleros se enteraron de que se había desplazado al noroeste de Antioquia, zona de combates, y un rumor incómodo comenzó a andar por el destacamento como un perro perdido: Fernando había cometido una falta disciplinaria grave y el Comando Central lo había sancionado duramente. Se decía que lo habían bajado a la base, aunque otros hablaban de expulsión, y algunos, incluso, de fusilamiento. Esto no era verosímil: a pesar de la opinión que Raúl seguía teniendo de él, Fernando era una de las figuras más respetadas de la guerrilla, y para muchos no era imposible que acabara presidiendo el partido. Se especulaba en voz baja sobre la naturaleza de su falta: ¿una mujer, una insubordinación, una falla militar? En su ausencia se habló de él con el pretérito que se usa con los muertos, como si ya fuera historia, y así empezó a entrever Raúl algunas de las razones de sus desencuentros. Fernando, que años atrás (se rumoraba) había sido expulsado de las Juventudes Comunistas por sus tendencias prochinas, se había enfrascado años atrás en un debate de vida o muerte con Pedro León Arboleda, cuyo ascendiente sobre la tropa era notorio. Arboleda defendía una sola visión del partido: la militarización. El comandante Fernando, en cambio, sostenía que lo importante era el trabajo con las clases obreras, lo que llamaba la bolchevización del partido, y el problema que ahora los agobiaba, la razón por la que las cosas no estaban funcionando, era una sola: lejos de bolchevizarse, el partido estaba sufriendo una verdadera invasión pequeñoburguesa. Era imposible que el comandante viera a Raúl sin pensar que allí, en esos ojos claros, en esa educación con violines y palabras en francés, con radios finos y encendedores de gas, yacían agazapadas la decadencia y la inevitable muerte de la revolución.

Una noche, el comandante Armando le pidió que se encargara de una misión importante. Se trataba de llevar a otra parte unos documentos del partido, secretos y urgentes, de los cuales, a juzgar por el tono del comandante, dependían más cosas de las que podían nombrarse.

«Olvídese de lo demás», le dijo. «Esta vaina es importante. Va con Ernesto. Salen mañana mismo.»

El compañero Ernesto. Raúl había llegado con él a la guerrilla en el mismo bus, junto con su hermana y Pachito, el compañero muerto; y con él había llevado a cabo la maniobra de contención del ejército después de la desbandada de la Dirección Nacional en el Sinú. Pero aquello no se podía llamar amistad: Ernesto era uno de esos hombres que aparentan no haberse reído nunca, o cuyo sentido del humor parecía haber desaparecido en combate. Era de conversación tan difícil que su vida, aun después de más de dos años de compartir causa y destacamento, seguía siendo el mismo borrador del día del bautizo, cuando el comandante Carlos lo presentó como un líder popular del Quindío que se había entrenado en Albania. Por otra parte, Ernesto le había producido una extraña sensación de confianza desde el primer momento: hay personas así, con las que no nos tomaríamos un aguardiente pero a las cuales, en cambio, les confiaríamos nuestros hijos. Raúl preguntó:

«¿Y adónde hay que ir?».

«Orlando sabe», dijo el comandante.

«¿Vamos con Orlando?»

«El tipo conoce la zona como los jaguares. Sabe cómo llegar al sitio de la entrega. Más no le puedo decir, compañero. Por seguridad, ¿entiende?»

«Sí, compañero», mintió Raúl. «Entiendo.»

Salieron con las primeras luces. Orlando caminaba adelante, mostrando el recorrido, y detrás de él iban Ernesto y Raúl. Guardaban una distancia de veinte metros el uno del otro: en caso de emboscada, ese procedimiento les daría la oportunidad de no caer todos al mismo tiempo, pero también hacía la marcha más ardua, porque cada uno caminaba como si estuviera solo. Los tres llevaban su fusil terciado y su mochila de provisiones, pero Raúl, además, cargaba la otra mochila, la de los documentos, tan liviana que parecía un chiste que su envío necesitara la escolta de tres combatientes distinguidos. El sudor le empapó la ropa desde la mañana, pero no hacía calor: era la humedad del aire que atravesaban con esfuerzo, sintiendo al respirar por la boca lo que siente quien se asoma a una olla cuando hierve el agua. Pero en sus piernas y sus pulmones, y también en sus pies que ya no se despellejaban dentro de las botas de caucho, Raúl podía notar la experiencia, los cientos de kilómetros recorridos en estos años de marchas; le pareció darse cuenta de que la selva había dejado de ser un lugar inhóspito, y un ramalazo de orgullo le pasó por el pecho. Levantó la cara. Un dosel de hojas densas se cerraba sobre ellos, arriba, en la copa de los árboles altos, y no dejaba pasar el más leve rayo de luz. La única manera de orientarse era seguir al guía.

El guía. Desde su retaguardia silenciosa, Raúl miraba con admiración su paso de cabra, que parecía abrir la trocha por la que pasarían los otros. Orlando era un campesino que había estado en la guerrilla desde los primeros años; los fundadores lo habían cooptado allí, en la zona, y lo fueron formando hasta convertirlo en jefe de destacamento. Era un hombre astuto y taimado, tan callado que parecía del interior, y llevaba en el torso dos cicatrices, una de machete y otra de bala, que eran la historia privada de sus violencias. Se contaba de él que en los primeros años, recién reunidos los pioneros de lo que sería la guerrilla, se había enfrentado a un veterano de otras guerras que le ordenó llamarlo por su título de comandante. «Yo a usted le voy a decir por su nombre, y si no le gusta, se jode», le había dicho. «Si es para cuadrármele a cualquier güevón, mejor me voy para el ejército.» Fue sancionado por el uso de malas palabras, pero los dirigentes reconocieron la razón de su protesta. Desde entonces no había hecho más que ascender bajo la mirada complacida de los dirigentes y en especial de Fernando, que lo veía como un bolchevizado ideal. Había tenido una mujer y dos hijos en su antigua vida y, aunque nadie sabía dónde estaban, se decía que Orlando los visitaba sin pedir permiso, siempre contando con la complicidad de la Dirección.

La primera noche acamparon sin novedad. Pero al día siguiente Orlando empezó a mascullar algo, y era tan transparente su intención de protestar que su murmullo de viejo cascarrabias le llegaba a Raúl con total nitidez, a pesar de encontrarse a cuarenta metros. Cuando le preguntaron qué ocurría, Orlando se quejó de que no estaban avanzando lo previsto; a este paso, dijo, nunca llegarían a tiempo al lugar del encuentro, y así correrían el riesgo de no poder hacer la entrega, de que los contactos urbanos se regresaran a sus bases al no encontrarlos o —peor aún— decidieran esperarlos y se dejaran sorprender por una patrulla militar. Fue entonces cuando Raúl se enteró de que todo este tiempo habían estado rindiendo mucho menos de lo necesario. Se había sentido tan satisfecho con su paso que ni siquiera le cruzó la cabeza la posibilidad humillante de que Orlando hubiera bajado el ritmo para esperarlos: para esperar a los dos muchachos que, por mucho entrenamiento en el extranjero, seguían siendo animales de ciudad.

«Con todo respeto, compañeros», dijo. «A ustedes sí les falta mucho monte.»

Decidió salir al camino real. Era el sendero abierto entre caseríos o pueblos desde los tiempos de la Colonia, por el que ahora llegaban los comerciantes y las recuas de mulas para abastecer las tiendas de la zona. Los guerrilleros tenían prohibición expresa de usarlo, pues allí quedaban desprotegidos, eran blanco fácil y dejaban rastros evidentes para cualquiera que quisiera seguirlos. Pero era cierto que por el camino avanzarían más rápido y recuperarían el tiempo perdido. En ese momento Orlando tuvo la certeza de que no había otra manera de llegar esa noche al punto que se había fijado para acampar, y si ese itinerario no se cumplía, tampoco llegarían a tiempo a la cita para entregar los documentos. Así que eso hicieron, y durante una hora, la última del día, caminaron por aquellos espacios abiertos donde se veía el cielo y circulaba mejor el aire, y donde se daba cada paso sin pensar en las culebras que se podían esconder bajo las hojas caídas. Acamparon sin hacer fogata, para no llamar la atención de nadie ni siquiera con el humo o el olor del humo. Esa noche Raúl soñó con su madre presa.

En la mañana, después de comer, hicieron lo que se llamaba *minuto conspirativo*. Era un ritual de seguridad: antes de abandonar un campamento cualquiera, los hombres escogían un lugar de encuentro en caso de enfrentamiento o accidente, y a veces, si el grupo era numeroso, se establecía también un santo y seña para evitar que a alguien le dispararan en medio de la incertidumbre. El compañero Orlando, el único de los tres que conocía la zona y, sobre todo, que podía encontrar el destino en el mapa de su cabeza, fijó como punto de encuentro el sitio preciso de donde estaban saliendo. Borraron los rastros y partieron, dejando entre ellos la distancia de rigor, viendo al otro adelantarse y contando sus pasos como corredores de relevos. Avanzaron bordeando una quebrada pequeña, un hilillo de agua que se abría paso por las orillas barrosas, zigzagueando entre piedras lisas como hipopótamos sumergidos, y que luego, al cabo de una hora, se unía a una corriente más copiosa, flanqueada por barrancos altos como tres hombres. No habían alcanzado a dar cien pasos allí, junto al agua fresca que soltaba destellos esmerilados y producía un susurro que era como estar hablando con un amigo, cuando estallaron los disparos.

La primera reacción de Raúl fue dar dos pasos atrás y empuñar el fusil para responder al fuego. Había quedado fuera del cerco y así empezó a disparar hacia el espacio indefinido y verde del cual venían los tiros. En medio del caos se dio cuenta de que Ernesto había corrido hacia atrás para escapar de la emboscada, y lo vio encaramarse quién sabe cómo al barranco escarpado y supo que debía imitarlo. Los tiros pasaban silbando, y a Raúl le parecía que cada segundo subrayaba el milagro de que ninguno lo hubiera herido, pues los veía pegar en la tierra o en la piedra o en las hojas anchas que apenas se movían, como si no hubieran recibido una bala sino un papirotazo. Ganó la cima del barranco y se perdió entre los árboles, corriendo agachado en la dirección de donde habían venido, y entonces vio a Ernesto, que corría sin su fusil unos metros más adelante: en la maniobra de escape, se le había caído al vacío. Llegaron juntos al punto de encuentro, pero tomaron la precaución de emboscarse fuera del lugar preciso, a unos metros de distancia, sobre una pendiente desde donde pudieran ver la llegada de Orlando sin correr el riesgo de ser vistos, mientras constataban, al mismo tiempo y en silencio, que seguían vivos todavía y no tenían ni un rasguño en el cuerpo.

Pero Orlando nunca llegó. Lo esperaron más tiempo del que era prudente. Lo esperaron minutos enteros, incluso después de oír los ruidos inconfundibles de los machetes y las hachas que talan árboles y mutilan ramas. Sabían bien lo que eso significaba, y lo confirmaron al rato: las aspas de un helicóptero, que aterrizaría en el claro abierto por los soldados, sonaron a lo lejos. Era evidente que una patrulla había descubierto su rastro en el camino real. Orlando había cometido un error, y ahora no llegaba, y a pesar de que Raúl seguía guardando una vaga esperanza, lo más sensato era aceptar que el guía estaba muerto o capturado. Serían las cinco de la tarde, hora que en la selva es casi noche cerrada, cuando les pareció que los ruidos les llegaban de más cerca. Tal vez era una impresión falsa, pensó Raúl, como en ese juego de su niñez que consistía en cerrar los ojos para que su hermana le hiciera cosquillas en el antebrazo desnudo, y había que adivinar el momento en que los dedos de ella tocaban el pliegue del codo. Entonces oyeron una voz humana. No lograron entender las palabras, pero supieron que ya no podían moverse: escapar de noche y sin Orlando no sólo podía llamar la atención de los soldados, sino que los lanzaría a un escenario de pesadilla. De manera que se quedaron acurrucados donde estaban, en un silencio absoluto que era también el silencio del miedo, mientras caía la noche y la oscuridad se tragaba los troncos de los árboles y el verde que había enloquecido a Alberto, y en cuestión de minutos ya no sabían ni siquiera dónde tenían la palma de la mano.

¿Cuánto tiempo pasó? Fueron quince minutos o fue una hora: imposible saberlo. De repente se dieron cuenta de que volvían a oír los ruidos de la selva: la patrulla había pasado de largo o se había dado por vencida. Orientarse en medio de la selva siempre había sido difícil, como estar en mar abierto, y orientarse en la selva nocturna, sin poder ni siquiera levantar la cara para ver de qué lado de las copas de los árboles pegaba el sol, era imposible. Raúl y Ernesto recordaron que en la mañana habían caminado con el sol de frente, así que tan pronto amaneciera tratarían de cubrir la ruta contraria: con el alba a sus espaldas. Comieron algo, confirmaron que tenían suficientes provisiones para el día de regreso y tomaron turnos para dormir un poco mientras el otro montaba guardia. Y así pasaron la noche, temiendo siempre el regreso del ejército, conscientes de que en esta zona todo el mundo sabía quién era Orlando: capturarlo vivo era medio mapa de llegada al campamento donde estaban reunidos algunos de los hombres más importantes de la guerrilla. Raúl, por primera vez, deseó que Orlando estuviera muerto.

Ya estaban despiertos los dos cuando los alcanzó, desde lejos, el sonido de un helicóptero. Comenzaron a marchar con una suerte de resignación irritada, adivinando el camino de regreso, conservando los veinte metros de distancia aunque a veces pareciera absurdo, buscándose con la mirada para confirmar que una piedra les resultaba familiar, o tal vez un nido de hormigas, o que aquella quebrada era la misma que habían bordeado en el sentido contrario. El helicóptero seguía sobrevolándolos: de eso estaban seguros, aunque no lo vieran. Si trataban de encontrarlo en el cielo, nada veían del otro lado del dosel verde, salvo espasmos azulados y acaso la silueta de un mico tití cambiando de rama, pero oían el revoloteo demencial de las aspas, y no sólo eso bastaba, sino que aun cuando dejaban de oírlo les parecía que seguían oyéndolo. «Ahí sigue ese hijueputa», decía Ernesto. «Llevamos un día caminando y ahí sigue, como si nos viera. Y quién quita, de pronto nos ve. Saben que aquí estamos, compañero.» Y Raúl: «Yo no lo oigo». Y Ernesto: «Cómo que no. Ahí está el ruido. Ahí sigue». Y Raúl aguzaba el oído, separaba el ruido de sus pasos del resto del mundo y le parecía que sí, que ahí estaba el ruido, que ahí seguía el helicóptero como un abejorro del infierno, y en cambio el punto de partida, el lugar donde habían acampado con Orlando la primera noche, no estaba por ninguna parte.

«Mierda», dijo Raúl. «Estamos perdidos.»

Era imposible saber si habían estado caminando en redondo. Todos los árboles eran iguales y el sol se había extraviado en el cielo. Raúl recordó la brújula que había traído de China, regalo del Ejército Rojo en el día de su graduación, y maldijo una vez más a Fernando, que se la había quedado sin dar explicaciones, no como decomisando un objeto de propiedad ajena, sino como impidiendo con ese gesto arbitrario la penetración de la burguesía en la guerrilla. Cometió el error de mencionarlo sin hablar de lo ocurrido: «Yo tenía una brújula». «Pues haberla traído, güevón», respondió Ernesto. Habría podido comenzar un altercado si los dos no hubieran comprendido en el instante que la selva los estaba afectando. Esa tarde Raúl metió la mano en la mochila, en busca de una lata de leche condensada, y la mano salió vacía. Ernesto confirmó que también sus provisiones se habían acabado, lo cual no era sorprendente: la excursión duraba ya dos días más de lo previsto.

Perdieron la noción del tiempo. Ernesto movía la cabeza como si hubiera oído un ruido, pero luego seguía adelante: no, no había sido nada. Luego volvía a detenerse. «¿Qué es eso?», preguntaba con los ojos abiertos. «¿Sí oye? Un animal.» Pero Raúl no oía nada. Terca, voluntariosa, la selva había comenzado a jugar con ellos. Las alucinaciones tomaban la forma de un jaguar negro o hacían el ruido del helicóptero maldito. El hambre del tercer día —o del cuarto, no había forma de saberlo— los obligó a sacar de la mochila la pasta de dientes, cosa de engañar el estómago, pero unas horas después Raúl sintió un ardor intenso en el centro del torso, como si la menta le hubiera abierto una llaga en el esófago. Buscaron raíces para comer, algún cogollo como los que no eran infrecuentes en la zona, pero en vano, y al llegar a un riachuelo que no habían visto nunca se dieron cuenta de que su estómago cerrado no aceptaba ni siquiera un trago de agua. La selva, que conspiraba contra ellos, les escondió las culebras, les escondió los chigüiros, les escondió los ríos donde hubieran podido pescar un bagre o una mojarra, que de todas maneras no habrían podido cocinar, porque el fuego o el humo habrían llamado la atención de los soldados. Raúl sintió que una debilidad le ganaba las piernas y que los olores húmedos le quemaban las narices, y luego sintió que la cabeza se le ponía liviana. Recordó la falsa huelga de hambre del Hotel de la Paz, la lectura de Gorki, los *dumplings* que cocinaba aquella madre sacrificada, y se avergonzó secretamente de estar pensando en novelas en estos momentos.

«Paremos», dijo. «Esto no está funcionando.»

Sin que necesitaran pronunciar palabra, hubo entre los dos el temible entendimiento de que no saldrían con vida de la selva. Entonces Raúl sacó los documentos de la mochila, los urgentísimos documentos que los habían metido en este lío, y dijo: «Esto hay que quemarlo. Si nos vamos a morir, que no los encuentren». Pero no podían encender un fuego (por la misma razón por la cual no podían cocinar un pescado), de manera que decidieron enterrarlos. Ernesto sugirió que antes de hacerlo los leyeran, a pesar de tenerlo prohibido: tal vez hubiera en ellos algo, una pista, una indicación, una información cualquiera que pudiera ayudarlos a encontrar el campamento. Eran ilusiones de moribundo: improbables, desesperadas, pasta de dientes para engañar la razón. No tenían energía ni siquiera para debatir la conveniencia de violar el secreto de las comunicaciones, o para especular sobre las sanciones que esto podría acarrearles, sino que se repartieron los documentos sin hablar y comenzaron a leer. Ernesto fue el primero en decir lo que ya Raúl estaba pensando:

«¿Y por esto nos mandaron a cruzar la selva?».

En los documentos no había nada: eran papeles internos del partido, todos relativos al pleno que se iba a llevar a cabo por esos días en los llanos del Tigre. Eran inventarios de nombres, largas burocracias, referencias a los estatutos del Partido Comunista Marxista-Leninista Pensamiento Mao Tse-Tung. Una buena parte de las páginas hablaba de un enfrentamiento: el comandante Armando y el comandante Fernando se mostraban profundamente preocupados, pues habían detectado en la línea dominante del partido un grave desvío militarista que actuaba en detrimento de lo que de verdad importaba: la bolchevización de las masas y la creación de una base proletaria. En otras páginas Raúl encontró una larga discusión sobre un libro del que no había oído hablar, cuyo título declaraba a Colombia primer Vietnam de América y cuyas frases, tal como estaban citadas en los documentos del partido, pintaban un cuadro quimérico que más parecía sacado de las fantasías de los lejanos dirigentes de la ciudad que de la realidad con la que vivían todos los días los guerrilleros.

Raúl leyó que la guerrilla estaba liberando el norte del país del yugo norteamericano, que había logrado crear bases de apoyo de más de diez mil kilómetros cuadrados y que en diecisiete municipios de esa región ya no tenía validez el poder civil del gobierno colombiano, lacayo del imperialismo yanqui. Sentado sobre un suelo selvático, Raúl sólo encontró cinco palabras escuetas para lidiar con esas revelaciones: *Pero esto no es verdad.*

No dijo nada cuando terminó de repasar las páginas. Negó con la cabeza para indicar que no había en ellas nada útil, aunque no sabía qué esperaba encontrar su compañero: ¿un mapa, un mágico instructivo para regresar a los llanos del Tigre? Tampoco Ernesto parecía haber tenido suerte, porque tan pronto terminó su tarea se puso de pie y empezó a ablandar la tierra a golpe de machete. Con las últimas energías que les quedaban, entre los dos abrieron un hoyo con las manos, pusieron la mochila de documentos como si enterraran un gato muerto, la cubrieron de tierra rojiza y cubrieron la tierra de hojas que no estaban secas, sino que seguían tersas y flexibles después de muertas. Luego colgaron las hamacas, para no tener que hacerlo a oscuras, y allí mismo dejaron que se hiciera de noche, pues ya no tenía sentido tratar de avanzar más. Antes de dormirse así, con el estómago vacío por cuarta o quinta noche consecutiva, tan débil y cansado que tuvo un miedo fugaz de morir en medio del sueño, Raúl se atrevió a hacer la pregunta que acaso se estaba haciendo su compañero: «¿Será que salimos de ésta?». Tan sólo esperaba una respuesta animosa que les levantara la moral, pero lo que provocó fue una conversación genuina, la más generosa que había tenido con Ernesto, o con cualquier otro guerrillero, en estos largos meses de militancia.

Hablaron de sus familias, de sus entrenamientos en países lejanos, de sus nostalgias y sus miedos. Ernesto habló de sus hermanos —uno de los cuales militaba, como él, mientras que el otro no quería tener nada que ver con política— y de su hermana, que no tenía veinte años pero ya era una revolucionaria con todas las letras y estaba destinada para cosas grandes. Raúl habló de su padre, que en estos momentos estaría acostado en su hamaca en algún lugar de Tierralta o del Paramillo; de Sol, que había decidido continuar la militancia en el valle del río Cauca, y de Valentina, presa en Bogotá. Le habló del viejo Wang, el camarada de la fábrica de relojes de Pekín, que se enfrentaba a los problemas con frases crípticas. Cuando falta la luz y todo es oscuro, solía decir, la única forma de no perder el rumbo es mirar hacia atrás. Así, viendo la luz que hemos dejado, podemos confiar en que otra nos espera. Ernesto dijo: «Los chinos son muy raros».

Al día siguiente se despertaron sin urgencia. Sabían que debían empezar la marcha, pero, como no tenían ninguna certeza de llegar a ninguna parte, les pareció que no había razón para darse prisa. Recogieron las hamacas y comenzaron a caminar hacia el norte, o hacia el punto donde quedaría el norte si los juegos de luces del dosel no estuvieran engañándolos. Arrastraban las botas, que hacían más ruido del que era prudente, pero los músculos no tenían fuerzas para levantar las suelas de caucho del mundo de hojas bajo las cuales podía moverse una mapaná. Raúl tuvo una intuición brutal: éste era su último día. En la profundidad de su conciencia se despidió de su madre, pero de nadie más, y le pidió perdón por dejarse morir de esta forma tan idiota. Estaba en esas meditaciones cuando sintió que la luz cambiaba. ¿Era otra ilusión óptica, como las que habían tenido antes? Tal vez no, porque Ernesto parecía haber acelerado el paso, viendo acaso lo que Raúl veía: que en los troncos de los árboles había aparecido un reflejo, un verde que no era el verde de antes, un verde sobre el cual pegaba una luz nueva y distinta. Entre el follaje denso, como un señuelo que alguien hubiera puesto al fondo de un corredor, vieron un deslumbramiento, y en segundos se encontraron frente a un claro del tamaño de un estadio que reconocieron bien, porque meses atrás lo habían abierto ellos mismos con sus machetes. Los campesinos habían convertido aquel pedazo de monte nuevo en un cultivo de arroz, pero Raúl se fijó sobre todo en el cielo abierto por donde cruzaban las nubes con una libertad insolente. Miró a Ernesto. Los dos sabían que cruzando el arrozal llegarían a un cultivo de caña de azúcar, y metiéndose al bosque desde el cultivo, a dos horas de camino, entrarían en zona guerrillera.

Se abrazaron con fuerza, porque habían vuelto a la vida.

XIX

Al principio eran vagos fogonazos desordenados: punzadas repetidas de dolor terebrante, la impresión de que la cargaban en su propia hamaca a través de la selva caucana, voces que daban pronósticos pesimistas sin que Sol sintiera el terror que habría debido sentir. «Se nos va a morir», decía una voz, y otra: «Deje así. Con ésta no hay nada que hacer». Entre las brumas de la inconsciencia reconoció la voz de Guillermo, pero luego no era Guillermo sino su padre, y luego le parecía que su padre era el maestro de la fábrica de relojes, y hasta Carl Crook vino para hablarle: «Tranquila, Lilí, que todo va a salir bien». Por momentos recordaba estar meciéndose en el platón de una *pick-up,* sufriendo los baches del camino destapado como agujas que se le clavaran en el cuerpo, y por momentos estaba de vuelta en los senderos de la selva, oyendo el roce de las botas de caucho con las hojas y también voces apuradas: «¿Pero ya le pusieron sangre? ¿Había coaguleno allá?». Sol estiraba una mano para tocar a alguien, para sentir el contacto de otra mano, pero sólo encontraba el vacío. A veces escuchaba su propia voz suplicante: «Avísenle a mi familia». Pero no sabía si pronunciaba las palabras en verdad, porque nadie le daba respuesta. Tampoco tenía la certeza de que esas gentes cuya presencia sentía fueran reales. Tal vez nada de eso era real.

Después se enteraría de lo ocurrido antes del tiro que le dieron por la espalda. Quedarían lagunas, por supuesto, trozos faltantes en un relato confuso: Sol sabría que el destacamento, reunido en asamblea y liderado por el comandante Manuel, la había encontrado culpable de los diecisiete cargos y la había condenado a muerte; pero nunca supo por qué, después de que ella tratara de irse, después de que el comandante le disparara con la intención de matarla allí mismo, la habían conducido a un campamento cercano donde le dieron los primeros auxilios. «Primero me fusilan por la espalda y luego me ayudan», diría más tarde. «Quién entiende a estos hijueputas.» Lo cierto es que le había hecho falta toda la suerte del mundo, así como la compasión de un puñado de personas, para seguir con vida. No era claro cómo había sucedido aquello. Por un lado estaba la buena fortuna de haber tenido puesto el morral de caucho duro en el momento del disparo, pues la bala había tenido que atravesarlo con todo su contenido antes de hundirse en su espalda. Por otro lado, las burocracias internas de la guerrilla habían permitido, de alguna manera, que la noticia llegara a oídos de Guillermo; y Guillermo tomó el asunto en sus manos, la sacó de la zona de El Tambo y esperó a que se hubiera repuesto lo suficiente como para hacer un viaje más largo, y unas semanas después la estaba acompañando a Medellín. Iban a casa de sus abuelos, los padres de la compañera Valentina, los burgueses que representaban todo lo que Sol y su familia habían combatido durante años.

«¿Pero por qué allá?», preguntó Guillermo.

«Porque no tengo a nadie más», dijo Sol.

En otras palabras, porque su padre seguía en el monte, del otro lado del Paramillo, y su hermano seguía en los llanos del Tigre, y su madre estaba metida en una cárcel de Bogotá. Su familia había estallado y ella estaba sola en el mundo.

«Bueno, sola no», dijo Guillermo. «Yo la acompaño.»

«Yo puedo llegar sola.»

«Usted sola no llega ni a la esquina», le dijo Guillermo. «Déjese ayudar, que no tiene nada de malo.»

Así habían aparecido una madrugada, antes de las primeras luces, frente a la puerta de la casa del barrio Laureles. El abuelo Emilio abrió la puerta con la cara trastocada por el sueño, y miró a Guillermo con extrañeza y a Sol sin sorpresa visible. «Abuelito, acabo de llegar de Albania y no encuentro a mis papás», dijo ella. No supo qué la llevó a preferir esa mentira sobre cualquier otra, pero ni siquiera tuvo tiempo de cuestionárselo. Don Emilio soltó una carcajada.

«Niña, no diga bobadas», le dijo. «Sus papás están en la guerrilla y usted no viene de Albania.» Y luego: «Pero lo importante es que ahora está aquí. Bienvenida, que ésta es su casa. Aquí vamos a correr la suerte que usted corra».

Fue como volver a la vida. Los abuelos la llevaron a Talara, la finca que tenían en las montañas de Rionegro, un lugar idílico adonde se llegaba por una carretera rodeada de cultivos de flores. Allí, respirando el aire limpio de las montañas, durmiendo en un colchón bajo una sábana recién planchada y una cobija de lana que a veces la hacía estornudar, Marianella comenzó una lenta recuperación que no era solamente la del cuerpo herido. Los médicos no habían podido sacarle la bala, por no contar con los instrumentos o con el lugar para una cirugía compleja, pero el cuerpo había hecho sus magias y en cuestión de meses ya había sanado con la bala adentro. Por las mañanas de su convalecencia, mientras ocurrían esos milagros en su carne, Marianella se levantaba temprano y salía a ver los cielos primaverales, y a veces, con una taza de café en la mano, lograba olvidar que estaba escondida y que allá fuera, en la vida real, ahora mismo había dos ejércitos que la perseguían y, si la encontraban, no dudarían en hacerle daño. Pensaba en su familia, se preguntaba dónde estarían, se preocupaba por ellos. En esos momentos también pensaba en Guillermo, y la sorprendía que la gratitud se le presentara confundida con otros sentimientos.

Guillermo venía de vez en cuando a visitarla. No era posible saber desde dónde había hecho el viaje cada vez, pero debía de venir de lejos, porque llegaba con olor a camino. Nunca se quedaba a pasar la noche, porque los abuelos no lo hubieran visto con buenos ojos, pero en esas largas visitas Marianella se fue haciendo una idea de su vida. Primero supo que Guillermo tenía tres hijos pequeños de un primer matrimonio; luego, que la madre de esos niños, su primera mujer, había muerto muy joven (pero Guillermo no hablaba de las causas); finalmente, que Guillermo llevaba ya varios meses pensando en abandonar la guerrilla. ¿Quién le iba a decir que vendría una mujer como Marianella, una burguesa desarraigada, a revelarle el camino de salida?

Los seis días que pasó con Ernesto en la selva, cuatro de ellos perdido, cambiaron a Raúl de maneras que no fueron evidentes de inmediato, pero que se asomaron poco a poco en los meses siguientes. Por ejemplo, no lo impresionó demasiado la noticia sobre Orlando, que había recibido un tiro en la emboscada y al parecer vivió cuarenta y ocho horas con la cadera hecha pedazos, desangrándose y guardando un silencio valiente y negándose a prestarle ninguna ayuda al enemigo, y murió sin demasiado dolor —según la versión oficial de los hechos— en un calabozo de pueblo. Era como si el alma se le hubiera endurecido.

«Bueno», le dijo a Ernesto. «Mejor él que nosotros.»

A finales de año llegó otra noticia que sacudió el campamento: la muerte en combate del comandante Fernando. Nunca se conocieron las circunstancias precisas, pero se decía que su destacamento había sido emboscado por el ejército en el noroeste de Antioquia, muy cerca del río Cauca, cuando se dirigía a los llanos del Tigre para unirse al pleno del partido. Después de su sanción, una caída en desgracia de la que otro no se habría recuperado nunca, Fernando había emprendido una verdadera campaña política desde abajo, conquistando a las bases y conservando la lealtad de los que ya eran sus seguidores fervorosos, y había ganado tanto en la estima del partido que en los últimos días de su vida se permitió soñar con la secretaría política. No tuvo éxito en un primer intento, pero estaba claro que para eso venía al pleno de los llanos del Tigre: para desbancar al actual secretario, Pedro León Arboleda. Los últimos días de 1971 y los primeros del año siguiente —días calurosos de cielos limpios, brisas amables reverberando en los toldillos y una luz tan blanca que hería los ojos— quedaron marcados por la noticia, y durante mucho tiempo pareció que la muerte del comandante Fernando era lo único que había ocurrido en el mundo. En secreto, Raúl pensaba que se había liberado de algo, y tuvo la esperanza confusa de que se le estuviera abriendo un nuevo porvenir en la guerrilla.

La oportunidad de confirmarlo se presentó más pronto que tarde, cuando los comandantes anunciaron una operación importante. Armando no le explicó de qué se trataba la misión, ni adónde se dirigiría, pero el mero anuncio galvanizó a la tropa. En esos días se habían desplazado mucho sin que Raúl supiera por qué, navegando hacia el sur por el río Sinú, subiendo de los llanos de San Jorge al Nudo de Paramillo y pasando la noche en las zonas más altas de la montaña, allí donde hace tanto frío que el agua amanece congelada. Arriba, en el páramo, el aire se había adelgazado tanto que a Raúl le costaba respirar, y envidió a los campesinos de la zona, que subían con la ligereza de un sherpa. De esas alturas bajaron hacia el occidente, y al final del día habían llegado al lugar donde los esperaba el destacamento que se había encargado de la inteligencia. Ahora se enteraban de la misión, pues les tenían mapas con líneas dibujadas en lápiz rojo y un dibujo del pueblo que se iban a tomar: San José de Urama. Era un pueblo de casas de ladrillo barato con techos de zinc, y estaba rodeado de árboles densos que lo volvían ciego a todo lo que no viniera por una de las dos carreteras. La toma no tenía por qué ser difícil, pero Raúl estaría en la vanguardia: el entrenamiento en China lo había convertido en el hombre de los explosivos.

Salieron hacia el objetivo a las tres de la mañana, después de una breve arenga en la que Armando habló de las razones de la revolución y del futuro de Colombia, y les recordó a sus hombres que eran todos héroes, porque luchaban por la libertad de un pueblo oprimido. Una hora después vieron las luces de San José. Para ese momento ya eran casi doscientos hombres, algunos llegados de muy lejos, que rodeaban el pueblo entero. Avanzando junto a ellos, en la oscuridad de la vegetación frondosa, Raúl tuvo la extraña epifanía de que todos, incluido él, estaban deseosos de entrar en combate. Llevaba en su mochila treinta tacos de dinamita y había aceptado bien que su misión era hacerlos estallar en la puerta del cuartel donde dormían doce hombres, según los informes de inteligencia. Se ubicaron frente al cuartel de policía. Armando, que dirigía la toma, hizo un gesto con la mano y Raúl entendió: era el momento de poner la carga.

Raúl le entregó el cable al compañero que tenía al lado y, mientras lo desenrollaba, bordeó la pared hasta la puerta. En el extremo del cable estaba el fulminante, un dispositivo que Raúl tenía que colocar con firmeza en la dinamita para que no se desbaratara cuando el compañero tirara de él, y estaba a punto de acomodarlo en los tacos cuando comenzó un tiroteo del otro lado del pueblo. Después se enterarían de lo ocurrido: un grupo de compañeros había improvisado un retén para proteger la maniobra, aunque nadie les había dado la orden, con tan mala suerte que el primer lugareño que quiso atravesarlo era un borracho perdido, y con tan mal criterio que no les pareció equivocado dar dos tiros al aire cuando el borracho no quiso detenerse. Al oír los disparos, el compañero que tenía el cable en sus manos se giró con violencia, por sobresalto o por miedo, y accionó el detonador antes de que Raúl hubiera tenido tiempo de alejarse.

El estallido del fulminante le reventó el brazo. Las esquirlas le abrieron la piel y se le clavaron en la carne, y el brazo y la mano se le cubrieron de sangre. Raúl sintió un dolor intenso en la cara y supo que la sangre le bañaba un ojo, pero entendió que su deber en ese momento era recuperar la dinamita, y apenas había logrado hacerlo y volver al parapeto cuando los agentes de policía, alertados por los tiros y la explosión, se asomaron a las ventanas y comenzaron a dispararles. Había empezado a amanecer cuando Armando le dijo a Raúl que también tenía una herida en la oreja; él se llevó una mano a la zona y la descubrió incompleta, pues el estallido le había volado un buen pedazo. Ahora el calor de la piel y los primeros rayos de sol le habían secado la sangre sobre el polvo de la explosión, formando desde la ceja hasta la mandíbula una pasta tan gruesa que ni siquiera había manera de confirmar que el ojo seguía en su sitio. Los sonidos del mundo eran confusos, porque el estallido le había dañado el oído, pero así continuó combatiendo, sin saber muy bien adónde disparaba, perdiendo la noción del espacio, hasta que ya dejó de saber qué estaba pasando.

Los demás le contaron todo durante la retirada. La toma había sido un éxito rotundo: mientras unos guerrilleros saqueaban la farmacia y se llevaban el dinero de la Caja Agraria, otros entraron en el granero de uno de los ricos del pueblo y repartieron el grano entre la gente, y guardaron un par de arrobas para llevarse de regreso al campamento. Salieron con un botín generoso, hecho de sardinas en lata y leche condensada, galletas Saltinas y arequipe, y todo eso llenaba las mochilas de los compañeros. Así empezaron a subir el cerro Paramillo por la misma trocha que habían usado para bajar. Raúl escuchaba los relatos con un lado de la cara, pero sin mucha atención, porque todavía no había podido confirmar si el estallido lo había dejado tuerto. El fusil, un M1 de la guerra de Corea que estaba diseñado para la guerra de posiciones y no para atravesar un páramo escarpado, le pesaba en el hombro. Armando se había adelantado mucho o había preferido rezagarse: Raúl no estaba seguro, y lo buscaba con su ojo bueno sin alcanzar a encontrarlo. Lo rodeaban los compañeros del campamento y otros que no conocía, pero que eran de la zona. Habrían pasado unas tres horas desde la retirada de San José cuando vieron, a unos cien metros de la trocha, una casa de techos de zinc, parecida a las del pueblo aunque más pobre, y entraron de inmediato en modo de combate.

Raúl recibió la orden de poner la dinamita que no habían usado en San José. Preguntó quién estaba en la casa y le contestaron con dos palabras: «El enemigo». No supo cómo habían llegado a la conclusión, pero era evidente que todos sabían algo que él ignoraba, y sólo podía obedecer. De manera que se acercó a la casa igual que lo había hecho en el cuartel, y puso la carga igual que en el cuartel, pero esta vez sí conectó el fulminante y sí tuvo tiempo de alejarse antes de que el compañero del otro extremo del cable tirara de él y el fulminante estallara y la dinamita estallara, haciendo que el techo de zinc volara en pedazos y de la casa quedaran en pie sólo las paredes. Había puesto la dinamita al descubierto, y el estruendo fue tan brutal que a Raúl le pareció que lo había sentido en el vientre.

«Salgan y ríndanse», gritó alguno de los compañeros, «y les respetamos la vida».

No pasaron más de unos segundos antes de que alguien gritara desde adentro que sí, que saldrían, y las primeras siluetas aparecieran en el umbral sin puerta. No eran militares: no tenían uniforme y las armas que levantaban con sus brazos en alto no eran de dotación. Eran cuatro hombres y una mujer. Raúl comprendió quiénes eran, pues ya había oído hablar de aquellos hombres —lumpen-campesinos, los llamaba el comandante Fernando— que se estaban organizando para defender a quienes les pagaran, como pequeñas contraguerrillas privadas. Ninguno de los cinco opuso la menor resistencia; se rindieron sin que nadie tuviera que pedírselo dos veces. Por eso fue tan inesperado lo que sucedió: los compañeros los acribillaron allí mismo, sin una palabra más, y con la precisión suficiente para dejar indemne a la mujer. Con incredulidad primero, con horror después, Raúl vio a uno de sus compañeros adelantarse hacia un cuerpo caído que todavía se movía y ultimarlo con dos golpes de machete. Luego se dirigió a la mujer, que se había acurrucado en medio del fusilamiento y ahora soltaba gritos de histeria, y le dijo:

«Vaya y cuénteles, para que aprendan».

El incidente lo dejó descompuesto por dentro. Nada de lo que vio esa tarde era parte de lo aprendido en China, donde la consigna era muy clara: si al enemigo se le promete la vida a cambio de la rendición, esa promesa debe respetarse, porque sólo así se consigue que otros quieran rendirse después. Pero no dijo nada: no dijo que la maniobra había sido un error, ni que esos muertos eran campesinos también, ni mucho menos que la crueldad no era parte de la revolución. El grupo avanzó durante toda la noche y todo el día siguiente. En alguna parada alguien le dio un medicamento para el dolor de la cara, y Raúl quedó tan adormecido que su cabeza enferma dejó de pensar en el espanto de lo visto. No pudo menos que agradecerlo. Sentía que el cuerpo lo iba a traicionar en cualquier momento, y así, medio drogado, consiguió olvidarse incluso de que estaba viendo el mundo por un solo ojo. Dos veces, en paradas que duraban unos cuantos minutos, se quedó dormido de pie, apoyado en el cañón largo de su M1, y no recordaría a qué horas llegaron por fin a un lugar donde pudiera acostarse. Al día siguiente, al despertar, se vio rodeado de un grupo de compañeros. Entre ellos estaba Carlos, el médico que había escogido su nombre, que estaba sentado a su lado con un balde de agua caliente y paños hechos de camisas viejas.

«No sé si perdí el ojo, compañero», dijo Raúl.

«Tranquilo», dijo el médico. «Ya vamos a ver, quédese quieto.»

Empezó a cubrirle la cara con los paños mojados. La pasta seca se fue derritiendo hasta que el ojo vio la luz, o Raúl se dio cuenta de que entraba la luz del día claro por ese ojo deslumbrado. Lloró, pero no se preocupó demasiado por ocultarlo: pues con algo de suerte, sus lágrimas de alivio podrían confundirse con el agua de los paños.

La recuperación fue un lento milagro. Más que el dolor de la piel quemada, más que la angustia de perder un ojo, la impresión más fuerte de esos días morosos fue la novedad de la culpa. ¿Era culpa aquello? Nunca había sentido nada parecido, de manera que no le resultaba fácil reconocer el sentimiento, pero cuando le ponía ese nombre nada le parecía fuera de lugar. Tuvo una urgencia súbita de hablar con su madre y un vago temor infundado de que algo malo le hubiera pasado en la cárcel. En las noches húmedas se enrollaba en la hamaca como una crisálida y pegaba la oreja a su radio, no para buscar emisiones de ópera, sino por ver si un golpe de suerte le daba alguna pista sobre su familia. Su cuerpo seguía haciendo lo suyo: la piel se regeneraba; el ojo empezaba a llorar por su cuenta sin ningún aviso, como si tuviera tristezas propias, pero cada día veía mejor y la piel del párpado ya no parecía a punto de romperse como la tela de la cáscara de un huevo. De vez en cuando se despertaba el fantasma de su leishmaniasis, que había dejado una cicatriz en el cartílago de su talón de Aquiles. Aunque ésta era la menor de sus preocupaciones.

Uno de esos días calurosos, su destacamento fue a hacer trabajo de masas en un caserío de campesinos, muy cerca de Tierralta. Raúl insistió en ir con ellos, creyendo que así forzaría los ritmos de la recuperación. En realidad, algo le había pasado, y no quería estar solo. Era como una melancolía, y no habría sabido explicarla, de manera que huyó de sí mismo acompañando al destacamento, pasando la mañana con los campesinos, hablando de los derechos del pueblo y de la entrega de nuestros recursos al capital extranjero y de la obligación de luchar contra las oligarquías. Al final de la jornada, en esas horas frescas, estaba esperando a los compañeros a la vera de un terreno pelado que los locales usaban para jugar fútbol cuando oyó un nombre que lo golpeó como una palmada en la nuca:

«¡Sergio!».

Se dio la vuelta con espanto, y lo hizo de manera tan brusca que un compañero, pensando que otra cosa había pasado, alcanzó a empuñar el fusil. Sus ojos escanearon la línea de casas y encontraron lo que buscaban: una mujer joven con una prenda en la mano —una camiseta, unos calzoncillos— caminaba con paso acelerado detrás de un niño desnudo. «¡Sergio!», le gritaba. «¡Venga para acá!» Eso era todo: una madre tratando de vestir a su hijo inquieto. Pero a Raúl la mención de ese nombre olvidado le sacudió las entrañas, y no se pudo liberar de la impresión en el resto del día. Sus compañeros lo notaron distraído y le preguntaron varias veces si se encontraba bien, porque le había quedado en la cara la expresión vacía de quien comienza una fiebre, pero Raúl no habría podido explicarles lo que le ocurría porque ni él mismo lograba comprenderlo.

El último día de abril, poco después de que cumpliera los veintidós años sin que nadie se enterara, le avisaron de la próxima misión: lo mandarían a visitar a los indígenas. Raúl recibió la noticia con satisfacción, porque veía en el aviso una muestra de la confianza recuperada tras la toma, pero el encargo le llegaba en un mal momento: llevaba varios días atormentado por un dolor de muelas que no lo dejaba dormir. Decidió no mencionarlo y ni siquiera dejó que el dolor se le viera en el semblante, pero entró a la carpa de los comandantes sintiendo que la cara se le podía romper en cualquier momento. «Le vamos a explicar cómo es la cosa, compañero», le dijo el comandante Tomás. «¿Está listo?» Y Raúl dijo que sí, que estaba listo.

Se trataba de una reserva de emberas que se había asentado en los bancos del río Verde, donde las montañas del Paramillo comienzan a bajar hacia los llanos. Meses atrás, al regresar de una larga marcha, el destacamento de Raúl había pasado la noche junto al poblado, media docena de chozas construidas alrededor de una maloca. Poco antes de llegar, el comandante Tomás los había atiborrado de advertencias sobre la cortesía con los indígenas y el respeto a sus costumbres. «La chicha que les ofrezcan, se la toman aunque no les guste», les dijo en su momento. No habían alcanzado a acercarse a las chozas cuando los emberas salieron de la oscuridad, armados con machetes y gritando en su lengua, y sólo se tranquilizaron cuando reconocieron a Tomás, que llevaba mucho tiempo tratando vanamente de reclutarlos para la causa del partido. Pero no lo miraban a él: los emberas se habían fijado en Raúl desde el principio, y no dejaron de mirarlo mientras caminaban hacia la maloca, y no dejaron de mirarlo mientras le presentaban a su jefe, a quien llamaban el *jaibaná*. Todos ocuparon su lugar alrededor del centro. Tomás trató de sentarse junto al jaibaná, como había hecho en otras visitas, y se hizo un silencio en la maloca cuando el hombre lo apartó de un empujón sutil y le señaló el lugar a Raúl. Tuvo que darse ese desencuentro para que Raúl entendiera la naturaleza de las miradas insolentes e inquisidoras que todavía no lo dejaban en paz: no, no era insolencia ni inquisición alguna, sino que su piel blanca y sus ojos verdes tenían para estos hombres algo sobrenatural o mágico. El jaibaná fue muy claro cuando le dijo:

«Lo estábamos esperando».

Se llamaba Genaro. Hablaba un buen español de vocales cerradas en el que a veces se metían las palabras intrusas de su lengua. Esa noche, para pasmo de todos, Genaro bebió su chicha sin dejar ni por un instante de hacerle a Raúl sutiles atenciones, y acabó por pedirle al comandante Tomás que lo dejara dormir dentro de la maloca: era un raro privilegio que ni siquiera Tomás había recibido en el tiempo de su relación con los emberas, y no logró disimular una ráfaga de envidia infantil que le cruzó la cara. No tuvo más remedio que aceptar, por supuesto, y Raúl pasó la noche dentro de la casa sagrada, durmiendo a pocos pasos del jaibaná, mientras el resto de sus compañeros colgaba sus hamacas afuera, a la intemperie.

No supo esa noche para qué lo habían estado esperando Genaro y su tribu, pero no importaba: los dirigentes del partido habían buscado durante mucho tiempo una puerta de entrada a la comunidad embera, y ahora resultaba que este rubio de ciudad, al que Genaro llamaba «*kahuma* bueno», guardaba la llave en sus manos. Le explicaron a Raúl que el partido tenía en su poder una información valiosísima: en la zona donde estaba situada la maloca, cerca de la desembocadura del río Verde, se comenzaría a construir dentro de algunos años una represa hidroeléctrica que ostensiblemente abastecería toda esa zona, pero que se llevaría por delante a los emberas. Los documentos que leyó Raúl hablaban de daños irreparables, y lo hacían en frases solemnes y alarmadas: ruptura del sistema ancestral de valores, desarraigo de costumbres milenarias, muerte de los ríos sagrados. Explicaban que el pez bocachico, fuente esencial de proteína para los indígenas y producto básico de su economía, desaparecería por completo; la inevitable deforestación, decían, llevaría a los emberas al desequilibrio espiritual. El partido se había puesto de acuerdo: su deber revolucionario era aprovechar la situación para organizar a los indígenas, enseñarles el valor de la protesta y conseguir que se levantaran contra los atropellos de las oligarquías. La misión, tal como la entendió Raúl, era crear una primera célula entre los indígenas. «Una sola chispa», decía el presidente Mao, «puede incendiar toda la pradera». Raúl, al parecer, era el emisario del incendio.

De manera que ahora, en el último día de abril, Raúl se fue a dormir con su nuevo encargo ya en la cabeza, pero también con un intenso dolor de muela que ya no se quedaba en la mandíbula, sino que lanzaba choques eléctricos por todos los huesos de su cráneo. En la mañana el dolor se había hecho tan insoportable que ya no lo pudo mantener en secreto. «Así no se puede ir a tomar chicha», le dijo el comandante Tomás. Mandó llamar al compañero Carlos, que sólo tuvo que asomarse a la boca de Raúl para encontrar un absceso y maravillarse de que lo hubiera podido disimular tantos días: el dolor, dijo, debía de ser como para que otra persona se desmayara. De inmediato lo pasó a cirugía, lo cual significaba sentar al paciente en una silla hecha de troncos, anestesiarlo con una aguja que habría sido buena para un caballo y sacarle la muela con gatillos quirúrgicos cuya limpieza no era del todo confiable. Fue el espectáculo del día: el destacamento, reunido alrededor de la silla de troncos, asistió al forcejeo gritando entre risas: «¡Combatiendo unidos venceremos!». La muela no opuso resistencia, pero el compañero Carlos le recetó al paciente dos días de quietud absoluta. Sólo después del reposo, cuando ya no había riesgos de hemorragia ni parecía existir ningún tipo de infección, le dio permiso de salir hacia el pueblo de los emberas.

Ya era mayo cuando emprendieron el camino. En medio de un aguacero que sacudía las ramas y abofeteaba las hojas grandes, Raúl, el comandante Tomás y un grupo

de compañeros se acercaban a la maloca donde los esperaba el jaibaná Genaro. La estrategia era muy simple: serían
recibidos por los emberas, Raúl fingiría enfermarse y Tomás
le pediría a Genaro que guardara al enfermo durante un
par de días, el tiempo para terminar la misión (ficticia)
que los había traído a la zona. Genaro, por supuesto, recibiría a Raúl con los brazos abiertos, y aquélla sería la
oportunidad perfecta para que Raúl le hablara de la represa, del daño que les haría a los emberas, de la resistencia
popular y la ayuda que les podía prestar la guerrilla para
exigir sus derechos, tanto los civiles como los ancestrales.
Pero aquellos planes diáfanos se enturbiaron antes de lo
previsto, cuando Tomás le contó a Raúl algo que acaso no
habría debido contarle en ese momento.

Fue una sucesión de malentendidos. Tal vez Raúl iba
haciendo mala cara, pues todavía sentía la boca resentida
por la violencia de la extracción, y lo impresionaba tocarse con la lengua el espacio vacío donde antes había estado
la muela y sentirlo como el muñón de una mano ampu-
tada; o tal vez, simplemente, en los huesos de su cabeza
permanecía el fantasma del dolor. En todo caso, iba haciendo mala cara: callado, el ceño fruncido, cierta expresión
de desaliento. Y tal vez Tomás lo leyó todo mal, creyendo
que Raúl sabía algo que en realidad no sabía o que alguien
le había contado lo que ya era de dominio público, y creyendo también que a eso se debía su desaliento, el males-
tar que se dibujaba en su ceño, su silencio hostil. Tal vez
creyó entonces que era conveniente desactivar ese disgus-
to, porque el éxito de esta visita dependía de él: ¿cómo
podría ser inconveniente, habrá pensado Tomás, levantarle la moral antes de una misión tan importante?

«Bueno, compañero, felicitaciones», le dijo Tomás. «Va
a ver cómo el partido le presta a Valentina toda la ayuda
que necesite.»

Fue así como Raúl se enteró de que su madre había
salido de la cárcel. Aquello había ocurrido dos semanas

atrás, pero nadie se lo dijo: durante dos semanas el destacamento supo, o por lo menos la comandancia, que la
compañera Valentina había sido liberada tras casi trece
meses de reclusión y diversas gestiones de abogados. Pero
nadie se lo dijo a Raúl. Esa noche, cuando ya la estrategia
estaba en marcha —y Raúl se había indispuesto por algo
impreciso y Genaro le había abierto los brazos y sus compañeros se habían marchado—, y cuando Genaro lo había
invitado a dormir en la maloca en lugar de colgar su hamaca de los árboles, Raúl comenzó a hablarle de lo que se
estaba planeando en la capital: la construcción de la represa, que implicaba inundar la región y desviar sus ríos y
trastornar para siempre la vida de todos: la de los emberas,
sí, pero también la de los campesinos. Pero ni por un instante dejó de pensar en su madre. Genaro escuchó con
paciencia las palabras de Raúl. En su español titubeante,
dijo: «Lo dijo Karagabí».

Raúl comprendió que era ocioso preguntarle quién era
esa persona. «¿Qué dijo?», preguntó.

«Él nos dejó como testamento que había creado el agua
para nosotros, para que nos sirvamos de ella», dijo el jaibaná Genaro. «Nos dijo que no había que tocar nada:
dejar las cosas como él las había hecho. Si no, nos caería
su maldición. Y los emberas nos acabaríamos.»

Hablaron del asunto varias veces en el curso de esa
noche y el día siguiente, pero Raúl había perdido todo celo
y su atención se había volado hacia otros lugares. Valentina estaba libre: ¿pero con quién, en dónde? ¿Habría regresado su madre a la casa de la familia en Medellín? ¿Estaría
su padre enterado de su liberación, o su hermana? ¿Se
habría incorporado a las labores clandestinas o estaría
quemada sin remedio? La misma enfermedad ficticia que
le había servido para quedarse con Genaro ahora le servía
para evitarlo. Quería estar solo, solo para rumiar la sensación de haber sido traicionado, y se le había perdido en
alguna parte la inclinación a cumplir con la labor enco-

mendada. Así, acostado junto a su rifle en el suelo de tierra, con la cabeza sobre su mochila y mirando al cono de hojas de palma que era el techo de la maloca, pasó el día entero.

Esa noche, cuando llegó a verlo, Genaro llevaba la cara pintada con resinas de jagua, y la mano cerrada sobre un bastón de balso cuya empuñadura tenía la forma de una cabeza de mono. Lo acompañaban dos mujeres, las dos adornadas con collares de tres vueltas, y las chaquiras de colores se sacudían sobre sus pechos desnudos. Se lavaron los pies con el agua de un balde rojo antes de entrar; una de ellas le entregó a Genaro una botella de aguardiente, y Raúl entendió que aquello era una ceremonia y que Genaro se disponía a curarlo: ni Tomás ni los otros comandantes habían previsto que ésta fuera la consecuencia de su estrategia grosera. Genaro bebió un trago de aguardiente, cogió un montón de hojas que parecían recién arrancadas y se puso a cantar así, sacudiendo las hojas en el aire, entre su cara y la cara de Raúl, y su canto salió impregnado de anís y de saliva. Cantó durante dos horas, y cuando no estaba cantando estaba hablando en su lengua (hablando con el tono de quien cuenta una vieja historia), pero no hubo un solo instante en que Raúl sintiera que no estaba hablando de él. Serían las dos de la madrugada cuando el jaibaná se le acercó sin ponerse de pie, le agarró la cabeza entre sus dos manos poderosas y le puso en la frente la boca, olorosa a aguardiente y a albahaca y a madera, como si le fuera a dar un beso. Pero en lugar de darle un beso empezó a succionar, y lo hizo con tanta fuerza que Raúl alcanzó a sentir sus dientes y pensó que al día siguiente tendría una herida. Genaro lo soltó entonces, como empujándolo, se alejó dos pasos y vomitó sobre la tierra, y Raúl tuvo la certeza incomprensible de que allí, en ese charco oloroso, quedaban también sus demonios.

*

Una mañana, Marianella se despertó con el ruido de unas ruedas sobre el cascajo de la entrada, y al asomarse se encontró con sus abuelos. El abuelo Emilio abría la puerta trasera del carro y le ofrecía la mano a alguien para ayudarle a bajar. Era Luz Elena. Marianella salió a abrazarla sin que le importara que los guijarros le hirieran los pies desnudos; se encontró con un remedo de lo que era su madre —el mismo cuerpo, sí, pero la energía diezmada y la cara de quien ha perdido todas las ilusiones—, y supo que algo más profundo que una mera contrariedad había contaminado su vida. Pasó los días siguientes allí, en esa casa que se había convertido en un refugio, el único lugar del mundo entero donde estaban a salvo. Fue entonces, con el paso de los días, cuando comenzó a surgir una conversación que después se convirtió en un plan y, finalmente, en una misión. Para eso fue necesario, sin embargo, que Marianella se enterara de lo que le había ocurrido a su madre.

Desde la entrada de Fausto a la guerrilla, en los últimos meses de 1969, Luz Elena había clausurado la vida anterior, la que vivía en el apartamento de la familia Cabrera Cárdenas, y se había mudado casi por completo a un piso franco. Era una casa que parecía inofensiva vista por fuera, pero que adentro era una pequeña base del movimiento donde se escondían medicamentos, municiones, dinero en negras bolsas de basura. Tras varios meses de residencia clandestina allí, meses marcados por los viajes en misión a Quito y a Guayaquil, la dirección del partido decidió ponerle otra responsabilidad en las manos: la custodia de tres niños ajenos. Eran los dos hijos de Lorenzo y la hija de Camilo, dos comandantes que no habían salido de la selva en años y cuyas mujeres, por razones que nadie sabía, se habían ausentado de sus vidas.

De manera que la compañera Valentina se hizo cargo de ellos como una nodriza, poniéndoles comida sobre la mesa, llevándolos a la escuela todos los días y al médico cuando era necesario, siempre amparada por sus ropas elegantes y sus collares de perlas y sus maneras de señora bien. Por supuesto que alguien, una profesora o una enfermera, habría podido preguntarle por qué una mujer como ella se estaba ocupando de esos niños; pero nadie lo hizo nunca, tal vez porque la autoridad de Luz Elena lo impedía, y era evidente que el partido contaba con esos salvoconductos de clase. Los niños se encariñaron con ella. Los de Lorenzo eran dos varones tímidos que ya llevaban en el ánimo las cicatrices de esa vida rara, una especie de desconfianza natural del mundo de los adultos, y sólo con Valentina parecían estar tranquilos. La niña, en cambio, vivía sin preocupaciones aparentes: a sus cinco años había cambiado tantas veces de casa y de compañías que ya no preguntaba a qué horas era la siguiente comida. Todo aquello anduvo bien —la vida en el piso franco, la maternidad impostada de los hijos de los guerrilleros— hasta que Valentina cayó presa. Nadie pudo hacer nada para que los tres niños no acabaran en el Instituto de Bienestar Familiar, donde se les dio tratamiento de abandonados, un camarote donde dormir y dosis de lástima a intervalos regulares. Mientras tanto, en su celda de Bogotá, Valentina esperaba en vano la visita de algún camarada o por lo menos del abogado que tantas veces le habían prometido.

Pero nadie fue a verla. En los trece meses que pasó presa, no recibió ni siquiera una carta del partido, ni siquiera tres líneas para hacerle sentir que no estaba sola en el mundo. Valentina echó mano del último recurso que le quedaba: pedir ayuda a su padre. Así fue como don Emilio, que nunca hubiera imaginado que la vida le iba a traer estas sorpresas, acabó contratando un abogado en Bogotá para que aquella hija rebelde no tuviera que cumplir todos los días de su condena. Pero tampoco esto fue fácil, pues Valentina recibió al abogado informándole que había otro preso, su compañero Silvio, y que era necesario defenderlo también. Don Emilio se negó de plano, por supuesto, pues él no le iba ayudar a un guerrillero: que de él se ocuparan los comunistas. Pero Valentina se mantuvo firme. A don Emilio le dijo por teléfono: «O ambos o ninguno». Y así acabaron saliendo los dos, y frente a la cárcel donde esperaba don Emilio se despidieron para no verse nunca más. Luz Elena volvió a Medellín en avión y junto a su padre, con pasajes pagados por la añoranza de la familia Cárdenas.

La decepción de Luz Elena fue desgarradora. Se sentía traicionada por el partido al que había entregado los últimos años de su vida, su matrimonio y sus dos hijos. Volvió a su ciudad como se vuelve a una ciudad extraña, sin reconocerla o navegándola azarosamente, divorciada de todo lo que un día había llamado suyo. Supo que los cuadros del partido se habían enterado de su llegada y ya la estaban buscando. Un intermediario desconocido la visitó uno de esos días para llevarle un mensaje de la dirección: le pedían que se encargara de recoger a los hijos de los comandantes en el Bienestar Familiar. «Usted es la única que lo puede hacer, compañera», le dijeron, pero Luz Elena les cerró la puerta en la cara con toda la fuerza de su rencor. Al día siguiente la interceptaron en la calle. «Sólo a usted se los entregan, compañera, porque usted tiene la custodia. Si no va a recogerlos, allá se quedan guardados los hijos de los comandantes.»

«Cómo se nota que no me conocen», dijo ella. «Dígales esto: que yo ahorita no estoy para hacerle favores a nadie, mucho menos a ellos, que ni siquiera han querido decirme dónde está mi familia.»

Luz Elena llevaba varios días buscando la manera de comunicarse con su hijo. Salvo por una carta que le llegó incompleta en los primeros días, no había sabido nada de él durante el tiempo que pasó en la cárcel, y luego, después de mucho insistir, había recibido la respuesta de un emisario del partido: Raúl había muerto en combate.

«¿Mi hermano está muerto?», dijo Marianella.

«Fue la última noticia que recibí antes de salir de la cárcel», dijo Luz Elena. «Pero yo no me lo creo. Si eso fuera verdad, ya lo habríamos sabido de otra forma.»

«Ya nos hubieran avisado», dijo sin convicción Marianella.

«Exacto», dijo Luz Elena. «Ya lo sabría tu papá, por ejemplo, y ya nos hubiera avisado.»

Durante los días siguientes, Marianella trató de hacer averiguaciones por su cuenta, pero no tuvo éxito. ¿Su hermano, muerto? No, algo le decía que la noticia era falsa, y no era sólo la formidable capacidad que tenemos para engañarnos cuando nos conviene. Una de esas mañanas, después de haber visto a su madre llorar más durante un desayuno que en toda su vida, Marianella se sentó en el marco de su cama y le dijo:

«¿Y por qué no vamos a buscarlos?».

Lo dijo sin pensar demasiado, pero su madre atrapó la oferta al vuelo. En minutos estaban saliendo de Talara, siempre en silencio, compartiendo la conciencia de que acababan de comenzar un trayecto que tal vez acabaría con una noticia de la que ninguna se repondría jamás. Nadie le había dado autorización a Marianella para estar haciendo lo que hacía; se le ocurrió que acaso iba a violar varias reglas y que eso agravaría su situación con la guerrilla, pero no le importó. Así, después de cinco horas, llegaron a Dabeiba; así atravesaron el pueblo, dejaron el carro en una calle donde nunca un carro se había detenido y se internaron en la montaña. Avanzaron hasta el lugar donde la vegetación de la montaña se tragaba el camino, y a partir de ahí siguieron por un sendero de mulas. Marianella no pudo negar que la sorprendía reconocer el camino. Sus piernas no habían trabajado tanto en mucho tiempo y el aire frío le quemaba las narices, pero avanzaba como si su cuerpo tuviera una memoria que no fuera suya, tomando por trochas que ella no habría escogido, reconociendo un trapiche que sólo había visto una vez, de pasada, el día en que hizo este mismo trayecto con su hermano y otros dos guerrilleros novatos. Encontraron el caserío cuando estaba a punto de anochecer, y Marianella se acercó para describir su problema, lista para enfrentarse al escepticismo de cualquiera; pero la suerte estaba de su lado otra vez, pues la primera persona que se cruzó al llegar fue el mismo campesino que le había dado dinero para pagar el pasaje a Medellín.

«Mierda», dijo el hombre. «Si es la hija de Emecías.»

Marianella explicó que necesitaba encontrar a su padre y a su hermano, y que lo necesitaba con urgencia. Les recordó que ella era la compañera Sol, que había militado en la Escuela Presidente Mao y que su hermano era el compañero Raúl. El campesino la escuchó con paciencia y luego dijo que el compañero Emecías había estado por la zona seis meses atrás. Movió la mano en el aire, en la dirección de Tierralta, y dijo:

«Por ahí debe andar, como a tres días de camino».

«¿Y usted lo puede encontrar? ¿Y puede buscar a mi hermano?»

«Claro», dijo el hombre. «Lo que necesito es tiempo.»

De manera que hicieron un trato: el hombre se iría en busca de Emecías, le llevaría el mensaje de que lo estaban buscando y se encargaría de traerlo al caserío.

«¿Y nosotras qué hacemos?», preguntó Luz Elena.

«Vuelvan en dos meses», dijo el hombre. «Aquí mismo nos vemos con su papá.»

«Y con mi hermano», dijo Marianella.

«Ah, bueno. Ahí sí no le prometo nada.»

Con ese acuerdo se despidieron. Marianella y su madre empezaron el camino inverso llevando en los hombros el agotamiento del viaje. A Luz Elena le faltaba el aire, de manera que se fueron hablando en frases entrecortadas.

«Lo importante es haberlo confirmado», dijo Marianella. «Que ahí está papá, quiero decir.»

«Falta tu hermano», dijo Luz Elena.

«Lo vamos a encontrar, mamá. Te juro que lo vamos a encontrar. Y luego queda lo más difícil.»

«Sacarlos del monte.»

«No sé cómo vamos a hacer», dijo Marianella. «Para que los dejen ir.»

«Sin que les hagan nada, quieres decir.»

«Sin represalias», dijo Marianella.

Luz Elena se quedó en silencio.

«Yo creo que sé cómo», dijo. Estaba pensando en los niños. Se había encariñado con ellos más de lo que sus obligaciones le aconsejaban, y en otras circunstancias sus reservas de ternura le habrían impedido siquiera intuir el chantaje que ya tomaba forma en su cabeza, pero esta vez el bienestar de su propia familia estaba en juego. Tomó aire y dijo: «Si quieren que vaya a buscar a los niños, que me dejen ver a mi familia».

Marianella y Guillermo se casaron en el mes de mayo, un par de meses después de que Luz Elena recuperara la libertad, en una ceremonia privada con cura a bordo, para que la moral de los abuelos quedara a salvo. De la ceremonia sobrevivirían las fotos de Guillermo en el momento de ponerle el anillo. Llevaba una camisa amarilla y una chaqueta abierta de muchos botones, y Marianella iba vestida de blanco, un vestido blanco de cuello redondo y sin mangas, pero se había cubierto los hombros desnudos con un chal de tejido grueso que le picaba en la piel. Se la veía feliz. Luz Elena, en cambio, no estaba convencida de la sabiduría de la decisión.

«No veo para qué te casas», le decía. «Vete a vivir con él, pero no te cases.»

«Pero si estoy enamorada, mamá. ¿Por qué no me voy a casar?»

«Porque no estás viendo las cosas bien. No te das cuenta.»

«¿De qué?»

«De que esto no es amor», dijo Luz Elena, «sino agradecimiento. Y eso no es suficiente para sacar una vida adelante».

XX

El mensaje era claro, pero venía sin razones: por orden del comandante Armando, Raúl debía trasladarse al Comando Central, en los llanos del Tigre. Saldría con una comisión de cinco, y lo haría de madrugada, porque el lugar del encuentro quedaba a tres días de marcha. No era el momento más conveniente del mundo para desplazarse tan lejos. Durante los últimos días, el destacamento había estado llevando a cabo labores de inteligencia para una maniobra militar de importancia: la toma de un cuartel de contraguerrilla. Era un operativo grande en el que participarían unos doscientos hombres; para Raúl era además la oportunidad de recuperar la confianza en sus propias habilidades, que seguía golpeada después de aquel accidente con los explosivos (cuyas secuelas todavía sentía en el brazo y en la cara) y que no se repuso tras la visita a los emberas. ¿Y justamente ahora le pedían que se fuera a otra parte?

«¿Y es para hacer qué?», preguntó.

Tomás movió la cabeza: «Yo sé tanto como usted».

Al día siguiente, cuando empezó a clarear, ya llevaban dos horas de camino por el valle del río San Jorge, siempre en silencio, conservando una distancia que a Raúl le convenía muy bien: quería estar solo, solo con sus incertidumbres. ¿Qué habría pasado, se preguntaba, para que lo hubieran convocado con estos aires de urgencia? ¿Era un premio lo que le esperaba en los llanos, o un castigo? En esas especulaciones inútiles se le fueron las horas, mientras se detenía donde el grupo le indicaba, comía banano quiniento cocinado con arroz y yuca y llenaba su botella con

413

el agua de las quebradas. Colgaba la hamaca para dormir poco y mal, a salvo del suelo donde reptaban las mapanás. El baquiano era un cordobés de bigote escaso como el de un adolescente, pero en las arrugas de los ojos se le alcanzaba a ver una edad que no era la misma de su sonrisa fácil. Varias veces trató de proponer conversación, sin conseguir nada, y después del segundo día dejó de intentarlo. Para cuando llegaron a los llanos del Tigre, ya el hombre había caído en el mismo silencio melancólico de Raúl, que no tuvo ni siquiera la presencia de espíritu para disculparse por su descortesía. Su atención estaba en otra parte.

Raúl pasó la noche en los llanos. Las instrucciones eran claras: la comisión que lo había acompañado desde Tucurá lo esperaría allí mismo; Raúl, con una comisión distinta, continuaría en la mañana hacia el destino siguiente. El primer grupo no sabía adónde se dirigía Raúl, y el segundo sabía eso y nada más. Las reglas de compartimentación, ese elaborado sistema de secretos, eran las claves de la supervivencia de cualquier guerrillero, y Raúl se dio buena cuenta de que en este momento era un actor en una obra de la que nadie sabe más que su propio parlamento. En la mañana, antes de salir, el comandante Armando le reveló la siguiente parte de la misión. «Se van a Galilea», le dijo. Era un pueblo deshabitado en las faldas del Paramillo. Entonces Raúl lo entendió todo: iba a ver a su padre, el compañero Emecías, cuyo destacamento se había establecido en ese lugar.

«Hemos hecho un gran esfuerzo para que se puedan ver», dijo Armando.

«¿Pero para qué?», preguntó Raúl. «¿Para qué me voy a encontrar con él?»

Armando repitió: «Estamos haciendo un gran esfuerzo».

Fueron dos días y medio de camino hasta Galilea, y al llegar Raúl se enteró de que apenas había cubierto la mitad del camino: Galilea no era su destino final. Nadie se lo había advertido, por supuesto, porque nadie lo sabía: también esta información estaba compartimentada. La segunda comisión estaba compuesta de gente más circunspecta y callada, como si venir del Comando Central les hubiera conferido cierta gravedad abstracta, pero no sabían (o fingían no saber) más de lo que sabía Raúl. Él trataba de escrutar sus rostros impenetrables durante las pausas para comer, preguntándose si lo reconocían a él o si conocían a Emecías, pero no logró sacar nada en claro. Al llegar, uno de ellos le dijo: «Nosotros tenemos órdenes de esperarlo, compañero. Así que haga sus cosas y nos avisa para devolvernos».

En ese momento salía su padre a recibirlo. Se saludaron con más cautela de la que le hubiera gustado a Raúl. Nunca, desde su separación, habían tenido el más mínimo contacto, y Raúl se dio cuenta, con algo de dolor, de que ninguno de los dos confiaba plenamente en el otro. Era como estar de nuevo en la trama de *El espía*. Entonces preguntó:

«¿Me quieres decir qué pasa?».

«Que nos están esperando», dijo Emecías.

«¿Quiénes?»

«Tu hermana y tu madre», dijo Emecías. «A un día de camino. Si no estás muy cansado, salimos ahora mismo.»

Eso hicieron. Raúl tuvo la impresión de que su padre había envejecido. Habían pasado ya casi tres años desde su último encuentro, y en este tiempo Fausto se había convertido en un anciano: no había perdido el pelo, pero todo el que tenía era blanco ahora, blanco sin sombras como las plumas de un cisne blanco. En su cara la piel se había pegado a los huesos, y ese cuerpo sin carnes era lo que Raúl había sentido también al abrazarlo. Nunca había entendido como ahora las ventajas de que su campamento quedara en tierra caliente, donde la caza era generosa —no sólo vacas y saínos, sino aves de todos los tamaños— y para pescar en épocas de subienda bastaba con meterse al río hasta las rodillas y clavar el machete en el lecho arenoso. Aquí, en estas alturas que no estaban lejos del páramo, la comida escaseaba, los cuerpos parecían cerrarse sobre sí mismos y los ceños siempre estaban fruncidos, y el frío húmedo vaciaba las caras de sangre, de manera que todos tenían la palidez de los bogotanos. Raúl sabría después que el destacamento había cometido graves errores militares y por eso se le veía diezmado y deprimido, y los combatientes desmoralizados caminaban con la cabeza entre los hombros, como protegiéndose de los vientos gélidos.

No había pasado un día de camino, sino día y medio, cuando Raúl se encontró en la linde de la selva. Emecías les entregaba su fusil a los compañeros que los habían traído; Raúl, desprotegido por los árboles, se dio cuenta de que habían estado bajando por una ladera pronunciada en dirección a la carretera. A medio camino entre el bosque y una trocha, a unos cincuenta pasos de los dos hombres, una casa campesina se recortaba sobre el gris oscuro del cielo nublado. «Allá tienen que estar», dijo Fausto, y antes de que Raúl pudiera tener miedo de no encontrarlas, de haberlas puesto en situación de peligro con toda esta maniobra cuyos orígenes ignoraba, la puerta se abrió y salieron las dos, su madre y su hermana, sonriendo y llorando al mismo tiempo, avanzando hacia ellos. Luz Elena abrazó a Sergio.

«Tú estás aquí», le dijo. «No estás muerto.»

«No estoy muerto, mamá.»

«No estás muerto», dijo ella. «Estás aquí.»

Fue una noche larga, pero ninguno de los cuatro hubiera preferido que se acabara antes. Durmieron poco, no porque tuvieran muchas cosas que contarse, sino porque hablaron de lo que harían con el futuro. Raúl nunca estuvo del todo tranquilo, pues las delaciones no eran infrecuentes en esa zona, y el peor de los escenarios era tener que utilizar el revólver que llevaba en el cinto. La casa era pequeña —una cocina y una habitación—, y la poca luz la achicaba todavía más: del techo de paja colgaba un solo bombillo sin fuerzas. El dueño cocinó una carne guisada que los hombres devoraron y las mujeres dejaron a un lado, porque les pareció que tenía un olor lejano de carroña. Luz Elena, que no sabía con qué se iba a encontrar, había traído atún y sardinas en latas, leche condensada, tres cajas de Mejorales y hasta una botella de Agarol por si alguien estaba estreñido, pero lo que sedujo a Raúl fueron las pastillas de Alka-Seltzer, que empezó a tomarse como si no sólo quisiera aliviar la pesantez de aquella cena, sino también la de todas las cenas pasadas de los últimos años. «Estás gordo», le dijo Marianella. «No sé cómo hiciste, pero te engordaste en la guerrilla.» Pero no era gordura, sino hinchazón, producto del paludismo y la anemia. Luz Elena lo vio de cerca cuando le entregó la camisa nueva que le había traído de regalo y le pidió que se la midiera. Raúl se quitó la que llevaba puesta, y en la luz débil brillaron las estrías de su vientre.

«Pobre hijo mío», dijo Luz Elena. «Es como si hubieras estado embarazado.»

Después de comer, cuando se sentaron a hablar, Luz Elena fue la más directa. «Nos vamos, nos vamos ya», decía. «Aquí todos están locos. No podemos seguir siendo parte de esto.» Emecías le señaló que a quinientos metros de esa casa estaba la comisión que los escoltaba, y en el otro sentido, a un par de kilómetros, estaba la carretera al mar, donde el ejército patrullaba constantemente: irse ahora, así como así, era impracticable y aun suicida, y además los condenaría a una vida de ser perseguidos. Pero él cargaba consigo su propia decepción, pues durante los últimos años había vivido enfrentado en un debate político con la Dirección Nacional, y en la última conferencia, al presentar sus críticas, la única respuesta que recibió fue una alternativa insultante: o se plegaba a las cosas como estaban, o renunciaba al partido. Raúl, que llevaba varios meses contrariado por el desencanto, descubrió allí, con su familia, que ya no se sentía capaz de seguir. En sus peores momentos había pensado en desertar, sí, desertar como un cobarde, y no fue la fuerza de sus convicciones lo que se lo impidió, sino la decepción que podría causarle a su madre encarcelada, al padre cuya admiración había perseguido siempre. Y ahora todos estaban aquí, bajo el mismo techo por primera vez en tres años, contando cada uno sus propias historias de desencanto y de rabia, tratando de poner en palabras la sensación de que una fuerza que no lograban nombrar les había robado tres años de vida. En la media penumbra, Luz Elena lo dijo primero:

«Bueno, pues ya está. Hay que buscar la salida. Díganme cómo se hace, pero que sea lo antes posible».

No era tan fácil. Los guerrilleros que se enfrentaban a los dirigentes corrían el riesgo de ser declarados revisionistas o contrarrevolucionarios, y su futuro podía quedar manchado para siempre; los que abandonaban las filas en malas condiciones, por otra parte, sufrían represalias impredecibles. Luz Elena contó que Silvio, el guerrillero que había sido capturado en Bogotá junto con ella, acababa de ser ajusticiado en el destacamento por razones que no estaban claras. «Fusilado como iban a fusilar a Marianella», dijo. Mencionar a Silvio no venía a cuento, pero Luz Elena estaba construyendo un memorial de agravios contra un monstruo impreciso, y usaba todo lo que le sirviera para armar su alegato. Ella hubiera querido que la salida fuera inmediata: que se diera allí mismo, que en esa casa campesina estuvieran viviendo los últimos minutos de su vida en la guerrilla, que salieran los cuatro por esa puerta para volver a Medellín, a la vida de la familia Cabrera, al futuro que los estaba esperando. Pero Raúl se negó, porque ninguna de sus muchas decepciones justificaba la deserción, y porque sus compañeros contaban con él todavía para una maniobra.

Luz Elena no lo podía creer.

«¿Para eso quieres volver? Ya esto se acabó, ya decidimos que se acabó, y tú quieres volver. ¿Para ver si esta vez sí te matan? No entiendo, la verdad es que no entiendo.»

Raúl sólo dijo: «Me están esperando, mamá».

Hablaron de conseguir papeles falsos: cédulas, pasaportes, certificados de pasado judicial con otro nombre, todo lo que un retén militar podría llegar a pedir. «Eso lo puede hacer Guillermo», dijo Marianella, y así se enteraron su hermano y su padre de que había tenido tiempo en estos meses para conocer a un militante del partido, viudo y padre de tres hijos, enamorarse y casarse con él. Era un hombre de convicciones tan profundas como la decepción que ahora sentía; para cuando ocurrió lo de Luz Elena, ya llevaba mucho tiempo viviendo con dudas incómodas. También había que pensar en el dinero, y entonces Raúl se enteró de lo sucedido tan pronto él y su hermana se fueron de la casa: el comandante Iván había buscado a Emecías para hablar del partido y de su precaria situación económica, y Emecías, tras consultar con Luz Elena, había vendido las propiedades de la familia —uno de los dos carros, el apartamento de Medellín y un lote valioso en las afueras de Bogotá—, y cada centavo de la venta había ido a parar a las arcas del partido. «Todavía tenemos algo en el banco», dijo Emecías, «pero habrá que usarlo bien». De fuera les llegaba el murmullo de una quebrada próxima y, de vez en cuando, el ronquido de los cerdos. Así, en medio de los ruidos del campo nocturno, se fue fraguando el plan.

Para cuando se fueron a dormir, las mujeres en la cama de la casa y los hombres en sus hamacas mal colgadas de las barandas del porche, ya casi todo estaba decidido. Pero Raúl, que nunca se creyó de verdad a salvo de una delación, tuvo problemas para conciliar el sueño. Cualquier sonido era una amenaza; la noche oscura estaba llena de ojos y de siluetas armadas. No le pareció inconveniente entonces tomar una pastilla del Mandrax que llevaba en su botiquín personal, y fue un error: las horas de la madrugada se poblaron con alucinaciones imprecisas que no estaban hechas de figuras monstruosas ni de visiones amenazadoras, sino de la sensación incesante de estar cayendo al vacío, pero no en una caída larga, sino sintiendo que su cuerpo se descolgaba una y otra vez y creyendo, a cada momento, que esta vez sí encontraría de dónde agarrarse.

Nunca había agradecido tanto la llegada del amanecer, aunque fuera el amanecer helado de los páramos, que dejaba escarcha en las ventanas y entumecía las manos. Salió de su hamaca y se acercó a una de esas ventanas escarchadas: del otro lado, su hermana doblaba las cobijas de lana y su madre se pasaba una mano por el pelo.

A lo lejos un gallo comenzaba a cantar.

Cuando Raúl volvió a los llanos del Tigre, cubriendo el mismo trayecto de cinco días que había hecho de venida, nadie le hizo preguntas. No tuvo que pasar nada fuera de ese silencio para que Raúl entendiera lo evidente: que los comandantes, sin saberlo todo, sabían mucho más de lo que demostraban. Su padre se lo había advertido. Ignoraban, por supuesto, que la familia había decidido abandonar la lucha; pero sabían de la reunión de Raúl con su madre, y sabían también del chantaje al que su madre estaba sometiendo a los comandantes. Ya se le había ocurrido que alguien podría tomar represalias sólo por eso. «No vayas a Tucurá, quédate aquí», le había dicho su padre. «Yo no sé qué sepan, pero saben mucho. A mí ya han tratado de convencerme. Vino el comandante Adolfo, dijo que lo mandaba el Comando Central. Que no me fuera, me dijo. Que mi vida está aquí, que me necesitan. Es mejor que te quedes aquí. No sabe uno lo que pueda pasar.» Raúl fue tajante. «Eso es como desertar», volvió a decir.

«Yo no puedo hacerles eso a los compañeros.» «Pero es peligroso», dijo su padre. Y Raúl: «Es más peligroso desertar. Ahí sí que se arriesga uno a que le hagan algo». Ahora, ya en Tucurá, veía a los compañeros que salían a recibirlo y dos ideas le pasaban por la cabeza: cualquiera de ellos arriesgaría la vida por él; cualquiera de ellos, también, lo mataría si desertara. Volver había sido la decisión correcta.

El operativo que habían planeado durante meses tuvo lugar dos días después de la llegada de Raúl. Según la información de inteligencia, el grupo de contraguerrilla ocupaba una casa campesina a un par de días de marcha. El destacamento salió de la zona y caminó toda la noche y se quedó emboscado durante el día siguiente, para que su presencia no llamara la atención de nadie; y todo parecía estar saliendo bien, pues era una noche limpia sin riesgos de lluvias que lo entorpecieran todo. Sabían que estaban atravesando una zona ganadera, y sabían que un movimiento grande de hombres siempre espantará al ganado y el ganado siempre saldrá corriendo con su estrépito de pezuñas que azotan el suelo; en estos casos, buscando que ese terremoto de bestias no delatara a los guerrilleros, un baquiano se adelantaba con un grupo pequeño para espantar a los animales en la dirección que mejor les conviniera. Eso hicieron esta vez, pero las cosas no salieron como habrían debido, pues en el curso de la marcha nocturna el grupo grande se había partido en dos. Las bestias espantadas desde adelante encontraron el espacio entre los dos grupos, y Raúl, que encabezaba el segundo grupo, se encontró sin previo aviso con una estampida que venía a su encuentro, una turba amenazante que avanzaba hacia él en medio de la oscuridad, veinte bestias grandes y pesadas cuya velocidad inverosímil parecía salida de una pesadilla.

La primera embestida derribó a Raúl. Tuvo tiempo apenas para ponerse bocabajo y cubrirse la cabeza con las manos. Nunca supo cuántas vacas le pasaron por encima, pero no fueron menos de tres, y le pareció que el pisoteo de esas patas de piedra duraba minutos enteros. Se incorporó con dificultad cuando la estampida hubo terminado, sintiendo la espalda destrozada por las pezuñas, convencido de que cualquiera de esos golpes lo habría matado si le hubiera dado en la nuca. A la mañana siguiente orinó sangre. Cuando se acercaban al objetivo, pidió permiso para ocupar la retaguardia, y no hubiera podido prever la respuesta del comandante Armando:

«Al contrario, compañero. Usted va primero. Coja cinco hombres y se toman el portón».

Raúl pensó que aquella orden temeraria podía ser un privilegio disfrazado, una prueba de confianza, pero también una suerte de castigo póstumo: como si el comandante ya supiera que Raúl había dejado de ser uno de ellos. Se preguntó fugazmente si no podía, en ese momento, negarse a hacer lo que le ordenaban: ¿qué podía pasarle? Pero no se rebeló: cumplió con su misión de combatiente, escogió a cinco compañeros en los que confiaba y hasta logró que a uno de ellos le cambiaran un fusil por una San Cristóbal que pudiera disparar en ráfagas. Pecho a tierra, se fue arrastrándose hacia el portón de la propiedad donde se refugiaban los soldados de la contraguerrilla. La hierba era alta en esa zona donde durante el día pastarían las vacas, y era difícil moverse sin que se le metieran pastos sueltos en la boca y en los ojos, pero en ese momento los sentidos estaban en otra parte: en la noche oscura un ataque era siempre posible. Y así estaba Raúl, atento a los sonidos de la noche, tratando de separar el ruido leve de sus compañeros de los ruidos del fondo, cuando salieron de la nada cuatro perros enormes como panteras, y se les lanzaron encima entre gruñidos que metían el miedo en el cuerpo.

«¿Qué hacemos, compañero?», dijo uno de los otros.

«Disparen», dijo Raúl. «O nos comen vivos.»

Fue un tiroteo de pocos segundos. Los perros chillaron bajo las balas y quedaron hundidos en el pasto, muertos y oscuros, mientras los compañeros cobraban conciencia de lo que había pasado: era imposible que la contraguerrilla no hubiera escuchado los disparos, y quizás en estos mismos segundos avanzaban hacia ellos. Raúl dio la orden de que se quedaran quietos: era la única posibilidad de supervivencia.

Así, acostados bocabajo en el potrero, vieron el amanecer. Cuando los alcanzó el resto de la tropa, avanzaron hacia la casa del enemigo y la encontraron desierta: el comandante Armando concluyó que la estampida de las reses se había sentido más de lo que creyeron, y el enemigo había tenido tiempo de huir. Luego, en el camino de regreso, Armando le confesó a Raúl que había oído los disparos y los había dado por muertos, a él y a los otros. Raúl no supo si era alivio lo que se oía en su voz, y durante el trayecto se quedó rezagado, tratando de enfrentarse a esa novedad: había tenido miedo. Se dio cuenta de que nunca le había ocurrido. Era como un trastorno en la boca del estómago, y era también una extraña distracción, como si lo urgente no estuviera allí, en el riesgo de perder la vida tal vez de una manera dolorosa, sino en la cara de su madre, en la cara de su hermana, en la cara de su padre, que se le aparecían como un memorando de todo lo que lo esperaba si sobrevivía. Habían sido más de tres años sintiendo todo el tiempo la cercanía de la muerte y el deseo de que no le tocara a él, pero eso no era lo mismo; y sí, se despertaba cada mañana con la muda satisfacción de vivir un día más. Pero estas noches pasadas había tenido miedo, miedo de verdad. *Ya iba de salida:* eso era lo que pensaba sin palabras.

Después se enteraría de que en ese mismo instante, mientras él atravesaba esas noches absurdas de estampidas y perros asesinos, Luz Elena se reunía en Medellín con dos miembros del partido y les comunicaba sus condiciones: sólo recogería a los hijos de los comandantes cuando su propio hijo y su marido estuvieran de regreso en su casa, sanos y salvos, con garantías suficientes de que nadie tomaría represalias contra ellos. Por supuesto, les recordó todo lo que la familia Cabrera había hecho por el partido, todo el dinero, todo el sudor, toda la lealtad que le habían dado desde su regreso a Colombia; les recordó que Fausto contaba con el aprecio y el respeto del Partido Comunista Chino, y se atrevió a decir que sin su nombre los colombianos no serían más que una secta huérfana. Pero tal vez no era necesario, porque a fin de cuentas la verdad dura era muy sencilla: si las cosas no se hacían como ella lo decía, los hijos de los comandantes se quedarían internos en el Bienestar Familiar. Y los compañeros entendieron.

Las siguientes fueron las tres semanas más arduas de su vida. Por primera vez desde que tenía memoria, Raúl sentía que su destino no estaba en la revolución, y sin embargo seguía aquí, en un campamento de revolucionarios, entrenando con ellos y comiendo con ellos y cantando *La Internacional* a coro con ellos. Los comandantes lo mandaron llamar uno de esos días para decirle que el Comando Central había estado deliberando y, tras largas discusiones, había llegado a la conclusión de que la formación y los talentos del compañero Raúl podrían aprovecharse mejor de otra manera. Por eso habían tomado la decisión de mandarlo de nuevo a China, para que continuara su preparación ideológica y militar en las mejores condiciones posibles y pudiera ser, llegado el momento, un actor indispensable en el proceso revolucionario de su país. Era una pantomima, por supuesto, pues Raúl ya sabía que la decisión de su salida había sido tomada, y los comandantes sabían que Raúl lo sabía, pero todos representaron su papel maravillosamente. Siguieron noches de incertidumbre y desconfianza y de algo que sólo podía ser nostalgia: la nostalgia de lo que dejaría en la selva, todos los sueños, todas las emociones, todos los grandes proyectos que alguna vez había tenido, todas las ilusiones que trajo de sus años en Pekín, esos años raros cuyo objetivo se terminaba aquí: en esta húmeda mañana de noviembre en que Raúl empacaba sus cosas y le hacía entrega solemne del fusil al comandante Tomás, y luego volvía a emprender la marcha: la misma marcha de varios días que había hecho un mes atrás, que ahora lo llevaría al campamento del Comando Central, a su padre, al plan meticuloso que la familia había diseñado para que los dos, Emecías y Raúl, Fausto y Sergio, regresaran al mundo de forma segura.

El plan era complejo, pero se trataba de no correr riesgos. Sergio llegó a la misma casa campesina en donde se había encontrado con su familia; allí lo esperaba su padre, que había llegado la noche anterior en compañía de seis compañeros del destacamento. Una breve ceremonia que nadie había planeado empezó a suceder de repente como si tuviera vida propia. Los guerrilleros cantaron sus himnos, los de siempre, pero Sergio nunca los había oído cantar con menos entusiasmo.

Ni el cansancio, ni el hambre, ni el plomo
me podrían hacer detener,
porque va mi esperanza adelante
y hacia allá me conduce el deber.

Sergio y su padre pasaron la noche solos, en un silencio denso, como si romperlo pudiera lanzarlos por caminos toscos de consecuencias impredecibles. A Sergio le habría gustado decirle cuánto lo quería, pero no encontró la manera: era como si esas cosas ya no se pudieran decir entre ellos. La única conversación posible en esas horas fue la de las instrucciones: al día siguiente un compañero los llevaría a otra casa, y desde allí, a caballo, cubrirían un trayecto de varias horas hasta el lugar donde Marianella estaría esperándolos en su carro, con una muda de ropa para cada uno y los documentos necesarios para volver a Medellín sin temor a los retenes.

«Es un puente», dijo Fausto. «Queda cerca de la carretera al mar. Si todo sale bien ahí, ya no hay quien nos pare.»

A la mañana siguiente, muy temprano, vino un centinela para avisarles que se acercaba una patrulla del ejército. Durante unos minutos Sergio pensó que había sido un error entregar las armas: se sintió desnudo y vulnerable y civil. Cuando vino el mismo hombre para dar buenas noticias —la patrulla se había desviado por otro camino—, Sergio se preguntó si alguna vez se acostumbraría a una vida que no fuera clandestina. El tiempo parecía haber tomado su propio ritmo y las contrariedades se acumulaban: el guía que debía llevarlos a la segunda casa nunca se presentó, y Fausto y Sergio tuvieron que aceptar los servicios de un joven de bozo oscuro y pocas luces, hijo de una casa vecina, que su madre propuso en estos términos: «Adalberto sí es un poquito retrasado, pero nunca se nos ha perdido». A pesar de algunos desvíos innecesarios y de un círculo trazado con precisión de cartógrafo, pero que les hizo perder una hora entera, Adalberto acabó por dejarlos en la casa de los caballos. Los alarmó que el encargado de traerlos no hubiera llegado todavía, pues nadie sabía por qué habría podido retrasarse tanto, pero de todas formas no tenían más opción que esperar: el recorrido que les faltaba no se podía hacer a pie sin demorarse un día entero. Esperaron sentados en un corredor oscuro, y cuando ya habían pasado dos horas, tuvieron la sospecha de que algo se había roto en la maquinaria del día.

Pero entonces oyeron los cascos de los caballos. Cuando salieron a recibir al jinete, se encontraron con una caricatura: era un arriero de carriel, sombrero de palma y mulera, y estaba tan borracho que era un milagro de su educación que se pudiera sostener sobre la silla. Traía los otros dos caballos amarrados a la cola del suyo. «Un hijueputa», gritaba desde su altura. «Eso es lo que yo soy, un hijueputa. Cómo les llego tarde, hombre, no hay derecho.» Fausto trató de tranquilizarlo. «Cálmese, cálmese», le decía. «No pasa nada, todavía estamos a tiempo.» «No, qué a tiempo ni qué nada. No, señor: yo lo que soy es un hijueputa. Es que venga le digo un secreto: me emborraché.» La palabra se enredó en su lengua, y hubo algo admirable en la terquedad con la que acabó sacándola. «Me embo-rra-ché», dijo. «Mucho hijueputa hacerles esto, ¿cierto?» Insistió tanto, y fue tan evidente que no saldrían de allí hasta que el hombre no recibiera su castigo retórico, que Fausto se le acercó lo suficiente como para sentir el hedor del vómito reciente, y le habló con perfecto acento español.

«Que sí, hombre, que eres un hijo de puta», le dijo. «Pero vámonos ya, por favor.»

Habían acordado con Marianella un punto de encuentro a la entrada del puente, en una parte de la berma donde puede detenerse un carro sin levantar sospechas, y también una hora precisa, las siete de la noche, pues les convenía moverse al amparo de la oscuridad. Allí los esperaría ella en su carro; pero era peligroso hacerlo a la intemperie y a la vista de todos, incluidas las patrullas que no era imposible encontrar en la zona, de manera que Sergio se escondería con su padre a la vera del camino, protegido por la vegetación como en un cuadro de Rousseau, y esperaría la señal para salir del escondite. Las luces del carro: así se daría la señal. Encendidas, apagadas. Encendidas, apagadas. Nada más fácil.

Esa mañana, a una hora temprana, Marianella había buscado la ayuda de sus primos. Eran los hijos de una hermana de Luz Elena, que habrían aceptado hacerles este favor incluso si los abuelos no les hubieran dado una orden expresa. Ellos pusieron su campero a la orden: un Nissan de color beige donde todos cabrían apretándose un poco.

El plan era llevar una guitarra y una olla de comida, para parecerse a una familia que hacía un paseo de fin de semana, pero Guillermo tuvo una idea: que se llevaran también a dos de sus niños, de tres y cinco años, para que la situación fuera todavía más verosímil.

«Cuando la policía ve niños jode menos», dijo.

Y así lo hicieron. Puntuales, entusiastas, los primos recogieron a Marianella y a los niños y salieron de Medellín con tiempo de sobra. Poco antes de llegar a Mutatá, al salir de una curva difícil, un bus que había medido mal la medianía invadió su carril. Después contarían que el primo mayor, el que manejaba, calculó las distancias en una fracción de segundo y creyó que alcanzarían a dar un golpe de timón para esquivarlo sin problema. No fue así. El choque fue frontal y sólo la poca velocidad del bus que subía les evitó una tragedia, y el Nissan rebotó contra el bus y su rueda derecha se clavó en un mojón de cemento, de esos que en las carreteras de Colombia suelen marcar las distancias o conmemorar a la víctima de un accidente. El neumático reventó contra el mojón; pero luego, al agacharse para revisar el chasis, el primo se dio cuenta de que el asunto era más grave todavía.

«¿Todos están bien?», dijo. «¿Los niños están bien?»

Los niños lloraban, aunque no habían sufrido más que el susto. Marianella, en cambio, estaba descompuesta.

«Ahora sí la cagamos», dijo. «Ahora sí se fue a la mierda todo.»

Agazapados entre las plantas, en una cuneta de montaña, Fausto y Sergio trataban de que no les ganara la impaciencia. No encontraron a nadie en el puente. El guía, que para entonces había recuperado la sobriedad aunque no hubiera perdido la culpa, se ofreció a buscar un carro que estuviera haciendo un cambio de luces. Alcanzó a ir y volver dos veces antes de decir:

«Yo no veo carros, pero sí hay unas luces. Esto está muy raro.»

«¿Qué tipo de luces?», dijo Fausto.

«Yo no sé», dijo el guía. «Lo único que sé es que no son de carro.»

Antes de que su padre pudiera detenerlo, Sergio salió de un brinco de la cuneta. «Voy a ver», dijo. Se acercó despacio, caminando por el borde de la carretera, apenas distinguiendo el declive del asfalto, la imprecisa línea de brea devorada por la manigua. Era una noche clara, por fortuna, y una luna incompleta dibujaba los contornos de las cosas. De repente le llegó un sonido leve que se fue haciendo más nítido con los pasos: era un rasgueo de guitarra. ¿Lo estaban engañando sus oídos? ¿Quién iba a ponerse a cantar en medio de la noche y en estos parajes remotos? Había voces, también, voces de niños que cantaban o jugaban (era difícil saberlo). «Cállense, cállense», dijo una voz de hombre. Todo era demasiado raro como para no seguir adelante, pero Sergio se daba cuenta de que aquéllos eran los quinientos metros más largos que había caminado jamás. Entonces, bruscamente, se cortó la música, y Sergio supo que lo habían visto, y aparecieron allí, en medio del lienzo negro de la noche, dos luces que parpadeaban. Pero en lugar de sentir alivio, Sergio creyó que la suerte les había fallado, porque las luces no eran las de un carro, las de ningún carro del mundo, sino dos ojos pequeños, demasiado juntos, como las linternas de un grupo de exploradores. Se prendían y se apagaban, como si trataran torpemente de cumplir la consigna, pero lo hacían a destiempo, y todo parecía una mala obra de teatro.

Mierda, pensó. También pensó: es una trampa.

Entonces sonó, en el silencio de la noche, la voz de su hermana.

«Somos nosotros», dijo. «¿Están los dos ahí?»

*

Mientras Sergio y su padre se cambiaban de ropa, Marianella contó lo que les había sucedido: el accidente, el bus que esperaron durante más de una hora, el temor de faltar a la cita o de que alguno de los mecanismos del azar, que parecían estar conspirando contra la familia, les desbaratara todos los planes. La idea de la guitarra había sido de uno de los primos, que la había traído para convencer a cualquiera de que estaban de paseo. Por una casualidad afortunada, una de las linternas estaba en la guantera del Nissan, y la otra le pertenecía a Marianella, que la había metido sin pensar —una costumbre de guerrillera— en la mochila de los documentos que ahora les enseñaba, uno por uno, mientras explicaba lo que Guillermo había logrado conseguir.

Allí estaban las identidades transitorias que les servirían para llegar a su refugio; luego vendrían los pasaportes, pero eso tomaba más tiempo y requería fotos recientes. Sergio no puso demasiada atención en ese momento, porque una parte de su cabeza permaneció vigilante, espiando cada movimiento de las hojas bajo la luna tímida, atento a cada ruido de la noche. Eran siete personas esperando al borde de una carretera de montaña, y habrían resultado sospechosas para cualquier agente; pero no tenían más opción que esperar el primer bus que pasara, aunque las previsiones de seguridad los obligaran a separarse después. Fausto se quedaría en Talara, la finca de los Cárdenas, pero Sergio seguiría hacia Medellín, para pasar una noche en casa de los abuelos, y luego hacia Popayán, donde Guillermo tenía su red de contactos y podía ayudarle a conseguir su pasaporte falso. Cuando apareció el bus, después de media hora que los nervios alargaron, no habían tenido tiempo de despedirse, y Sergio sabía que a partir de entonces deberían fingir que no se conocían. Recordó de repente los planes meticulosos que habían hecho en la casa campesina, y le cayó encima la revelación de que sólo volvería a ver a su padre cuando llegaran todos al destino final de su huida.

En conclusión: éstas eran las últimas palabras que cruzarían en mucho tiempo. Le pareció que su padre estaba pensando en lo mismo.

«Éste es», dijo Fausto. «Nos vemos en China.»

Subieron al bus como extraños. Fausto se acomodó en una de las primeras filas y Sergio siguió caminando hacia el fondo, a muchas bancas de distancia, y desde allí se fijó en el pelo blanco de su padre, que refulgía más adelante. Por la ventana miró a los que se quedaban. Su hermana, un niño rubio, un niño de pelo negro: un largo entrenamiento lo había acostumbrado al disimulo, y ya su hermana le resultaba tan desconocida que ni siquiera sintió el impulso de levantar la mano para despedirse. Pocos pasajeros viajaban en el bus. Sergio contó siete mujeres y hombres cansados; imaginó que venían de una larga jornada de trabajo en las haciendas de la zona, en los trapiches de más arriba, en una finca como la finca de los abuelos. Las luces del alumbrado público pasaban a su lado y Sergio sólo podía pensar que había dedicado todos los años de su adolescencia, todos los de su adultez incipiente, a prepararse para algo que no había tenido lugar. Cuánto esfuerzo físico, pensó, cuánta testarudez mental, cuánta disciplina y cuánta vocación y cuántos sacrificios para hacer parte de esa misión maravillosa: hacer la revolución, traer al hombre nuevo, cambiar este mundo por uno donde la gente sufriera menos o donde no sufriera nadie. Y ahora estaba aquí: huyendo de todo aquello con la sola ansiedad de no ser capturado. ¿Qué era esto, sino un sonoro fracaso? A sus veintidós años, viajando en este bus con una cédula falsa, dejando atrás todo aquello en lo que había invertido su vida, ¿qué era Sergio Cabrera, sino un fracasado? En esto pensaba cuando el bus se detuvo en una tienda de carretera. Su padre se bajó sin mirar hacia atrás; Sergio lo miró acercarse al mostrador de madera y pedir algo. Entonces el bus arrancó y la cabeza canosa se quedó atrás igual que se quedaba atrás una vida entera, cerrándose sin que se abriera una nueva. El bus avanzaba en la noche oscura por carreteras de montaña, y Sergio pensó que si hubiera un accidente y el bus se desbarrancara y él muriera en el fondo del barranco, no tendría nada que lamentar en realidad, nada se habría perdido, a fin de cuentas.

Vinieron dos semanas irreales, vividas fuera del mundo o entre los dos mundos que enmarcaban la vida desorientada de Sergio: el de la guerrilla abandonada para siempre y el del futuro vacío, que era como una película borrosa mal proyectada en una mala pantalla. Sergio pasó la primera noche de su nueva vida en Medellín, en la casa de los abuelos, donde estuvo a punto de echarse a llorar cuando se vio en el espejo del corredor, pues era la primera vez que veía su propio cuerpo, su propia cara, desde su entrada a la guerrilla con menos de diecinueve años, y no logró reconocerse del todo en el hombre endurecido que le devolvía el reflejo. Su madre le había preparado una maleta de viaje y algún dinero. Todos lo trataban como si hubiera vuelto de la muerte, o, pensaría Sergio después, como si a la muerte se dirigiera, pues nadie tenía ningún tipo de certeza sobre lo que ocurriría en los días siguientes, ni en los siguientes años tampoco. Sólo los rasgos más generales del plan se habían fijado. Sergio saldría de Colombia, llegaría a Ciudad de México, se encontraría con Luz Elena y de alguna manera volarían juntos a Pekín, donde Fausto, si todo salía bien, estaría esperándolos. Cuando Sergio preguntó qué pasaría con Marianella, su madre abrió los ojos:

«Pues se va a quedar, qué esperabas», dijo Luz Elena. «Es una mujer casada y se queda con su marido. Y además tiene que ser mamá de tres niños, imagínate.»

«¿No te parece bien?»

«Ella decidió lo que decidió», dijo Luz Elena.

Sergio viajó toda la noche. A su llegada, en el terminal de buses de Popayán, lo esperaba el hombre que le iba a dar refugio mientras se arreglaban los papeles. Era un agrónomo que vivía con su esposa brasileña en las afueras de la ciudad, que había militado años atrás en el partido, pero sin empuñar nunca las armas. Muy pronto se retiró de todo; ahora ayudaba de vez en cuando a Guillermo en sus misiones personales. Así supo Sergio que este hombre, el secretario político del sector del Valle, el líder del frente patriótico donde se criaban patos Muscovy, llevaba varios años viviendo en una suerte de esquizofrenia revolucionaria, pues le quedaba convicción suficiente para seguir militando, pero dedicaba mucha de su energía a sacar gente y proteger a los que se salían. Para Sergio, una verdad fue evidente: Guillermo era la única razón por la que Marianella estaba viva. Y ahora, gracias a él, Sergio tenía esta cama cómoda en una casa que no carecía de lujos en las afueras de Popayán, y gracias a él se había puesto en marcha una red de complicidades para conseguir los documentos falsos.

Un hombre vino a la casa del agrónomo para tomarle a Sergio una foto de pasaporte. Sergio preguntó en cuánto tiempo recibiría el documento. El hombre lo miró con sorna: «Se demora lo que se demore». Mientras lo esperaba, Sergio tomó el riesgo de ir un par de veces a Popayán. Lo hizo con la complicidad del agrónomo, que se permitió incluso un par de consejos, pues Sergio no conocía la ciudad, y tres años en la selva le habían abierto el apetito del cemento y las luces y el tráfico de los carros. Caminando sin rumbo por la parte nueva de la ciudad, se encontró con un teatro que anunciaba una película de título incomprensible, *La naranja mecánica,* y al salir sintió que el riesgo de visitar la ciudad había valido la pena.

El hombre que le había sacado las fotos llegó sin avisar un sábado por la mañana. El pasaporte preocupó a Sergio y al mismo tiempo le sacó una sonrisa: los números de las páginas no eran consecutivos, su foto mal pegada parecía un trabajo de escuela y las señas personales no coincidían con la verdad perseverante de su cara. Según el documento, Sergio era un hombre de un metro con ochenta de estatura, tez morena, ojos de color miel y nariz aguileña. «Nariz de dragón», le decían sus compañeros chinos de los primeros años: esa burla, que le había dolido en su momento, ahora le llegaba con algo parecido a la añoranza. No, él ya no tenía nariz de dragón, ni ojos verdes que intimidaban a los compañeros de la escuela Chong Wen, ni se llamaba Sergio Cabrera Cárdenas, ni mucho menos era Raúl, el compañero del EPL: su nombre era Atilio San Juan, y su profesión, marino mercante. El proceso era evidente: habían tomado dos pasaportes para hacer uno. Y si era evidente para él, pensó Sergio, también podía serlo para las autoridades.

Por fortuna, el grupo de ayuda estaba muy consciente de esto. El día del viaje, el agrónomo lo llevó al aeropuerto de Cali, a unos ciento cincuenta kilómetros hacia el norte, como si fuera un pasajero más. Durante las tres horas largas del recorrido, el hombre quiso saber qué le había parecido a Sergio la película de Kubrick, y luego le explicó a grandes rasgos lo que sucedería. Una pareja de jóvenes lo esperaría en el terminal, frente a los mostradores, y los tres volverían a salir para rodear el edificio del aeropuerto y entrar por la cocina. No era mucha gente la que participaba en esta operación, pero toda era leal a Guillermo, así que no había nada de que preocuparse. Eso dijo el agrónomo sin saber que para Sergio esas palabras —*no hay nada de que preocuparse*— habían demostrado ser tradicionalmente la mejor razón para preocuparse de todo. Pero más tarde, después de entrar al aeropuerto por puertas traseras, junto a contenedores de basura malolientes, y después de caminar entre mujeres de delantal manchado y superficies de aluminio, Sergio se encontró sentado en la sala de espera de su vuelo y se arrepintió de su propia desconfianza. No tuvo que pasar por los trámites de emigración, y eso era lo importante: asegurarse de que ninguna autoridad colombiana pusiera los ojos sobre su pasaporte hechizo. Una vez hubiera salido del país, otro gallo cantaría, pero aquí, en Colombia, este documento grotesco no sería capaz de resistir el más mínimo escrutinio de un oficial. Cuando abordó sin problemas, pensó que el obstáculo se había superado. Ya estaba sentado en su silla cuando una azafata habló por el altavoz, mencionó un problema técnico y pidió a todos los pasajeros salir del avión.

Sergio sintió de manera irrebatible que todo había llegado a su fin. La policía lo había descubierto y perseguido, o alguien los había vendido: tal vez el hombre de los pasaportes era un infiltrado; tal vez el agrónomo o su esposa brasileña no eran quienes decían ser. Salió con los demás pasajeros y se acomodó de nuevo en la sala de espera, y durante minutos largos pensó en su madre y en su hermana, y en Guillermo, cuyos esfuerzos se habían torcido en algún momento. Vivir con miedo, vivir perseguido, vivir mirando por encima del hombro: no, tenía que haber otra vida. Y esa vida estaba allí, al alcance de su mano, pero algo la había descarrilado en este momento, y era cuestión de segundos para que llegaran tres policías a arrestarlo, ponerle las esposas y sacarlo del aeropuerto hacia los calabozos de este país. Sergio estaba pensando en eso, dándolo todo por perdido, cuando apareció la azafata y anunció a voz en cuello que el problema técnico se había solucionado —una llanta que había sido necesario cambiar—, que les agradecía su paciencia y les pedía disculpas, y que ya podían abordar de nuevo: el vuelo con destino a Ciudad de Panamá estaba a punto de salir.

Sergio se dijo que sería mucho más cómodo creer en Dios, en algún dios responsable de inventar este incidente para que allí, haciendo la fila por segunda vez, abordan-

435

do por segunda vez el avión que lo sacaría del país, se diera cuenta de la enormidad de su deseo de irse, de la urgencia visceral de cortar con todo y volver a empezar. Esas ideas seguían fijas en su cabeza minutos después, cuando el avión levantó el vuelo y enfiló hacia el norte, volando sobre el río Cauca y luego sobre las montañas de la cordillera Occidental. Era un día de cielos limpios y por la ventanilla Sergio veía la tierra con una claridad insolente: las parcelas con todos los verdes del mundo, el agua de los ríos destellando como la hoja de un machete, todo ese país donde tantos le habían hecho daño, donde él había dañado tanto a otros. Cuando el avión se elevó más y las nubes lo envolvieron todo y la tierra dejó de ser visible, Sergio sólo pudo pensar con las palabras de una despedida. Adiós, amigos. Adiós, enemigos. Adiós, Colombia.

XXI. *Epílogo*

Según me lo contó él mismo, Sergio Cabrera salió cuarenta y cuatro años después de la Filmoteca de Catalunya, tomó a la izquierda por la plaza Salvador Seguí y caminó en dirección a la Rambla del Raval. Eran casi las once de la noche. Junto a él, en un silencio que no era incómodo, iba su hijo Raúl, que acababa de ver *La estrategia del caracol* por primera vez en una sala de cine, y en ella, a su abuelo convertido en líder de una rebelión de barrio. «Le va bien ese papel a Tato», había dicho, y Sergio contestó como le gustaba: «Eso es porque estaba haciendo de sí mismo». A Raúl le quedaban muy lejos esas historias de las que habían estado hablando desde la noche del jueves, que ya parecía remota, hasta este sábado cuyas últimas horas comenzaban a extinguirse. Habían sido tres días de conversaciones interrumpidas, no sólo por los compromisos con la filmoteca, sino por tantas cosas que se quieren decir y no se dicen nunca; tres días en los que Sergio habría querido contarle a su hijo de dieciocho años la vida de su padre, que acababa de morir a los noventa y dos, pero estaba consciente de que apenas si había logrado arañar la superficie de ese pasado testarudo.

De todas formas, Sergio consiguió ser brevemente feliz junto a Raúl. En Barcelona fueron dos paseantes cualesquiera, perdidos como los demás en la bestia sin forma del turismo, un padre y un hijo que viven vidas separadas en ciudades distantes y que ahora se han encontrado para decirse cuánto se quieren y cuánto se extrañan de la manera más vieja de todas: contando historias. Sergio llevaba muchos años hablándoles de su vida a sus amigos, en cenas o en viajes, pero nada similar había pasado con Raúl, porque así no funcionaron nunca las cosas en casa de Fausto y Luz Elena: del pasado no se hablaba. Ahora se daba cuenta de que nunca le había contado tantas cosas a su hijo, acaso por haberlo visto hasta ahora como un niño que no las habría entendido; y si alguna vez le había explicado de dónde venía su nombre, estaba seguro de que después de este fin de semana sería como si su hijo lo entendiera por primera vez.

«Joder», dijo Raúl. «Qué cantidad de cosas las que hay detrás de mi nombre.»

«Digamos que te llamas como yo», dijo Sergio. «No hay que darle más vueltas.»

No le habló de la reacción furibunda que habían tenido sus familiares españoles cuando se enteraron del origen de su nombre. Sergio, desde luego, habría querido explicar sus razones, pero sabía muy bien que ni siquiera para él mismo eran claras. Su primera hija se había llamado Lilí, el nombre que los chinos le pusieron a Marianella en los tiempos remotos de Pekín; el nombre de su segunda hija, Valentina, fue el que tuvo su madre en sus años de militante. Era como si se negara a soltar el pasado, aunque fuera a veces el pasado doloroso que todos en la familia habían tratado de dejar atrás. Así había hecho Marianella, que años después de su salida de la guerrilla, cuando ya había construido una vida con Guillermo —ya se había casado con él y estaba esperando su primer hijo—, gastó un día entero de su tiempo en tramitar ante un notario la eliminación de su primer nombre de pila. Sergio recordaba la carta en la que se lo contó. «Me quité el Sol», le escribió. «No quiero volver a oír ese nombre.»

Marianella hablaba de eso con frecuencia: de lo mucho que le seguía doliendo su pasado en la guerrilla, de los esfuerzos casi físicos que había llevado a cabo para olvidar todo lo ocurrido en esos años, del arrepentimiento, de la culpa, del odio. Sí, de eso también, y Sergio, cuyas emo-

438

ciones nunca alcanzaron la intensidad nuclear de las de su hermana, comprendía muy bien a qué se refería, y comprendía también que a su hermana siempre le faltaron las palabras para darles cuerpo a las profundidades de su desencanto. Unos años atrás, leyendo *Vida y destino*, la novela de Vasili Grossman, Sergio encontró una frase que les sacudió el polvo a las memorias más incómodas: *A veces los hombres que van juntos a la batalla se detestan más entre ellos que al enemigo común*. Le mandó a Marianella una foto de la frase subrayada, sin comentarios ni glosas, y ella contestó con cinco palabras amargas: *No hay más que decir*. Claro, ella cargaba el pasado de una manera que Sergio no hubiera podido comprender del todo aunque se esforzara, y todos en la familia recordaban aquella cita médica (eran los años noventa) en que las radiografías lanzaron sombras preocupantes y un médico llegó incluso a hablar de cáncer de pulmón, para luego darse cuenta de que no eran tejidos malignos lo que se veía en las imágenes, sino las esquirlas de la bala que un compañero de lucha le había disparado por la espalda.

Cuando llegaron al hotel, tras pasar frente al gato de bronce de Fernando Botero, Raúl le dijo a su padre: «¿Me invitas a una copa en la terraza?». Era una noche limpia de sábado; una brisa ponía a temblar las velas en sus vidrios y les hacía la vida difícil a los que trataban de encender un cigarrillo, y en el cielo habrían sido visibles las estrellas si lo hubiera permitido el fulgor de la ciudad. Se acomodaron de frente a los tejados sombríos, a cinco sillas del lugar de aquella barra donde Sergio, tres noches atrás, había visto Montjuic con ojos nuevos y había comenzado a pensar en su padre, en sus historias de la Guerra Civil, en su vida de exiliado adolescente. A la edad de Raúl, Fausto Cabrera ya había salido huyendo de su país y pasado hambre en República Dominicana. A la edad de Raúl, Sergio estaba viviendo en Pekín su vida paradójica de guardia rojo y de extranjero privilegiado, y se preparaba para hacer el curso militar del Partido Comunista. ¿Qué había hecho Raúl? Ir al colegio como los otros niños, vivir unos años con su padre en Colombia, llevar una adolescencia corriente y española que lo había traído aquí, a una pacífica terraza de una ciudad en paz, para pedir una cerveza San Miguel en los albores de su vida adulta. Tal vez esto, el regalo de la normalidad, era mejor que dejarle una fortuna. En eso estaba pensando Sergio cuando Raúl le preguntó por qué no había ido al entierro.

«Fue una cremación», dijo Sergio.

«Es igual. ¿Por qué no has ido?»

«No sé. Porque no hubiera sabido qué decir.» Se hizo un largo silencio que Sergio conocía bien: era el silencio de las respuestas insatisfactorias. «Siempre tuve ese problema con él», continuó entonces. «Tato era actor, declamador de poemas, un hombre que vivía por la boca. Yo nunca fui así, no con él. Nunca supe decirle las cosas, y él odiaba eso. Decía que mis silencios eran una tortura. No, para eso no hubiera valido la pena ir, ¿para qué? ¿Para quedarme callado, para torturarlo una vez más, la última, con ese silencio que detestaba? No, no hubiera valido la pena.»

«¿Y por qué no mandaste algo?»

«Nadie me dijo que se podía», dijo Sergio. «Y mi hermana no iba a estar en el cementerio. ¿Quién lo hubiera leído?»

«No lo sé, papá, cualquier persona. Alguien lo hubiera leído y tú te sentirías mejor ahora mismo.»

«Tal vez», dijo Sergio.

«Y no te dolería no estar allá.»

«Tal vez», repitió Sergio. «Pero tú me preguntas por qué no fui, y lo único que puedo decirte es que no me arrepiento. Mañana tú te regresas a Málaga y el lunes yo me voy a Lisboa, pero estos días aquí han sido importantes. Para mí lo han sido, en todo caso.»

Raúl dijo: «Para mí también».

Sergio alargó el brazo y tocó la cara de su hijo: una caricia apenas. Sintió en la palma de su mano la aspereza nueva de una piel que ya no era la de un niño. Raúl le estaba haciendo otras preguntas y Sergio contestaba como podía, igual que lo había hecho en los días anteriores, pero ahora, en la terraza, tuvo una idea que absurdamente no se le había ocurrido antes. En su computador guardaba alguna foto de esas épocas, y podía también escribirle a Marianella para pedirle que mandara alguna más. Con los años habían ido escaneando esas fotos viejas, porque ya comenzaban a deteriorarse y nadie quería que se perdieran del todo, así que nada era más fácil que pasar un rato buscándolas en los vericuetos de los discos duros, si Raúl estaba de ánimo para trasnochar un poco. Raúl levantó la mano.

«Pidamos la cuenta», dijo.

En noviembre de 1972, Sergio y Luz Elena llegaron a Hong Kong con la sensación de regresar de la muerte. Era el final de la huida, o así lo sentían, porque habían completado este viaje largo mirando por encima del hombro, seguros de que una serie de peligros sin cara los esperaba en cualquier parte. Les parecía inexplicable que todo hubiera salido como lo habían planeado. Era inexplicable que Sergio hubiera salido sin contratiempos de Colombia; era milagroso que el marino mercante Atilio San Juan hubiera superado con éxito el control de inmigración del Aeropuerto Internacional de la Ciudad de México, y que el revolucionario desencantado Sergio Cabrera hubiera podido tomar un taxi sin que nadie lo siguiera. Pero así ocurrió: Sergio se alojó en un hotel de nombre Sevilla, en la calle Bucareli, pasó la tarde viendo libros de segunda en la calle Donceles y en la noche se metió a un cine desastrado donde proyectaban *El conformista*. Y al día siguiente, muy temprano, se presentó sin avisar en la Embajada de la República Popular China.

«Mi nombre es Li Zhi Qiang», dijo. «Mi código es 02911730. Necesito entrar en contacto con la Comisión Militar del partido.»

«El hijo del especialista Cabrera», le dijo un hombre. «Sí, él ya estuvo por acá.»

Así se enteró Sergio de que su padre había cubierto el mismo trayecto que ahora él se aprestaba a cubrir, y lo imaginó ya instalado, a pesar de sus convicciones, en el Hotel de la Amistad. Según se lo explicó el funcionario, la embajada tendría mucho gusto en organizar su viaje de regreso a China, un itinerario completo que llegaría a Hong Kong e incluiría el vuelo a Pekín. «Tenemos entendido que su madre viajará con usted», dijo el funcionario. «Tenemos entendido que estará aterrizando en unos días.» Sergio lo confirmó, pero le quedó la sensación, incómoda como una costura mal hecha en el cuello de la camisa, de que la embajada sabía más que él de su propia vida.

Durante el largo viaje a Hong Kong, Luz Elena le contó a Sergio todo lo ocurrido desde que los dos se despidieron en la casa de los abuelos. Así supo Sergio que su madre, cumpliendo con la palabra empeñada, había recogido en el Instituto de Bienestar Familiar a los hijos de los comandantes y se había conmovido hasta las lágrimas con el abrazo de los niños. Le costó dejarlos en el piso clandestino de una célula urbana, en manos de gente que no conocía, sin garantía ninguna de que alguien allí fuera a hacerse buen cargo de ellos, pero Marianella se aseguró de que su preocupación llegara a los oídos apropiados. Lo hizo por medio de Guillermo, cuyos contactos seguían operativos a pesar de que ya hubiera comenzado a vivir, él también, fuera de la guerrilla. Estaban viviendo en Popayán, contó Luz Elena. A Marianella se le había presentado una posibilidad de ganar algún dinero haciendo planos de arquitectura, pues un hermano de Guillermo, ingeniero, le había hecho una prueba sin mayor esperanza, sólo por ayudar a la familia. Pero Marianella había demostrado un talento como delineante, que la sorprendió a ella tanto como a los otros. Todo parecía encarrilarse.

En la frontera china, el funcionario que recibió los pasaportes miró detenidamente el de Sergio, o, mejor, el del marino mercante Atilio San Juan, y dijo: «Esto se queda aquí». Sergio trató de reclamar o defenderse, pero su lengua china, aprendida en Pekín, era inservible o inútil en Cantón. De repente volvieron la aprensión y la angustia y la paranoia, pues, a pesar de la intervención de un intérprete, el pasaporte no pasó la frontera, sino que se quedó allí, decomisado, como la metáfora imbécil de una vida enredada. Era incomprensible: las autoridades chinas tenían que saber que el pasaporte era falso, porque de otra manera no le habrían permitido la entrada a alguien cuyo nombre no coincidía con su código militar. Sergio odió a Atilio San Juan, o más bien lo envidió con esa envidia tan intensa que se confunde con el odio. Lo envidió porque le hubiera gustado ser él: un marino mercante sin pasado, sin arrepentimientos, sin problemas, dueño de su futuro, que dormía bien por las noches. Para Sergio, en cambio, las noches se habían convertido en un tormento, pues con frecuencia se despertaba con una sensación de encierro que no había sentido nunca, y la oscuridad le aceleraba el corazón hasta que su mano encontraba el interruptor de la lámpara. Luego pensaba en aquel cuento de Poe sobre un cataléptico al que entierran vivo, y se avergonzaba de sí mismo. No le habló de aquello a nadie, porque no quería que pensaran que le tenía miedo a la oscuridad, como un niño, y no sabía cómo explicar lo que le ocurría en términos distintos. Se dijo que era cuestión de tiempo; que ahora, al llegar a Pekín para recomponer una vida rota, todo iría lentamente recuperando la normalidad. Al cruzar la frontera china, Luz Elena había comentado: «¿No es raro que uno pueda cambiar de mundo caminando?». Y tal vez era eso, cambiar de mundo, lo que Sergio necesitaba para volver a estar bien.

Pekín era familiar, extrañamente familiar, y Sergio se alegró de estar de vuelta, pero la alegría no fue impecable, porque algo se había roto en la relación con Fausto. A veces parecía que su padre hubiera llegado de Colombia con un resentimiento callado, como si culpara a alguien del fracaso de su aventura en la guerrilla; empezó a llevar una vida aislada, madrugando sólo para sus sesiones de *tai chi chuan,* almorzando a destiempo en el restaurante. Fue por esos días cuando decidió que en su mesa no se hablaría de lo ocurrido en Colombia. Era como una prolongación artificiosa de las prohibiciones de la vida clandestina, pero lo único que logró fue corroer las complicidades que se habían construido lentamente. Los silencios en la mesa se volvieron dolorosos como la herida de la leishmaniasis: pudriéndose calladamente, sin avisar, hasta que ya el daño era serio. Sergio, contra todo pronóstico, descubrió que le hacía falta hablar de la guerrilla, y encontró maneras de hacerlo. Retomó el contacto con los viejos amigos de la escuela Chong Wen, que organizaron en su honor una reunión muy parecida a un banquete: era una mesa para veinte personas que terminaba donde comenzaba una tarima, y por la tarima pasaron cinco de sus antiguos camaradas para dar vivas al internacionalismo proletario, cantar canciones debajo de un retrato colorido de Mao y honrar al camarada colombiano que había tomado las armas en el Ejército Popular de Liberación de su país. Para todos ellos, Sergio era un héroe. Era imposible explicarles que él, por su parte, se veía como un fraude.

Lo mejor del regreso fue el reencuentro con Carl Crook. Llegó sin avisar al Hotel de la Amistad, poco antes del último día del año, porque había oído el rumor de que los Cabrera estaban de vuelta. Parecía más alto que la última vez que se vieron, aun después de quitarse la gorra china que le añadía unos centímetros, y se había dejado crecer una barba descuidada. No ocultó su desilusión cuando supo que Marianella se había quedado en Colombia, pero una tímida sonrisa de triste satisfacción apareció en su cara al enterarse del matrimonio. «Me cuesta imaginarla», dijo. «Pero si me dices que está feliz…» De todo esto hablaban en largas conversaciones en el hotel, en la Tienda de la Amistad, en el Palacio de Verano donde Carl había sido novio de juventud de una adolescente rebelde. Era como si se acabaran de dar cuenta de que eran amigos: como si le hubieran puesto nombre, después de tantos años de ausencia, a una vieja complicidad. Sergio le contó a Carl todo lo que le había pasado a él en los tres años y medio de vida en la selva. Le habló de Fernando, de Isabela, de Sol y Valentina y los murciélagos vampiros, y le mostró las cicatrices de la piel y uno de muchos días se permitió la sensiblería de hablar de otras cicatrices. Carl, por su parte, le dio las últimas noticias de lo que había sufrido su familia desde abril de 1968, cuando los guardias sacaron a David Crook de su celda pequeña y lo llevaron a la cárcel de alta seguridad de Qincheng.

Tan pronto se enteró del traslado, Isabel comenzó las gestiones para liberar a su marido. Trató de explicarle a quien quisiera oírla que se trataba de un error, que las acusaciones de espionaje eran infundadas, que David llevaba veinte años trabajando por el comunismo. Sus hijos la miraban moverse con dedicación e industria, y nunca se les ocurrió que no fuera a tener éxito: Isabel siempre lograba lo que se proponía. Pero un día, meses después del arresto de David, Isabel fue arrestada también. No hubo nada que los hijos —tres muchachos adolescentes— pudieran hacer contra los mecanismos de la Revolución Cultural. China, el país donde habían nacido y crecido y cuya lengua hablaban, había declarado que los Crook eran una familia de enemigos, y los tres hermanos comenzaron una vida de soledad que Carl siempre comparó a lo que había visto en los Cabrera.

«Así vivían los colombianos», les decía a sus hermanos. «Y si ellos podían, nosotros tenemos que poder.»

Paul, su hermano menor, aprendió a cocinar maravillosamente; Michael, el más físico de los tres, ventilaba sus frustraciones en bicicleta, o nadando en el hotel cuando la piscina estaba abierta; Carl se dedicó a estudiar la lengua inglesa, que siempre había visto de lejos, como una herramienta de segunda mano, y en poco tiempo no sólo estaba leyendo a Shakespeare, sino haciéndolo con placer. Cuando liberaron a Isabel, tan inopinadamente como se la habían llevado, ella les contó dónde había pasado todos estos meses. Les pidió que se asomaran a la ventana de su propio apartamento en el Instituto de Lenguas Extranjeras y señaló hacia arriba, hacia uno de los pisos superiores de la torre vecina. «Allá estaba yo», dijo Isabel. «Todos los días los veía a ustedes desde allá. Y si ustedes hubieran levantado la cabeza, me habrían visto a mí». Tras recuperar la libertad, Isabel retomó de inmediato las gestiones para liberar a su marido, y lo hizo con la esperanza intacta, a pesar de que habían pasado más de cuatro años y medio desde su arresto. Al principio, nada parecía ocurrir, pero una noche de mayo Isabel llegó al apartamento con la cara cambiada, reunió a sus tres hijos en el salón de las sillas rusas y les dijo:

«Vamos a ver a papá».

El encuentro no fue en Qincheng, sino en una prisión de la ciudad. Los guardias los condujeron a un patio de construcción clásica, más parecido a un templo que a una cárcel, y allí esperaron durante horas. Carl no sabía lo que se iba a encontrar, ni tampoco sus hermanos. Su padre apareció recién afeitado; había perdido tanto cuerpo que los pantalones le quedaban grandes y, como le habían quitado el cinturón por temor a que se hiciera daño, tenía que acomodárselos con una mano para que no se le escurrieran. Carl lo abrazó, lo abrazaron sus hermanos, lo abrazó su madre y lo besó con fuerza, a pesar de que las costumbres chinas veían con mala cara esas demostraciones de afecto. «Si los hubiera encontrado por la calle, no los habría reconocido», les dijo David. Su voz no era la misma que Carl recordaba y su conversación era fría, pues los guardias nunca se apartaron de ellos más de unos metros, pero así transcurrió la visita: la familia sentada a un lado de una mesa ancha de madera y David frente a ellos, como el sujeto de un interrogatorio más. Pero lo importante era que estaban juntos, que David estaba vivo y no había enloquecido en la soledad de la prisión. Además, era lícito pensar que algo estaba cambiando en las autoridades del partido, en la conciencia de ese poder anónimo que era responsable del encarcelamiento. Acaso esta visita era el preludio de cosas mejores, y acaso un anuncio de la libertad.

A partir de entonces, el partido les permitió verse una vez por mes. En esas conversaciones Carl hablaba de Shakespeare, porque nada le daba tanto gusto a su padre, y su padre hablaba de su vida en Qincheng. Su celda era un rectángulo de cuatro metros de largo por dos de ancho donde sólo había tres objetos: un camastro, un inodoro y un lavamanos de cerámica. La comida entraba por una compuerta que se abría al nivel del suelo: se trataba de que el prisionero tuviera que arrodillarse como un perro para recibirla. El tiempo le había alcanzado para leer tres veces los cuatro volúmenes de las obras completas de Mao, en la traducción inglesa que Isabel le había enviado en buena hora; pero también hacía ejercicio, para fortalecer la espalda, y lo hacía siempre en la posición que le permitiera ver el cielo —la luna, un pájaro— por la ventanita abarrotada de la celda. Una mañana cada dos meses lo conducían a una celda amplia y sin techo desde la cual podía ver el cielo y las ramas de un árbol que se asomaban indiscretas; en los suelos descuidados de la celda, en primavera, crecía la maleza, y en la maleza, los dientes de león. David consiguió recoger tres, uno por cada uno de sus hijos, y los conservó, sin que el guardia se diera cuenta, entre las páginas del Libro Rojo. Un día, cuando por fin lo liberaran, les llevaría ese libro de regalo.

Paul quiso saber si lo trataban bien. David explicó que nunca lo habían torturado, ni siquiera agredido. Por supuesto que odiaba lo que los guardias le hacían, los pequeños insultos y las pequeñas humillaciones, pero no conseguía odiarlos a ellos; cuando lo llamaban Señor Fascista con esas voces llenas de odio, David se alegraba en el fondo, porque odiar el fascismo es una virtud. Durante meses lo privaron de acceso a los periódicos y a la radio, y David descubrió que necesitaba las noticias del mundo más que la música; así que luego, cuando le ofrecieron el *Diario del Pueblo,* aceptó sin dudarlo a pesar de que su chino era todavía mediocre. Se puso en la tarea de perfeccionarlo para saber qué país había invadido la Unión Soviética o cómo iba la guerra de Vietnam, y si los guardias le negaban el periódico del día, David se decía que debía de ser porque había alguna noticia sobre su caso. Cada cierto tiempo lo interrogaban. Las sesiones comenzaban con la lectura de unas palabras de Mao, pintadas con tinta roja en un *dazibao* más grande que de costumbre:

Indulgencia para los que confiesan,
severidad para los que se resisten.

Pero David no tenía nada que confesar. Cierta vez, en un momento de debilidad —pensando en sus hijos, explicó, pensando en volverlos a ver—, se inventó un cargo de espionaje en los territorios liberados, allá por los años cuarenta, para ver si así lo soltaban de una vez por todas. Pero al día siguiente, arrepentido, retiró la confesión, y nunca había visto a sus interrogadores tan enfadados. Por eso fue tan sorpresivo el anuncio que le dieron pocos meses después: «Señor Crook, va usted a recuperar la libertad. No será en cuestión de días, claro, pero será pronto». No le dijeron nada más.

La vida de los Crook comenzó a girar alrededor de esas visitas mensuales, ya con la perspectiva de la libertad en el horizonte. Lo que hacían o dejaban de hacer los tres hermanos, y aun Isabel, dependía de la siguiente entrevista, de lo que David les hubiera pedido: conseguir documentos de Lenin, Stalin y Mao, para un libro que estaba escribiendo en su celda; hacer actividad física, sí, pero no dejar nunca de estudiar, porque Marx y Engels dicen que a esta edad es cuando más receptiva es la mente; informarse sobre el movimiento obrero de Inglaterra, para que fueran planeando su futuro. Uno de esos días, Paul estalló: «¿Qué futuro? Si tú estás aquí metido. Y hablas todo el tiempo de trabajar por la causa, por China. Pero mira lo que te ha hecho China. Mira lo que te ha hecho el comunismo». Carl estaba de acuerdo: «La tal Revolución Cultural ha sido lo peor que nos ha pasado». David le contestó con una fiereza que no había usado desde que eran niños. «La culpa no es de la revolución ni del comunismo», les ladró. «China nos lo ha dado todo.»

La visita terminó con una tensión amarga en el aire. Desde entonces, dijo Carl, no habían vuelto a hablar.

«¿Y ahora qué va a pasar?», preguntó Sergio.

«Ojalá lo supiera», dijo Carl. «A veces pienso que alguien, en alguna parte, lo sabe ya. Y eso es lo más aterrador.»

A finales de mes Sergio se encontró con Carl en la Tienda de la Amistad, y lo vio tan nervioso que pensó que algo malo había ocurrido. Era todo lo contrario: David iba a salir de Qincheng. La noticia habría debido alegrarlo sin condiciones, pero Carl parecía más aprensivo que satisfecho, y su voz era huidiza, como si hubiera preferido que no sucediera este encuentro. Tendrían que pasar muchos días para que Sergio comprendiera las preocupaciones que lo agobiaban. Durante esos días se perdieron de vista, como si aún vivieran en continentes distintos, pero a principios de febrero volvieron a encontrarse, y Carl le contó a Sergio los detalles más generales de lo sucedido. David había sido convocado a la sala de los interrogatorios, pero no para recibir acusaciones y negar cargos de espionaje con la misma historia de siempre, sino para escuchar el veredicto. Era un documento contradictorio y absurdo: el primer párrafo declaraba que las masas habían tomado preso a David Crook bajo el cargo de hacer labores de inteligencia para el enemigo; el segundo lo llamaba «camarada Crook» y expresaba el deseo de que sus actividades siguieran contribuyendo a la amistad entre los pueblos de China y Gran Bretaña. David tuvo la tentación de mandarlos al diablo: esto era un insulto y una calumnia. Pero entonces pensó que más le valía firmar la deshonra ahora y buscar la vindicación completa después, desde los privilegios de la libertad.

«Ya está en casa, Sergio», dijo Carl. «Ya comenzó a trabajar otra vez. Eso es lo más importante.»

Era cierto. Aquélla era la prueba definitiva cuando un prisionero de la Revolución Cultural era liberado: si recuperaba el trabajo de antes, todo estaba bien; si no lo hacía, siempre seguiría siendo sospechoso. En marzo, Isabel y David llegaron con sus hijos al Hotel de la Amistad, igual que años antes llegaban para nadar en la piscina olímpica, pero esta vez Sergio los vio subir las escalinatas de la entrada sin mirar a nadie y entrar sin distraerse a un salón donde los esperaba un comité de gente uniformada. Eran representantes del Ministerio de Seguridad Pública; habían conocido las cartas de protesta que David había enviado, y venían para presentarle un nuevo veredicto, o mejor, el mismo veredicto con palabras cambiadas. Todavía era verdad que las masas lo habían tomado preso, pero ahora resultaba que las investigaciones, hechas conforme a la ley, habían determinado que David Crook no había cometido ofensa ninguna, y el gobierno chino lo declaraba inocente. El veredicto seguía teniendo la esperanza de que el trabajo del camarada contribuyera a la amistad entre los pueblos de China y Gran Bretaña.

Rehabilitado su padre, confirmada la inocencia de su madre, Carl empezó un lento distanciamiento de la vida china. «No puedo vivir aquí», le decía a Sergio en sus largas conversaciones. «Mi padre nunca se iría de China, a pesar de lo que le han hecho. Pero yo no puedo seguir aquí, donde hemos sufrido tanto. ¿Y sabes qué me dice mi padre? Que el sufrimiento es bueno para el ser humano, siempre que logre sobrevivirlo. Yo le digo que tiene razón: cuando no lo sobreviva, es que no era tan bueno.» Carl hablaba frente a Sergio con la conciencia extraña de que nadie habría podido entenderlo mejor. En mayo, cuando anunció que se iba de Pekín, le dijo a Sergio que nada echaría de menos tanto como sus conversaciones, y a Sergio no le pareció que exagerara. «¿Qué vas a hacer?», le preguntó. «Me voy en bus a Londres», le dijo él con una sonrisa. Era verdad: durante los seis meses siguientes, con una enorme mochila a sus espaldas como todo equipaje, Carl encadenó trenes y buses y más trenes y un par de barcos para cruzar Asia entera y llegar a la ciudad de su padre. Encontró trabajo en una fábrica, y a Sergio le llegaban cartas en las que Carl se jactaba de todo lo que había aprendido en Pekín, pues su talento con las herramientas lo había convertido en un trabajador imprescindible.

Pasaron la mañana del domingo viendo fotos viejas, igual que habían pasado las últimas horas de la noche anterior, mientras afuera, en el barrio del Raval, Barcelona se iba de marcha y luego se dormía y luego despertaba poco a poco. Estuvieron tan absortos en ese viaje al pasado que se les olvidó bajar a tiempo para el desayuno, y tuvo que venir una mujer de delantal impecable y acento ecuatoriano para preguntarles si querían que les arreglara el cuarto. Durante la noche, mientras ellos dormían,

Marianella había mandado por WhatsApp algunas fotos escaneadas, o a veces fotos de fotos, tomadas mal y de prisa para que Sergio pudiera hablar de ellas del otro lado del Atlántico: eran caras en blanco y negro o en tonos sepias (las caras de un mundo desaparecido) o edificios que evocaban una emoción o una memoria, y Sergio y Raúl pasaban por ellas sentados en una de las camas destendidas, los dos en piyama, llenando el aire de la habitación con palabras que no eran palabras, sino pies de foto hablados. Tenían tiempo, pues el taxi que la filmoteca había reservado para Raúl lo pasaría a buscar a la una de la tarde —lo cual, para un vuelo que salía a las tres y media, era una exageración—, y los planes del día anterior, que incluían una visita al museo de Miró y un paseo por Montjuic, fueron súbitamente desbancados por las pantallas luminosas donde se hacían presentes los fantasmas del pasado.

Dos fotos provocaron más conversación que las demás. En la primera aparecía el grupo de hijos de especialistas que estudiaban lengua y cultura chinas antes de entrar a la escuela. «Estoy yo y está tu tía, claro: trece y once años, míranos. Éramos niños, Raúl. Pero están también los otros Cabrera del Hotel de la Amistad. Ahí están los que eran nuestros amigos, los dos de gafas. Con uno de ellos me iba yo a matar pájaros en invierno, porque se comían las semillas. Muchos años después de todo eso me enteré de que habían vuelto a Uruguay y se habían unido a los Tupamaros, otra guerrilla guevarista. A veces parece que lo mismo hubiera hecho todo el mundo, pero no es verdad. Ellos sí, de todas formas, ellos volvieron de China a su país para hacer la revolución. No les salió bien tampoco. Estuvieron un tiempo en la cárcel y luego se exiliaron en Suecia.»

452

Toda una generación —pensó Sergio allí, viendo la foto de los Cabrera uruguayos—, toda una generación de latinoamericanos cuya vida quedó empeñada en una causa enorme. ¿Dónde estarían ahora? Vivían en Suecia, sí, ¿pero dónde, y con quién, y con qué memorias de su paso por las armas, y con cuánta sensación de que alguien había tomado por ellos decisiones importantes, de que alguien les había robado años de su vida? Eran hijos de un poeta, Sarandy Cabrera, un contemporáneo de Onetti y de Idea Vilariño que tradujo a Ronsard y a Petrarca y prologó los *37 poemas* de Mao Tse-Tung. ¿Cómo habría sido su vida? ¿En qué se habrá parecido a la vida de Fausto Cabrera, y cuánta influencia habrá tenido en las decisiones de sus hijos? De vez en cuando Sergio dedicaba sus ratos de ocio a rastrear por los laberintos de la red el destino de todos ellos, los viejos protagonistas de sus vidas previas, y sabía por eso que Sarandy Cabrera había muerto en el año 2005, y en Montevideo. Ahora, en Barcelona, se preguntaba si alguno de sus hijos habría viajado desde Suecia para ir a su entierro.

En la otra foto estaban Marianella y Carl Crook, abrazados y sonrientes a pesar de estar despidiéndose: era el día del viaje, cuando todos pensaban que se cerraban para siempre sus años en China, y viendo la foto nadie hubiera dicho que aquella chica de vestido modoso acababa de llegar del curso militar del ejército popular en Nanking, ni que el jovencito espigado había pasado la noche anterior llorando por la partida de su novia. «Dieciséis años, tiene tu tía en esa foto», le dijo Sergio. «Dos menos que tú.» Sergio había tomado la foto, pero ahora, junto a Raúl, no lograba recordar si fue consciente en el aeropuerto de todo lo que estaba ocurriendo al mismo tiempo. No era sólo que Marianella se fuera para Colombia, ni que fuera a meterse en una guerra y a hacerlo con todas las ganas de sus convicciones testarudas: en las horas que siguieron a la foto, después de que el avión despegara rumbo a Moscú, Carl volvería al apartamento de su familia, en el primer piso del Instituto de Lenguas Extranjeras, y la sonrisa de la foto se transformaría en otra cosa, pues su padre estaba encerrado en la cárcel de máxima seguridad de Qincheng.

Entonces Raúl miró su teléfono y dijo que se iba a duchar, pues ya eran más de las doce y ni siquiera había empacado su maleta. Pasó un dedo por la pantalla y dijo que era una lástima que la foto estuviera arrugada y amarillenta: ¿nadie pensó que era buena idea cuidarla? Con este lamento se metió al cuarto de baño. Sergio se recostó en la cama con el computador sobre las piernas y se quedó allí, oyendo el ruido del agua que corría y los movimientos de su hijo, pasando distraídamente por las fotos de su propio archivo y pensando en esa epifanía curiosa: Raúl vivía en un mundo donde aquella aberración, una foto deteriorada, ha desaparecido o es incomprensible. De repente pensó en otra foto que también revelaba los estragos del tiempo, y no le costó nada encontrarla en los recovecos de su computador. Ya no conseguía recordar quién la había tomado, pero la ocasión era inolvidable: el día en que Carl se marchó de China con la intención de llegar a Londres y comenzar una vida nueva lejos de Pekín, lejos de Mao, lejos de la cárcel donde su padre había dejado tantos años de vida. Allí estaban, en la estación de tren, con Sergio ocupando el lugar que cinco años atrás había ocupado Marianella. En

una de las fotos, Marianella se iba para siempre; en la otra, era Carl el que se despedía. Eran fotos parecidas, sí, pero de historia tan distinta: dos adioses contrapuestos, uno que viajaba hacia la revolución y otro que huía de ella. Entonces lo recordó: el fotógrafo era Paul, el hermano menor de Carl, y la cámara era la Nikon que Luz Elena le había regalado a Sergio por los días del regreso a Pekín, como una especie de voto de confianza en su futuro. Y sí, la foto había sufrido heridas, pero Sergio no recordaba cómo, ni recordaba cuándo reveló el rollo, y ahora, por una asociación de ideas, se le venía a la memoria un viejo refrán de cineastas: *Fe es creer en lo que el laboratorio aún no ha revelado.* Así era, pensó. Siempre había sabido que uno puede no creer en ningún dios, pero hay que tener fe en la luz. Pues quien domina la luz lo domina todo.

Ahora, viendo fotos viejas en una cama destendida de un hotel de Barcelona, al día siguiente de que *La estrategia del caracol* se proyectara por primera vez en un mundo donde ya no estaba Fausto, Sergio se dio cuenta de que la memoria empezaba de nuevo a hacer de las suyas. La noche anterior, una mujer había preguntado qué fue lo más difícil de hacer de la película; él dio una respuesta sobre dificultades técnicas, pero la que habría preferido dar era muy distinta: lo más difícil había sido construir la película alrededor de su padre. Pues eso era sobre todo aquella historia de un viejo español anarquista que organiza una rebelión de vecinos: un homenaje a Fausto Cabrera, una carta de amor filial en fotogramas. Con cada parlamento, con cada encuadre, Sergio había querido decirle a su padre cuánto lo quería, cuánto le agradecía tantas cosas, cuánto sentía que de alguna manera misteriosa le debía la vida entera, desde sus comienzos como actor infantil de una televisión incipiente hasta su silla de director de largometrajes. En el medio habían sucedido otras cosas —dolorosas, incómodas, incomprensibles— pero *La estrategia del caracol* sería el bálsamo para cerrar todas las heridas, la pipa de fumar todas las paces, y tener esa conciencia mientras escogía el lugar de la cámara o daba una instrucción a los actores, o mientras echaba humo con una máquina para ver mejor por dónde iba la luz de una escena fue el mayor reto de su vida.

Entonces recordó lo ocurrido una de esas tardes de trabajo. Estaban a punto de rodar una escena en el interior de una casa derruida cuya fachada se había mantenido intacta, pero cuyos interiores habían comenzado a ser demolidos en el universo de la ficción por los vecinos rebeldes, y en algún momento Sergio quiso saber con precisión por dónde corría la luz en ese espacio de penumbras difíciles. Pidió la máquina de humo y roció el lugar, y ocurrió ese milagro cotidiano: los rayos de luz se hicieron visibles, rectos, sólidos, tan definidos que uno habría podido creerse capaz de acomodarlos con la mano. Fausto Cabrera, sentado en una silla al borde de la escena, estudiaba sus parlamentos, y Sergio, al mirarlo, pensó que los recuerdos eran invisibles como la luz, y así como el humo hacía que la luz se viera, debía haber una forma de que fueran visibles los recuerdos, un humo que pudiera usarse para que los recuerdos salieran de su escondite, y así poder acomodarlos y fijarlos para siempre. Tal vez no era otra cosa lo que había sucedido estos días en Barcelona. Tal vez, pensó Sergio, eso era él, eso había sido: un hombre que echa humo sobre sus recuerdos.

Las escuelas de cine de Pekín habían cerrado en los primeros días de la Revolución Cultural, y nadie veía la posibilidad de que volvieran a abrir. No sólo estaban cerradas, sino malditas: su reputación había quedado fatalmente ligada a la de Jian Qing, la esposa de Mao, una mujer ambiciosa, actriz mediocre de otros tiempos, que había acumulado un poder enorme durante la Revolución y lo había aprovechado a conciencia para aplastar cualquier manifestación cultural que no fuera una celebración de las ideas maoístas. Jian Qing había supervisado todo lo que tuviera que ver con las artes escénicas, pero su figura pública, desde que Sergio se fue de Pekín en 1968, había sufrido un desgaste brutal, casi visible en las líneas de su cara y en la rigidez de su sonrisa, y ahora se la empezaba a culpar de unos excesos en los que todos habían sido cómplices. Hasta se decía que estaba separada de Mao, pero que los dos ocultaban esa realidad por miedo a lo que podía hacerle al movimiento. Fausto observaba todo el espectáculo desde su desencanto privado.

«Se va a hundir del todo y el cine se va a hundir con ella», le dijo a Sergio. «En tu lugar, yo empezaría a pensar en otras cosas.»

«Pero esto es lo que quiero hacer», dijo Sergio.

«Uno no hace lo que quiere, sino lo que le permita sobrevivir», dijo Fausto. «Después puedes dedicarte a lo que te dé la gana.» Y añadió: «Ve a hablar con los del buró. Ellos te pueden orientar mejor que nadie».

Los oficiales del Buró de Especialistas Extranjeros tenían bajo su control las admisiones a todas las facultades de Pekín. Sergio y Fausto los visitaron una mañana, y después de dos horas de conversación, ya Fausto lo había decidido: Sergio estudiaría Medicina. Lo había seducido el programa de los *médicos descalzos,* cuyos estudiantes pasaban tres años en la facultad y luego salían a trabajar entre los campesinos o los obreros. Al final de ese período se sometían a la votación de sus pacientes, y si los resultados eran buenos, podían continuar con la carrera hasta el diploma final.

«Estarás cerca del pueblo», le dijo su padre. «Será lo que más te sirva si volvemos a la guerrilla.»

«¿Qué? ¿Vamos a volver?»

«Uno nunca sabe. Y no conviene alejarse demasiado de la revolución.»

Sergio no llegó a cumplir tres meses en la facultad. Fue una coincidencia que Luz Elena tuviera que ser operada de una hernia justo por esos días. Sergio fue a verla al hospital; llegó en el mismo instante en que los enfermeros la traían en camilla a la zona de recuperación, y vio al enfermero que le levantó la bata y vio la cicatriz recién hecha, coloreada por el desinfectante y con rastros de sangre seca, y tuvo que aferrarse a la camilla para no perder el equilibrio. El médico, uno de sus profesores en la facultad, se dio cuenta de lo ocurrido y se le acercó sin indiscreción para preguntarle si creía de verdad que esta profesión era para él. Sergio sospechaba que la respuesta era negativa.

Lo confirmó días más tarde, cuando se enfrentó a su primera lección de anatomía. En el programa de los médicos descalzos todo ocurría antes de lo normal, como si los estudiantes vivieran una vida acelerada; a las pocas semanas de haber abierto el cuaderno, ya Sergio estaba asistiendo al anfiteatro. Desde lejos había visto cómo los profesores le quitaban una sábana sucia a un cuerpo muerto y señalaban sus partes y las nombraban masticando las palabras. Ese día se acomodó a un lado de la sábana, frente a una compañera que lo miraba con timidez, y al quitar la sábana se encontró con una mujer canosa pero de piel firme por cuyo vientre bajaba una línea pintada. Hundió el bisturí en el cuerpo muerto sin que brotara la sangre, y lo siguiente serían las cachetadas del profesor, que lo miraba con decepción mal disimulada mientras Sergio se recuperaba del desmayo.

«¿Qué pasa, camarada Li?», le preguntó. «¿Nunca había visto un cadáver?»

Sergio no supo qué decir. Había visto muertos de bala, muertos de enfermedades tropicales, muertos por accidentes. Pero eso era distinto: eso era la guerra, que deja muertos por el camino para que uno los vea y nunca los olvide. Sergio recordaba cada uno de los que había visto como si los tuviera en frente, igual que había tenido el cuerpo de la mujer canosa. ¿Por qué, entonces, lo había impresionado tanto? ¿Acaso impresionaban más los muertos de la paz que los de la guerra? O tal vez el problema era mucho más sencillo: malograda sin remedio su misión revolucionaria, para la cual había vivido desde la niñez, ya no tenía un lugar en el mundo y no lo tendría nunca. Por esos días escribió en su cuaderno: *En China no hay nada para mí. En Colombia tampoco. Ni siquiera he cumplido 24 años y ya me estoy preguntando para qué seguir viviendo.*

La tarde del 1 de mayo, los Cabrera hacían a pie las varias horas de trayecto que hay de la plaza Tiananmén al Hotel de la Amistad, entre banderas rojas y altavoces que los ensordecían con canciones revolucionarias, cuando un hombre se acercó a saludar a Fausto en un francés de acento duro. Era europeo pero iba vestido con chaqueta china, y tenía un pelo desordenado de mechones canosos y unas cejas largas que parecían peinarle los párpados, y lo acompañaba una mujer de sonrisa tímida. Fausto presentó a Luz Elena y los cuatro intercambiaron cortesías, y luego se citaron para el domingo siguiente en el Hotel de la Amistad. Después, cuando siguieron su camino, Fausto explicó que aquel hombre era Joris Ivens, el director de una de las mejores películas jamás hechas sobre la Guerra Civil: *Tierra de España*. Sergio reconoció el nombre, por supuesto, y además recordó las varias veces que asistió en París a las proyecciones de *Loin du Vietnam*. La parte de Ivens era la que más le había gustado, y ahora tendría la oportunidad de decírselo.

Así que se aseguró de estar presente el domingo, cuando llegaron Ivens y su mujer a pasar el día en el hotel. Ella se llamaba Marceline Loridan y era también cineasta. En su brazo se alcanzaban a ver los números tatuados de algún campo de concentración. Todo lo que decía era elegante, informado, inteligente, y no era para extrañarse que se entendiera tan bien con Luz Elena. Sergio habló de *Loin du Vietnam* con un entusiasmo que nadie le recordaba, y hasta Fausto debió de percatarse, porque se lo comentó a

Ivens. «Quiere estudiar Cine», dijo. «Y no es un novato: ha actuado conmigo, sabe algo de fotografía, ha aprendido algo de dirección. Pero tendrá que esperar a que abran las escuelas, y quién sabe cuándo será eso.»

Ivens se giró hacia Sergio. Mirándolo a él, pero hablándole a Fausto, dijo:

«Pues que venga a trabajar conmigo».

Resultó que Ivens había dirigido ya dos películas sobre China y estaba preparando la tercera, un ambicioso documental en varias partes llamado *Cómo Yukong movió las montañas*. Llevaba más de un año trabajando en él y estaba convencido de que sería su obra maestra. «Mejor dicho, la nuestra», dijo, poniéndole una mano en el brazo tatuado a Marceline. Era un trabajo lleno de complicaciones, y un joven entusiasta que conociera los mecanismos del cine, que hablara buen francés para comunicarse con él y buen chino para compensar su defectuoso conocimiento de la lengua podría serle de mucha ayuda. Pero luego, después de una semana de trabajo en el rodaje, Sergio se había convertido en algo más que un asistente. Ivens era un héroe para los chinos, pues había retratado la Revolución con verdadera complicidad, pero eso traía un alto costo.

«No he logrado decidir si me tratan como un rey o como un espía», le decía a Sergio. «Y usted sabe, joven Cabrera, que los reyes y los espías tienen algo en común: nadie les dice la verdad. Yo necesito saber lo que realmente pasa en China. Necesito alguien que conozca a los chinos y los entienda, alguien que quiera a China, pero que la quiera tanto que pueda ver sus problemas.»

Sergio se esforzó por ser esa persona. Se convirtió en el intérprete de Ivens pero también en su informante; lo acompañó al circo de Pekín para hablar con los artistas y a una fábrica de generadores para hablar con los obreros. Pasaron juntos días enteros de verano, días largos de doce horas de trabajo que los llevaban por toda la ciudad, de los talleres de los artesanos a la ópera de Pekín y luego a

461

las oficinas de un profesor universitario, y Sergio fue el primer sorprendido al descubrir que de todos los lugares podía hablar con conocimiento: había estudiado con su padre la ópera china, había trabajado en una fábrica de relojes despertadores, había sido guardia rojo en sus tiempos de estudiante. Y no sólo entendía todos los rincones de la vida china, sino que podía hablar con todos sus habitantes, fueran quienes fueran, hicieran lo que hicieran, y lo hacía separando con precisión de orfebre la verdad de la impostura y la confesión de la propaganda.

«¿Dónde estuvo usted todos estos meses?», le dijo Ivens. «Me habría hecho el trabajo más fácil.»

Era una pregunta retórica, pero condujo a respuestas que no lo eran. En ratos muertos, mientras almorzaban raviolis con carne o terminaban un largo día de trabajo en la piscina del Hotel de la Amistad, en compañía de Marceline o mientras ella se encargaba de otra parte del documental en otro lugar de la ciudad, Sergio le contó a Ivens de sus años en la guerrilla, de las circunstancias que lo llevaron a entrar y de las razones por las que decidió salir. Él lo escuchaba con fascinación de verdad. «Usted ha vivido mucho para ser tan joven», le dijo una vez, «tendríamos que contar su vida en una película». Sergio no podía no pensar que este hombre había filmado la Guerra Civil junto a Hemingway y le había dado consejos a Orson Welles. Ivens, por su parte, le tomó un cierto cariño, y, aunque el medio siglo que los separaba los habría podido convertir en un abuelo y un nieto, sus conversaciones asumieron una cierta complicidad que era la de la pasión compartida. «Me hace pensar en mí mismo cuando tenía su edad, Sergio», decía Ivens. «Uno cree que el mundo se va a acabar si no dirige ya mismo su primera película. Déjeme que le diga un secreto: hay tiempo.»

Sergio, en cambio, sentía que el tiempo se le acababa: se acababa el verano, se acababa el trabajo en *Cómo Yukong movió las montañas,* se acababa la estadía en China de Ivens y Marceline. Cuando llegó el día de su regreso a París, Ivens se despidió de Sergio con una promesa: se encargaría de que lo aceptaran en el IDHEC. El Institut des Hautes Études Cinématographiques de París sería un sueño cumplido, por supuesto, pero Sergio nunca lo creyó de verdad. Cuando comentó el asunto con sus padres, en alguno de los comedores del Hotel de la Amistad, lo hizo sin emoción ni esperanzas, y no le molestó como hubiera debido la reacción de Fausto. «Primero tienes que terminar la universidad», dijo él. «Después, ya veremos.» Entonces intervino Luz Elena: «Pero si esto es lo que quiere hacer», dijo ella. «No quiere ser médico, Fausto, ni nada más. Quiere trabajar en el cine. Y la culpa de eso la tienes tú, así que no sé cuál es el problema.» «De todas maneras, no puede salir de China», dijo Fausto. «No tiene papeles. No tiene pasaporte. ¡Si hasta debe estar en las listas negras de la Interpol! Lo arrestarían si pusiera un pie en París. No perdamos el tiempo hablando de lo que no se puede.» «No se puede porque no quieres», decía Luz Elena ya desmoralizada, y Fausto soltaba su conclusión inapelable: «No es verdad: no se puede porque no se puede». Conversaciones similares se repitieron varias veces durante esos días; Sergio asistía a ellas como si se hablara de un ausente, pues le parecía que esa vida, la de un joven que estudia Cine en París, le quedaba demasiado lejos. Uno podía fantasear todo lo que quisiera, pero en el fondo Fausto tenía razón: sin un pasaporte legal a su nombre, cualquier remedo de independencia era ilusorio.

En septiembre, cuando ya se había olvidado del asunto, le llegó una carta de París. *Lo lamento mucho*, leyó Sergio. *Hay demasiados requisitos, demasiados obstáculos.* Alcanzó a pensar que había ocurrido exactamente lo previsto: el fracaso de las buenas intenciones. Pero entonces Ivens pedía disculpas por tomarse la libertad de tocar en otras puertas, contaba que había logrado hablar con sus contactos de la London Film School y daba un parte de éxito. *Si usted quiere,* decía, *tiene la entrada asegurada.* Sergio no les mostró la carta a sus padres, pero por primera vez le abrió un espacio a ese futuro irreal en su rutina. Empezó en secreto a tomar clases de inglés con una residente del Hotel de la Amistad, el único lugar donde eso era posible fuera del Instituto de Lenguas Extranjeras. Le bastaba bajar dos pisos por las escaleras para llegar a la suite de la profesora, pero además visitó a los Crook un par de veces para practicar con ellos sin que se dieran cuenta. Llegó a conseguir los discos de los Beatles —una memoria de su adolescencia, inseparable de la cara de Smilka—, y gastaba horas tratando de averiguar lo que cantaba Lennon en *A Hard Day's Night,* como si hacerlo fuera la llave de entrada a toda la cultura. En eso estaba una tarde, copiando meticulosamente un verso de sentido incomprensible, cuando entró su madre con un paquete que acababa de llegar, por correo internacional, a la recepción del hotel. Era un pasaporte legal, con la foto legal y el nombre legal de Sergio Fausto Cabrera Cárdenas. Sólo la firma y la huella eran ficticias, por la razón evidente de que alguien que no era Sergio se había prestado para recogerlo en Bogotá.

Luz Elena había conspirado durante meses para conseguir el documento. Lo hizo con ayuda de su padre, cuyas influencias todavía eran válidas a pesar de que su familia hubiera caído en el comunismo. A don Emilio Cárdenas le bastó con levantar el teléfono un par de veces para conseguir que el prontuario de Sergio se convirtiera en una hoja de vida limpia, sin pasado, en una suerte de amnistía secreta; y una vez logrado aquello, conseguir el pasaporte, aunque trajera la firma de otro, resultó más fácil de lo que hubiera creído. Ahora, con el pasaporte en la mano, con su cara y nombre mirándolo desde las páginas legales y no desde las de un documento hechizo cuya numeración no era ni siquiera consecutiva, Sergio sintió que la vida, tal como él la imaginaba, estaba por fin al alcance de la mano. Así que durante las semanas siguientes, siempre con la complicidad de Luz Elena, se dedicó a limar las aristas del proyecto, escribiendo a la London Film School y recibiendo una respuesta entusiasmada, escribiendo a Joris Ivens y recibiendo sus buenos deseos, preparando el momento de presentarle su decisión a su padre.

No esperaban que Fausto aceptara de buenas a primeras, pero ni Sergio ni Luz Elena hubieran podido prever la virulencia de su reacción. Estaban en el restaurante occidental cuando Sergio comenzó a hablar de lo sucedido en estos meses, desde las cartas con Ivens hasta los cursos de inglés, y terminó con la noticia:

«Me voy a Londres, papá».

A Fausto no le importó la mirada de la gente, o la ira pudo más que la prudencia, y se levantó entre gritos. Los acusó a los dos de haber planeado el asunto entero a sus espaldas.

«Me han engañado», dijo. «No, esto es más que un engaño: esto es una traición.»

«A ver, no hagas un escándalo», dijo Luz Elena. Sergio detectó en su voz una autoridad serena que recordaba de otros enfrentamientos. «Hablemos las cosas con calma.»

«Con calma», dijo Fausto. «Me traicionan y luego me piden calma.»

«Nadie te ha traicionado», dijo Sergio. «Yo sólo pedí ayuda y me la dio ella, no tú. Yo quiero hacer esto. Yo tomé esta decisión. Me hubiera gustado hacerlo con tu apoyo, pero no lo tengo. Y no sé qué esperabas, la verdad. Tampoco me iba a quedar con los brazos cruzados.»

«Pero qué dices», dijo Fausto. «Pero qué coño me estás diciendo. Si toda la vida no he hecho más que apoyarte.»

«Pues en esto no, papá», dijo Sergio.

«Pero es que es un error», dijo Fausto. «Aquí puedes estudiar mejor. Aquí van a abrir las facultades en unos meses, todo el mundo lo dice.»

«Pero yo no quiero estudiar aquí. Yo me quiero ir. Tengo todo listo y me voy a ir.» Entonces le pareció que podía atreverse a más: «Siempre nos has hablado de la ayuda que te dio el abuelo cuando te fuiste de República Dominicana. Tú querías irte porque ibas a ser actor, porque allá no podías ser actor. Y el abuelo te dio la plata que necesitabas. ¿No es así? ¿Por qué no puedes hacer lo mismo? ¿Por qué no puedes ser para mí lo que fue tu padre contigo?».

«Esto es muy distinto», dijo Fausto.

«Es lo mismo», dijo Sergio. «Yo soy tu hijo y necesito tu ayuda. Y ni siquiera te estoy pidiendo plata. La plata ya la tengo.»

«¿Ah, sí? ¿De dónde sale?»

«De mis cheques viajeros», dijo Luz Elena. «Para que llegue y se instale mientras encuentra trabajo.»

«Ya veo», dijo Fausto. «Lo que tú quieres es convertirlo en un burgués.»

«Lo que quiero es ayudarlo», dijo Luz Elena. «Y yo hago con mi plata lo que yo quiera.»

«Pues voy a hablar con ellos», dijo Fausto.

«¿Con quiénes?», dijo Luz Elena.

«Para que no lo dejen salir», dijo Fausto. «Sergio entró con un pasaporte falso, no se les olvide. Para salir, necesita que alguien haga la vista gorda.»

«¿Y tú serías capaz de eso?», dijo Luz Elena. «¿Tú levantarías el teléfono para dañarle los planes a tu hijo?»

«Los planes, los planes», dijo Fausto. «¿Y dónde quedan los nuestros?» Hubo un silencio. «Todos los planes que habíamos hecho», continuó Fausto. «¿Dónde quedan?»

Sergio sintió que se le agolpaban en el pecho las frustraciones de muchos años, las que recordaba y otras de las que no sabía. «¿Cuáles planes?», dijo. Oyó su propia voz y la notó cambiada, pero era demasiado tarde para tirar de las riendas. «¿Cuáles planes hicimos, papá? Te lo pregunto de verdad, te lo pregunto porque no lo sé. Yo no hice planes, mamá no hizo planes, mi hermana no hizo planes. Los hiciste tú.» Lo sintió en ese momento con una claridad nueva, como si viera las cosas por primera vez. «El plan de venir a China fue tuyo, no nuestro. El plan de unirse al EPL fue tuyo, no nuestro. Toda la vida. Toda la vida nos has hecho creer que lo decidíamos nosotros, pero no es verdad: lo decidías tú. Toda la vida he hecho lo que tú querías, toda la vida la he pasado callado, tratando de complacerte. Pero ya me he dado cuenta, papá. Me he dado cuenta de que callar no es una cuestión de temperamento: es una enfermedad. Yo me he callado mucho, sí, me he callado para adaptarme a lo que esperaban los demás. Y he tomado muchos riesgos, ahora me doy cuenta, he vivido una vida de riesgos, pero no me he arriesgado por mí, sino por lo que esperaban que yo fuera, por lo que tú esperabas de mí. Y ya no quiero ser eso: ya no quiero ser el joven valiente y prometedor. Ya no más. Esto, esto de ahora, es lo mío. Esto de ahora lo decido yo, éstos son mis planes, los míos, no los de nadie más. Esto es lo que yo quiero hacer con mi puta vida.»

Cuando el piloto anunció, en tres idiomas, que estaban comenzando el descenso hacia la ciudad de Lisboa, Sergio hizo las cuentas y se percató de que en este mismo instante, en Barcelona, se estaría proyectando *Perder es cuestión de método,* la adaptación de la novela de Santiago Gamboa. La gente vería la película sin él; Sergio no diría cuánto había disfrutado viendo a Gamboa meter la mano en los diálogos, ni cómo se había quejado su padre cuando Sergio le propuso que apareciera brevemente en el papel de un cura del Cementerio Central. En ese momento Fausto recordó su aparición en el primer largometraje de Sergio, *Técnicas de duelo,* y dijo: «Otra vez un cura. Como si yo no supiera hacer otra cosa». Sí, Sergio habría podido recordar esas anécdotas esta tarde, después de la proyección. Pero no lo haría, porque no estaba presente: la retrospectiva había terminado para él. *No más mirar*

467

hacia atrás, pensó entonces, jugando con las palabras, aunque era eso lo que estaba haciendo ahora mismo: ahora, al descender desde los cielos portugueses al aeropuerto donde lo esperaba Silvia, estaba pensando en Fausto, que estaba muerto, y en Raúl, que ya habría llegado a su casa.

Se había despedido de su hijo en la Rambla del Raval, con la puerta del taxi abierta y el chofer dando señales de impaciencia, y a Sergio le pareció darse cuenta de que la despedida no era la misma para los dos, ni contenía las mismas emociones. Eso estaba bien: algo iba de los sesenta y seis años de uno a los dieciocho del otro. Cuando el taxi hubo desaparecido, Sergio volvió al vestíbulo del hotel, y se sintió tan solo sin Raúl que le escribió un Whats-App a Silvia como un nadador que se aferra a la orilla. Pero enseguida se le ocurrieron otras palabras.

Yo sé que necesitas tiempo y no pretendo que nuestros problemas se solucionen mágicamente, le dijo. *Pero me siento dando palos de ciego y me haría mucho bien sentir que vamos por el buen camino. ¿Qué crees tú?*

Esperó la respuesta un par de minutos —tercos, elásticos, tacaños— y luego decidió que era mejor salir. Se pasó la tarde caminando sin itinerario por Barcelona, bajando por las Ramblas hasta la estatua de Colón, tomando por el Moll de la Fusta rumbo a la Barceloneta, y luego haciendo el mismo recorrido en sentido contrario. Era curioso el papel que esta ciudad había jugado en su vida, desde que su padre se subía a las terrazas para ver Montjuic hasta aquella breve visita durante la escala del barco que lo llevaba a Colombia. Ese viaje cerraba el año difícil que había comenzado en el Hotel de la Amistad, en marzo de 1974, con Sergio despidiéndose de sus padres para viajar a Londres. Luz Elena había tenido que rogarle a Fausto que saliera a despedirlo tras semanas de no dirigirle la palabra. Desde la noche en que Sergio le reveló sus planes de estudio, Fausto había caído en un silencio de bestia herida que sólo rompía para insistir en sus acusaciones: lo habían traicionado, habían violado los compromisos con la familia. De nada le valió a Sergio explicar que la decisión de hacer cine demostraba la mejor de las lealtades, porque no hubiera sucedido si él no admirara a su padre hasta el punto de querer seguir sus pasos. Fausto acabó cediendo: en las escalinatas del hotel se despidió de Sergio con el apretón de manos más frío que se ha dado en el mundo entero, y volvió a entrar antes de que su hijo se subiera al taxi. La rabia le duró a Sergio todo el viaje por Moscú y Roma y París, y luego en el ferry de Calais a Folkestone y luego en el tren que lo dejó en Londres. Antes de bajar en la estación de Victoria miró su pasaporte. El funcionario del puerto lo había sellado, y en el sello se leía la fecha: era el 7 de junio.

Hoy, se dijo Sergio, *comienza mi nueva vida.*

Era extraño sentir lo mismo ahora, en Lisboa, llegando junto a Silvia al barrio Benfica. Era extraño también sentir que volvía a casa esta noche, porque Lisboa no era su ciudad y nunca lo había sido, y porque en ese apartamento no había pasado más que unos cuantos días de la semana anterior: una semana que ya pertenecía a otra vida. Volver del aeropuerto a la rua Ferreira de Andrade le trajo a la memoria la tarde en que recibió por teléfono la noticia de la muerte de Fausto. Ahora, buscando un espacio libre para aparcar el carro, doblando la esquina y caminando hacia el número 19 de la calle amplia, sosteniendo todo el tiempo contra su cuerpo el cuerpo dormido de Amalia, Sergio contaba los días desde la última vez que ocurrió todo esto, y le parecía inverosímil que tan pocos hubieran pasado. Lo comentó más tarde, durante la cena, pero Silvia tenía otra cosa en mente.

«Me gustaría que vinieras a Coímbra», dijo. «Nos esperan mañana. A mi familia le encantaría verte.»

Sergio asintió. «A mí también me encantaría», dijo. Fueron como palabras mágicas, pues en el momento de pronunciarlas sintió un alivio repentino y, con el alivio, el cansancio acumulado en los últimos días, que le hizo pensar en las bolsas de arena que les ponen a los toros en el cuello antes de la corrida. Tan pronto puso la cabeza en la almohada supo que se empezaba a quedar dormido, pero usó los últimos restos de su lucidez para decirle a Silvia que había pensado en muchas cosas durante este fin de semana y que había tomado una decisión: lo primero que haría al llegar a Bogotá sería buscar a Jorge Llano, el terapeuta, para hablar con él. Y vería cómo la tal Gestalt lo podía ayudar.

Al día siguiente se despertó temprano. Con el apartamento todavía en penumbras, se vistió con la ropa del viaje y salió a la calle. El cielo de Lisboa estaba despejado y las calles se veían húmedas, como si las hubieran lavado en la madrugada, y la ciudad parecía acabada de inventar. Sergio dio una vuelta a la cuadra, pasando por el parquecito que le gustaba a Amalia, pero en los espacios abiertos hacía demasiado frío, así que decidió volver antes de lo previsto. Pasó por la pastelería Califa para tomarse un café y comprar un par de croquetas, y la mujer del mostrador lo reconoció y lo saludó en castellano, y Sergio se sintió tan agradecido que compró seis croquetas en total: dos para cada uno de ellos, los que comenzarían el viaje a Coímbra en un par de horas. Entonces los imaginó. Los imaginó en el carro, tal como habían venido del aeropuerto —Silvia manejando, Amalia dormida en su silla trasera, él en el puesto del copiloto—, pero esta vez a plena luz de un día soleado. Al comienzo de su relación habían hecho juntos el mismo viaje, tal vez para que Sergio fuera a conocer a la familia Jardim Soares; de manera que ahora, caminando entre la pastelería Califa y el edificio de Silvia, Sergio podía imaginar el trayecto: bajarían del barrio de Benfica hasta Belén y bordearían el río hasta llegar a la zona de la Expo, antes de entrar a la autopista, y allí verían el agua erizada de brillantes como siempre que le daba el sol, y verían también el cielo limpio y las gaviotas flotando cerca, y las gentes comenzando sus días con sus familias como ahora Sergio, llegando al apartamento, comienza el día con la suya. Silvia le abre y, al entrar, Sergio se da cuenta de que ya están desayunando, y entonces pone las croquetas sobre la mesa y Amalia suelta un grito de niña feliz, y Silvia, que tiene su teléfono en la mano, lo sostiene en el aire y le dice a Sergio algo que él no consigue entender. Ella termina de masticar un bocado, toma un sorbo de jugo de naranja y lee el mensaje que Sergio le escribió la tarde anterior, lee *sé que necesitas tiempo,* lee *me siento dando palos de ciego,* lee la pregunta: *¿Qué crees tú?* Y mira a Sergio y le dice:

«Yo creo que sí. Que vamos por buen camino».

Nota del autor

Volver la vista atrás es una obra de ficción, pero no hay en ella episodios imaginarios. Esto no es una paradoja, o no lo ha sido siempre. El *Diccionario de construcción y régimen* de Rufino José Cuervo, por poner un ejemplo al que le tengo cariño, trae esta acepción en la entrada del verbo *fingir:* «Modelar, diseñar, dar forma a algo, a) dicho de objetos físicos como escultura y similares, tallar». No es distinto lo que he intentado en estas páginas: el acto de la ficción ha consistido en extraer la figura de esta novela del gigantesco pedazo de montaña que es la experiencia de Sergio Cabrera y su familia, tal como me fue revelada a lo largo de siete años de encuentros y más de treinta horas de conversaciones grabadas. La primera, según el archivo de voz de mi teléfono, tuvo lugar el 20 de mayo de 2013, en mi estudio de Bogotá; en ella, Sergio comienza hablando de la serie que acaba de terminar por esos días, cuya filmación se hizo en parte en una casa con fantasmas (ninguno de los cuales, para su gran desilusión, llegó a aparecerse), y luego entramos en materia. La última de las conversaciones no fue con él, sino con Carl Crook, que el 10 de agosto de 2020, sentado en su casa de Vermont, me mostró por Zoom el brazalete de guardia rojo que había pertenecido a Marianella en 1967, y en los días siguientes tuvo la generosidad de traducir para mí fragmentos de su diario chino. Entre las dos fechas intercambié incontables correos y mensajes de texto —con Sergio y con Silvia, con Marianella y con Carl— y recibí fotografías de sus archivos privados y consulté documentos cuya supervivencia inverosímil me pareció una prueba más de la testarudez del pasado, y mientras escribía otros libros estuve buscando en las sombras la forma que más le convenía a éste.

Para cuando estalló la pandemia del coronavirus, ya esta novela estaba encontrando su voz y descubriendo su arquitectura. Ahora estoy convencido de que la escritura dio orden y propósito a los días caóticos de la cuarentena, y en más de un sentido me permitió conservar una cierta cordura en medio de aquella vida centrífuga. En otras palabras, ordenar un pasado ajeno fue la manera más eficaz de lidiar con el desorden de mi presente.

El epígrafe puede leerse (me gustaría que se leyera) en ese sentido. Las palabras aparecen en el prefacio de *Joseph Conrad. A Personal Remembrance,* un libro de Ford Madox Ford que me sirvió de compañía y de sustento, aunque mi estrategia no haya sido la misma. El autor se dispone a contarnos la vida de un amigo, y su frase completa es ésta: «Pues, según nuestra visión de las cosas, una novela debería ser la biografía de un hombre o un caso, y toda biografía de un hombre o un caso debería ser una novela, siendo ambas, si se ejecutan de manera eficiente, interpretaciones de tales casos como son las vidas humanas». Me gusta la idea de interpretación, pues eso es lo que me vi haciendo más de una vez con los hechos de la vida de Sergio Cabrera. Mi labor de novelista, frente al magma formidable de sus experiencias y las de su hermana, consistió en darles a esos episodios un orden que fuera más allá del recuento biográfico: un orden capaz de sugerir o revelar significados que no son visibles en el simple inventario de los hechos, porque pertenecen a formas distintas del conocimiento. No es otra cosa lo que hacen las novelas. A esto nos referimos, creo, cuando hablamos de imaginación moral: a esa lectura de una vida ajena que consiste en observar para conjeturar, o en penetrar lo que es manifiesto para descubrir lo oculto o lo secreto. La interpretación es también parte del arte de la ficción; que el personaje en cuestión sea real o inventado es, en la práctica, una distinción inconducente y superflua.

Además de las personas mencionadas, que me regalaron su tiempo y me prestaron sus recuerdos —y me permitieron modelarlos, tallarlos, darles forma—, *Volver la vista atrás* tiene una deuda especial con la caballerosidad de Santiago Gamboa, la complicidad de Pilar Reyes y María Lynch, el bisturí editorial de Carolina López y el juicio de narrador de Ricardo Silva. Para escribir los pasajes sobre el joven Fausto Cabrera usé su libro de memorias *Una vida, dos exilios,* así como usé *The Autobiography of David Crook,* las memorias del padre de Carl, para reconstruir ciertos episodios de su vida. Otras personas me prestaron ayudas menos tangibles, a veces sin saberlo, y aquí quiero dejar constancia de mi gratitud (y liberarlos de cualquier compromiso). Son Héctor Abad Faciolince, Nohora Betancourt, Javier Cercas, Humberto de la Calle, Guillermo Díez, Jorge Drexler, Luz Helena Echeverry, Gabriel Iriarte, Carmenza Jaramillo, Mario Jursich, Li Chow, Alberto Manguel, Javier Marías, Patricia Martínez, Hisham y Diana Matar, Gautier Mignot y Tatiana Ogliastri, Carolina Reoyo, Mónica Reyes y Zadie Smith. De otro orden es la presencia de Mariana, que acompañó la escritura de este libro mientras lidiaba con el universo entero en este año de tantas pestes.

JGV
Bogotá, octubre de 2020

Índice

Este libro se terminó
de imprimir en
Móstoles, Madrid,
en el mes de
abril de 2021